Mörderki

Das Buch

Fionas Kindheit war ein Alptraum. Ihr Leben lang war sie für alle nur das Mörderkind. Als sie sieben Jahre alt war, wurde ihr Vater Ben für den Mord an einer jungen Frau verhaftet. »Es wird alles gut«, hatte ihr Vater am Tag seiner Verhaftung versprochen. Doch nichts wurde gut. Seit dem Selbstmord der Mutter ist Fiona allein. Ihren Vater hat sie nie wieder gesehen. Und nun ist er tot. Seine letzten Worte galten ihr: »Ich bin kein Mörder.« War er unschuldig?

Widerstrebend macht Fiona sich auf die Suche nach der Wahrheit. Beginnt nachzuforschen, befragt ihre Familie. Und stößt auf ungeheuerliche Geheimnisse und eine Intrige, deren tödliches Gift bis heute wirkt …

Die Autorin

Inge Löhnig studierte an der renommierten Münchner Akademie U5 Graphikdesign. Nach einer Karriere als Art-Direktorin in verschiedenen Werbeagenturen machte sie sich mit einem Designstudio selbstständig. Heute lebt sie als Autorin mit ihrer Familie und einem betagten Kater in der Nähe von München. Der letzte Krimi ihrer erfolgreichen Kommissar-Dühnfort-Reihe schaffte auf Anhieb den Sprung auf die Bestsellerliste.

Besuchen Sie Inge Löhnig auf ihrer Homepage
www.inge-loehnig.de

Von Inge Löhnig sind in unserem Hause bereits erschienen:

Die Kommissar-Dühnfort-Serie:

Der Sünde Sold · *In weißer Stille* · *So unselig schön* · *Schuld währt ewig* · *Verflucht seist du* · *Deiner Seele Grab* · *Nun ruhet sanft*

Außerdem:

Mörderkind

INGE LÖHNIG

MÖRDERKIND

KRIMINALROMAN

List Taschenbuch

Besuchen Sie uns im Internet:
www.list-taschenbuch.de

MIX
Papier aus verantwortungsvollen Quellen
FSC® C083411
www.fsc.org

Originalausgabe im List Taschenbuch
List ist ein Verlag der Ullstein Buchverlage GmbH, Berlin.
1. Auflage Dezember 2014
3. Auflage 2016

Umschlaggestaltung: © Agentur für Gestaltung – Cornelia Niere
Titelabbildung: © Zandri du Preez / Arcangel Images
Satz: Pinkuin Satz und Datentechnik, Berlin
Gesetzt aus der Sabon
Druck und Bindearbeiten: CPI books GmbH, Leck
Printed in Germany
ISBN 978-3-548-61226-3

Nordbretagne.

Letzte Septemberwoche 2014.

Er roch das Salz, schmeckte es auf den Lippen, sog es mit der tobenden Luft in seine Lunge. Seit er den Wagen verlassen hatte, stemmte sich der Sturm gegen ihn. Doch ihn besiegte niemand mehr. Schritt für Schritt kämpfte er sich voran. Ein Keil graphitgrauer Himmel zwischen den Felsen. Brodelnde Gischt tief darunter. Auf dem Kliff darüber stand ein Haus. Geduckt dem Wetter trotzend. Oben im Dorf, das sich entlang der Steilküste erstreckte, räumte sie nun den Laden auf, schloss ab und ging hinüber in ihr Haus.

Eine Stunde blieb ihr noch. Vielleicht ein wenig mehr. Was war schon Zeit? Sie spielte keine Rolle.

Die Lederjacke blähte sich. Der Wind zerrte an den Haaren. Hinter ihm versank der Parkplatz im Dämmerlicht. Hoch über ihm tanzten helle Tupfen am trostlos grauen Himmel. Ein Schwarm Möwen. Ihr Tanz erschien ihm wie eine Choreographie der Hoffnung. Einen Moment hielt er inne. Sollte er umkehren? Doch der Augenblick, für den er seit Jahren lebte, rückte näher. Unaufhaltsam.

Kreischend stoben die Möwen vom Himmel, tauchten ins Meer, schnellten Sekunden später mit ihrer zappelnden Beute im Schnabel wieder daraus hervor. Fressen und gefressen werden. So war das! Ein ewiger Kreislauf.

Knapp über dem Horizont öffnete sich die Wolkendecke. Einem Höllenfeuer gleich versank die Sonne, während er sich einer Felswand näherte. Ein Durchgang befand sich darin, hineingesprengt ins Gestein, das älter war als die Menschheit. Sein Zugang zur Unterwelt. Der Weg, den er zu gehen hatte. Ein Bach floss neben ihm dahin, dem Meer entgegen. Es gab kein Zurück. Im vergehenden Licht des Tages zeichnete sich sein Weg ganz nach unten vor ihm ab, an dessen Ende er sein würde, was er nie sein wollte: ein Mörder.

Don't go around tonight. Well, it's bound to take your life. There's a bad moon on the rise.

Ziellos schritt er am Strand zwischen flechtenbewachsenen Felsen umher, roch Tang und Algen und vernahm ab und zu, wenn der Wind für einen Augenblick innehielt, das hohe Kreischen der Möwen. Etwas in ihm hoffte auf Frieden, und dennoch war er voller Hass.

Schließlich setzte er sich auf einen vom Meer freigegebenen Felsen im Windschatten des Sturms, ein mit Seepocken übersätes Stück Unterwelt, jeden Moment darauf gefasst, den Herrschern dieses Reichs zu begegnen, Hades und Persephone, die ihn empfingen, in ihre Arme schlossen, ihm Ruhe und Frieden gaben. Das, wonach er sich sehnte. Sein halbes Leben lang.

Während er so saß, schälte sich aus dem Zwielicht ein Schatten. Er bemerkte ihn spät, so versunken und mit sich beschäftigt, wie er war, und schrak auf. Instinktiv witterte er Gefahr, schnellte hoch. Alle Muskeln gespannt, die Fäuste geballt, Atmung und Herzschlag beschleunigt. Angriffsbereit.

Doch es war nur ein alter Mann in Gummistiefeln, der sich, offenbar ebenfalls auf der Suche nach einem windgeschützten Platz, näherte und vor ihm stehen blieb. Fischermütze, Angel, Kescher, Eimer. Zigarette zwischen den verwitterten Lippen. Das war es, was er wahrgenommen hatte. Glimmende Glut. Rauch. Den Geruch von Tabak.

Wortlos hielt der Alte ihm die Packung hin. Schweigend zog er eine Zigarette hervor, nickte dankend, ließ sich Feuer geben, inhalierte tief und stieß den Rauch schließlich aus, während der Alte sich zu ihm setzte, eine Flasche Wein aus dem Eimer holte, trank und weiterreichte.

Erst wischte er den Speichel des Alten fort, dann ließ er den trockenen Roten die Kehle hinablaufen. Gar nicht mal übel. Er fuhr sich mit dem Handrücken über den Mund und besann sich auf seine Gymnasialzeit. »Merci.«

Der Alte murmelte etwas, das er nicht verstand, und hielt ihm schließlich eine Muschel entgegen. »Huître.« Ein trockenes Lachen folgte und eine ausholende Geste Richtung Felsen, die in Nachtschatten versanken. »Huître.«

Huître? Austern. Er lachte. Austern. Und Wein. Und eine Zigarette. Und vor ihm die tosende Brandung. Konnte man mehr vom Leben erhoffen?

Mit einem Messer öffnete der Alte die Muschel und reichte sie ihm. Er schlürfte sie aus der Schale. Sie schmeckte nach Salz und Meer und Ewigkeit. Der Alte prokelte weitere von den Felsen, die bei Flut unter Wasser und jetzt bei Ebbe frei lagen, zwang die Messerspitze zwischen die Schalenhälften und teilte mit ihm Muscheln und Wein, während es dunkel wurde und die Glut der Zigaretten ihre Gesichter erhellte. Irgendwann wies der

Alte auf die Tätowierung zwischen Daumen und Zeigefinger und dann auf seine. Es waren dieselben drei Punkte. Sie waren Brüder. Erstaunlich. Am Ende der Welt traf er auf seinesgleichen.

»Prison?«

»Oui. Bien sûr.« Ja, natürlich war er im Knast gewesen. Was fragte der Alte?

»Qu'est-ce que tu viens faire ici?«

Er überlegte. Konnte er sagen, was er hier wollte? Warum nicht? Es spielte keine Rolle. Sollte der Alte sich ruhig an ihn erinnern, wenn morgen oben im Ort der Teufel los war. Er würde den Mund halten. Sie waren Brüder. »Vengeance.«

»Vengeance?« Der Alte ließ das Messer sinken, blickte ihm ins Gesicht und lachte. »Vengeance?«, wiederholte er ungläubig, murmelte einen verächtlich klingenden Satz und spuckte aus.

Was hatte er gesagt? Es dauerte einen Moment, bis er die Worte verstand: *Rache willst du? Dann grabe am besten gleich zwei Gräber.*

München.

Oktober 2014.

1

Was für ein beschissener Tag. Viel zu kalt für Oktober, und obendrein regnete es seit dem frühen Morgen. Fiona fuhr die Auerfeldstraße entlang und wischte sich eine nasse Haarsträhne aus dem Gesicht, die sich unter dem Radhelm gelöst hatte. Das Funkgerät an ihrem Schultergurt trat krächzend in Aktion. Frank, der Dispatcher, meldete sich. »Hallo, Fi. Wo bist du?«

Sie betätigte die Sprechtaste. Ein Lieferwagen schoss aus einer Einfahrt. Instinktiv riss sie den Lenker herum und schaffte es auszuweichen. Das Hinterrad rutschte weg. Sie fing den Sturz mit einem Bein gerade noch ab. »Arschloch!«

»Nette Begrüßung.«

»Nicht du.« Ihr Herz raste. Adrenalin bis in die Haarspitzen. »So ein Penner! Er hat ja eine komfortable Knautschzone. Und nach ihm die Sintflut.« Sie atmete durch. Ging schon wieder.

»Alles okay mit dir?«

»Aber sicher. Bin in der Auerfeld.«

»Passt. Abholung Metz drei. Hinterhof. Schreinerwerkstatt. Geht in die Schön siebzehn. Übernimmst du?«

»Klar. Muss vorher aber noch die Sachen bei dem Steuerberater abliefern. Dauert drei Minuten.«

»Geht in Ordnung.«

Der Lieferwagen bog in eine Seitenstraße. Fiona sandte ihm einen giftigen Blick hinterher. Dem Fahrer hätte sie eigentlich gerne was erzählt. Sie trat in die Pedale, schlängelte sich zwischen zwei Wagenkolonnen hindurch und fuhr bei Dunkelorange über die Kreuzung an der Rosenheimer Straße.

Als Fahrradkurier arbeitete sie erst seit drei Wochen. Der bisherige Höhepunkt in ihrer Laufbahn schlecht bezahlter Jobs. Unter anderem als Tierpflegerin, Animateurin und Klettercoach. Es war an der Zeit, herausfinden, was sie mit ihrem Leben anfangen wollte. Wobei sie es eigentlich wusste. Tief in ihr gab es diese Stimme, die sich immer wieder Gehör verschaffen wollte. Film. Das war es. Oder Videokunst, vielleicht auch Malerei. Doch sobald diese vorlaute Stimme sich in ihr rührte und sie drängte, endlich den Vorbereitungskurs für die Kunstakademie zu besuchen oder sich mal die Aufnahmekriterien der Filmhochschule anzusehen, gab Fiona ihr was aufs Maul. Es ging nicht. Alle Stacheln stellten sich auf. Niemals würde sie in seine Fußstapfen treten. Niemals! Mit ihm hatte sie nichts gemein.

Also versuchte sie es immer wieder mit etwas anderem. Ihre abgebrochenen Studiengänge häuften sich. Jura war ihr zu trocken gewesen und außerdem zu nah an dem Päckchen, das sie mit sich herumschleppte. Kunstgeschichte zu theoretisch und diese Tourismuskiste zu kommerziell. Ewig von mies bezahlten Jobs zu leben – wobei *leben* grandios übertrieben war –, war jedenfalls nicht der Plan. Der heutige Tag bestätigte sie wieder einmal in dem Vorsatz, endlich eine vernünftige Ausbildung zu machen. Es war schon beinahe Mittag, und sie hatte erst ein paar mickrige Aufträge gehabt. Eine Kurzstrecke für fünf Euro. Eine Abholung im sechsten Stock eines Bürogebäudes, dessen Lift ausgefallen war. Ihr war nichts anderes übriggeblieben, als die Treppen nach oben zu spurten. Gratis Fitnesstraining. Als ob es ihr daran mangelte. Und nun die Zustellung für den Steuerberater.

Stau in der Orleansstraße. Fiona wich auf den Gehweg aus, wechselte nach hundert Metern auf die Spur für Busse und Taxen, was wütendes Gehupe zur Folge hatte. Von wem auch immer. Sie sah sich nicht um und bog auf den Orleansplatz ein. Der Regen ließ nach. Das Kopfsteinpflaster glänzte. Aus den Kastanien entlang der Wörthstraße segelten die ersten gelben Blätter. Ein paar Wochen noch, und alles würde kalt und grau und matschig sein. Die ganze Stadt ein Spiegel ihres Lebens. Wenn man mal von den ersten Jahren absah, in denen es Sommer gewesen war. Was dachte sie denn da? Fi verscheuchte diese Gedanken. Man musste das Leben nehmen, wie es kam, und durfte sich nichts gefallen lassen. Das war der Trick.

Ein schwarzer Porsche überholte sie mit drei Millimetern Abstand, großzügig geschätzt, und rauschte dabei durch eine Pfütze. Ein Schwall Dreckwasser spritzte hoch und ergoss sich über Hose und Schuhe. Verdammter Idiot! Der Kerl fuhr einfach weiter. Es war nicht zu fassen.

Die Ampel Ecke Breisacher schaltete auf Rot. Der Wagen stoppte. Fiona holte ihn ein, hielt mit ihrem Mountainbike so dicht neben der Fahrertür, dass an Aussteigen nicht zu denken war, jedenfalls nicht, ohne den teuren Lack zu zerkratzen, und schlug mit der flachen Hand aufs Dach. Es schepperte eindrucksvoll. Nun galt ihr die Aufmerksamkeit des Fahrers. Die Seitenscheibe glitt herunter. Der Kerl war höchstens so alt wie sie und sah aus wie Söders jüngeres Double. Schicker Anzug, Designerschal. Jurastudent, darauf wettete sie ihren Arsch, Bewohner des Hotels Mama und garantiert Mitglied in einer schlagenden Verbindung oder wenigstens in einem Golfclub. Und dann noch diese Pilotenbrille. Boah. Echt übel.

»Hast du ein Problem?«, fauchte er sie an, noch bevor die Scheibe unten war. Sehr schön. Er war jetzt mindestens so wütend wie sie. Doch sie würde ihn grillen. Und das schneller, als er denken konnte. Ihr kam schon lange keiner mehr blöd.

»Ich? Ein Problem?« Sie schenkte ihm ein strahlendes Lächeln. »Wieso denn? Ich wollte mich nur für die Dusche bedanken. Jetzt bräuchte ich allerdings noch ein Handtuch.« Mit einem Ruck zog sie Söders Doppelgänger den Schal vom Hals und wischte den Dreck von Hose und Schuhen.

»Du hast sie ja nicht mehr alle! Gib den her!« Eine Hand fuhr hangelnd aus dem Fenster. Sicher wäre er aus dem Wagen gesprungen, wenn er nur gekonnt hätte.

»Nur nicht so ungeduldig.« Sie zog das edle Tuch durch die Finger. »Sicher Kaschmir, oder?« So weich wie sich das anfühlte, lag sie mit dieser Vermutung sicher nicht verkehrt. Jedenfalls war der Schal zum Händetrocknen bestens geeignet.

»Das ist Diebstahl. Ich zeige dich an, du Schlampe.«

Fiona schätzte seinen Blutdruck auf ungefähr zweihundert. Nicht sehr gesund. »Keine Panik. Du bekommst ihn doch gleich zurück«, erwiderte sie sanft und beugte sich zu ihm hinunter, als spräche sie zu einem Debilen. »Und das mit der Schlampe solltest du besser für dich behalten. Schlimm genug, dass du so von mir denkst. Paragraph 185 StgB: Beleidigung. Ich tue jetzt einfach mal so, als hätte ich das nicht gehört. Okay?« Genüsslich polierte sie mit dem teuren Fetzen den Lenker.

»Du hast ja nicht alle Latten am Zaun!« Seine Hand kreiste an der Schläfe, für den Fall, dass sie nicht verstand, was er meinte. Dort pochte unter der Haut eine Ader. »Du gehörst ja eingewiesen!«

Die Ampel war längst grün geworden. Die beiden Wagen hinter ihnen scherten aus und fuhren davon. Bedauernd verzog Fiona den Mund und setzte ihren Unschuldsblick auf. »Weshalb ist es ein Problem für dich, wenn jemand nett zu dir ist? Ich habe mich doch nur bedankt.«

Söders Doppelgänger sah aus, als würde er gleich explodieren, wie ein Dampfkochtopf mit defektem Ventil. »Du hältst dich wohl für besonders schlau. Na warte.« Er rutschte auf den Beifahrersitz und sprang aus dem Wagen. Als er um das Heck kam, warf sie ihm den Schal zu. »Da! Fang! Deine Mami wäscht ihn bestimmt für dich.«

Auf weiteren Streit hatte sie keinen Bock. Sie waren quitt. Im Anfahren warf sie dem Kerl noch eine Kusshand zu, vernahm einen dumpfen Fluch und hörte eine Sekunde später hinter sich die Wagentür zuknallen und den Motor aufheulen. Die Ampel schaltete auf Rot. Die Kreuzung war frei. Sie fuhr weiter. Der Kerl hatte sicher nicht die Eier, es ihr gleichzutun. Wetten? Als sie sich umsah, stand der Porsche an der Haltelinie. Sie hatte es ja gewusst.

Mit sich zufrieden radelte sie den Bordeauxplatz entlang und bog in die Comeniusstraße ein.

Zurückschlagen oder untergehen. Sie war sieben gewesen, als sie dieses ungeschriebene Gesetz erkannt hatte. Damals, als sich ihre Welt um hundertachtzig Grad gedreht hatte, sich von einem ewigen Mittsommertanz in die Dunkelheit und Kälte einer Polarnacht verwandelte. Es war so lange her. Sie wollte nicht mehr daran denken.

Fiona hielt vor dem Haus, in dem sich die Steuerkanzlei befand, und sah sich um. Den Porsche hatte sie abgehängt.

Ihr iPhone begann zu schrillen. Keine Zeit für privaten Kram. Sie warf nicht mal einen Blick aufs Display, kettete das Bike an und betrat das Haus. Dritter Stock. Wo war der Lift? Suchend sah sie sich um. Nirgendwo. Zweite Gratiseinheit Cardiotraining. Der Bagjack auf ihrem Rücken wippte im Takt, als sie zwei Stufen auf einmal nehmend nach oben hechtete. Die Socken waren durch die Dusche nass geworden. Bei jedem Schritt gaben ihre Schuhe ein schmatzendes Geräusch von sich. Die Füße wurden kalt. Was für ein beschissener Tag. Er konnte nur noch besser werden. Schlimmer ging es wirklich nicht mehr.

Hinter dem Empfangstresen saß eine Frau, die aufsah, als Fiona eintrat. »Radlkurier. Ich habe was für euch.« Sie zog die Ordner hervor, ließ sich den Empfang quittieren und den Kurierscheck aushändigen und war nach einer Minute wieder raus aus dem Laden.

Jetzt in die Metzstraße zur Schreinerei, von dort weiter nach Untergiesing. Sie erledigte den Job und funkte

Frank an. Im Moment hatte er keinen Anschlussauftrag. Die Gelegenheit für eine Mittagspause. Sie hatte einen Bärenhunger.

In der Nähe gab es einen türkischen Imbiss. Beinahe alle Tische waren besetzt. Hauptsächlich von Männern. Handwerker und LKW-Fahrer. Der eine oder andere interessierte Blick streifte sie, als sie Jacke und Radhelm ablegte. Einer konnte es nicht lassen und pfiff. Kerle standen nun mal auf lange Haare und wohlgeformte Brüste. Und sie stand auf Sixpacks und Muckis und Männer, die wussten, was ein Duschgel und ein Deo war und dass man nicht in den Verdacht geriet, schwul oder ein Verschwender zu sein, wenn man sie öfter als einmal im Monat benutzte, und dass ein Dreitagebart kein wildwucherndes Gestrüpp war, sondern sorgsamer Pflege bedurfte. Von denen hier wusste das keiner. Das erkannte Fi mit einem Blick.

Es roch nach feuchten Jacken, warmem Pide und reichlich Knoblauch. Vor allem aber nach frischen Falafeln. Fiona holte sich an der Theke eine Portion und checkte das Handy, während sie aß. Auf der Mailbox war eine neue Nachricht. Von Onkel Ludwig. Sie erkannte seine Stimme sofort, obwohl sie zuletzt vor einem Jahr mit ihm gesprochen hatte.

»Hallo Fiona. Ludwig hier.« Es folgte ein kurzes Schweigen, das er mit einen Räuspern beendete. »Schade, dass ich dich nicht erreiche. Vielleicht rufe ich besser später noch einmal an. Obwohl ...«

Wieder hörte Fiona für einen Moment nur Stille, dann ein Durchatmen. Meine Güte, was war denn los?

»Ich weiß ja, wie ihr zueinander gestanden habt«, klang es schließlich an ihr Ohr. Wer denn zum wem? Eine fürchterliche Ahnung stieg in ihr auf und klatschte ihr wie ein nasser Lappen ins Gesicht. Es ging um Ben.

»Also ist es wohl nicht so schlimm, wenn ich dir diese Nachricht auf der Mailbox hinterlasse.«

Ein unangenehmes Ziehen legte sich in Fionas Magen, während gleichzeitig Wut in ihr aufstieg.

»Ja, also … Es tut mir leid, Fiona. Dein Vater … Er ist gestern Nacht gestorben. Ruf mich bitte an, wenn du das hier abhörst.«

Fiona legte das iPhone weg. Ben war also tot.

Hatte sie nicht vor einer halben Stunde noch gedacht, dass dieser beschissene Tag nur noch besser werden konnte?

Yes! Go to hell, Ben!

Wie oft in ihrem Leben hatte sie ihm das gewünscht? Sicher tausendmal, und nun hatte er genau das getan. Er war zur Hölle gegangen. Und es fühlte sich eigentlich nicht so gut an, wie sie immer geglaubt hatte.

2

Am nächsten Morgen wurde Fiona von Kaffeeduft geweckt. Er zog durch die kleine und abartig teure Wohnung in Giesing, die sie sich mit ihrer Freundin Bea teilte. Die Höhe der Miete stand im umgekehrt proportionalen Verhältnis zu Größe und Ausstattung. Doch in München mussten sogar Leute mit mehr als dem Durchschnittseinkommen froh sein, ein irgendwie bezahlbares Dach über dem Kopf zu finden. Weltstadt mit Herz für die Reichen. Die machten sich hier immer breiter, eroberten ein Viertel nach dem anderen. Eine feindliche Übernahme folgte der nächsten. Neuerdings war sogar Giesing sexy. Irgendwann würden die Investoren auch noch den verborgenen Charme des Hasenbergls für sich entdecken.

In der Küche wurde das Radio angedreht. Es war Samstag. Doch nun war sie schon mal wach und würde nicht mehr einschlafen. Fiona reckte sich und stand auf. Die Muskeln an Waden und Oberschenkeln schmerzten. Vor allem aber spürte sie ihren Hintern. Ein neuer Sattel musste her. Und andere Schuhe. Wasserdichte. Turnschuhe waren für ihren Job ungeeignet. Seit gestern war das klar.

Ben war also gestorben. Wie wohl? Verärgert schob sie diese Frage beiseite. Tot war tot. Sie wollte es nicht wissen. Deshalb hatte sie Ludwig noch nicht zurückgerufen. Sie hatte null Bock auf ein Gespräch mit ihm, auf die Familie in Freising, darauf, dass diese alte Geschichte von den Toten wiederauferstand, dass das alles wieder hochkochte. Darauf konnte sie hervorragend verzichten.

Aus dem Klamottenberg, der sich im Laufe der Woche auf dem Sessel angesammelt hatte, zog sie eine graue Jogginghose und ihr ausgeleiertes Lieblingsshirt und ging in die Küche, um mit Bea zu frühstücken, die von ihrer Nachtschicht aus dem Harlachinger Krankenhaus zurück war. Die Kaffeemaschine röchelte wie Darth Vader. Bea hatte Semmeln und Croissants mitgebracht. Sie war ein zierliches und normalerweise energiegeladenes und freches Persönchen. Doch heute saß sie still vor ihrem Teller und hielt den Kaffeebecher, als müsste sie sich daran wärmen. Sie war nicht einfach nur müde. Etwas bedrückte sie.

»Was ist denn los mit dir?«

Bea sah auf und zog die Schultern hoch. »Guten Morgen, Fi. Eigentlich ist nichts los. Nur … Letzte Nacht ist eine Patientin gestorben. Eine alte Frau. Sie war so nett. Und sie konnte gut erzählen.« Beas Blick ging über den Tisch zum Fenster. »Den Krieg hat sie natürlich miterlebt. Kurz vorm Ende hat sie auf der Flucht ihren dreijährigen Sohn verloren. An einem Bahnhof. Alle wollten in den letzten Zug Richtung Westen. Im Gedränge wurden die beiden auseinandergerissen. Er muss in den Zug gelangt sein, sie nicht. Ihr Leben lang hat sie nach ihm gesucht und die Hoffnung nie aufgegeben, ihn zu finden. Und jetzt ist sie tot und hat nie erfahren, was aus ihm geworden ist. Das ist so traurig.«

Ludwigs Anruf fiel Fiona wieder ein. *Ben ist letzte Nacht gestorben.* Auch sie hatte ihn nie wieder gesehen. Wenn man von den zehn Sekunden absah, die sie vor einem Jahr dann doch gebraucht hatte, um ihm die Tür vor der Nase zuzuknallen. Auf seinen Besuch war sie nicht vorbereitet gewesen. Sie hatte einfach nicht damit gerechnet und ihn zuerst nicht erkannt. Wie auch, nach achtzehn Jahren? Manchmal, wenn sie daran dachte, tat es ihr leid. Und das ärgerte sie. Sie wollte mit ihm nichts zu tun haben. Nie wieder sollte er in ihrem Leben eine Rolle spielen. Das hatte sie schon vor einer Ewigkeit entschieden. Und dann stand er einfach ohne jede Vorwarnung vor ihrer Tür. Was hatte er denn erwartet? Dass sie ihm vor Freude um den Hals fiel? Jetzt war es ohnehin nicht mehr zu ändern. Falls sie das überhaupt wollte.

Bea erlöste sie aus diesen krausen Gedanken. »Vielleicht treffen sich die beiden jetzt wieder. Wäre doch schön, wenn es ein Jenseits gäbe.« Sie stellte den Becher ab und lächelte. »Ich würde es ihr wünschen.«

Fiona verscheuchte jede Erinnerung an ihren Vater und stimmte Bea zu. Es klingelte an der Tür. »Sicher der Postbote mit meinen neuen Schuhen.« Bea stand auf.

Wenn es tatsächlich ein Jenseits gab, würde sie Ben dort nie begegnen, überlegte Fi. Entweder schmorte er bereits in der Hölle oder wurde wenigstens im Fegefeuer geröstet. Sie war zwar nicht gläubig, doch das wollte sie gerne glauben.

Stimmen klangen aus dem Flur in die Küche. Das Bild von Ben im Fegefeuer wollte sie sich dann doch nicht weiter ausmalen. Fi griff nach dem Nutellaglas, strich die Schokocreme fingerdick auf die Semmel und biss hinein. Ein Klecks tropfte aufs Kinn. Suchend sah sie sich nach einem Tempo um.

Im Flur unterhielt Bea sich noch immer mit dem Postboten. Als sie zurückkam, war sie nicht allein. Ihr auf dem Fuß folgte Mr Darcy. Jedenfalls sah der Kerl so aus wie der Schauspieler, dessen Name Fiona jetzt partout nicht einfallen wollte, der diese Rolle in *Stolz und Vorurteil* gespielt hatte. Der Wahnsinn! Sie verschluckte sich fast, rieb den Rest Nutella vom Kinn und absolvierte binnen einer Sekunde einen kritischen Check mit zufriedenstellendem Ergebnis: ausgeleierte Jogginghose, verwaschenes Shirt mit peinlichem Hello-Kitty-Aufdruck, strähnige Haare, null Make-up. Kein Anblick, der ihn auf Ideen bringen könnte. Alles bestens.

»Besuch für dich.«

»Für mich?« Sollte sie ihn etwa kennen? Ein musternder Blick. Ne, an ihn würde sie sich erinnern. Diese blaugrauen Augen konnte man gar nicht vergessen.

Zögernd reichte Mr Darcy ihr die Hand über den Tisch. Fi riskierte einen zweiten Scannerblick. Wohldefinierte Muskeln zeichneten sich unter dem engen Shirt ab. Also Sportler. Maximal dreißig. Selbstsicherer Blick.

»Matthias Stiller. Ich wollte Ihnen mein Beileid aussprechen.«

Fi verschluckte sich beinahe. »Was?«

»Zum Tod Ihres Vaters. Sie sind doch Fiona Jacoby?«

»Ja, klar bin ich das. Aber das Kondolieren können Sie sich sparen.«

Er zog die Hand zurück. In Beas Augen blinkten Fragezeichen. *Was ist denn los? Dein Vater ist gestorben, und du verlierst kein Wort darüber? Geht's noch?* Fiona zuckte mit den Schultern.

Was wollte Darcy hier? War er am Ende Bestatter und hoffte einen Auftrag zu ergattern? Dann war er bei ihr an der falschen Adresse. Oder etwa nicht? Ein heißer Schreck durchfuhr sie. Musste etwa sie Bens Beerdigung bezahlen? Niemals! Selbst wenn sie das Geld dafür gehabt hätte. Das musste Ludwig übernehmen. Er hatte mehr als genug und würde das sicher gerne tun.

Fi lehnte sich im Stuhl zurück. »Was wollen Sie von mir? Doch nicht kondolieren. Sie kennen mich ja gar nicht.«

»Ich bin Rettungsassistent beim BRK in Freising. Und ich habe eine Nachricht für Sie.«

»Das dauert wohl ein wenig länger.« Bea zog den Klappstuhl aus der Nische. Darcy nahm ihn und setzte sich an den Tisch. »Danke.« Ein Lächeln war Beas Lohn.

Eine diffuse Angst stieg in Fiona auf. Etwas raste da auf sie zu, und es hatte mit Ben zu tun. Sie zog die Füße auf den Sitz und umfing die Knie mit den Armen. »Von wem?«

»Von Ihrem Vater.«

Obwohl sie es geahnt hatte, verschlug es ihr die Sprache. Und das kam eher selten vor. In dem Chaos unterschiedlichster Gefühle, die seit gestern in ihr wühlten und um die Oberhand kämpften, gewann aktuell die Wut. Hatte sie Ben nicht klipp und klar gesagt, dass sie nichts mit ihm zu tun haben wollte? Keine Treffen, keine Telefonate, keine SMS, Briefe oder Mails. Offenbar hatte sie *keine reitenden Boten* vergessen. »Was für eine Nachricht denn?«

Darcy musterte sie, als ob er sich insgeheim eine Frage

stellte. Vielleicht die, wie viel Wahrheit sie vertrug. »Ich war im Einsatz, als in der Nacht zum Freitag das Haus Ihres Vaters abbrannte.«

Bisher hatte sie sich keine Gedanken darüber gemacht, wie Ben gestorben war, und unwillkürlich an Unfall oder Herzinfarkt gedacht. Ein Brand also.

»Wir haben alles versucht, um ihn zu retten. Doch manchmal reicht das nicht. Es tut mir leid. Bevor Ihr Vater gestorben ist, hat er mich gebeten, Ihnen etwas auszurichten. Ich musste es ihm versprechen. Es war ihm sehr wichtig.« Darcy suchte Blickkontakt. »Ich soll Ihnen sagen, dass er Sie immer geliebt hat, dass ihm leidtut, was geschehen ist, und dass er kein Mörder ist.«

Was? Benommen schüttelte Fiona den Kopf, wie nach einem Schlag. Nein. Nicht das! Dann kam der Zorn. Meine Güte war das dreist! Es war nicht zu fassen! Log bis zum letzten Atemzug! Natürlich war er ein Mörder. Achtzehn Jahre hatte er gesessen. Und falls er dachte, er konnte sich mit seinen letzten Worten zu einem bedauernswerten Justizopfer stilisieren, dann hatte er sich geschnitten.

Fiona sprang auf. »Was für eine Scheiße ist das denn! Sie sind einem Lügner auf den Leim gegangen. Lügen sind alles, was mein Vater in seinem Leben zustande gebracht hat. Natürlich war er ein Mörder.«

Darcy schob den Stuhl zurück. »Erstens: Es gibt keinen Grund, mich anzuschreien. Ich habe Ihnen nichts getan. Und zweitens: Ich arbeite seit zehn Jahren im Rettungswesen und habe einiges erlebt. Auch letzte Worte von Sterbenden. Niemand verschwendet seinen letzten Atem an eine Lüge. Auch Ihr Vater nicht. Sie sollten ihm glauben.« Er atmete durch. Seine Tonlage wechselte ins

Versöhnliche. »Wenn Sie ihn gesehen hätten ... Es war ihm so wichtig. Er hat nicht gelogen.«

Was wusste er denn schon? Nur weil er ihrem Vater beim Sterben das Händchen gehalten hatte, glaubte er ihn zu kennen? Er hatte ja keine Ahnung!

»Nun haben Sie Ihr Versprechen ja eingelöst und können guten Gewissens gehen.«

Seine Gesichtszüge verhärteten sich. »Mach ich. Ich bin schon weg. Doch Sie sollten Ihres mal erforschen. Gut möglich, dass Sie Ihrem Vater unrecht tun.«

3

Was für ein selbstgefälliger Kerl! Von wegen unrecht tun! Bea warf Fiona einen ratlosen Blick zu und begleitete Darcy zur Tür. Fi griff nach der Nutellasemmel. Eine ordentliche Portion Serotonin war genau das, was sie jetzt brauchte.

Kaum hatte sie hineingebissen, schrillte ihr iPhone. Ludwigs Name stand im Display. Da er es ohnehin so lange versuchen würde, bis er sie erreichte, brachte sie es besser gleich hinter sich.

»Hi, Onkel Ludwig.«

»Hallo Fiona. Wie geht es dir?« Ludwigs Stimme, die sonst so fest und bestimmt war – eben ganz Unternehmer, der seinen Leuten zeigen musste, wo es langging – war heute ein wenig unsicher.

»Prima.« Obwohl das nicht stimmte. Bens Tod ging nicht so spurlos an ihr vorüber, wie sie gehofft hatte.

»Hast du meine Nachricht nicht erhalten?«

»Doch. Schon.«

»Ja, aber … Weshalb hast du nicht zurückgerufen?«

»Ich komme schon klar damit. Es ist ja nicht so, dass

mich Bens Tod in ein tiefes schwarzes Loch von Trauer und Verzweiflung stürzen würde.«

»Ich dachte ... Na gut. Willst du nicht wissen ...«

»Danke! Wirklich nicht!« Sie war nicht scharf darauf, Details über Bens Ableben zu erfahren. Er war also im Wochenendhaus ihrer Großeltern verbrannt, das Ludwig ihm überlassen hatte. Bestimmt hatte er Feuer im Kamin gemacht, wie immer, wenn sie dort gewesen waren. Und dann hatte er darauf nicht achtgegeben. Wäre ja nicht das erste Mal. Schon vor zwanzig Jahren war das alte Holzhaus beinahe abgebannt, weil Ben das Feuer einfach unbeaufsichtigt ließ.

»Wie du meinst. Es ist vielleicht besser so.« Ludwig fand zur gewohnten Form zurück. »Trauerfeier und Beisetzung finden am Freitag um zehn Uhr statt. Auf dem Waldfriedhof. Wir rechnen mit dir.«

Das war nun eine reichlich schräge Idee. Wie kamen Onkel Ludwig und Tante Sabine denn darauf? »Tut das besser nicht. Für mich ist Ben schon vor neunzehn Jahren gestorben.«

Plötzlich sah sie ihren Vater wieder vor sich. Der Tag, an dem ihre glückliche Kindheit jäh endete, war so strahlend schön gewesen.

Mit einem Mal ist sie wieder sieben Jahre alt. Das neue Schuljahr hat angefangen. Seit ein paar Tagen geht sie in die zweite Klasse und ist so stolz, die Beste in Lesen und Schreiben zu sein. Sie sitzt neben ihrer Freundin Katja in der Bank und sieht aus dem Fenster, während Frau Hummelsberger die Hefte austeilt. Der Himmel spannt sich in einem schimmernden Blau über den Stoppelfeldern, und die Sonne scheint so warm, als wäre noch Sommer. Ein geschenkter Tag, wie Oma Charlotte manchmal sagt. Die Vorstellung, dass man Tage geschenkt bekommen kann, ist zwar komisch, aber sie gefällt Fiona.

In der Pause hat sie Kastanien gesammelt, die drücken jetzt in der Hosentasche. Da die anderen Kinder schon alle aufgeklaubt hatten, ist sie einfach in den Baum geklettert und hat an den Zweigen gerüttelt, bis Katja, die unten wartete, genug für zwei hatte. Nach den Hausaufgaben wollen sie Pferde und Kühe daraus basteln.

Frau Hummelsberger tritt lächelnd an die Bank und reicht ihr das Rechenheft. »Das hast du sehr gut gemacht, Fiona. Kein einziger Fehler. Dafür habe ich dir drei Sternchen gegeben.« Katja hat auch drei bekommen. Sie strahlen sich an. Der Gong ertönt. Die Stunde ist aus.

Heute darf sie alleine von der Schule nach Hause laufen. Sie besucht schon die zweite Klasse und ist groß und vernünftig, hat Papa gesagt. Mama hat genickt, obwohl Fiona weiß, dass es ihr lieber wäre, wenn das mit dem Großwerden nicht so schnell ginge. Mama hat immer Angst, dass etwas passiert, und sie fürchtet sich vor beinahe allem.

Vor der Schule trennen sie sich. Katja muss rechts den Hügel hinauf, Fiona linker Hand den Weg hinunter. Sie nimmt die Abkürzung und biegt auf den Feldweg ein, der von hinten über die Koppel zu dem alten Bauernhof führt, in dem sie wohnen. Drei Sternchen. Papa wird sich freuen und stolz auf sie sein. Mama natürlich auch.

Die Luft duftet nach Erde. Am Wegesrand entdeckt sie einen knallroten Käfer mit langen schwarzen Fühlern. Keine Zeit, ihn genauer anzusehen. Sie will nach Hause. Die Strickjacke mit den Hirschhornknöpfen ist viel zu warm. Sie zieht sie aus. An der kleinen Brücke zögert sie.

Über Brücken gehen kann jeder. Aber gelingt es ihr, über den Bach zu springen? Er ist ganz schön breit. Der Max hat es neulich geschafft. Was er kann, kann sie schließlich auch. Entschlossen wirft sie die Schultasche auf die andere Seite und die Jacke hinterher, nimmt Anlauf und springt. Sie fliegt! Drüben knallt sie mit dem Knie auf einen Stein. Ein brennender Schmerz. Benommen rappelt sie sich auf und guckt nach. Grasflecken an der Jeans, die sich langsam rot färben. Mist! Mama wird schimpfen. Die Spucke macht es auch nicht besser. Der Fleck verschmiert nur.

Als sie den Hof erreicht, steht das Tor zur Werkstatt offen. *Der Mahnende* ist fertig. Aus einem einzigen Stamm hat Papa die Skulptur geschnitzt. Wobei man Phantasie haben muss, um einen Menschen darin zu erkennen. Das ist abstrakt, hat Papa erklärt. *Der Mahnende* erinnert Fiona an Frau Hummelsberger, wenn sie den Finger hebt. *Gebt acht, Kinder.* Vielleicht sollte Papa ihn besser *Die Lehrerin* nennen. Das will sie ihm sagen, doch in der Werkstatt ist er nicht.

Sie rennt ums Haus und bleibt vor Schreck wie angenagelt stehen. Im Hof parkt ein Polizeiauto mit offenen Türen, wie in dem Krimi, den sie neulich heimlich mitgeguckt hat, durchs Schlüsselloch. Papa hat sie fast erwischt, als er aufs Klo musste. Etwas ist passiert.

Die Haustür geht auf. Zwei Polizisten kommen heraus. Ein dicker kleiner. Und ein großer mit Bart. Sie führen Papa zwischen sich. Seine Hände sind mit Handschellen gefesselt.

Eine eiskalte Welle aus Angst und Schreck rollt über sie hinweg und will sie vom Boden reißen. *Ben ist in Schwierigkeiten.* Das hat Oma Charlotte neulich gesagt, als Fiona sie fragte, was die Polizisten von Papa wollten. *Es ist ein Missverständnis. Es wird sich alles klären. Du musst keine Angst haben.*

Und jetzt nahmen sie ihn mit. Ihren Papa! Diese bösen Polizisten. Fiona stürmt auf sie zu, reißt dabei den Schulranzen vom Rücken und schleudert ihn dem Kleineren gegen die Beine. »Lass meinen Papa los! Lass ihn los! Du sollst ihn loslassen!« Wie eine Furie wirbelt sie die Schultasche um sich. Der Polizist lacht, als wäre das alles ein großer Spaß.

»Ist schon gut, Fiona.« Papa geht vor ihr in die Hocke. Sie klammert sich an ihn. Seine Wangen sind kratzig. Er riecht nach Schweiß und Holz und will sie in den Arm nehmen. Doch mit den Fesseln geht das nicht. Die Tränen kommen ganz von allein, obwohl sie das nicht will. Sie ist keine Heulsuse und klammert sich noch fester an ihn. Wenn sie ihn festhält, können sie ihn nicht mitnehmen.

»Du musst nicht weinen«, sagt Papa. »Alles wird gut. Es ist nur ein Irrtum. Wir müssen ein paar Dinge klären, dabei helfe ich der Polizei, und dann bin ich wieder da.«

»Du kommst wieder, Papa?« Ihr Hals wird ganz eng.

»Na klar.«

»Wirklich?«

»Ganz sicher.«

»Versprochen?«

»Versprochen«, sagt Papa und sieht ihr fest in die Augen. »Versprochen ist versprochen und wird auch nicht gebrochen.« Er will ihr durch die Haare wuscheln. Doch die Handschellen hindern ihn daran. Also zwinkert er ihr zu und steigt in das Polizeiauto. »Ich habe dich lieb, Fiona. Ich komme wieder«, ruft er ihr zu.

»Fiona? Bist du noch dran?«, fragt Ludwig.

Noch immer hatte sie das Handy am Ohr. »Ja, klar. Also, auf mich müsst ihr verzichten. Ich schicke auch keine Blumen. Und wenn doch, würde auf der Schleife stehen: Frohes Schmoren in der Hölle. Das würde euch nicht gefallen. Ich bin schließlich keine verdammte Heuchlerin.«

Versprochen ist versprochen und wird auch nicht gebrochen. Von wegen! Er war nicht wiedergekommen. Er hatte sie einfach alleingelassen.

Sie schluckte den Klumpen in ihrem Hals hinunter und beendete das Gespräch in dem Moment, in dem Bea in die Küche trat und sich zu ihr an den Tisch setzte. »Alles okay mit dir?«

Fiona zuckte die Schultern. »Eigentlich schon. Wenn es um meinen Vater geht, dann werde ich einfach grätig. Entschuldige. Ich habe mich wohl ziemlich unmöglich benommen.«

»Na ja, gerade höflich warst du nicht.« Bea griff nach ihrem Kaffeebecher. »Sprichst du deshalb nie über ihn und erweckst den Eindruck, dass er schon lange tot ist, weil er ein Mörder war?«

Bea war ihre einzige Freundin. Und dennoch hatte sie ihr nie die Wahrheit über Ben erzählt, was genau betrachtet ziemlich schäbig und armselig war. Immer war sie ausgewichen oder hatte sich hinter nichtssagenden Floskeln versteckt. »Das ist ja nun nichts, womit man sich brüsten kann.«

»Du hättest ihn nicht so abfertigen sollen.« Bea wies mit dem Kopf Richtung Flur. »Er hat ein Versprechen gegeben, und er hat es gehalten. Er war nur der Überbringer der Nachricht.«

Fi konnte sich ein Grinsen nicht verkneifen. »Und der wird bekanntlich geköpft.«

»Nur, wenn es eine schlechte Nachricht ist.«

Wollte Bea jetzt in dieselbe Kerbe schlagen wie dieser Matthias Stiller? »Können wir das Thema einfach lassen, Bea? Er ist nicht unschuldig. Er hat es getan. Daran gab es nie einen Zweifel.«

»Okay. Um sechs beginnt meine Nachtschicht. Bis dahin sollte ich noch ein paar Stunden schlafen.«

Bea ging ins Bett. Fiona räumte die Küche auf. Bens Nachricht ging ihr durch den Kopf. Er und kein Mörder! Es war absurd. Was war der Zweck dieses Spiels? Es war egal. Denn sein Plan würde nicht aufgehen. Sie spielte nämlich nicht mit.

Fiona wischte den Tisch ab und putzte die Kaffeemaschine. *Seinen letzten Atemzug verschwendet man nicht an eine Lüge.*

Was wusste dieser Rettungsassistent schon? Ein Lügner blieb ein Lügner, und Ben hatte es in dieser Disziplin zum Weltmeister gebracht. *Alles wird gut!* Von wegen. Vor Gericht hatten sie ihm die Tat nachgewiesen. Bis am Ende kein Zweifel mehr blieb. Er hatte seine heimliche Geliebte getötet, diese Schlampe Julia. Dafür hatte er fünfzehn Jahre bekommen.

Einen Tag nach der Urteilsverkündung war Mama mit dem Auto in den Fluss gerast. Ob Unfall oder Absicht war ja auch schon egal. Das Ergebnis war dasselbe gewesen. Kirschholzsarg. Rote Rosen. Letzte Grüße auf Schleifen gedruckt. Alles wegen Ben. Auf Lügen und Versprechungen konnte sie seither verzichten. Dieser Matthias Stiller hatte keine Ahnung, wie es war, als Mörderkind aufzuwachsen.

Neunzehn Jahre zuvor.

Freising.

August 1995.

1

Julia kam aus dem Labor, als sich die Tür hinter dem letzten Vormittagspatienten schloss. Endlich Mittagspause. Dr. Wittmanns Stimme drang aus dem Sprechzimmer. Er telefonierte. Anne saß am Empfang und sortierte eine Patientenakte ein. »Ich hole mir eine Kleinigkeit beim Asia-Imbiss. Kommst du mit?«

»Heute nicht. Ich muss noch etwas erledigen.« Obwohl sie nicht wollte, musste sie lächeln.

»Oh. Ein Treffen mit *ihm*?« Annes neckender Tonfall war nicht zu überhören.

»Ich will wirklich etwas besorgen.« Julia zog den Kittel aus und hängte ihn auf den Bügel.

»Sicher ist er verheiratet.«

Warum konnte Anne es nicht lassen? Immer wieder bohrte sie nach und zog Julia mit ihrem heimlichen Liebhaber auf. Aber nicht mehr lange. Bald würde das Versteckspiel ein Ende haben.

Es war ein strahlend schöner Sommertag. Julia ging durch die Altstadt und registrierte die Blicke der Männer. Sie könnte jeden haben. Doch sie wollte nur einen. In der spiegelnden Scheibe eines Schaufensters begutachtete sie ihre Erscheinung mit einem kurzen Blick über die Schulter, genau wie es das Model aus der Fernsehwerbung tat. Was sie sah, gefiel ihr. Claudia-Schiffer-Blond. Enge Hüfthose aus einem weiß schimmernden Stoff. Kurzes Top, das nur knapp über den Rippenbogen reichte. Dazwischen Bauchnabel und reichlich nackte Haut. Unter dem Top wölbte sich ihr Busen dank des Wonderbras, als bräuchte sie eigentlich C-Körbchen. Diese neuen Push-up-BHs waren eine geniale Erfindung. Inzwischen besaß sie drei Stück.

Ihr Blick fiel auf die Headline der Bild-Zeitung. *Serben metzeln nächste Stadt nieder.* Seit Tagen waren die Medien voll mit Berichten über das Massaker in Srebrenica. Julia ignorierte solche Nachrichten nach Möglichkeit. Es gab so viel Schreckliches in der Welt. Man konnte es nicht ändern. Warum sollte sie sich also damit belasten? Sie interessierte sich für die schönen Dinge des Lebens. Mode, Reisen, schicke Hotels, die Welt der Stars. Ein wenig Glamour. Und natürlich für Ben.

Sie liebte ihn seit ihrer Schulzeit, und nun waren sie endlich ein Paar. Zu guter Letzt erfüllte sich ihr Traum. Bei jedem Gedanken an ihn wurde ihr Herz ganz weit. Ach, Ben! Sie liebte ihn so sehr, dass es nicht mit Worten zu sagen war.

Die Sonne blendete. Julia setzte die neue Sonnenbrille auf, die sie in München bei Hertie entdeckt hatte. Sah aus wie Gucci, hatte aber nur zwanzig Mark gekostet. Beim Zeitschriftenladen legte sie einen kurzen Stopp ein und kaufte die neue BUNTE. *Ach, du schwacher Mann. Sind Frauen moralisch stärker?* Diese Frage prangte auf der Titelseite. Hugh Grant, ein Minister Eggert, den Julia nicht kannte, und der Schauspieler Harald Juhnke wurden als gefallene Helden abgefeiert. Sie könnten mal wieder etwas über Diana bringen, dachte Julia und steckte das Heft ein. Sie an Dianas Stelle hätte längst die Scheidung verlangt. Wie konnte sie sich nur derart von Charles demütigen lassen? Er wollte Camillas Tampon sein. O Gott! Wie schrecklich! Natürlich waren Frauen moralisch stärker.

Die Türglocke bimmelte, als sie die St.-Michael-Apotheke am Marienplatz betrat. Die Hirschapotheke war näher an der Praxis. Sie hätte ihre Besorgung ebenso gut dort erledigen können. Doch es hatte einen Grund, weshalb sie hierhergegangen war, und der hieß Petra Hornberger.

Vor sieben Jahren hatten sie gemeinsam Abitur gemacht. Während Petra in München Pharmazie studierte, wurde Julia medizinisch-technische Assistentin. Das dauerte nicht so lang, und nach dreizehn Jahren Schule hatte sie keine große Lust auf weiteres jahrelanges Büffeln und endlose Prüfungen gehabt. Außerdem waren ihre Noten nicht so besonders gewesen, und für beinahe jedes Studienfach gab es einen Numerus clausus.

Eigentlich hätte sie gerne Sprachen studiert. Auf Lehramt oder als Dolmetscherin. Sprachen flogen ihr zu. Sie hatte ein Talent dafür. Den Französisch-Leistungskurs hatte sie mit voller Punktzahl absolviert. Auch in Englisch und Spanisch war sie gut. Vielleicht wäre es doch besser gewesen, zu studieren. Ihre Arbeit als MTA machte ihr nicht sonderlich viel Freude. Der Umgang mit Menschen lag ihr zwar, doch die Vielzahl von scheußlichen Krankheiten, die es gab, setzte ihr zu. Das Leben war nicht immer nur schön, und das bekam sie täglich zu sehen.

Die Tür der Apotheke schloss sich automatisch. Suchend schaute sie sich um und entdeckte Petra hinter dem Tresen. Die dunklen Haare hatte sie wie eine Balletttänzerin streng aus dem Gesicht frisiert. Randlose Brille. Hochnäsiger Blick. Die hatte sich schon immer für etwas Besseres gehalten. Julia schob die Gucci-Brille ins Haar und steuerte auf ihr Ziel zu. Petra sah auf. »Hallo Julia. Was kann ich für dich tun?«

»Ich brauche einen Schwangerschaftstest.«

Ein kühles Lächeln erschien auf Petras breitem Gesicht. »Das ist schon der dritte.« Ganz offensichtlich verkniff sie sich die Frage, ob es nicht klappte, und öffnete eine der unzähligen Schubladen, in denen die Medikamente aufbewahrt wurden. »Denselben wie letztes Mal? Oder willst du einen anderen ausprobieren?«

Julia wollte denselben wie bisher. Da wusste sie schon, wie es ging. Petra brachte die Packung. »Du scheinst ja Mister Right gefunden zu haben.«

So plump war sie nicht, direkt zu fragen, wer es war, ob sie ihn vielleicht kannte. Noch durfte es niemand wissen. Aber bald. Und dann würde die liebe Petra Augen machen. Daher lächelte Julia lediglich vielsagend.

Den Rest der Mittagspause verbrachte sie mit einem Bummel durch die Altstadt. In einer Buchhandlung entdeckte sie einen brandneuen Kriminalroman, der noch in der Sammlung ihrer Mutter fehlte. Julia kaufte ihn und schlenderte zur Praxis zurück.

Der Nachmittag wollte nicht vergehen. Die Minuten schleppten sich dahin. Ungeduldig wartete sie darauf, dass die Zeiger der Uhr auf sechs vorrückten. Anne machte kurz vor fünf Schluss. Seit der Scheidung war sie alleinerziehende Mutter und musste ihre Tochter aus der Kita abholen. Als endlich der letzte Patient die Praxis verließ, war es schon beinahe halb sieben.

Dr. Wittmann kam mit einem Stapel Unterlagen aus dem Sprechzimmer. Julia fragte, ob sie die morgen in der Früh einsortieren konnte. Er zog sie ein wenig mit ihrem geheimnisvollen Freund auf, der es offenbar nicht erwarten konnte, sie zu sehen. Was er sehr gut verstand, wie er hinzufügte. Seine Augen hefteten sich auf das Stück nackte Haut, das zwischen Top und Hosenbund hervorlugte. Dann nickte er und wünschte ihr einen schönen Abend.

Der smaragdgrüne Fiat Panda stand vor der Praxis. Ihre Mutter Renate hatte ihn ihr zum sechsundzwanzigsten Geburtstag geschenkt. Julia hatte ja zwischen Knallrot und Metallicblau geschwankt. Doch Renate hatten beide Farben nicht gefallen. »Knallrot ist ordinär, und eine Metalliclackierung ist zu maskulin. Dieses Grün passt doch wunderbar zu deinen Augen.«

Stimmt, dachte Julia wieder einmal, als sie den Wagen aufschloss und einstieg. Den Sinn für Geschmack und Stil hatte ihre Mutter ihr mitgegeben. Sie wusste stets, wie man sich kleidete und benahm, welches die angesagten Restaurants und Lokale waren, welches Buch man derzeit lesen sollte und welchen Film man im Kino nicht versäumen durfte, welche Ausstellung man einfach besucht haben musste und welche Theateraufführung man sich keinesfalls entgehen lassen sollte. Sie wusste immer, was zu tun war und wie man sich richtig verhielt. Ihre Mutter war für Julia sowohl Vorbild als auch beste Freundin, ihre Vertraute und Ratgeberin. Eine innige Beziehung, und Julia hoffte, dass ihr ein ebenso gutes Verhältnis zu ihren eigenen Kindern auch gelingen würde.

Seit sie vor einem Jahr nach Unterschleißheim gezogen war, dauerte der Heimweg länger, gut zwanzig Minuten. Ihre Wohnung – ein schickes kleines Apartment in der obersten Etage eines Hochhauses – war ideal gelegen zwischen ihrem Arbeitsplatz in Freising und München mit seinen Boutiquen, Cafés und Discos. Trotz des guten Verhältnisses zu ihrer Mutter war es irgendwann Zeit gewesen, auszuziehen. Renate hatte sie darin unterstützt, die Maklergebühren übernommen und einen Teil der Einrichtung bezahlt. Ikea kam ja nicht in Frage. Ligne Roset, Rolf Benz und Interlübke schon eher. Renates Scheck war Julia willkommen gewesen. Als MTA verdiente sie nicht üppig, ihre Mutter als Beamtin im gehobenen Dienst bei der Stadtverwaltung in Freising hingegen deutlich mehr. Außerdem hatte sie noch das Geld aus der Lebensversicherung von Paps, der vor zwei Jahren ganz plötzlich gestorben war. Es war kein großer Verlust gewesen.

Er hatte keinen Ehrgeiz besessen, aber einen Hang zum Vulgären. Zu Bier und Fußball. Immer wenn er Mama ärgern wollte, kaufte er einen Kasten Antonius-Bräu. Als Julia mitten in der Pubertät steckte, nahmen diese Käufe zu. Die Antonius-Bräu-Tragl stapelten sich in der Speisekammer, die Ehe ihrer Eltern steckte in einer tiefen Krise. Irgendwann war die Scheidung fällig gewesen. Und vor zwei Jahren hatte ihn dann ein Herzinfarkt aus dem Leben gerissen. Zu Mamas großer Überraschung hatte er sie nie als Begünstigte seiner Lebensversicherung gestrichen. Daher ging es ihr finanziell gut, und sie unterstützte ihre Tochter gerne und großzügig.

Der Feierabendverkehr war dicht. An der Ampel vor der Autobahnauffahrt gab es einen Rückstau. Ihre Blase drückte. Eine Sekunde überlegte sie, bei einer Tankstelle die Toilette aufzusuchen. Doch sie wollte durchhalten, bis sie daheim war. In der Handtasche auf dem Beifahrersitz lag der Schwangerschaftstest. Eigentlich sollte man ihn mit Morgenurin durchführen. Es klappte allerdings auch, wenn man wenigstens vier Stunden nicht auf Toilette gewesen war. Diese Zeitspanne reichte, damit sich genügend Schwangerschaftshormon ansammelte, um im Test nachweisbar zu sein. Bis morgen wollte sie nicht warten. Deshalb war sie zuletzt um zwei auf Toilette gewesen. Nur noch fünf Minuten.

Kurz nach sieben parkte sie den Panda auf dem Stellplatz in der Tiefgarage und kniff die Beine zusammen, während der Lift nach oben fuhr. In der Wohnung angekommen, rannte sie ins Bad, pinkelte in einen Becher, riss die Verpackung auf und führte den Test durch. Drei Sekunden eintauchen. Fünf Minuten warten. Ungeduldig beobachtete sie den Sekundenzeiger ihrer Armbanduhr. Ihr Herz schlug vor Nervosität schneller. Und wenn es nun wieder nichts war? Diesen Gedanken wischte sie beiseite und wurde mit einem Mal ganz ruhig. Sie war schwanger. Sie spürte es. Sie wusste es einfach. Eigentlich brauchte sie diesen Test nicht.

Der Sekundenzeiger zog seine Kreise. Fünf Minuten waren um. Julia warf einen Blick auf das Ergebnisfenster. Zwei violette Linien.

Eine tiefe Ruhe breitete sich in ihr aus, und mit ihr kamen die Tränen. Es war der glücklichste Moment in ihrem Leben. Sie kostete ihn aus, schloss die Augen. Zärtlich strich sie über den noch flachen Bauch. »Hallo, Kleines.« Ben und sie würden ein Kind haben.

Eine Weile blieb sie so sitzen, ruhig und zutiefst glücklich, dann schlug die Freude in einer gigantischen Welle über ihr zusammen. Sie sprang auf. Am liebsten hätte sie jetzt ein Glas Sekt getrunken, um zu feiern. Doch das ging natürlich nicht. Sie musste auf das Kleine achten.

Die Freude musste raus. Sie ging ins Wohnzimmer, suchte nach dem passenden Song und legte die Platte auf. Real McCoy. *Another night, another dream, but always you.* Julia wirbelte im Takt des Discosounds durch ihr kleines Reich. Sie war außer sich vor Glück. *»In the night I dream of love so true.«* Ben, Ben, Ben! Endlich lag eine gemeinsame Zukunft vor ihnen. All die Heimlichkeiten hatten ein Ende. *»It's like a vision of love that seems to be true!«*

Sollte sie es ihm gleich sagen? Am Telefon? Nein, das war der Situation nicht angemessen. Außerdem wusste sie nicht, ob Lydia zu Hause war. Was, wenn sie ranging?

Julia wollte seine Augen sehen, wenn er es erfuhr. Sie wollte seine Freude mit ihm teilen. Ihr Glück. Endlich würden die Heimlichkeiten ein Ende haben. Ein wenig demütigend war es schon, dass sie sich bisher nicht offen treffen konnten, dass er sie versteckte. Endlich klare Verhältnisse. Ben würde sich von Lydia trennen. Von dieser exaltierten Malerin. Julia verstand nicht, was er je an ihr gefunden hatte, an dieser Frau, die aussah wie ein ramponierter Handfeger und sich oft genug auch so benahm. Am besten würde es sein, wenn sie nach London zurückging und ihr Balg mitnahm. Wie konnte man einem Kind nur den Namen Fiona geben?

Du, mein Kleines, wirst einen schönen Namen bekommen, dachte Julia und legte ihre Hand auf den Bauch. Sie fühlte sich so glücklich wie nie zuvor in ihrem Leben. *»Another night, another dream, but always you!«*

2

Der nächste Tag war ein Mittwoch. Nachmittags war die Praxis geschlossen, und Julia hatte ab zwei Uhr frei.

Abends wollte Ben zu ihr kommen. Es war ohnehin ihr Abend. Meistens kam er mittwochs. Sie hatte nie gefragt, woran es lag, vermutete allerdings, dass Lydia zu dieser Zeit einen festen Termin hatte. Vielleicht gab sie einen Malkurs an der Volkshochschule. Oder sie hatte einen Lover. Bei dieser geradezu absurden Idee musste Julia beinahe lachen. Wer aussah wie Lydia, bekam normalerweise keinen Mann ab. Sie war hässlich, und sie machte nichts aus sich. Teigiger Teint. Schiefe Nase. Zahllose Sommersprossen. Wilde rotbraune Locken, die sie mit bunten Tüchern zu bändigen versuchte. Und diese Schlabberklamotten erst! Sie hatten einen einzigen Zweck: wenigstens zehn Kilo Übergewicht zu verbergen. Dass es Nagellack, Lippenstift und überhaupt Make-up gab, schien sie nicht zu wissen. Weshalb Ben sich auf sie eingelassen hatte, war Julia ein Rätsel. Und die Antwort interessierte sie nicht wirklich. Zwischen den beiden lief längst nichts mehr. Das hatte Ben ihr versichert.

Den Nachmittag verbrachte sie mit Einkäufen. Gegen

Abend kehrte sie in ihre Wohnung zurück und deckte den Tisch. Sie wollte eine festliche Atmosphäre schaffen, um die freudige Nachricht zu verkünden. Weißes Porzellan, funkelndes Kristall. Mit einem Tuch polierte sie die Weingläser und platzierte sie neben den Tellern. Das Cromargan-Besteck blitzte. Die Leinenservietten hatte sie erst heute gekauft. Genau wie den versilberten Kerzenhalter, den sie im Vorübergehen im Schaufenster eines Trödelladens entdeckt hatte. Sie steckte eine Kerze hinein und betrachtete mit prüfendem Blick ihr Werk. Der Tisch war gedeckt wie in einem vornehmen Restaurant. Fehlte nur noch das Essen.

Kochen war nicht ihre Stärke. Dennoch war es ihr gelungen, ein Menü zu zaubern. Man musste sich eben zu helfen wissen. Als Vorspeise gab es Caprese. Das war derzeit total in. Klang super, dabei waren es nur Tomaten mit Mozzarella und Basilikum. Das hatte sogar sie geschafft. Da Ben Lasagne liebte, sie das Rezept aber niemals hinkriegen würde, hatte sie im Supermarkt eine Packung tiefgekühlte gekauft. Den eisigen Klotz hatte sie längst aus dem Alubehälter genommen und in die Auflaufform getan, die schon im Ofen stand. Niemand würde auf die Idee kommen, die Lasagne sei nicht selbstgemacht. Und als Nachspeise gab es Tiramisu. Das hatte sie beim Italiener in Freising gekauft. Es wartete im Kühlschrank auf seinen Auftritt. Der Wein stand kalt. Der Korkenzieher lag bereit. Geduscht hatte sie schon. Nur noch schnell umziehen. In zehn Minuten kam Ben.

Im Schlafzimmer lag das Outfit bereit. Ein weiter, weißgrundiger Rock mit Druckmuster, der knapp übers Knie reichte und auf der Hüfte saß. Die dazu passende kurzärmlige Bluse, die man unter dem Busen knotete.

So blieb der Bauch frei. Die Beine waren epiliert und schön gebräunt, wie ihr ganzer Körper. Rasch tupfte sie noch einen Tropfen Parfum hinter die Ohren und auf die Handgelenke und schlüpfte in die Schuhe, Sandaletten mit Riemchen und mörderischem Absatz, da klingelte es schon. Ben war da. Sie atmete durch und war plötzlich nervös.

Bens Anblick haute sie wieder einmal um. Was für ein Mann! Groß, breitschultrig, muskulös. Das Blau seiner Augen. Der struppige Bart. Dieses kühne Lächeln. Haare wie drahtige Wolle, in die sie mit beiden Händen greifen wollte. Es war diese animalische Ausstrahlung, die ihn so verdammt sexy machte.

Er trug Arbeitshosen, T-Shirt und das Hemd offen darüber und kam wohl direkt aus seinem Atelier. »Hi Ben.« Sie schloss die Tür hinter ihm, schlang ihre Arme um seinen Hals und gab ihm einen flüchtigen Kuss auf die Lippen.

»Aber hallo, Liebes.« Er nahm sie bei den Schultern und trat einen Schritt zurück. Sein Blick glitt vom Scheitel bis zur Sohle und wieder hinauf. »Wow. Du siehst verdammt scharf aus.« Er zog sie an sich und küsste sie. Und wie er küsste! So konnte das kein anderer. So fordernd und bestimmt. So nachdrücklich. So küsste einer, der genau wusste, was er wollte. Sie. Jetzt. Hier. Ihr wurde ganz schwindlig. Seine Finger lösten den Knoten der Bluse, den Verschluss des Wonderbras. Beides fiel zu Boden. Seine Hände waren kühl und von der Arbeit rau und schwielig. Sie an ihrem Busen zu spüren, trieb sie fast in den Wahnsinn. Ben! Ben! Ben! Seine Hände waren überall. Der Rock fiel zu Boden. Der Slip. Mit einem Ruck umfasste er ihren Hintern, hob sie hoch. Er nahm sie wie etwas, das ihm ganz selbstverständlich zustand, im Flur an der Wand. Oder doch eher wie ein Verdurstender, der sich auf das rettende Glas Wasser stürzte? Julia schob diesen irritierenden Gedanken weg. Sie kamen beide gleichzeitig und sahen sich dabei in die Augen. Noch nie hatte sie ihn mehr geliebt als in diesem Augenblick. So sehr, dass sie vor Glück beinahe geheult hätte.

Verschwitzt und erschöpft löste Ben seinen Griff und sie die Beine von seinen Hüften. »Irgendwie riecht es hier komisch.«

Sie schnupperte. »O, shit! Die Lasagne.« Ein Kichern stieg in ihr auf. Das war ja beinahe wie im Film. Lachend und nur mit Sandalen bekleidet rannte sie in die Küche und zog die Auflaufform aus dem Ofen. Sehr dunkelbraun. Aber noch nicht schwarz. Nicht wirklich. Das konnte sie noch servieren.

Sie duschten gemeinsam und liebten sich noch einmal. Ben war unersättlich. Er konnte einfach nicht genug von ihr bekommen. Und sie nicht von ihm.

Vor zehn Jahren, auf dem Gymnasium, waren sie bereits ineinander verliebt gewesen und für ein paar Monate ein Paar. Bis er Schluss gemacht hatte. Schon damals – als der erste Schock überstanden war – hatte sie gewusst, dass er es eines Tages bereuen und zu ihr zurückkehren würde. Natürlich hatte sie in der Zeit, in der sie auf ihn wartete, einige Freunde gehabt. Es war nie etwas Ernstes gewesen und hatte nie lange gedauert. Keiner konnte Ben das Wasser reichen. Sie waren füreinander bestimmt. Das war einfach so. Wie ein Naturgesetz.

Während sie sich anzog, war sie kurz davor, mit der Neuigkeit herauszuplatzen. Doch an diesen Moment wollte sie sich ihr Leben lang erinnern und ihn daher feierlich begehen. Nicht in Unterwäsche, sondern bei Kerzenlicht und einem Glas Wein. Wobei sie höchstens einen Schluck trinken würde.

Im Wohnzimmer wartete der gedeckte Tisch. Ben nahm ihn kommentarlos zur Kenntnis. Sie servierte das Caprese und holte den Wein aus dem Kühlschrank. Dass Ben kein Bier trank, war eigentlich komisch. Eines Tages würde er von seinem Vater eine der größten und traditionsreichsten Brauereien Bayerns übernehmen, den Sankt-Antonius-Bräu. Auch deshalb war es wichtig, dass er die richtige Frau an seiner Seite hatte. Lydia hatte ihn ja völlig vom Kurs abgebracht.

Er hatte damals das Brauereistudium einfach hingeschmissen, als er sie kennenlernte. Nur weil sie an der Kunstakademie Malerei studierte und er ihr imponieren wollte. Talent hatte er allerdings. Das musste sie zugeben. Seine Skulpturen gefielen ihr. Sie hatten so etwas Rohes und Unfertiges, eine andere Seite, die sich nicht offen zeigte und sie zum Grübeln und Rätseln brachte. Jedenfalls war er an der Akademie angenommen worden und hatte das Studium nach vier Jahren beendet. Seinem Vater hatte diese Entwicklung natürlich nicht gefallen. Er hatte den Geldhahn zugedreht. Erst wenn Ben sich besann, konnte er wieder mit finanzieller Unterstützung rechnen. Dabei war der alte Jacoby auch geblieben, als Lydia schwanger wurde und die beiden geheiratet hatten. An diesem Tag war Julia beinahe verzweifelt und kurz davor gewesen, von der Korbinianbrücke in die Isar zu springen. Doch dann hatte sie die Kraft wieder gespürt, die sie verband. Es war ihr Schicksal. Sie musste geduldig sein und warten.

Lächelnd entkorkte sie die Flasche Wein. Alles hatte seine Zeit. Und ihre war endlich gekommen.

Wenn es nach ihr ging, würde Ben die Brauerei leiten. Er dachte ohnehin bereits darüber nach, das Studium wieder aufzunehmen. Und Julia war entschlossen, ihn auf den richtigen Weg zu lenken. Von irgendetwas musste er die Familie schließlich ernähren. Seine Kunst brachte kaum Geld ein. Die Bildhauerei konnte er ja als Hobby betreiben. Sie war keine zweite Lydia, die bereit war, mit ihrem Kind in einem heruntergekommenen Bauernhof zu hausen und jeden Pfennig umzudrehen. Jedenfalls nicht, wenn die Position des Geschäftsführers im Familienunternehmen auf ihn wartete. Mit entsprechendem Einkommen und Status. Die Jacobys waren schließlich *die* Familie in Freising.

Julia kehrte mit der Flasche an den Tisch zurück und schenkte Ben ein Glas ein, in ihres goss sie nur einen Schluck. Verwundert sah er sie an. »Du trinkst keinen Wein?«

Der Moment war gekommen. Ihr Herz schlug schneller. Sie lächelte ihn an und griff nach seiner Hand. »Eigentlich würde ich sehr gerne ein Glas trinken. Doch ich muss Rücksicht nehmen.«

Gleich würde er den Stuhl zurückschieben und sie in den Arm nehmen und küssen und vor ihr auf die Knie gehen und ihren Körper mit seinen starken Armen umfangen. Er würde sein Gesicht an ihren Bauch drücken, in dem ihr Kind heranwuchs. Wirklich?, würde er fragen. Ungläubig und staunend, während Funken der Freude in seinen Augen tanzten. Wie schön, würde er sagen.

3

Sein Blick versenkte sich in ihren. Ein fragender Funke glomm darin. »Wieso denn Rücksicht? Du bist doch nicht etwa schwanger?«

Wie er das sagte. *Du bist doch nicht etwa schwanger?* Seine Frage vertrieb die freudige Erwartung in ihr wie ein eisiger Nordwind den ersten Frühlingshauch. Fröstelnd schlang sie die Arme an diesem lauen Sommerabend um sich.

»Doch.« Nur dieses eine Wort brachte sie schließlich hervor.

Ben legte Messer und Gabel auf den Teller. Er wurde ganz bleich. »Wieso denn? Du nimmst doch die Pille.«

»Das … das passiert halt. Vor ein paar Wochen hatte ich diesen Magen-Darm-Virus.« Sie schluckte trocken. Er brauchte sicher noch einen Moment, bis er es begriff, bis er sich freuen würde. »Freust du dich denn nicht?«

»Freuen? Wie kommst du auf die Idee, ich könnte mich freuen?« Die Benommenheit verschwand aus seiner Stimme. Panik gewann die Oberhand. »Du musst es wegmachen lassen.« Er wirkte erleichtert. »Ja. Lass es wegmachen. Es ist doch noch nicht zu spät dafür?«

Wegmachen lassen? Ihr Kind? Ben wollte, dass sie abtrieb? Das konnte nicht sein. Das hier war nicht wirklich. »Wieso? Wir lieben uns doch.«

»Lieben?« Er sah sie an wie eine Fremde. »Wir bumsen. Ich ficke dich. Du fickst mich. Mehr war das doch nie.« Mit beiden Händen strich er sich das Haar straff aus dem Gesicht. »Mehr war das doch nie«, wiederholte er. »Das hast du doch gewusst.«

Aus dem Nichts kam die Übelkeit, rührte mit Messern in ihrem Magen, trieb kalten Schweiß auf ihre Stirn. Sie sprang auf, rannte aufs Klo und kotzte das Caprese in die Schüssel, bis nichts mehr kam und sie nur noch würgte. Aus dem Spiegel sah ihr ein Gespenst entgegen. Sie klatschte ihm Wasser ins Gesicht.

Ich ficke dich. Du fickst mich. Mehr war das doch nie.

Ein Irrtum. Ein schrecklicher Irrtum. An diesen Gedanken klammerte sie sich wie an einen Rettungsring. Ben liebte sie. Er hatte sie doch schon damals geliebt, auf dem Gymnasium. Er in der Abiturklasse, sie in der Zehnten. Er war ihr Erster gewesen. Sogar ein Lied hatte er für sie geschrieben. Einige Zeilen konnte sie auch heute noch auswendig. *Denn zusammen könnte oft Ersehntes endlich in Erfüllung gehen.* Damals hatte er sie wegen Petra sitzenlassen.

Nicht so schlimm. In diesem Alter probiert man sich aus. Man bindet sich noch nicht. Das hatte ihre Mutter gesagt und ihr geraten, künftig die Finger von ihm zu lassen. Doch sie hatte schon damals gewusst, dass sie füreinander bestimmt waren. Sie hatte gewartet, zehn Jahre, bis ihre Zeit gekommen war.

Denn zusammen könnte oft Ersehntes endlich in Er-

füllung gehen. Er meinte es nicht so. Er musste die Neuigkeit erst verstehen.

Julia tupfte sich das nasse Gesicht ab, atmete durch, machte den Rücken gerade und suchte in ihrem Spiegelbild nach Zuversicht. Als sie zurück ins Zimmer kam, saß Ben am Tisch und schenkte sich vom Wein nach. Er war noch da. Er hatte sich nicht ohne ein Wort aus dem Staub gemacht. Vor Erleichterung hätte sie beinahe geheult.

Mit einem einzigen Schluck stürzte er den Wein hinunter. Sie setzte sich zu ihm, nahm seine Hände in ihre. Diese Hände. So rau und voller Schwielen von seiner Arbeit. Wenn es ihm so wichtig war, sollte er weiterhin Bildhauer bleiben. Ihretwegen musste er nicht Brauer werden. Sie liebte ihn. Ob arm, ob reich. Es war egal. Sie wollte, dass er glücklich war. Und wenn seine Kunst ihm das gab ... Natürlich konnte sie weiterhin als MTA arbeiten. Das würden sie schon auf die Reihe bekommen. Es gab unzählige Paare, die das schafften. Es würde auch ihnen gelingen. Wenn er sie nur liebte.

Mit ihren Fingern strich sie über seine Hände, bis er aufsah. Seine Augen waren voller Unsicherheit. Ihre spiegelten sich darin. Nicht weniger verstört. »Ich liebe dich, Ben. Ich will, dass du glücklich bist. Kannst du dich noch erinnern? Damals ... vor zehn Jahren? An den Song, den du für mich geschrieben hast? Erinnerst du dich?« Die Angst gab ihrer Stimme einen falschen Klang, wie den einer Schlangenbeschwörerin. »Erinnerst du dich? Ben? *Denn gemeinsam könnte oft Ersehntes endlich in Erfüllung gehen.* Weißt du noch? Du hast das Lied für mich geschrieben. Wir schaffen das. Ben, wir schaffen es. Wir werden ein Kind haben. Ein Zeichen unserer Liebe. Ich liebe dich doch so sehr. Ohne dich kann ich nicht leben. Bitte. Ben. Sag doch endlich etwas.«

Er saß da wie versteinert, völlig abwesend. Was ging in ihm vor? Sie wusste es nicht. Sie sah nur den Abgrund, der sich vor ihr auftat. Ihr wurde schwindelig. »Ben. Bitte! Du warst es schon immer. Du liebst mich doch auch. Du hast es gesagt. Du hast ein Lied für mich geschrieben. *Denn gemeinsam könnte oft Ersehntes endlich in Erfüllung gehen.* Daran habe ich geglaubt. All die Jahre. Ben. Ich ersehne nichts mehr, als ein Leben mit dir und unserem Kind.« Sie legte den Kopf auf den Tisch. Ihre Worte drangen nicht zu ihm durch. Mein Gott! Wie weit musste sie sich denn noch demütigen? Doch auch dazu war sie bereit.

Sie stand auf, kniete vor ihm nieder, umfasste seine Beine mit ihren Armen und legte ihren Kopf in seinen Schoß. »Wir gehören zusammen. Du und ich. Ying und Yang. Zwei Seiten desselben. Wir werden ein Kind haben.« Er reagierte nicht. Wo war er? All ihre Liebe und ihre Hoffnungen, ihr ganzes Leben raste auf ein schwarzes Loch zu. Verzweifelt sah sie zu ihm auf. »Bitte, Ben! Liebe mich doch auch.«

Ein Ruck ging durch ihn. »Julia ... Liebes ...«

Liebes! Er hatte *Liebes* gesagt!

»Es tut mir so leid. Ich weiß nicht, wie du auf die Idee kommst, dass wir zusammengehören.« Seine Stimme gewann an Festigkeit. »Du bist schön und sexy. Und unkompliziert und so bereit, zu geben. Aber es gibt nur eine, die ich liebe, ohne die ich nicht leben kann, Julia. Und das ist meine Frau. Das ist Lydia.«

Ihr Name traf sie wie ein Schlag ins Gesicht. Lydia!

Dieser zerfledderte Handfeger! Wie konnte er sie lieben? Das konnte doch nicht sein.

»Bitte verzeih mir. Ich habe erst heute Abend verstanden, dass du mich liebst. Ich dachte wirklich ...« Er verstummte.

Er dachte wirklich ... ? Was? Was um Himmels willen dachte er? Dass es nur eine Bumsgeschichte war?

Er beugte sich zu ihr hinab, nahm ihr Gesicht in seine Hände. »Verzeihst du mir?«

Sie nickte benommen.

»Lydia darf das niemals erfahren. Sie wird mich verlassen. Das weißt du. Lydia und ihre Prinzipien. Bitte, lass das Kind wegmachen, und sprich nie darüber. Tust du das für mich?«

Seine Worte zogen ihr die Haut in Streifen vom Leib. Ein brennender, glühender Schmerz. Überall. Er wollte, dass sie ihr gemeinsames Kind tötete! »Warum verlässt du sie nicht?«

»Ich weiß, das kannst du nicht verstehen. Du bist so anders. So lebendig. So lebensfroh. Du bist das Leben. Lydia dagegen ist ... Sie ist ...« Er fuhr sich mit der Hand übers Gesicht. »Sie ist ihre Kunst. Sie braucht mich. Ich kann sie nicht alleine lassen. Bitte. Sag ihr nichts. Was ich bin, bin ich durch sie.«

Was du bist, bist du durch sie! Er zog ihr dieses hässliche Weib vor! Ihre Worte wollten zu vergifteten Pfeilen werden. Genau: Lydia würde ihm den Laufpass geben, würde Pinsel, Farben, Leinwände und ihr Balg zusammenraffen und ihn verlassen, wenn sie das erfuhr. Sie würde so viel Abstand wie möglich zwischen sich und ihn legen. Es war verlockend und doch so falsch. Sie ließ die Giftpfeile im Köcher, suchte nach Argumenten.

»Du hast Lydia doch schon verloren. Zwischen euch läuft doch längst nichts mehr. Das hast du jedenfalls gesagt.«

Er hatte von den Problemen gesprochen, die sie hatten. Es ging ums Geld. Was sonst? Es reichte kaum fürs Nötigste. Ben jobbte ein paar Stunden in der Woche in der Brauerei. Lydia arbeitete Teilzeit in einem Discounter. In der Zeit, die ihnen zwischen Jobs, Haushalt und Kind blieben, malten und bildhauerten sie. Alles, was ihnen wichtig war, kam ständig zu kurz. Sie rieben sich auf, und es ging keinen Schritt voran. Und das seit sieben Jahren. Ewiger Stillstand. Es war frustrierend, und Ben überlegte seit einigen Monaten, das Studium wieder aufzunehmen und Brauer zu werden. Lydia war dagegen. Er sollte sich selbst und seiner Kunst treu bleiben. Doch er sollte auch Geld heranschaffen. Wie das gehen sollte, war ihr offenbar egal.

»Verlass sie, Ben. Bitte.« Sie umklammerte seine Knie, warf sich in den Staub, demütigte sich und bettelte um seine Liebe. Es war so würdelos. Doch es war ihr egal. »Ich kann ohne dich nicht leben. Bleib bei mir und unserem Kind. Du wirst es nie bereuen. Ich werde immer für dich da sein. Ich werde alles tun …«

»Julia. Bitte, lass das!« Er zerrte sie an ihren Händen auf die Beine. »Ich liebe dich nicht. Versteh das doch endlich.«

Einen Moment starrte sie ihn an. Er liebte sie nicht. Er hatte sie nur benutzt! Nun geschah, was sie nicht gewollt hatte. Nun wurden ihre Worte zu giftigen Pfeilen. »Ich werde es ihr sagen«, stieß sie hervor. »Ich werde ihr sagen, dass ich schwanger von dir bin. Und dann wird sie dich verlassen. Du wirst alles verlieren. Auch deine

Tochter. Sie wird Fiona einfach mit nach England nehmen, deine Lydia!«

Mit Genugtuung sah sie die Wirkung ihrer Worte, sah, wie sie ihn trafen, sah die Angst, die sich in seinem Gesicht ausbreitete und an Panik grenzte. »Bitte, Julia. Wenn du mich wirklich liebst, wenn du wirklich willst, dass ich glücklich bin … Wenn du das ernst gemeint hast, dann lass mich gehen und sag zu niemandem ein Wort. Tust du das für mich?«

»Wieso sollte ich? Du hast mir etwas vorgemacht, du hast mich benutzt, weil sie dich nicht mehr ranlässt. Oder? Fürs Bumsen bin ich gut genug. Und sonst für nichts.«

Er kam näher, blieb nur wenige Zentimeter vor ihr stehen. Sie roch den Wein in seinem Atem. Sein Gesicht verschloss sich, der Blick wurde kalt. Darunter schimmerte noch etwas anderes hervor. Etwas, das ihr Angst einjagte.

»Was versprichst du dir davon? Glaubst du, ich mache dir einen Antrag, sobald sie weg ist? Glaubst du, ich schleppe hundert rote Rosen an und knie vor dir nieder? Denkst du das wirklich? Dann hast du mir nicht zugehört. Ich liebe dich nicht! Und ich werde dich nie lieben. Schon möglich, dass Lydia mich verlässt. Das ist sogar ziemlich sicher, wenn sie erfährt, dass ich sie betrogen habe. Ausgerechnet mit dir billigem Flittchen. Doch wir beide werden nie ein Paar. Das war immer nur eine Bumsgeschichte zwischen uns. Geht das endlich in deinen Schädel rein!«

München.

Oktober 2014.

1

Das war jetzt ein Witz. Oder? Fiona betrachtete erst den Karton von der Größe einer Minibar, der vor ihr in der Werkstatt eines Ofenbauers stand, dann den Auftraggeber, einen Kerl in Arbeitshosen und Gesundheitslatschen. Hände in den Taschen. »Ich vermute, Sie haben einen Vorschlag, wie ich die Kiste auf dem Rad transportieren soll.«

Der Ofenbauer zog Schultern und Brauen hoch. »Das ist nicht mein Problem. Ich habe ausdrücklich um einen Fahrer gebeten.«

Schwer war das Teil also auch noch. »Keine Sorge. Ich habe die Muckis, um diese Kiste hochzuwuchten. Das Problem ist der Bagjack.« Sie zog den Rucksack vom Rücken und hielt ihn dem Kerl vor die Nase. »Das hier ist das Maß aller Dinge. Alles, was dort hineinpasst, transportieren wir. Und was nicht hineinpasst, transportieren wir nicht. Ich schätze mal, das hier passt nicht hinein.« Sie wies auf den Karton. »Sie brauchen einen Kurier mit Auto.«

»Will ich aber nicht. Unserer Umwelt zuliebe.«

»Finde ich prima. Dann sollten Sie den Krempel allerdings in mehrere Kartons umpacken, und ich fahre drei oder vier Mal. Deal?« Sie hielt ihm die ausgestreckte Hand hin.

»Das wird aber teuer.«

»Man kann nicht alles haben, ein gutes Gewissen und einen vollen Geldbeutel. Sie müssen sich entscheiden.«

Das Funkgerät begann zu knistern. Frank meldete sich. »Bist du frei und kannst kurz in die Zentrale kommen?«

»Weiß noch nicht. Das klärt sich gleich.« Fragend sah sie ihren Kunden an. »Was ist nun?«

»Ich nehme einen Wagen.«

»Dachte ich mir schon. Erst das Geld, dann die Moral.« Sie machte auf dem Absatz kehrt und drückte die Sprechtaste. »Hi Frank. Ich komme rein. Was gibt's?«

»Jemand von der Polizei will dich sprechen.«

Klasse! Vermutlich hatte irgend so ein Blockwart sie angezeigt, weil sie bei Rot über die Ampel gefahren war oder verkehrt durch eine Einbahnstraße. Das würde ein saftiges Knöllchen geben. Oder eher eine Knolle, wenn die Staatsmacht gleich persönlich in Erscheinung trat. Vielleicht sollte sie das Kurierlogo auf dem Bagjack überkleben. »Bin in zehn Minuten da.«

Genervt verließ sie den Laden und schwang sich aufs Rad. Wieder eine Fahrt, die nichts eingebracht hatte. Bei diesem mies bezahlten Job verbrannte sie ordentlich Kalorien. Zwei Kilo hatte sie schon abgenommen. Es war besser, wenn sie sich nach etwas anderem umsah. Auf Dauer ging das nicht. Es sei denn, sie plante, irgendwann mal als Size-Zero-Model über einen Laufsteg zu staksen.

Mit einem flauen Gefühl im Magen fuhr sie in den Hinterhof, in dem sich die Zentrale des Radlkuriers befand, und kettete das Bike an. Wenigstens konnten sie ihr den Führerschein nicht abnehmen. Sie hatte nämlich keinen.

Frank saß mit Headset an seinem Schreibtisch und vergab einen Auftrag. Mit der freien Hand fuhr er sich über die polierte Glatze und wandte sich an Fiona, als er fertig war. »Was ist mit dem Ofenbauer?«

»Zu groß, zu schwer. Du solltest vorher fragen.«

»Was glaubst du, was ich mache? Er hat einen ganz normalen Karton avisiert.«

Fiona nahm den Helm ab und schüttelte die Haare aus. »Normal? Schätzungsweise dreißig Kilo.« Sie sah sich um. »Wo ist die Exekutive?«

Frank deutete mit dem Daumen hinter sich, Richtung Besprechungszimmer. »Hast du Ärger mit denen?«

»Bis jetzt nicht. Und wenn ich das Logo überkleben darf, bleibt das auch so.«

»Deswegen ist die nicht hier. Sie ist von der Kripo. Und vergiss das mit dem Logo. Ist schließlich Werbung für uns.«

Was wollte denn eine Kripobeamtin von ihr? Die kam doch hoffentlich nicht wegen Ben. Seit Tagen versuchte sie, nicht an ihn zu denken und schon gar nicht an seine letzten Worte. Es konnte nicht sein. Er hatte gelogen. Natürlich hatte er das. Alles andere war unvorstellbar.

Fiona betrat das Besprechungszimmer, das eher eine Abstellkammer war. Was vorne im Büro störte, wurde hier abgeladen. Putzzeug, Trittleiter, Büromaterial und Radzubehör. Am Fenster zwischen dem Tisch und einem Regal voller Flyer und Kopierpapier stand eine pummelige Frau in einem zerknüllten Hosenanzug aus grauem Leinen. Als Fiona eintrat, wandte sie sich um und steckte das Handy ein. »Frau Jacoby?«

Fiona nickte.

»Yvonne Schneider. Kriminalpolizei Ingolstadt.« Ein kühler fester Händedruck. Weit auseinanderstehende Augen. Die Frisur hatte was von Meerschweinchen. Sicher hatte es die Arme nicht leicht, einen Kerl ins Bett zu bekommen. »Ich untersuche die Todesumstände Ihres Vaters und hätte da ein paar Fragen. Haben Sie Zeit?«

Also doch. Sie hatte es ja geahnt. Beinahe zwei Jahrzehnte hatte Ben in ihrem Leben keine Rolle gespielt. Von ihr aus konnte das gerne so bleiben. »Weder Zeit noch Antworten. Ich denke, das war ein Unfall.«

»Eine polizeiliche Ermittlung ist bei nicht natürlichen Todesfällen normal. Dazu zählen auch Unfälle. Es könnte ja auch Mord oder Totschlag sein, der als Unfall getarnt wurde. Es gibt ein paar offene Fragen, die ich gerne klären würde, damit ich die Akte schließen kann.«

»Bei mir verschwenden Sie Ihre Zeit. Ich habe Ben nicht mehr gesehen, seit er verhaftet wurde. Das ist beinahe zwanzig Jahre her.«

Yvonne Schneider blätterte in ihrem Notizheft. »Nach meinen Informationen haben Sie sich mit Ihrem Vater nach seiner Haftentlassung getroffen.«

»Getroffen?« Fiona lachte. Gleichzeitig stieg Scham in ihr auf. Sie hatte ihm einfach die Tür vor der Nase zugedonnert. Und er? Er hatte keinen zweiten Versuch unternommen. Sie war ihm also so egal gewesen wie er ihr. Sie waren quitt. Eine Mischung aus Wut und Trauer rang um die Vorherrschaft. Wieder einmal. Die Wut gewann. Wie meistens. »Er stand einfach vor meiner Tür. Ohne Vorwarnung. Unser Gespräch hat zehn Sekunden gedauert. Vielleicht auch elf. Wenn man überhaupt von einem Gespräch reden kann. Es war wohl mehr ein Monolog.«

»Gut.« Das Notizbuch verschwand in der Tasche des Blazers. »Ihr Onkel hat mir erzählt, dass Sie nicht wissen wollten, wie Ihr Vater gestorben ist. Weshalb denken Sie also, dass es ein Unfall war?«

»Weshalb? Das Haus ist abgebrannt.«

»Und woher wissen Sie das?«

Ein reitender Bote hat mir diese Nachricht überbracht. Beinahe hätte sie das so gesagt. »Ich habe mit einem Rettungsassistenten gesprochen, der dabei war.«

»Es interessiert Sie also doch.«

Himmel! War die Frau taub? »Es ist mir egal. Er ist tot, und das war es für mich.« Die Schneider würde nicht lockerlassen. »Dieser Rettungsassistent ist einfach bei mir aufgetaucht.« Einen Moment überlegte sie, Yvonne Schneider Bens letzte Worte mitzuteilen. *Ich bin kein Mörder.* Doch das war er gewesen. »Er hat mir erzählt, dass das Haus abgebrannt ist. Ben wird es im Suff abgefackelt haben. Das hat er vor zwanzig Jahren fast schon einmal geschafft.«

»Das überrascht Sie also nicht, obwohl Sie Ihren Vater nicht gesehen haben, seit Sie ein kleines Kind waren. Im Grunde war er doch ein Fremder für Sie.«

Ein Fremder. Dieses Wort wollte ihr den Hals zuschnüren. Ihr Vater, den sie so bewundert und geliebt hatte. Damals. Bis er alles kaputtgemacht hatte. Aber die gute Frau hatte ja recht. Er war nach neunzehn Jahren ein Fremder für sie gewesen.

»Das Haus kenne ich natürlich. Es war ursprünglich das Wochenendhaus meiner Großeltern. Als ich noch ein Kind war, waren wir oft dort. Ben hat jedes Mal Feuer im offenen Kamin gemacht. Wirklich jedes Mal. Auch im Sommer. Er hat gern gezündelt.«

You are a boy. Noch immer die kleine Junge, die Lagerfeuer macht. Diese Erinnerung an ihre Mutter kam aus dem Nichts und traf sie mit voller Wucht. Fi stockte und ignorierte den aufsteigenden Schmerz. »Wahrscheinlich hat er das noch immer getan. Noch dazu im Oktober. Die Nächte werden kalt.« Ihre Stimme wurde wieder fester. »Außerdem hat er gerne einen über den Durst getrunken. Also liegt die Vermutung nahe.«

Die Kommissarin nickte. »Das deckt sich mit unseren Ergebnissen. Er hatte anderthalb Promille im Blut. Der Brandherd ist tatsächlich der offene Kamin.«

»Dann war es das?« Fi hatte langsam genug.

»Noch nicht ganz. Wissen Sie, ob Ihr Vater mit jemandem Ärger hatte? Gab es Feinde? Hat ihn jemand gehasst?«

»Woher soll ich das wissen? Wie schon gesagt: Ich hatte keinen Kontakt zu ihm.«

»Es könnte sich ein ehemaliger Mitgefangener Ihres Vaters bei Ihnen gemeldet haben.«

»Bei mir? Wieso denn? Vergessen Sie es.«

»War ja nur eine Frage.« Yvonne Schneider spulte den Rest ihres ohnehin kurzen Fragenkatalogs unenthusiastisch ab. Pflicht und nicht Kür. Der Tod eines Exknackis ging ihr offensichtlich ziemlich am Arsch vorbei. Sie wollte ein Häkchen hinter die Sache machen. Willkommen im Club, dachte Fiona. Sie konnte ohnehin nichts beitragen. Es wäre schön, wenn es wieder mal einen Tag in ihrem Leben gäbe, aus dem Ben sich heraushielt. Der Einzige, der zu ihm gehalten und sich um ihn gekümmert hatte, war Ludwig. Fiona wollte der Kommissarin empfehlen, sich an ihn zu wenden. Doch das hatte sie ja längst getan.

Yvonne Schneider verabschiedete sich. »Ich denke nicht, dass die Obduktion Überraschungen bringen wird.«

Einen Moment sah Fiona ihr nach. Dieser Besuch hatte sie mehr aus der Fassung gebracht, als sie sich eingestehen wollte. Bens Tod wirbelte alles wieder auf. So viele Fragen. Wie Muränen schlängelten sie sich durch die Sedimente längst vergessener Schmerzen und Erinnerungen. Wie lange hatte sie nicht an ihre Mutter gedacht?

Fi straffte die Schultern. Das alles war beinahe ihr ganzes Leben her. Es durfte keine Rolle mehr spielen.

2

Am Donnerstagabend rief Tante Sabine an und fragte, ob Fiona nicht doch zur Beisetzung kommen und Ben die letzte Ehre erweisen wollte. »Trotz allem, er war dein Vater.«

Trotz allem war sie ihm total egal gewesen. Er hatte es kein zweites Mal versucht. Wieder setzte sich dieser dumpfe Schmerz hinter ihr Brustbein. Wie damals vor neunzehn Jahren und wie vor einem. Er hatte ihr nie geschrieben. Jedenfalls nicht, bis sie erwachsen gewesen war und längst nicht mehr an ihn dachte und ihn schon gar nicht brauchte. »Vergiss es.«

»Ich verstehe nicht, weshalb du so unversöhnlich bist.«

»Und ich verstehe nicht, warum das unverständlich sein sollte.«

Und falls du es tatsächlich nicht kapierst, werde ich es dir sicher nicht erklären. Ben hat alles kaputtgemacht. Er hat mir alles genommen. Meine Mutter, meine Familie, meine bis dahin so schöne Kindheit. Er hat mich zum Mörderkind gemacht. Er hat mir einen Stempel aufgedrückt, der allen den Freibrief gab, mich mit Spott und

Häme zu überziehen und höchst kreativem Mobbing. Nur nannte man das damals Schikane. Das wesentlich treffendere Wort dafür.

»Es ist besser, wenn ich nicht komme. Glaube mir. Es könnte peinlich für euch werden. Einen Gruß an Ludwig und Opa.«

Nach Bens Verurteilung und Mamas Unfall hatten Onkel Ludwig und Tante Sabine sie bei sich aufgenommen und versucht, ihr die Eltern zu ersetzen. Das musste sie ihnen zugutehalten. Versucht hatten sie es. Doch ihr ganzes Interesse galt der Brauerei. Mit einem verstörten Kind waren sie heillos überfordert. Opa hatte sich nach Bens Verurteilung aus der Geschäftsführung zurückgezogen und sie Ludwig übergeben. Sabine kümmerte sich um Marketing und Vertrieb. Mit diesen Aufgaben waren beide voll beansprucht. Kinder hatten sie nie gewollt. Das hatte Fiona von Anfang an gespürt. In dem modernen Haus aus Holz und Glas war sie nicht wirklich willkommen. Man erfüllte seine Pflicht, weil es erwartet wurde. Von der Familie, von den Nachbarn. Von allen. Die Jacobys waren schließlich wer in Freising. Da sah man hin. Opa Konrad mischte sogar in der Landespolitik mit und kannte Stoiber, Beckstein und Seehofer und wie sie alle hießen. Da konnte man das arme Kind nicht abschieben. Die Leute würden sich das Maul zerreißen. Und die Presse erst.

Die Zeit in der Schule war zur Hölle geworden. Und die davor und danach ebenfalls. Plötzlich war sie die Aussätzige gewesen. Sie hatte sich gewehrt, so gut sie konnte. Sie prügelte und trat und biss. Als sie Clemens aus der Vierten den Arm brach, war das Maß voll gewesen. Der Schulleiter schlug ein Heim für schwererziehbare Kinder vor. Tante Sabine ein Internat. Weit weg von Freising, wo niemand sie kannte. Gutgemeint, doch der volle Griff ins Klo. Natürlich fanden ihre neuen Mitschüler früher oder später heraus, wer sie war, und alles ging von vorne los. Fünf oder sechs Mal hatte sie die Schule gewechselt. Nirgendwo war sie heimisch geworden, was auch an ihr lag. Irgendwann wollte sie nicht mehr dazugehören und buhlte nicht mehr um Aufmerksamkeit und Freundschaft der anderen. Wenn man selbst nicht wollte, tat es nicht weh. Dann war es die eigene Entscheidung. Keine Freundinnen. Keine Cliquen. Immer war sie die Außenseiterin gewesen. Die Tochter eines Frauenmörders.

Dass sie bis zum Abitur durchgehalten hatte, verdankte sie Joe. Eigentlich hieß er Jonathan und unterrichtete Deutsch und Sport. Doch sie nannte ihn nur Joe. Es klang gefährlich, und was sie taten, war gefährlich. Er zeigte ihr, wie sie ihre Wut in den Griff bekam. Laufen, Klettern, Biken, Boxen, Bumsen. Joe hatte sie entjungfert, und die Tatsache, dass verboten war, was sie da trieben, gab ihnen erst den richtigen Kick.

Joe ging es um Sex, um nichts sonst. In diesem Punkt hatte sie sich von Anfang an nichts vorgemacht. Es ging nicht um sie, nicht um romantische Gefühle oder gar Liebe. Auch wenn er das mal gesagt hatte, dass er sie liebte. Sie hatte ihn ausgelacht und sah für einen Moment sein verblüfftes Gesicht wieder vor sich. Wer sprach denn von Liebe? Sie vögelten. Es hatte damals das Ritzen ersetzt. Ihm verdankte sie, dass sich die Anzahl der Narben an ihren Unterarmen in Grenzen hielt. Sie war Joe wirklich dankbar. Er hatte ihr eine wesentlich aufregendere Art gezeigt, sich zu spüren. Zwei Jahre war das so gegangen. Bis zum Abi. Danach hatten sich ihre Wege getrennt. Fi wandte sich vom Fenster ab. Was wohl aus ihm geworden war? Ob er es noch immer mit Schülerinnen trieb?

Am nächsten Morgen zog der Föhn über die Alpen. Es wurde richtig warm, der Himmel flirrte in einem beinahe überirdischen Licht. Vor den Cafés saßen die Leute mit Sonnenbrillen im Haar, Cappuccinos und Espressos vor sich auf den Tischen, manche auch ein Weißbier, und genossen diesen herrlichen Oktobertag.

Kein Gedanke an Ben und die Beisetzung. Für Fi war es ein Tag wie jeder andere. Bis Mittag erledigte sie sechs Aufträge und radelte über siebzig Kilometer. Heute war richtig was los, und das war gut so. Abends war sie todmüde und überlegte kurz, ob sie ins Harry Klein gehen sollte, um einen Kerl für die Nacht abzuschleppen. Doch irgendwie hatte sie keine rechte Lust. Etwas arbeitete in ihr. Es wühlte und grub, wie ein Maulwurf, der ans Tageslicht wollte. Sie verjagte ihn mit zwei Bier in den tiefsten seiner unterirdischen Gänge und schlief bereits um neun wie ein Stein.

Samstagmorgen stand sie entsprechend früh auf. Schon um sieben. Bea war auf dem Sprung. Sie musste zu einer Fortbildung. Fi hatte keinen Plan fürs Wochenende. Eine nervöse Unruhe breitete sich in ihr aus. Erst frühstücken. Doch sie trank nur einen Becher Tee und überlegte, was sie unternehmen könnte. Klamotten waschen. Shoppen. Klettern im Heavens Gate. Vielleicht kamen Anita und Mark mit. Im Silo hoch oder an der Wand bouldern und danach einen Happen essen und chillen. Doch sie hatte keine rechte Lust, bei diesem herrlichen Wetter in einer Halle herumzukraxeln.

Schließlich fuhr sie mit der U-Bahn in die Innenstadt. Die meisten Läden öffneten erst um zehn. Kaum jemand war unterwegs. Während sie durch die Fußgängerzone ging, rutschte ihre Laune Schritt für Schritt in den Keller, und auch der Caramel-Macchiato, den sie sich bei Starbucks im Stachus-Zwischengeschoss spendierte, schmeckte ihr heute nicht. Was war los mit ihr? So kannte sie sich gar nicht.

Missmutig trottete sie durch die frisch renovierte und auf Hochglanz gebrachte Einkaufspassage. Dabei fiel ihr Blick auf die S-Bahn-Anzeige. Die S1 Richtung Freising fuhr in zwei Minuten.

Warum eigentlich nicht? Kurzentschlossen hechtete sie die Rolltreppe zum Bahnsteig hinunter. Die S-Bahn fuhr ein. Fi suchte sich einen Platz und fragte sich im selben Moment, was sie um Himmels willen in Freising wollte.

Es war natürlich wegen Ben. Aber an sein Grab würde sie nicht gehen. Das konnte er vergessen. Und auch nach Freising würde sie nicht fahren. An der nächsten Station war Aussteigen angesagt. Der Zug erreichte den Hauptbahnhof. Die Türen öffneten sich. Leute stiegen aus und ein. Fi blieb sitzen. Es konnte ja nicht schaden, sich mal am Wochenendhaus umzusehen und vielleicht mit diesem Rettungsassistenten zu sprechen. Und dann war es das gewesen mit Ben. Dann konnte auch sie ein Häkchen machen, wie diese Kriminalbeamtin.

Die S-Bahn durchquerte die Stadt und bog bei Laim Richtung Norden ab. Weiter ging es durch die Vororte. Moosach. Oberschleißheim. Unterschleißheim. Hier hatte sie gewohnt, diese Julia. In einem dieser scheußlichen Hochhäuser war es passiert.

Nach vierzig Minuten Fahrt kam der Freisinger Dom in Sicht. Fiona stieg aus und ging Richtung Stadtmitte.

Kopfsteinpflaster. Enge Gassen. Mittelalterliche Häuser mit pastellfarbenen Fassaden, mit Erkern und Türmchen, die patinagrüne Hauben trugen und zwischen roten Ziegeldächern hervorlugten. Und über allem reckten sich die beiden Türme des Doms in den föhnblauen Himmel.

Die Hauptstraße war die Einkaufsmeile. Es war halb elf. Die Geschäfte waren geöffnet. Überall wuselten Leute herum. Einheimische und Touristen. Kinder, Hunde, Radfahrer, Jogger, alte Frauen mit Rollator und junge auf Highheels. Sie schleppten Taschen, Plastiktüten, Körbe und Rucksäcke, zogen Trolleys oder schoben Kinderwägen. Alle lachten und schwatzten und hatten ein Ziel. Nur sie nicht. Was tat sie hier? Am liebsten wäre sie umgekehrt und zurück zum Bahnhof gerannt. Diesen Impuls rang sie nieder. Sie war nicht feig. Ganz im Gegenteil. Sie war eine Kämpferin. Jetzt war sie schon mal hier, also würde sie das durchziehen, und dann adieu, Ben.

In dieser Kleinstadt war sie geboren und aufgewachsen. Hier waren sie glücklich gewesen. Mama, Papa und sie. In dem alten Bauernhaus an der Tuchinger Straße. Bens Werkstatt im Stall, Lydias Atelier in der Scheune. An Geld hatte es immer gemangelt, nicht aber an Liebe. Es war die schönste Zeit ihres Lebens gewesen. Bis Ben zum Mörder geworden war.

Zur Tuchinger Straße war es nicht weit. Doch was sollte sie dort? Der Hof war längst verkauft und modernisiert. Ein Küchenstudio war eingezogen. Es war nichts übriggeblieben außer ihren Erinnerungen. Was Lydias und Bens Künstlerfreunde nicht vor Opa in Sicherheit gebracht hatten, war zerstört. Alle Bilder und Skulpturen. Niemand hatte sie gefragt, ob sie etwas davon wollte. Erst Jahre später hatte sie erfahren, dass Opa Konrad in seinem

Zorn und seiner unermesslichen Wut, in seiner maßlosen Enttäuschung über all seine vernichteten Hoffnungen, Ben aus seinem Leben getilgt hatte und jedes Stück, das ihn an seinen missratenen Sohn erinnern konnte.

Fiona war hungrig und vor allem durstig und konnte sich nicht entschließen, sich etwas zum Frühstück zu kaufen. Nur eine Flasche Wasser. Die Sonne stieg höher, es wurde richtig warm. Sie zog den Pulli aus und knotete ihn um die Hüften.

Vor dem Stadtschreiberhaus mit der vanillegelben Fassade blieb sie stehen. Das Relief des Drachentöters war aufwendig restauriert worden. Lanze und Zaumzeug funkelten mit Blattgold belegt im Sonnenlicht. Die Geschichte von St. Georg hatte Lydia ihr oft erzählt. Als Kind hatte sie nicht verstanden, weshalb er die Prinzessin nicht geheiratet hatte. Stattdessen wollte er, dass die Bewohner der Stadt, die er vom Drachen befreit hatte, sich taufen ließen. Ganz schön dumm. Er hatte den bösen Drachen besiegt und den Preis verdient.

Das Gute siegte über das Böse. Als Kind hatte sie natürlich geglaubt, dass es immer so sein würde. Eine natürliche Ordnung. Doch die gab es nicht. Es gab nur das Chaos.

Sie riss sich vom heiligen Georg los und ging weiter. Mit jedem Schritt fühlte sie sich unwillkommener. Unwillkürlich hielt sie nach bekannten Gesichtern Ausschau. Nach Clemens und Katja. Nach Helga und Tamara, nach Thomas, Mareike und Irmi. Sie wollte niemandem begegnen, ließ die Innenstadt hinter sich und schlug den Weg Richtung Isar ein. An der Brücke musste sie sich dann doch einen Ruck geben. Was war der Plan gewesen? Ein Häkchen zu machen. Also würde sie sich jetzt die Stelle ansehen, an der Ben seinen letzten Atemzug getan und seine letzte Lüge in die Welt gesetzt hatte. Und dann war es gut.

Sie überquerte die Brücke und erreichte die schmale Straße, die parallel zum Fluss verlief. Unter den Bäumen war es schattig und kühl. Sie zog den Pulli wieder an. Linker Hand lag eine kleine Siedlung. Schließlich wurden die Häuser spärlicher. Es folgten Wiesen und ein paar Felder. Westlich gab es einen Waldstreifen. Jenseits davon floss die Isar ruhig dahin.

Nach zwanzig Minuten kam der Jägerzaun in Sicht, der das Grundstück mit dem alten Wochenendhaus ihrer Großeltern umgab. Das Tor stand offen. In der Luft lag der Geruch nach verkohltem Holz. Scharf und süß. Das Haus war kleiner, als Fiona es in Erinnerung hatte. In der rußgeschwärzten Giebelseite klaffte ein Loch, dort hatten sich die Flammen ganz durchs Holz gefressen. Das Dach war teilweise eingestürzt. Der Schornstein ragte daraus hervor. Die Fensterscheiben waren geborsten. Messerscharfe Zähne. Auch sie ganz schwarz von Qualm und Ruß.

Jemand hatte ein rot-weiß gestreiftes Absperrband ums Haus gespannt, das den Zutritt verhindern sollte. Hatte Yvonne Schneider das höchstpersönlich gemacht? Ein weiterer Punkt auf ihrer Liste, den sie zügig abarbeitete? In den Mulden trocknete Löschwasser. Ölig schimmernde Pfützen.

Fiona umrundete das Häuschen. Zwei angekokelte Skulpturen standen auf der betonierten Fläche zwischen Schuppen und Haus. Fassungslos starrte sie darauf. Ben hatte mit der Bildhauerei wieder angefangen. Er hatte einfach dort weitergemacht, wo er damals aufgehört hatte. Als wäre nichts gewesen. Warum war sie deswegen nicht wütend? Stattdessen trieb es ihr die Tränen in die Augen. Zornig wischte Fiona sie weg. Verdammter Ben! Als wäre nichts gewesen! Nichts!

Auf dem Stellplatz vorne am Zaun entdeckte sie einen weinroten Volvo Kombi. Bis auf ein paar Rußflocken hatte er nichts abbekommen. Eine uralte, verbeulte Kiste. Sie trat gegen einen Reifen. Ben und seine Rostlauben. Das Auto hier hatte zu ihm gepasst. Sicher hatte Ludwig es für ihn besorgt. Warum hatte er zu ihm gehalten? War Blut wirklich dicker als Wasser? Oma Charlotte hatte das immer gesagt. Opas Blut war wohl nicht allzu dick. Und Oma Charlotte war nur zwei Jahre nach Bens Verurteilung gestorben.

Was tat sie hier?

Sollte sie Opa besuchen? Er wohnte in einer protzigen alten Villa auf dem Brauereigelände, gleich neben dem Glaspalast von Ludwig und Sabine, und würde ihr ziemlich sicher die Tür weisen.

Sie konnte zum Friedhof gehen, Mamas Grab besuchen und ihr ein paar Blumen bringen. Doch dann begriff sie, dass Ben nun auch dort lag. Neben Mama! Ganz sicher hatten sie das so gemacht. Ludwig und Sabine. Verdammt, warum hatte sie nicht früher daran gedacht und das verhindert!

Wütend kickte sie einen Stein weg. Er landete im Schatten der Pappel. Dort lag etwas im Gras. Türkis und rot und blau. Was war das? Fiona trat näher. Elektroden. Plastikspritzen. Ein Einweghandschuh. Ein Klumpen setzte sich in ihren Hals. Hier war Ben also gestorben. In Darcys Armen. Er hatte sich aus ihrem Leben davongemacht. Und diesmal endgültig.

Wind kam auf und löste erste Blätter von den Ästen. Fiona zog das iPhone aus der Tasche, aktivierte die Videofunktion und filmte, wie die Blätter durch die Luft tanzten und schließlich zu Boden fielen.

3

Wie konnte sie Darcy alias Matthias Stiller auftreiben? Fiona sah aufs Display des iPhones. Kein Empfang. Ein letzter Blick auf die Ruine, dann machte sie sich auf den Rückweg in die Stadt. Erst bei der Brücke bekam sie ein Netz. Neben der Statue des heiligen Korbinian lehnte sie sich ans Geländer, ging online und googelte Matthias Stiller + Freising und erhielt einen Treffer im Onlinetelefonbuch. M. Stiller. Wer hatte heute denn noch Festnetz? Offenbar er. Sie klickte auf den Link und fand neben der Nummer auch die Adresse. Kammergasse. Sollte sie anrufen oder ihn einfach überfallen?

Überfallen, entschied sie. Hatte er schließlich auch getan. Tauchte einfach bei ihr auf, ohne jede Vorwarnung, und knallte ihr diesen Satz vor die Brust. *Ich habe eine Nachricht von Ihrem Vater. Er ist kein Mörder.*

Stiller wohnte in der Nähe des Bärenbrunnens in einem pastellblau gestrichenen Haus mit vier Briefkästen. Auf dem links oben stand sein Name. Es war kurz vor zwölf. Hoffentlich war er da. Sie klingelte.

Nichts rührte sich. Also versuchte sie es noch einmal. Eine Frau mit Kinderwagen kam heraus. Fi hielt ihr die

Tür auf und schlüpfte in den dunklen Hausflur. Es roch nach feuchtem Verputz und nach Weichspüler. Eine steile Treppe führte nach oben. Auf dem Absatz gab es ein Fenster mit Ausblick in den begrünten Hinterhof. Keine Menschenseele war zu sehen. An der Leine hing Wäsche. Fiona erklomm die letzten Stufen und stand vor einer schrundigen Holztür, die jemand türkis gestrichen hatte. Ein Zettel klebte daran. M. Stiller. Da sie keine Klingel fand, klopfte sie.

Es dauerte einen Moment, bis Schritte sich näherten und die Tür geöffnet wurde. Darcy trug dunkelblaue Shorts und zog sich ein T-Shirt über den Kopf. Dennoch erhaschte Fiona einen kurzen Blick auf das Sixpack. Wow. Mit ihrer Vermutung, dass er Sport trieb, lag sie richtig. Das war nicht gephotoshopped. Ihr Blick kam wieder oben an. Beim Gesicht. Ziemlich zerknautscht. Darcy sah ganz schön fertig aus und ein wenig verwundert. Mit ihr hatte er ganz sicher nicht gerechnet. Sie verzog ihren Mund zu einem Lächeln. »Hi. Lange Nacht gehabt?«

Mit der Hand fuhr er sich durch die verstrubbelten Haare. »Ja. Kann man sagen. Ich war mit der Nachtschicht unterwegs. Wo brennt's?«

Sie beschloss, Yvonne Schneider zu zitieren. »Ich hätte da noch ein paar Fragen.«

»Also doch.«

Sie zog die Schultern hoch und ließ sie wieder fallen, während er ein Gähnen unterdrückte. »Hast du zufällig Kaffee dabei? Meiner ist alle.«

Sie waren also schon beim Du. Wie erfreulich. »Ich hole schnell welchen und bringe was zum Frühstück mit.« Ihr Magen war ein einziges großes Loch. »Deal?«

»Okay. Ich ziehe mir inzwischen was an.«

Meinetwegen muss das nicht sein, dachte Fi, während sie die Treppe hinunterpolterte und sich auf die Suche nach einer Bäckerei machte. Als sie mit Kaffeepulver und einer Tüte voller Brezen, Semmeln und Plunderteilchen zurückkam, hatte Darcy geduscht und öffnete ihr in Jeans und Shirt die Tür.

Süße Wohnung, mit einer Mischung aus Flohmarktkäufen und Ikea eingerichtet. Die Tür zum Schlafzimmer stand offen. Seine Dienstklamotten lagen auf dem Boden. Signalorange und weiß. Fi erhaschte einen Blick auf türkise Bettwäsche und eine türkis gestrichene Wand. Offenbar mochte er diese Farbe. Ein altes Werbeschild von Osram hing daran. Knallorange. Sie folgte Darcy in die Küche. Auch hier war eine Wand in seiner Lieblingsfarbe gestrichen. Die Möbel waren billig und weiß und sicher aus dem Küchenmarkt für renditegeile Vermieter.

Er schaltete den Wasserkocher an, nahm zwei Keramikbecher vom Regal und fragte, ob sie heiße Milch für ihren Kaffee wollte. Sie nickte, sah sich nach Tellern um und hangelte sie von der Ablage neben dem Spülbecken, während er Kaffeepulver in eine Stabfilterkanne löffelte und mit kochendem Wasser aufgoss.

Ein paar Minuten später saß sie ihm gegenüber am Tisch und machte sich über eine Quarktasche her. Gerade noch rechtzeitig, um ihren Magen von einem tierischen Knurren abzuhalten. Darcy biss in eine Breze und sah sie abwartend an. »Hast du es dir anders überlegt und glaubst ihm jetzt?«

»Das ist keine Glaubensfrage. Er war es. Das ist so sicher, wie jeden Abend die Sonne untergeht.«

»Hat er den Mord denn gestanden?«

»Nein, ich denke nicht.« Ein Gespräch mit Sabine fiel ihr ein. Kurz nachdem Ben vor einem Jahr bei ihr aufgetaucht war, hatte sie angerufen und zu vermitteln versucht. Hätte er ja selbst tun können, sie anrufen. Oder? Aber anscheinend war sie so viel Mühe nicht wert gewesen. Hatte sie auch nicht wirklich erwartet. »Meine Tante sagt, dass er seine Strafe bis zum letzten Tag absitzen musste, weil er es nie zugegeben hat und auch keine Reue zeigte.«

»Passt doch«, meinte Darcy kauend. »Wie soll er etwas bereuen, das er nicht getan hat? Geschweige denn gestehen.«

Er kapierte es einfach nicht! »Er hat dich verarscht. Er hat dich vor seinen Karren gespannt. Ich habe allerdings keine Ahnung, was er damit bezweckt.«

Verärgert legte Darcy die Breze auf den Teller. »Und warum scheuchst du mich dann nach nur vier Stunden Schlaf aus dem Bett, wenn du dir so sicher bist?«

Sie zog die Schultern hoch. Häkchen und so. Schlussstrich ziehen. Doch das konnte sie ihm nicht sagen. Dann würde sie nichts weiter erfahren. Oder eine Predigt über Vertrauen und Unrecht-Tun zu hören bekommen. »Ich will nur wissen, was an dem Abend eigentlich passiert ist.«

»Also gut.« Darcy spülte ein Stück Breze mit Kaffee hinunter. »Gegen einundzwanzig Uhr hat ein Autofahrer, der auf der B 11 unterwegs war, Rauch bemerkt, der aus dem Waldgebiet östlich der Isar aufstieg, und hat einen Waldbrand gemeldet. Feuerwehr und Rettungsdienst sind also nicht zeitgleich ausgerückt. Wir wurden erst gerufen, als klar war, dass nicht der Wald brannte, sondern ein Haus, und dass es einen Verletzten gab. Als wir kamen, lag dein Vater ein Stück vom Haus entfernt unter einem Baum. Ein Kollege von der Feuerwehr hatte ihn dort gefunden und leistete Erste Hilfe. Er versuchte, ihn zu reanimieren. Mit dem Defi haben wir das geschafft. Kurzzeitig war dein Vater ansprechbar. Er hat mich …« Etwas regte sich in Darcys Augen. »Gebeten kann man gar nicht sagen. Das trifft es bei weitem nicht. Er hat mich …«

Er unterbrach sich erneut und suchte Fis Blick. »Okay, das klingt jetzt wirklich kitschig. Aber es war so. Wenn du ihn nur gesehen hättest. Er hat mich wirklich angefleht, dir Folgendes auszurichten. Ich kriege das noch wörtlich hin. So etwas vergisst man nicht so schnell. *Sagen Sie Fiona, dass ich sie immer geliebt habe. Es tut mir so leid. Ich bin kein Mörder. Sagen Sie ihr das? Sie müssen es mir versprechen*. Ich habe es ihm versprochen, und ich habe gesehen, wie sehr ihn das beruhigt hat. Was er dann noch gesagt hat, habe ich nicht mehr verstanden, bis auf den Namen Julia. Ich habe herausgefunden, wer diese Fiona ist. Ich habe dich aufgesucht und die Nachricht überbracht. Ich habe mein Versprechen gehalten. Der Rest ist deine Sache.« Beinahe trotzig sah er sie an. »Wer ist Julia?«

Angefleht? Ganz schön pathetisch, Darcy. Geht's nicht eine Nummer kleiner?, dachte Fi. Er glaubte Ben also wirklich. Sollte er doch denken, was er wollte.

»Julia war seine Geliebte. Er hat sie getötet. Wahrscheinlich wollte er das sagen: Ich bin kein Mörder. Ich habe Julia nicht umgebracht. Aber er war es. Und wenn nicht, warum sagt er dann mit seinem letzten Atemzug nicht, wer es wirklich war?«

Weshalb versuchte sie nun doch, Darcy auf ihre Seite zu ziehen? Warum wohl? Weil es einfach nicht sein durfte. Sie spürte einen kalten Sog, einen Abgrund, der sich vor ihr auftun und sie verschlingen wollte. Es wäre so ungeheuerlich, so grauenvoll, wenn es wahr wäre. Es würde alles ändern. Alles! Es konnte nicht sein.

»Nehmen wir mal an, er wäre tatsächlich unschuldig. Dann hat er im Knast reichlich Zeit gehabt, darüber nachzudenken, wer es wirklich war. Und ein Jahr, seit er raus ist, um den Kerl zu finden. Hat er aber nicht. Und weißt du, warum? Weil es keinen anderen gibt.«

Darcy wischte sich einen Krümel von der Lippe. »Eine ziemlich wacklige Logik. Wenn er unschuldig ist, heißt das ja nicht zwangsläufig, dass er in der Lage war, den richtigen Täter aufzuspüren. Das hat ja nicht mal die Polizei geschafft.«

Es war sinnlos. Er war überzeugt, dass Ben kein Mörder war. »Weißt du eigentlich, wie der Brand entstanden ist?«

Plötzlich schien er genervt. Wieso fragt sie, wenn sie es doch nicht wissen will?, schien Darcy zu denken.

»Ich meine, du kennst die Jungs von der Feuerwehr. Was sagen die denn so?«

»Okay. Also gut. Es gibt eine Hypothese. Dein Vater hatte es sich vor dem offenen Kamin mit einer Flasche Wein gemütlich gemacht. Komisch eigentlich. Warum Wein und nicht Bier? Ich meine, euch gehört eine der größten Brauereien Bayerns, und dein Vater trinkt Wein?«

»Er mochte Bier nicht. Und die Brauerei gehört weder mir noch Ben.« Mit einem Mal sah sie sein Gesicht vor sich. Das kantige Kinn. Die schmale Nase, die sie von ihm hatte. »Und weiter? Er saß also mit einer Flasche Wein am Kamin.«

»Es war nicht nur eine. Im Brandschutt wurden zwei gefunden. Er hatte ordentlich getankt und kann nicht sicher auf den Beinen gewesen sein, als er ein Holzscheit nachgelegt hat.«

Nur keine falsche Scham. Ich vertrage die Wahrheit schon, dachte Fi. Sag doch einfach, dass er total besoffen herumgetorkelt ist.

»Er hat also ein Scheit nachgelegt und mit dem Schürhaken in der Glut herumgestochert und ist gestürzt, vermutlich über den Holzkorb. Dabei hat er mit dem Schürhaken ein Stück Glut aus dem Kamin gerissen. Das Feuer konnte nur entstehen, weil die Brandschutzverordnung nicht eingehalten wurde. Bodenbeläge im Bereich offener Feuerstellen müssen aus nicht brennbarem Material sein. Fliesen oder Stein. Wenn schon ein geölter Holzboden, wie im Haus deines Vaters, dann muss er mit Blech oder Glas abgedeckt werden. Das war aber nicht der Fall. Dein Vater war vermutlich bewusstlos. Darauf lassen die Kopf- und Brandverletzung schließen. Als er zu sich kam, hatte sich das Feuer bereits ausgebreitet. Irgendwie ist es ihm gelungen, noch rauszukommen.«

Okay. Dann wusste sie das jetzt. Sie wollte sich das nicht ausmalen. Wirklich nicht. Verbrannte Haut. Versengte Haare. Aufgeplatzte Brandblasen. Rohes Fleisch. Oder starb man an den giftigen Rauchgasen? Sie meinte, das mal gelesen zu haben. Es war sicher weniger qualvoll.

Mit einem schrägen und irgendwie schuldbewussten Lächeln beobachtete Darcy sie. »Alles okay mit dir? Du siehst ein bisschen blass aus. Das war jetzt too much information, oder? Tut mir leid.«

»Ne. Passt schon. Mir geht's gut.« Doch das zuversichtliche Grinsen, mit dem sie ihre Worte unterstreichen wollte, bekam sie nicht hin. Es war doch *too much*.

»Es wäre besser gewesen, wenn ich dir das nicht erzählt hätte.«

»Vielleicht, Darcy. Weiß nicht.«

Überrascht zog er die Brauen hoch. »Darcy?«

Hoppla. Nun war ihr das tatsächlich rausgerutscht. Eigentlich gut: Themenwechsel. »Ich bin sicher nicht die Erste, die dich so nennt.«

»Doch. Wieso Darcy? Wer ist das?«

»Eine Figur aus einem Roman von Jane Austen. Ein gutgläubiger Kerl, der sich jeden Bären aufbinden lässt.« Es gelang ihr, das Grinsen zu unterdrücken.

»Ach?« Ein Funke tanzte in seine Augen. »So, wie du das grad bei mir versuchst?«

»Ich? Niemals?« Er war schon süß.

»Ich google mal.«

»Kein Vertrauen? Damit hast du ein Problem, oder?« Wow. Wie rasend schnell sich die Luft zwischen ihnen elektrisch auflud. Er war attraktiv, keine Frage. Wer das nicht sah, brauchte dringend einen Blindenhund. Einen Kerl wie ihn schubste man nicht von der Bettkante. Himmel, wie lange war es her, dass sie zuletzt gevögelt hatte? Rasch rechnete sie nach. Tatsächlich schon zwei Wochen! Ein One-Night-Stand mit einem echten Kunstwerk, das sie im Harry Klein abgeschleppt hatte. Tätowiert vom Scheitel bis zum besten Stück. Eine heiße Nacht. Nur leider schon viel zu lange her.

Derzeit war sie Single. Wobei sie genau genommen immer Single war. Sie hatte nun mal keine Lust auf dieses ganze Gefühlchaos. Liebesschwüre und rote Rosen, gefolgt von Eifersucht und Misstrauen und Besitzansprüchen – darauf konnte sie problemlos verzichten. Affären waren ihr lieber, und am liebsten mit eigentlich gebundenen Männern. Die klammerten nicht, ein Ende war absehbar, und sie bekam, was sie wollte: guten Sex.

Mittlerweile hatte Darcy sein Kinn in die Hand gestützt. Das Blaugrau seiner Augen war wirklich der Wahnsinn. Und diese Lippen. Schmal und fest. Er küsste bestimmt umwerfend gut. »Das mit dem Vertrauen ist eher dein Problem, Fi. Er hat nicht gelogen.«

Im selben Moment klopfte es an der Tür. Einen Augenblick wartete Darcy noch auf eine Reaktion. Als die nicht kam, weil Fi sich nicht entscheiden konnte, wirklich wütend auf ihn zu sein, dafür war er einfach zu süß, stand er auf. »Das wird Paul sein, mein bester Kumpel. Er holt mich zum Training ab.«

Darcy musste also weg. Schade. Sie schob den Stuhl zurück. »Okay, dann gehe ich mal.«

Ein Lächeln erschien. Breit und offen. Einfach umwerfend. »Du kannst mich übrigens Mats nennen.«

»Okay. Mats.« Sie folgte ihm in den Flur. Die Slimfit-Jeans saß genau richtig und betonte seinen knuffigen Hintern. Während sie überlegte, wie sie an seine Handynummer kam, öffnete er die Tür. Ein schlaksiger Kerl mit blondem Seitenscheitel und Hipsterbärtchen kam herein. »Paul, das ist Fiona. Fiona, das ist Paul.«

Pauls Scannerblick war rasant, geriet allerdings auf Brusthöhe kurz ins Stocken.

»Auch Rettungsassistent?« Mit dieser Frage brache Fi ihn aus dem Konzept. Nun sah er ihr in die Augen.

»Ne. Sektionsgehilfe. Wenn er versagt, bin ich dran.« Mit einem Zwinkern wies er auf Mats, der ihm einen verärgerten Blick zuwarf.

»Also ich gehe dann mal.« Sie wandte sich an Mats, dem sie noch eine Antwort schuldig war. »Es hat nichts mit Vertrauen zu tun. Er war es. Das ist so sicher, wie …«

»Ja, ich weiß. Das ist so sicher, wie jeden Abend die Sonne untergeht. Die Sonne geht aber nicht unter. Sieht nur so aus. Es ist die Erde, die sich dreht.«

4

Es ist die Erde, die sich dreht. Wirklich, ein schlauer Spruch. Fi saß in ihrem Zimmer, überspielte das Video mit den fallenden Blättern auf den Laptop und bearbeitete es in iMovie. Natürlich war nicht immer alles so, wie es auf den ersten Blick aussah. So blöd war sie nicht, dass sie das glaubte. Auch wenn Darcy das offenbar annahm. Doch in Bens Fall war es so.

Der Himmel war blau. Die Blätter gelb. Ein schöner Kontrast. Sie lösten sich von den Ästen und tanzten taumelnd durch die Luft, bis sie schließlich im Gras landeten. Die Aufnahme dauerte nur zehn Sekunden. Fi zerlegte das Video Frame für Frame, ordnete die Einzelbilder in umgekehrter Reihenfolge an und spielte den Film ab. Nun erhoben sich die Blätter aus dem Gras, tanzten durch die Luft nach oben, bis sie die Äste erreichten und sich dort niederließen.

Sie war sich sehr wohl im Klaren darüber, warum sie diese Filmchen machte. Dafür musste man wirklich kein Psychologe sein. Es war total durchschaubar und kindisch. Knapp zwei Dutzend gab es inzwischen davon. Niemand kannte sie, niemand würde sie je zu sehen bekommen. Auch, weil sie ihre verwundbare Seite zeigten.

Fehlte noch der Ton. Sie betrachtete die Blätter, die zurück an den Baum schwebten, ein weiteres Mal und suchte nach dem Rhythmus. Amy Winehouse könnte passen. *Love Is A Losing Game.* Sie suchte den Song in der Wiedergabeliste, nahm eine Sequenz übers Mikro auf, legte sie unter den Film und spielte ihn noch einmal ab. Passte. Nun hatte er alles, was er brauchte, um diese Saite in ihr zum Schwingen zu bringen. *For you I was a flame. Love is a losing game. Five story fire as you came.* Ein ziehender Schmerz breitete sich in ihr aus und mit ihm die Illusion, die Zeit ließe sich zurückdrehen und alles könnte gut werden. Ein paar Sekunden Zuversicht. Am liebsten würde sie auf die Filmhochschule gehen. Doch das war nicht drin. Sie würde etwas mit Kunst machen. Genau wie Ben.

Genau wie Ben, der auf ebendiesem Flecken Erde gestorben war, von dem die Blätter nun aufstiegen, um sich ihren Platz am Baum zu suchen. Schon wieder war sie mit ihren Gedanken bei ihm. Etwas beunruhigte sie. Es war noch immer das Gespräch mit Yvonne Schneider. Die Unklarheiten, die sie angedeutet hatte. Ihre Frage nach Feinden. War Ben etwa ermordet worden? Doch wer sollte so etwas tun?

Wenn überhaupt, dann einer seiner Knastkumpels. Vielleicht der, den er so brutal zusammengeschlagen hatte, dass er zu den fünfzehn Jahren für den Mord noch drei obendrauf erhalten hatte, wegen schwerer Körperverletzung. Auch das wusste sie erst seit einem Jahr. Seit dem Telefonat mit Sabine.

Wenn jemand Ben umgebracht hatte, dann musste das

mit seiner Zeit im Knast zu tun haben. Wer wusste schon, wen er sich in all den Jahren zum Feind gemacht und worauf er sich eingelassen hatte.

Fiona hörte die Wohnungstür. Bea war von der Weiterbildung zurück. Fi überspielte den Film zu den anderen aufs iPhone und ging in die Küche. Bea nahm gerade ein Bier aus dem Kühlschrank. »Hi. Wie war's?«

»Dröge. Öde. Langweilig. Ich glaube, morgen schwänze ich. Auch eins?« Bea hob die Flasche. »Und bei dir?«

Fi nahm sich ebenfalls ein Bier, setzte sich damit zu Bea auf den Balkon und legte die Füße aufs Geländer. »Ich war in Freising.«

»Aha.« Bea schien echt überrascht. »Warum?«

»Weiß nicht so genau.« Sie stießen mit den Flaschen an.

»Ich vermute mal, dass du auf gar keinen Fall wegen des verdammt gutaussehenden Rettungsassistenten dort warst, den du neulich so fies abgefertigt hast.«

»Ich war beim Wochenendhaus.«

Beas eben noch neckender Tonfall wurde ernst. »Das Haus, das abgebrannt ist?«

»Ja, klar. Es war das Wochenendhaus meiner Großeltern. Ben hat dort gewohnt, seit er raus war.«

»Wieso haben deine Großeltern ein Wochenendhaus in Freising? Ich meine, sie leben dort.«

»Meine Oma hat es von ihrer Münchner Cousine geerbt. Die hat es sich in den zwanziger Jahren bauen lassen. Damals war es total in, ein Häuschen auf dem Land zu haben. Ich glaube, sie war Nudistin und hat die Wochenenden dort mit Gleichgesinnten verbracht.«

»Und was wolltest du dort?«

»Ich wollte es selbst sehen … Neulich war eine Kommissarin bei mir. Es scheint nicht so ganz klar zu sein, ob Ben wirklich durch einen Unfall gestorben ist.«

»Jemand von der Kripo? Das hast du gar nicht erzählt.«

Fiona berichtete Bea von Yvonne Schneider, die ohne große Begeisterung ihre Fragen gestellt und sich schnell aus dem Staub gemacht hatte.

»Dein Vater könnte also ermordet worden sein?«

»Glaube ich nicht. Wenn es so wäre, hätten Ludwig oder Sabine mich längst angerufen.«

»Vielleicht ist er ja wirklich unschuldig und musste deshalb sterben.«

Fi stöhnte. »Fängst du jetzt auch noch an? Es reicht, wenn Mats sich von Ben manipulieren lässt.«

Ein Grinsen breitete sich auf Beas Gesicht aus. »Mats also. Du hast ihn doch getroffen.«

»Ließ sich nicht vermeiden. Freising ist ein Kaff.«

Eine Weile zog Bea sie mit Mats auf. Natürlich fand Fiona ihn interessant. Er war ein echt heißer Kerl. Die eine oder andere Nacht konnte sie sich gut mit ihm vorstellen. Sehr gut sogar. Bei dem Gedanken, was sie miteinander alles anstellen könnten, wurde ihr ganz anders. Unwillkürlich fächelte sie sich mit der freien Hand Luft zu.

Beas Ausflug zu Mats währte nicht lange. Sie kehrte schnell zu ihrer Idee zurück, Ben könnte das Opfer eines furchtbaren Justizirrtums sein. »Es wäre doch möglich, dass er ermordet wurde, weil er dem wirklichen Täter auf der Spur war. Ich glaube deinem Vater. Mats hat recht. Wer weiß, dass er sterben wird, der lügt doch nicht mit seinem letzten Atemzug.«

Warum musste Bea jetzt auch noch damit anfangen?

Musste sie ihre Worte auf ewig wie ein Mantra wiederholen? Fi stellte die Bierflasche ab. Heftiger als nötig. »Es gab keinen anderen Verdächtigen. Wenn auch nur der Hauch eines Zweifels bestanden hätte, hätte das Gericht Ben freigesprochen. In dubio pro reo. Im Zweifel für den Angeklagten. Meinst du nicht, dass seine Eltern und sein Bruder sich für ihn ins Zeug gelegt und alles getan haben, was in ihrer Macht stand, um seine Unschuld zu beweisen? Mein Opa ist reich wie Dagobert Duck. Er hat einen erstklassigen Anwalt engagiert. Anfangs hat auch er an Bens Unschuld geglaubt. Wie alle, die ihn kannten. Am Ende hat niemand mehr zu ihm gehalten. Er hat alle belogen. That's it. Das ist die Wahrheit.«

Ein ratloser Blick war Beas Antwort. Sie zog die Stirn kraus. »Ich verstehe einfach nicht, warum du dich so gegen die Vorstellung wehrst, Ben könnte unschuldig sein.«

Natürlich konnte Bea das nicht. Sie hatte man nie in einen Müllcontainer gesteckt. Ihre beste Freundin hatte sie nicht fallenlassen wie die sprichwörtliche heiße Kartoffel und sich mit den blödesten Tussen der Klasse gegen sie verbündet. Niemand hatte sie je mit Schweineblut übergossen und sich dabei fast bepisst vor Lachen. Nein, Bea konnte das nicht verstehen. Wie auch?

»Ich wehre mich nicht gegen die Vorstellung. Ich sehe den Tatsachen ins Auge. So ist das.« Fiona ging in ihr Zimmer.

An diese Geschichte mit dem Schweineblut hatte sie lange nicht mehr gedacht. Plötzlich war die Erinnerung wieder da, als wäre es eben erst passiert.

Ein warmer Schwall kommt aus dem Nichts, ergießt sich über ihren Kopf, rinnt in Augen, Mund und Nase. Klebrig, warm, eklig. Es riecht metallisch und schmeckt widerlich süß, tropft aus den Haaren auf die Jacke und ins Gras. Blut!

Sie spuckt aus und spuckt und spuckt, würgt den Brechreiz runter. Versucht das abzuwischen. Blut an ihren Händen. Sie muss es abwaschen. Gelächter und Gekicher. Oben auf der Brücke stehen sie. *Mörderkind! Mörderkind!*

Da! Der Bach. Sie springt hinein. Es ist Februar.

Mit geballten Fäusten stand sie da. Wieder hatte sie die Nägel ins Fleisch gegraben. Die Handflächen schmerzten. Sie atmete aus und straffte den Rücken. *Kontrolliere deine Wut. Sie darf nicht dich kontrollieren.* Das hatte Joe gesagt. Und dann hatte er ihr zwischen die Beine gegriffen und seine Finger spielen lassen, bis sie glaubte durchzudrehen und er sie endlich fickte und sie endlich alles vergaß.

Shit! Warum kochte das alles wieder hoch? Fiona ließ sich aufs Bett fallen, zog das iPhone hervor und sah sich das neue Video an. *For you I was a flame. Love is a losing game. Five story fire as you came.* Das Gefühl von Trost stellte sich nicht ein.

Verfluchter Ben! Neunzehn Jahre hatte sie Ruhe vor ihm gehabt. Und nun mischte er sich wieder in ihr Leben, versuchte alles auf den Kopf zu stellen und trieb wieder einen Keil zwischen sie und ihre Freunde. Sie hasste ihn. Sie hasste ihn! Sie hasste ihn!

Es würde ihm nicht gelingen! Nie wieder sollte er in ihr Leben hineinpfuschen. Keinen weiteren Gedanken würde sie an ihn verschwenden. Und deshalb würde sie heute ausgehen. Ins Harry Klein oder ins Milla und sich beim Tanzen den ganzen Ärger aus dem Leib schwitzen. Und einen Kerl abschleppen.

5

Die Sonne knallte zum Fenster herein. Fiona setzte die Sonnenbrille auf und lümmelte sich in ihren Sitz. Die S-Bahn war beinahe leer. Weiter hinten saß ein Pärchen. Sie hatte die Ohren zugestöpselt. Er tippte auf seinem Handy herum. Schräg gegenüber ein älteres Ehepaar in Wanderoutfit. Weiter hinten ein Mann, der in seine Zeitung vertieft war. Draußen rauschte Feldmoching vorbei. Es war Sonntagmittag. Zum zweiten Mal an diesem Wochenende fuhr Fiona nach Freising.

Darcy hatte von Sabine nicht nur Fis Adresse, sondern auch die Mobilnummer bekommen. Das war ja mal eine der besseren Ideen von Sabine gewesen. Gestern Nacht, als Fi auf dem Weg ins Milla gewesen war, hatte er eine SMS geschickt und gefragt, ob sie gut nach Hause gekommen war. Sah ganz so aus, als wäre er an ihr interessiert. Einige WhatsApp-Nachrichten waren hin- und hergeflogen und hatten verhindert, dass sie sich im Milla nach einem Kerl umsah. Dafür hatte sie nun ein Date mit Darcy. Er wollte ihr etwas zeigen. Was, hatte er nicht gesagt. So plump war er nicht, dass er damit die einhundertzwölfte Stellung des Kamasutras meinte.

Eine Banddurchsage kündigte die nächste Station an. Unterschleißheim. Dieser Ort und Julia waren untrennbar miteinander verbunden, und damit war sie mit ihren Gedanken nun schon wieder bei Ben. Fi schob die Brille ins Haar und zog das iPhone hervor. Eines wollte sie jetzt noch wissen, und dann war es das gewesen mit ihrem Vater. Nach dem zweiten Läuten meldete sich ihr Onkel.

»Hallo Ludwig.«

»Hallo Fiona.« Er klang überrascht.

»Ich halte dich nicht lange auf. Ich habe nur eine Frage. Vor ein paar Tagen war eine Kripobeamtin bei mir. Yvonne Schneider.«

»Sie hat auch mit mir gesprochen. Das ist Routine.«

»Ja, den Spruch hat sie bei mir auch losgelassen. Hast du von ihr noch mal was gehört? Ich meine, war das nun ein Unfall oder nicht?«

»Natürlich war es ein Unfall. Ben hat das Haus nicht absichtlich angezündet.«

An Selbstmord hatte sie gar nicht gedacht. »Und auch kein anderer?«

»Wie kommst du denn auf die Idee?«

»Die Kommissarin meinte, es könnte auch Mord oder Totschlag gewesen sein. Dann wäre das Feuer gelegt worden, um Spuren zu vernichten.« Fi bemerkte, wie das Ehepaar schräg gegenüber dem Gespräch aufmerksam folgte und allmählich unruhig wurde.

»Das war nie mehr als eine theoretische Überlegung. Inzwischen hat ein Brandsachverständiger das Haus untersucht. Das Feuer ist so entstanden, wie alle es von Anfang an vermutet haben.«

»Ben hat das Haus also im Suff selbst abgefackelt.«

Ein Seufzer klang durchs Handy. »Ich hätte das zwar anders formuliert, aber ja. So war es.«

Gut, dann wusste sie das jetzt. Kein Mord. »Eine Frage habe ich doch noch. Ben hat ja immer behauptet, unschuldig zu sein. Hat er eigentlich in all den Jahren irgendetwas unternommen, um das zu beweisen? Ich meine, hat er die Gerichte mit Wiederaufnahmeanträgen kirre gemacht oder die Ermittlungsakten nach einem Hinweis durchforstet? Irgendwas in der Art?«

»Du siehst zu viele Krimis, Fiona.«

»Ne. Ich habe ein paar Semester Jura studiert. Schon vergessen?« Bei dem Hinweis auf das Jurastudium entspannte sich das Ehepaar sichtlich und steckte tuschelnd die Köpfe zusammen.

Ludwig lachte. »Und Kunstgeschichte und Touristikmanagement. Wenn ich mich recht erinnere. Was kommt als Nächstes?«

»Weiß noch nicht.« Vielleicht doch die Filmhochschule? Ben hin oder her.

»Ben war nicht unschuldig. Er hat das zwar immer behauptet. Aber das ist nicht ungewöhnlich. Das tun viele Mörder. Sie weisen die Schuld von sich, weil sie keine Monster sein wollen. Die Ermittlungsakten hat er tatsächlich eingesehen. Er hat natürlich nichts gefunden, weil es nichts zu finden gab. Das war nur Teil der Show, um das Bild des unschuldig Verurteilten aufrechtzuerhalten. Ein Wiederaufnahmeverfahren hat er nie angestrebt. Dafür hätte er neue Beweise haben müssen, und die gab es nicht. Es war bitter für uns alle, und es wäre besser gewesen, wenn Ben sich seiner Tat gestellt hätte. Auch für ihn. Mit einem Geständnis und bei guter Führung wäre er früher entlassen worden.«

Was Ludwig erzählte, passte ins Bild. Deshalb hatte Ben seinen letzten Atemzug an eine Lüge verschwendet. Er hatte das gebraucht. Es war Teil seiner Weigerung, sich endlich selbst einzugestehen, was er getan hatte, sich endlich seiner Tat zu stellen und in den Spiegel zu gucken und zu sagen: Ja, verdammt, ich war es. Ich bin ausgetickt und hab sie umgebracht.

»Warum hat er es eigentlich getan? Ich meine, er hat sie doch geliebt.«

Die Aufmerksamkeit des Ehepaars galt nun wieder ganz und gar ihr. Abwartend, was nun kommen würde, starrten die beiden zu ihr herüber. Fi legte die Hand ums iPhone. »Soll ich den Lautsprecher anstellen? Dann können Sie ganz mithören.«

Empört schüttelte die Frau den Kopf. »Dann reden Sie doch leiser oder gehen in ein anderes Abteil. Man ist ja gezwungen mitzuhören, ob man will oder nicht.« Der Mann stieß ins selbe Horn. »Früher hat es das nicht gegeben, dass jeder öffentlich telefonierte.«

Die beiden hatten ja recht. Fi stand auf und suchte sich einen ruhigen Platz. »Nächste Station Neufahrn«, schallte es vom Band.

»Bist du noch dran?«, fragte Ludwig.

»Ja, klar.«

»Ben hat nur eine geliebt, und das war deine Mutter. Sie war die Liebe seines Lebens. Ihretwegen hat er alles aufgegeben. Sein Studium. Seine Zukunft in der Brauerei und damit ein gesichertes Einkommen. Ihretwegen hat er sich mit Pa überworfen. Julia war nur eine Affäre, eine Bettgeschichte. Sie wurde schwanger. Vermutlich hat sie ihm das Kind absichtlich angehängt, weil sie hoffte, dass Ben sich dann scheiden lässt und sie heiratet. Aber er hat gar nicht daran gedacht. Julia hat ihm schließlich gedroht, ihn bei Lydia hinzuhängen. Und Lydia … Sie war zwar emotional instabil, aber sie hatte Prinzipien. Und Ben hatte nun mal einen gewissen Ruf. Bevor er geheiratet hat, hat er nichts anbrennen lassen. Das hat Lydia natürlich erfahren. Sie hat keinen Hehl daraus gemacht, dass sie Ben verlassen würde, sollte er sie je betrügen. Deshalb hat er es getan. Julia wollte die Affäre publik machen. Und er wollte Lydia auf keinen Fall verlieren.«

Ben hatte sich also selbst in die Scheiße geritten. Erst hatte er Mama nach Strich und Faden betrogen, und als es eng für ihn wurde und seine Ehe auf dem Spiel stand, hatte er nur einen Ausweg gesehen. Ganz großes Kino. Wenn es nur nicht so verdammt real wäre! Okay. Dann wusste sie das endlich. Als Kind hatte man ihr das natürlich nicht erzählt. Und später hatte sie nicht danach gefragt.

Fi wollte sich schon von Ludwig verabschieden, als ihr noch etwas einfiel. »Die Kommissarin hat mich auch nach ehemaligen Mitgefangenen von Ben gefragt. Ob einer von denen mal bei mir aufgetaucht ist. Bei mir nicht. Bei dir vielleicht?«

»Nein. Aber bei Ben. Eine Zeitlang hat einer bei ihm gewohnt. Oleg heißt er. Den habe ich aber schon länger nicht mehr gesehen. Ben hat das Haus selbst in Brand gesetzt. Daran besteht kein Zweifel, Fiona.«

6

Fi stieg aus dem Zug und stand direkt vor Darcy. Er war pünktlich. Wie süß. »Hi, Darcy.« Die Brille landete wieder im Haar. Sie mochte es nicht, wenn ihr die Leute während eines Gesprächs nicht in die Augen sehen konnten. Und umgekehrt. Jeans, Poloshirt und Turnschuhe. Sein Outfit war vielleicht ein wenig bieder, trotzdem sah er nach wie vor umwerfend aus. Und das wusste er auch. Dieses selbstbewusste Lächeln.

»Hi, Elizabeth.«

Es dauerte eine Sekunde, bis sie verstand, warum er sie so nannte. Elizabeth Bennet. »Du hast ihn gegoogelt.« Auch das war süß. Aber schon so was von.

»Fitzwilliam Darcy. Ein reicher, gutaussehender und arroganter Kotzbrocken.« Darcy zog die Stirn kraus. »Arrogant bin ich schon mal nicht, und auch nicht reich.« Wie zum Beweis zog er das Futter aus den Hosentaschen. »Bleibt noch: gutaussehend.« Ein Lächeln breitete sich auf seinem Gesicht aus. »Du darfst mich also Darcy nennen.«

Es kostete sie Mühe, ernst zu bleiben. »Du hast *Kotzbrocken* vergessen.«

»Dafür hältst du mich?« Gespieltes Entsetzen im Gesicht.

Wahnsinn. Noch keine Minute standen sie hier, und schon bizzelte jedes Molekül zwischen ihnen. »Natürlich, Darcy. Und für einen sturen Besserwisser obendrein. Was willst du mir eigentlich zeigen?«

»Du wirst schon sehen. Es ist nicht weit. Aber weit genug, um mich von deiner niederschmetternden Einschätzung zu erholen.«

Sie lief neben ihm durch die Altstadt und versuchte erfolglos, ihm die Würmer aus der Nase zu ziehen. Eine Überraschung eben. Sie sollte sich gedulden.

Schließlich blieb er vor einer Galerie stehen. »Wir sind da.«

Was wollte er in einer Galerie? Sie folgte Darcy die Stufen hoch und hinein in den Ausstellungsraum, der sonntags geöffnet hatte, und stand plötzlich vor einer Skulptur, die sie magnetisch anzog. Zwei Meter hoch. Mit Motorsäge und Axt aus einem einzigen Stamm geschlagen. Vor neunzehn Jahren. Es war *Der Mahnende*.

Sein Anblick trieb ihr die Tränen in die Augen. Scheiße, Darcy! Ganz blöde Idee! Solltest du eigentlich wissen! Auf dem Absatz machte sie kehrt und stürmte auf die Straße.

Wo kam *Der Mahnende* denn plötzlich her? Sie hatte geglaubt, Opa hätte auch ihn vernichtet in seiner Wut und Enttäuschung.

Fi hörte Schritte hinter sich. »Fiona, bleib doch mal stehen. Oder willst du einen neuen Weltrekord im Gehen aufstellen? Dafür hast du die falschen Schuhe an.« Darcy holte sie ein, obwohl sie an Tempo zulegte. Mit den Schuhen hatte er recht. Plateausohlen und Kopfsteinpflaster waren nicht unbedingt kompatibel.

»Was ist denn? Ich dachte, du freust dich.«

Sie blieb stehen und drehte sich zu ihm um. »Wie kommst du denn auf die abgefahrene Idee?«

»Weil es eine großartige Skulptur ist. Weil sie dich an die Zeit erinnert, als alles noch gut war. Sie ist wirklich toll. Auch die beiden angesengten, die hinter seinem Haus stehen.«

Er hatte es also gut gemeint. Okay. Doch völlig danebengegriffen. »Ich will aber nicht an die Zeit denken, als wir noch eine glückliche Familie waren. Verstehst du das nicht? Ich will nicht daran erinnert werden, was ich verloren habe.«

»So kann man das auch sehen. Klar. Tut mir leid. Daran habe ich nicht gedacht.«

»Wie kann man das denn sonst noch sehen? Erklär mir das mal.«

»Was man verliert, hat man ja erst einmal gehabt. Ich habe eher ans Haben gedacht, an schöne Erinnerungen.« Mit einer Hand fuhr er sich durch die Haare. Er wirkte verlegen. Ihre Wut ließ nach. »Okay. Keine meiner besten Ideen. Ich bekenne mich schuldig. Und nun? Sollen wir in einen Biergarten gehen?«

»Aber nicht zum Antonius-Bräu.« Von der Familie hatte sie für heute genug.

Darcy kannte ein Lokal an der Isar. Im Schatten der Kastanien standen Bierbänke und Tische. An diesem herrlichen Sonntagnachmittag war natürlich jeder Platz besetzt. Sie warteten, bis etwas frei wurde. Die Bedienung trug Dirndl und empfahl den hausgemachten Topfenstrudel. Fionas Groll legte sich. Darcy hätte sie vorwarnen sollen, dann wäre sie gar nicht erst hineingegangen, in diese Galerie. So hatte *Der Mahnende* sie kalt erwischt.

Der Nachmittag wurde dann doch noch recht nett. Darcy erzählte, was man als Rettungsassistent so alles erleben konnte – natürlich nur die lustigen Geschichten – und kam dabei auf eine Beisetzung zu sprechen.

Auf dem Weg von der Aussegnungshalle zum Grab war einer der Trauergäste, ein älterer Herr, gegen einen Baum gelaufen und im Gras liegen geblieben. Orientierungslos, wie es schien, und mit einer schlimm blutenden Platzwunde. Die Frau des Verletzten war in heller Aufregung und befürchtete einen Schlaganfall. Darcy grinste. »Von wegen Schlaganfall. Er war so breit wie der Amazonas im Mündungsdelta. Bekifft bis unter die Haarspitzen. Im Rettungswagen zieht er ein silbernes Zigarettenetui aus der Tasche und bietet mir und meinem Kollegen eine Tüte an. Hilft gegen alles, hat er gesagt. Auch gegen die Angst vor dem Tod.«

Darcy brachte sie zum Lachen, und das tat nach all dem Ärger gut. Allerdings kam er nach dieser Geschichte natürlich prompt auf Bens Beisetzung zu sprechen.

»Wie war die eigentlich? Hat euch die Presse in Ruhe Abschied nehmen lassen?«

»Keine Ahnung. Am besten liest du die Freisinger Nachrichten. Würde mich nicht wundern, wenn es einen doppelseitigen Artikel über Ben, sein Leben, seine Tat und seinen Tod gibt. Reich bebildert, versteht sich. Sie werden die ganze Geschichte noch mal ausgegraben, aufgekocht und ordentlich Kasse damit gemacht haben. Will ich gar nicht wissen.«

»Du warst nicht bei seiner Beerdigung?«

»Natürlich nicht. Für mich ist er schon lange tot.«

»Und wie willst du jetzt mit dieser Geschichte jemals abschließen?«

Sieh mal an. An Darcy war offenbar ein Psychotherapeut verlorengegangen.

»Mach deinen Frieden mit ihm, sonst schleppst du dieses Vaterpäckchen noch ewig mit dir rum. Wünsche ihm ewige Verdammnis an den Hals, wenn du dich damit besser fühlst, oder verzeihe ihm, aber geh an sein Grab und verabschiede dich.«

Fi stützte das Kinn in die Hand. Tatsächlich, drei Semester Küchenpsychologie. Mindestens. Sie wollte nicht auf diesen Friedhof gehen. Sie wollte nicht Abschied nehmen. Hatte er schließlich auch nicht getan. *Ich komme wieder. Versprochen.* Von wegen. Er war einfach aus ihrem Leben verschwunden. Ein Zustand, an den sie sich inzwischen gewöhnt hatte. Jedenfalls bis vor einer Woche.

»Von mir aus kann er im Fegefeuer brutzeln. Finde ich gut so.«

Ratlos sah Darcy sie an. Der Herr Therapeut schien an ihr zu verzweifeln. »Du musst ihm ja nicht verzeihen. Lass es einfach so stehen, wie es ist. Es gibt Dinge, die kann man nicht ändern. Aber die eigene Sicht darauf schon.«

Etwas rührte sich in ihr. Seine Worte trafen auf einen Resonanzraum in ihrem Innersten. Vielleicht hatte Dr. Sigmund Darcy Freud ja recht. Vielleicht würde es ihr helfen, wenn sie an Bens Grab stand und ihm sagte, dass er jetzt bitte wieder aus ihrem Leben verschwinden konnte. Es war so schon kompliziert genug. Und schließlich war sie hierhergekommen, um einen Schlussstrich zu ziehen und adieu zu sagen.

»Also gut, Freud. Du hast gewonnen. Ich gehe auf den Friedhof.«

»Freud? Das auch noch. Ich kann mir meine Namen bald nicht mehr merken.« Darcy schüttelte den Kopf. »Wenn du willst, begleite ich dich. Dann musst du da nicht alleine hin.«

Der Ritter in seiner schimmernden Rüstung wollte ihr in dieser schweren Stunde wacker zur Seite stehen. Was er sich davon wohl versprach? Na was wohl? Blöde Frage. Das war ja wohl klar. Und ganz in ihrem Sinn.

»Okay. Lass uns zahlen. Am besten bringe ich das gleich hinter mich. So oft bin ich schließlich nicht hier.«

Der Waldfriedhof lag auf der anderen Seite der Stadt. Zu Fuß brauchten sie eine halbe Stunde. Die Sonne stand bereits tief, als sie ihn betraten. Gedämpft klang Verkehrslärm über die Mauer. Doch schon nach wenigen Schritten umfing sie Stille. Die Sonne malte lange Schatten auf die Kieswege. Am Grab ihrer Mutter war Fi schon ewig nicht mehr gewesen. Trotzdem fand sie es sofort.

Es war, wie sie befürchtet hatte. Ben lag neben Mama. Erde und Kies wölbten sich zu einem Hügel. Vor Lydias Grabstein stand ein Holzkreuz mit seinem Namen. Sicher vorübergehend, bis ein Steinmetz Bens Daten unter die ihrer Mutter in den Stein geschlagen hatte. Im Tod war er nun mit der Frau vereint, die er so sehr geliebt hatte, dass er zum Mörder geworden war. Ob Lydia das gefiel? Oder rotierte sie bereits im Grab? Fi wusste es nicht. Sie hatte keine Ahnung, wie die Beziehung ihrer Eltern gewesen war. Hatten sie sich wirklich so sehr geliebt? Wohl kaum. Sonst hätte Ben sie nicht betrogen. Doch was wusste sie schon von Beziehungen? Sie hatte keine Ahnung, wie man als Paar lebte, was man sich so zumutete, was man ertrug und wann man zurückschlug, austeilte, verletzte.

Ein paar Kränze und Gestecke lagen vor dem Kreuz. Letzte Grüße und stilles Gedenken verschämt auf Schleifen und Bänder gedruckt. Von Ludwig und Sabine natürlich. Und von Opa. Auch ein Kranz von der Belegschaft der Brauerei war darunter.

Wo war die Wut? Wo der Zorn? Fiona fühlte sich nur leer. Okay. Das war es dann wohl. Habe ich jetzt meinen Frieden mir dir gemacht? Eher nicht. Und nach Schlussstrich fühlte es sich ebenso wenig an. Er hatte ihr alles genommen. Auch die Mutter, denn sein beschissener Plan, seine Ehe zu retten, war voll nach hinten losgegangen. Ein echter Rohrkrepierer.

Nicht eine Sekunde länger hielt sie es hier aus. Sie wollte nur noch weg, machte auf dem Absatz kehrt und ging Richtung Ausgang. Darcy folgte mit kurzem Abstand. Eine Krähe flog über den Weg und landete auf dem Ast einer Eiche. Darunter stand ein weinender Engel aus Marmor, der sich an einen Grabstein lehnte. Ein Bild tiefster Trauer. Abrupt blieb Fi stehen, als sie die Inschrift sah.

Julia Reinhold. 3.6.1969–25.9.1995. Geliebte Tochter. Auf ewig unvergessen.

Ein schlechter Scherz. Das konnte nicht wahr sein. Ben und sein Opfer lagen nur hundert Meter voneinander entfernt auf demselben Friedhof. Darcy holte sie ein. Auch er las, was auf dem Grabstein stand, den sie wie gebannt anstarrte, doch er sagte nichts. Offenbar spürte er, dass es besser war, den Mund zu halten, und dafür war sie ihm wirklich dankbar.

Schweigend gingen sie weiter. Ab und zu blieb Fi stehen und las eine der Inschriften. Sie machten sie traurig. So viele junge Leute waren darunter. Das Grab eines Kindes, das nur acht Jahre alt geworden war. Das eines jungen Mannes, der mit dreißig gestorben war. Florian Schuster. *Aus dem Leben gerissen.* Vielleicht ein Unfall. In der Nähe des Ausgangs fiel ihr Blick auf die letzte Ruhestätte einer jungen Frau. Marie Wagner. Sie war gerade mal so alt geworden wie Fi. Sechsundzwanzig. Und fast schon so lange tot, wie sie auf dieser Erde geweilt hatte. Bald zwanzig Jahre. Ein Stein legte sich in Fis Magen. So wenig Zeit. Niemand wusste, wie viel einem davon zugedacht war. *Weder Tag noch Stunde.*

Und da das so war, sollte man sie besser nicht verschwenden, die Tage und die Stunden. Sie drehte sich zu Darcy um. »Schon irgendeinen Plan, was wir jetzt machen?«

7

»Direkt einen Plan nicht. Es gäbe da verschiedene Möglichkeiten.« Während sie den Ausgang ansteuerten, legte Darcy wie selbstverständlich seinen Arm um ihre Schultern und sie ihren um seine Hüfte. Eine wortlose Übereinkunft.

Der Spätnachmittag war in einen lauen Herbstabend übergegangen. Silbriges Abendlicht senkte sich herab. Die Wärme des Tages staute sich in den engen Gassen zwischen den alten Häusern. Auf dem Domberg blieben sie stehen. Unten im Tal rauschte die Isar. Über ihnen zogen die letzten Schwalben vor dem Aufbruch ins Winterquartier ihre Kreise.

Darcy strich Fi eine Haarsträhne hinters Ohr. Wie er sie ansah! Sie schlang beide Arme um seinen Hals, und dann küssten sie sich. Zunächst war es ein weicher und forschender Kuss, der schleichend fester und fordernder wurde. Wow. Er küsste wirklich vielversprechend. Schon begann ihr Körper zu kribbeln, schon legte sich dieses Verlangen in ihren Bauch und zwischen die Beine, das sie manchmal unvorsichtig werden ließ. Wenn sie jetzt nicht stopp sagte, konnte es passieren, dass sie hier im

Gebüsch landeten oder, besser noch, es in einer dunklen Ecke des Doms trieben. Sich das auszumalen, während seine Hände hinunter zu ihrem Po glitten, turnte sie richtig an. Doch Darcy war dafür sicher zu bieder. Dabei würde er nicht mitmachen. Sie löste sich von ihm. »Nicht schlecht. Und was wären die anderen Möglichkeiten, von denen du gesprochen hast?«

»Längst nicht so aufregend«, meinte er augenzwinkernd.

»Okay. Dann ziehen wir sie nicht weiter in Betracht. Die Frage, ob zu dir oder mir, erübrigt sich wohl.«

»Sie ist nicht wirklich naheliegend.« Er gab ihr einen Kuss auf die Nasenspitze. Eng umschlungen brachen sie auf. Ab und zu blieben sie stehen, küssten sich, machten sich gegenseitig Lust auf mehr und schürten die Erwartung. Als sie schließlich in seiner Wohnung ankamen, war Fi derart angeturnt, dass sie sich am liebsten sofort mit ihm ins Bett gestürzt hätte. Doch er löste sich von ihr und verschwand in der Küche. »Magst du ein Glas Wein?«

»Warum nicht?«

Er schenkte zwei Gläser voll und ging voran in das Zimmer, das sowohl Schlaf- als auch Wohnzimmer war. Es war aufgeräumt. Das Bett war gemacht. Der Weißwein war richtig temperiert. Das Glas beschlug. Sieh mal an, Darcy, da hatten wir beide wohl schon früh denselben Gedanken, dachte Fi.

»Musik?«

»Klar.«

»Hast du einen Wunsch?«

»Ich lasse mich überraschen.« Bei ihm machte sie sich keine Sorgen. Darcy würde weder Heavy Metal auflegen noch Hiphop. Eher eine Indieband. Garantiert hatte er längst den passenden Soundtrack für eine heiße Nacht ausgesucht.

Die ersten Takte erklangen. Sehr ungewöhnlich. Irgendwie orientalisch und dabei auch jazzig. Sehr hot, sehr rhythmisch. Darcy kam auf sie zu und nahm sie in den Arm. Ehe sie es sich versah, tanzte er. Kleine, präzise Bewegungen, geschmeidig, wie ein Panther. Sie folgte ihnen. Er zog sie dichter an sich. Sie schlang ihre Arme um seinen Körper, fühlte seine Wärme durch den dünnen Stoff. Gegenseitig schälten sie sich aus den Klamotten, während sie weiter durch das Zimmer tanzten. Diese Musik. Wie eine Reise in die Wüsten aus *Tausend und einer Nacht*. Rhythmisch und antörnend. Die Hitze einer Sommernacht hatte sich darin gefangen, der Duft exotischer Gewürze und Öle. Glatte Haut, wissende Finger, Hände, Lippen, überall. Verschwitzte Körper. Dieser Rhythmus! Eine Stimme wie verwehender Wüstensand raunte magische Worte. Sehnsucht und Erwartung überfluteten jede Zelle ihres Körpers. Sie löste sich auf, als sie kam und er im selben Moment schrie und sie alles vergaß, was war und was je sein würde.

Total fertig ließ Fi sich neben Darcy aufs Laken fallen. Puh! Aber hallo! Sie war völlig erschöpft und ausgepowert, und doch schwebte sie. Was war das gewesen? Da hatten sich zwei gefunden, die dafür bestimmt waren, einander gutzutun. Solange sich das auf die Körper beschränkte, war das absolut in Ordnung. Diese Grenze war wichtig.

Darcy hangelte nach den Weingläsern, die auf dem Boden standen, küsste ihr Ohr und reichte ihr eines. »Durstig?«

»Und wie. Nach diesem Trip in orientalische Gefilde bin ich ganz ausgedörrt. Was ist das für Musik?«

»He, du bist gut. Das ist Nadav Remez aus Israel.«

Sie tranken Wein und kuschelten sich aneinander und schwiegen. Fi hing ihren Gedanken nach und kam irgendwann bei dem Besuch auf dem Friedhof an. Er hatte nichts gebracht. Sie fühlte sich nicht besser und nicht schlechter. Alles war beim Alten.

Darcy ließ seine Finger über ihren Bauch wandern. »Wo bist du denn gerade?«

»Ist nicht wichtig.«

»Bei Ben, oder?«

Sie nickte.

»Wie alt warst du, als er verhaftet wurde? Sechs oder sieben?«

»Ich war in der zweiten Klasse. Sieben also.« Sie erzählte ihm von diesem Tag und wie sie Ben mit ihrem Schulranzen verteidigt hatte. Damals hatte sie an ihn geglaubt.

»Mit dem Schulranzen?« Darcy lachte. »Das passt zu dir. Ich sehe es direkt vor mir, wie du damit auf den Polizisten losgehst. Du bist eine Kämpferin. Eine wütende Kämpferin.«

Wütend. Genau. Das hatte er gut erkannt. Wut war der Hintergrundsound ihres Lebens. Ehe sie es sich versah, erzählte sie Darcy mehr von ihrer ganzen verkorksten Geschichte, als sie jemals vorgehabt hatte. Er hörte zu. Daran lag es wohl, dass sie so viel redete, und auch daran, dass er sie nicht bemitleidete. Mitleid konnte sie nicht ertragen. Er machte sich Gedanken, wie es für sie gewesen sein musste, als Tochter eines Mörders aufzuwachsen und dann auch noch die Mutter zu verlieren.

Darcy war so einfühlsam. Er war wirklich nett. Und das durfte eigentlich nicht sein.

Irgendwann knurrte sein Magen. »Ich habe Pizza im Tiefkühlfach. Was hältst du davon? Oder sollen wir uns vom Asia-Imbiss was liefern lassen?«

Fi entschied sich für Pizza. Während Darcy sie in den Ofen schob, ging sie unter die Dusche. Das Bad war blitzblank geputzt, frische Handtücher lagen bereit. Wow! Das war keine Selbstverständlichkeit. Fi hatte da schon Sachen erlebt, an die sie jetzt lieber nicht denken wollte. Darcy war sich recht sicher gewesen. Kein Wunder. Bei seinem Aussehen und so nett, wie er war, bekam er bestimmt jede, die er wollte.

Die Pizza aßen sie im Bett. Satt und müde schliefen sie ein. Irgendwann wachte Fi auf. Das Licht brannte noch, die Pizzateller standen auf dem Boden. Es war Zeit, sich zu verabschieden. Sie sah aufs iPhone. Beinahe halb eins. Laut MVV-App fuhr fünf vor eins eine S-Bahn und dann noch eine um kurz nach halb zwei. Neben ihr rührte Darcy sich. »Willst du gehen?«

»Ich wache gerne in meinem Bett auf.«

»Das ist kalt und leer.« Seine warme Hand wanderte über ihren Rücken. Die Bahn um halb zwei reichte eigentlich auch. Fi schlüpfte wieder unter die Bettdecke. Eine halbe Stunde noch, dann würde sie sich auf den Weg machen. »Ein bisschen kann ich noch bleiben.«

Sie kuschelten sich aneinander. Im Blaugrau seiner Augen entdeckte sie ein paar braune Sprenkel, wie Honig oder Bernstein. Forschend sah er sie an. Sollte sie ihm jetzt erklären, warum sie lieber im eigenen Bett aufwachte? Musste eigentlich nicht sein. Er war intelligent und würde selbst dahinterkommen.

»Darf ich dich etwas fragen, Fi?«

Eigentlich nicht. Sie hatte echt keine Lust auf ein Gespräch über ihr Beziehungsverhalten, das treffender mit Sexualverhalten zu beschreiben wäre. »Kommt darauf an, was.«

»Über Ben.«

Dieses Thema war eigentlich auch tabu. Doch Darcy hatte sich als reitender Bote und Überbringer von Bens letzten Worten offenbar einen Sonderstatus erworben. So viel wie in der letzten Woche hatte sie in neunzehn Jahren nicht über Ben gesprochen und nachgedacht. Hoffentlich hörte das bald auf, wie eine Grippe, die nach acht Tagen überstanden war. »Von mir aus.«

»Hast du wirklich überhaupt keinen Kontakt zu ihm gehabt? All die Jahre?«

»Nein. Also: ja. Ich habe ihn seit dem Tag, an dem er verhaftet wurde, nicht wieder gesehen. Ins Gericht hat meine Mutter mich natürlich nicht mitgenommen. Ich war erst sieben und dachte, er wäre krank und in einem Sanatorium. Oma Charlotte hat das behauptet. Doch nach der Verurteilung habe ich natürlich mitbekommen, was wirklich passiert war.«

Mörderkind! Mörderkind! Die Familie hatte es nicht weiter vor ihr verheimlichen können. Sie war so wütend gewesen. Auf alle. Und am meisten auf Ben.

Als sie vierzehn war, hatte sie es dann plötzlich wissen wollen. Er sollte ihr ins Gesicht sagen, was er getan hatte und warum. Doch Ludwig und Sabine rieten ihr davon ab. Es war eine Zeit gewesen, in der sie nicht jährlich das Internat wechselte. Sie hatte sich stabilisiert, und Tante und Onkel befürchteten, dass der Kontakt zu Ben sie wieder aus der Bahn werfen würde.

Nach dem Abi, als sie in München wohnte, zu studieren begann und längst nicht mehr an ihn dachte, kamen dann auf einmal Briefe von ihm. Wie er ihre Adresse ausfindig gemacht hatte, war ihr ein Rätsel. Von der Familie hatte er sie jedenfalls nicht erhalten. »Ich habe sie ungeöffnet zurückgeschickt. Irgendwann hat er aufgegeben. Und dann, vor einem Jahr, ist er plötzlich bei mir aufgetaucht. Ich habe ihn gar nicht erkannt. Zuerst jedenfalls. Er wollte mit mir reden. Ich aber nicht mit ihm. Das war es.«

»Ist das einer der Gründe, warum du dich so gegen die Vorstellung wehrst, dass er unschuldig ist? Weil du ihm die Tür vor der Nase zugeschlagen hast?«

Holla! Dr. Sigmund Darcy Freud machte sich zur Sprechstunde bereit. »Er war nicht unschuldig.« Sie verstand ja, dass Darcy ihm unbedingt glauben wollte. Wer saß schon gerne einem Lügner auf? »Du glaubst ihm. Ich nicht. Wir beide werden uns in diesem Punkt nie einig werden. Also lassen wir das Thema.«

Ein besorgtes Lächeln erschien auf seinem Gesicht. Oder war es eher ein enttäuschtes? Hinter seiner Stirn zogen die nächsten Fragen auf. Sie sah es.

»Und deine Mutter … Ist ein Gespräch über sie auch tabu?«

»Das alles ist ewig her. Beinahe mein ganzes Leben. Meine Mutter ist tot. That's it. Blöd gelaufen.«

»Mir ist nur aufgefallen … Heute auf dem Friedhof … Sie ist nur ein halbes Jahr nach Julia gestorben.«

Fi verdrehte die Augen und rollte sich auf den Rücken. »Sie ist mit dem Auto von der Straße abgekommen und in den Fluss gefahren. Das war einen Tag nachdem Ben zu fünfzehn Jahren verknackt worden war.«

Mit einem Finger strich Darcy ihren Nasenrücken entlang, hinunter zu den Lippen und zum Kinn. Ein zartes Kribbeln begann sich in Fi zu regen.

»War es ein Unfall oder … Ich meine, hat sie das absichtlich getan?« Der Finger blieb in der kleinen Mulde am Hals liegen.

Das Kribbeln verschwand. Fi spürte, wie sich alle Stacheln aufstellten. »Das ist doch egal. Das Ergebnis war dasselbe.«

»Ist es nicht.«

Sie setzte sich auf. »Ach? Ist es nicht? Tot ist tot. Sarg ist Sarg. Grab ist Grab.« Wie Quecksilber schoss Zorn in ihr hoch. Verdammt. Nur weil sie mit ihm gevögelt hatte, glaubte er, sich in ihrem Leben breitmachen zu dürfen.

»Nein. Ist es nicht.« Seine Stimme war so sanft, dass es sie total wütend machte. Als spräche er zu einer Kranken. »Wenn es ein Unfall war, dann war es Schicksal. Wenn es Selbstmord war, dann hat sie dich im Stich gelassen. Ihre kleine Tochter, die sie gebraucht hätte. Dann ist die Botschaft, die bei dir angekommen sein muss, die, dass sie dich nicht geliebt hat, dass du ihr nicht wichtig warst, dass du es nicht wert warst, dass sie deinetwegen am Leben blieb.«

»Was für eine Scheiße ist das denn!« Fi sprang aus dem Bett. »Was weißt du denn schon! Mischst dich einfach in mein Leben ein, als stünde dir das zu, und spielst dich hier als Psychotherapeut auf, dabei bist du nur Rettungsassistent.« Sie sah, wie er zusammenzuckte. Ihr Pfeil hatte ins Schwarze getroffen. Patsch. Das wäre er wohl gerne. Psychologe. Seelenflickschuster. Sie raffte ihre Klamotten zusammen.

Darcy stand auf. »Beruhige dich doch.« Er wollte sie

in den Arm nehmen. Sie stieß ihn zurück. »Lass das!« Sie war so stinkwütend wie selten in ihrem Leben.

»Hey Fi. Ich verstehe nicht, warum du plötzlich so sauer bist.« Darcy breitete die Arme aus. »Ich wollte dich nicht verletzen. Ich mag dich doch. Sehr sogar. Vielleicht mehr, als gut für mich ist.«

Fassungslos starrte sie ihn an. Was hatte er gesagt? Dass er sie mochte. *Sehr sogar.* Er traute sich was. Hatte er sich etwa in sie verliebt? Das ging ja gar nicht. Okay. Gut. Oder besser gesagt: nicht gut. Das war es dann.

»Darcy, du bist so ein Arsch!«, schrie sie ihn an. »Mach dich vom Acker. Verpiss dich, und misch dich nie wieder in mein Leben.«

Neunzehn Jahre zuvor.

Freising.

August 1995.

1

Am Donnerstagmorgen gelang es Julia nicht, aufzustehen. *Ich habe dich gefickt. Du hast mich gefickt. Mehr war das nie. Eine Bumsgeschichte. Geht das endlich in deinen Schädel rein.* Bens Worte hallten in ihr nach und nach und nach, wie ein Echo, das hin und her geworfen wurde. Sie bekam sie nicht aus ihrem Kopf. Sie rissen ihr die Haut in Fetzen vom Leib. Sie war nur fürs Bett gut genug. Nicht für ein Leben mit ihm. Er hatte sie benutzt wie ein Tempo, hatte in sie hineingerotzt und sie weggeworfen.

Sie fühlte sich so miserabel und elend. Jede Bewegung kostete sie unendliche Willenskraft. Allein bis sie es zum Telefon schaffte, um sich in der Praxis mit einer angeblichen Sommergrippe krankzumelden, brauchte sie beinahe eine Stunde.

Die Zeit verging. Es wurde nicht besser. Nachts konnte sie nicht schlafen, und tags konnte sie sich nicht aufraffen, etwas zu tun. Anzeichen für eine Depression. Als ihr das klarwurde, gewann sie einen Funken Energie zurück. So viel Macht durfte sie Ben nicht geben. Sie stand auf und räumte endlich das Abendessen vom

Mittwoch weg und stellte dabei fest, dass schon Samstag war.

Wann hatte sie zuletzt etwas gegessen? Vor über sechzig Stunden. Ein heißer Schreck rüttelte sie auf. Das war nicht gut für das Kind.

Mit Müsli, Joghurt und Obstsalat setzte sie sich auf den Balkon und frühstückte im Sonnenschein. Sonnenlicht steigerte den Melatoninspiegel im Blut. Das half gegen Depressionen. Sie musste raus aus diesem Loch der Verzweiflung. Diesen Triumph würde sie Ben nicht gönnen. Es würde ihm nicht gelingen, sie in eine Depression zu treiben. Sosehr er sich das auch wünschte. Sein Plan würde nicht aufgehen. Er konnte sie nicht vernichten. Auch nicht sein Kind. Wieso eigentlich *sein* Kind? Er wollte es ja nicht. Er wollte, dass sie es tötete! Tränen traten ihr in die Augen. Schützend legte sie die Hand auf ihren Bauch. *Niemals, mein Kleines. Niemals.* Die Liebe und Verantwortung für ihr Kind, vor allem aber die Wut auf Ben, schenkten ihr Kraft, brachten den Motor in ihr wieder zum Laufen. Sie würde sich von ihm nicht fertigmachen lassen.

Eher machte sie ihn fertig!

Sie duschte, cremte sich ein und zog sich an. Ein Blick in den Spiegel bestätigte ihre Befürchtung. Sie sah grauenhaft aus. Auch mit Make-up war das nicht zu kaschieren.

Was sollte sie tun? Sie musste mit jemandem reden. Mit einer Freundin. Sollte sie sich mit Anne treffen? Oder mit Laura und Janine? Anne würde vermutlich den Mund halten. Doch bei den beiden anderen konnte sie sich nicht sicher sein. Sie würden brühwarm herumerzählen, dass Ben fremdging und nun Vater wurde. Es war besser, dieses Geheimnis vorerst für sich zu behalten. Noch war sie sich nicht sicher, ob sie wollte, dass ganz Freising – und damit auch Lydia – erfuhr, wer der Vater ihres Kindes war. Bens Bitte ging ihr immer wieder durch den Kopf. *Wenn du mich wirklich liebst, wenn du wirklich willst, dass ich glücklich bin, dann lass mich gehen, und sag zu niemandem ein Wort.*

Ihre Gefühle schwankten zwischen Hass und Rachebedürfnis und Trauer und Schmerz. Irgendwie tat Ben ihr auch leid. Er war ein Gefangener. Und dann wieder hasste sie ihn. Er hatte sie benutzt und gedemütigt. Und schlimmer noch, er hatte es zugelassen, dass sie sich selbst erniedrigte und um seine Liebe bettelte. Bei der Erinnerung daran, wie sie sich an ihn geklammert und ihn angefleht hatte, sie zu lieben, wurde ihr speiübel. Es war so entsetzlich entwürdigend. Dass er sie so weit gebracht hatte, konnte sie ihm nicht verzeihen!

Sie musste mit jemandem reden. Am besten mit ihrer Mutter. Sie konnte zuhören und wusste immer einen Rat. Julia rief an und fragte, ob sie kommen konnte.

»Das passt wunderbar. Ich bereite gerade das Mittagessen vor. Eigentlich wollte Hannelore mit mir die Vorbereitungen für den Herbstbazar besprechen. Aber sie hat vor fünf Minuten abgesagt. Migräne. Es gibt gebratene Hühnerbrust auf Blattsalaten. Bis gleich.«

Julia nahm das Buch, das sie neulich gekauft hatte, von der Ablage und machte sich auf den Weg. Zwanzig Minuten später parkte sie ihren Panda vor einem alten Stadthaus im Zentrum von Freising. Die Wohnung ihrer Mutter befand sich in der vierten Etage. Mit dem Lift fuhr Julia nach oben und wollte klingeln, als Renate bereits öffnete.

Der leichte Silberblick und das runde Gesicht mit spitzem Kinn erinnerten Julia wieder einmal an die Ähnlichkeit zwischen ihrer Mutter und deren Idol, der Schauspielerin Barbra Streisand. Sogar die Frisur war ähnlich, ein glatter schulterlanger Bob, den Renate sich seit einiger Zeit aschblond färben ließ. Heute hatte sie die Haare im Look der Sechziger aufgesteckt. Die Zeit, in der sie jung gewesen war und der sie nachtrauerte. Sie war noch ebenso schlank wie damals und trug enge Jeans, eine weiße Bluse und silberne Kreolen an den Ohren. Ihre Mutter sah umwerfend aus. Niemand käme auf die Idee, dass sie bereits Mitte fünfzig war.

»Meine Güte, Kind. Du siehst grauenhaft aus.«

»Ich bin schwanger.«

»Oh. Das sind ja Neuigkeiten.« Überrascht trat Renate zur Seite. »Komm erst einmal rein.«

Julia folgte ihrer Mutter in die Wohnung. Drei Zimmer, Altbau. Hohe Decken, gepflegte Holzböden, Sprossenfenster, durch die das Sonnenlicht auf die elegante Einrichtung fiel. Eine Mischung aus Antiquitäten und exquisiten Designerstücken. Ein Sommerblumenstrauß auf der Kommode im Flur. Und Gladiolen in der Vase auf dem Küchentisch. Das Ambiente einer wohlhabenden Frau und nicht einer Beamtin der Stadtverwaltung. Für Mutter musste eben immer alles besonders sein.

Es duftete nach Essen. Renate hatte den Tisch in der Wohnküche bereits für zwei gedeckt. Julia suchte in der Tasche nach Tempos und fand den Roman. »Den habe ich neulich entdeckt. Er fehlt noch in deiner Sammlung.«

»Das ist lieb von dir.« Renate betrachtete das Buch

kurz und legte es beiseite. »Ich werde also Großmutter. Das ist wirklich eine Überraschung. Wer ist der Vater?«

Julia setzte sich und schenkte sich aus der Karaffe Wasser ins Glas. »Ben.«

»Welcher Ben?«

»Welcher Ben wohl? Mama, du kennst ihn.«

»Doch nicht Benedikt Jacoby. Ich hatte dir schon vor Jahren gesagt, dass du die Finger von ihm lassen sollst. Er ist ein Windhund. Wie sein Vater. Und außerdem ist er verheiratet. Mit dieser durchgedrehten Malerin.«

Sie hatte gewusst, dass ihre Mutter gegen diese Beziehung sein würde. Auch deshalb hatte sie bis heute geschwiegen. Hauptsächlich aber, weil sie Ben versprochen hatte, mit niemandem darüber zu reden. Mama hatte recht. Es wäre besser gewesen, sich nicht wieder mit ihm einzulassen.

Während ihre Mutter das Essen auf den Tellern anrichtete und Baguette aufschnitt, heulte Julia sich bei ihr aus. Ben hatte ihr die große Liebe vorgespielt, damit er sie ins Bett bekam. Und jetzt, da sie schwanger war, wollte er nichts mehr von ihr wissen. Angefleht hatte er sie, das Kind abzutreiben und seiner Frau nichts zu sagen.

»Er hat mich benutzt, weil seine Lydia ihn nicht mehr ranlässt.« Julia schnäuzte sich. Es konnte einfach nicht sein. »Diese fette, hässliche Kuh. Wie kann er mit so einer ins Bett wollen? Das ist ja ekelhaft. Was findet er an ihr? Nennt sich Künstlerin und kann ja nicht mal malen. Ihre Bilder sind nur Schmierereien. Jedes Kindergartenkind kann das besser.«

Renate wischte sich die Hände an einem Küchentuch ab. »Warum hast du nicht auf mich gehört und wieder etwas mit ihm angefangen?« Aus dem Kühlschrank nahm sie eine Flasche Weißwein und schenkte sich ein Glas ein. »Diese Nachricht muss ich erst einmal verdauen. Magst du auch einen Schluck?«

Julia wehrte ab. »Das ist nicht gut für das Kind.«

Renate stellte die Teller auf den Tisch und setzte sich. »Du willst es also bekommen, obwohl er nichts von dir wissen will. Wie stellst du dir das vor, als alleinerziehende Mutter? Unterhalt wird er nicht zahlen, dieser brotlose Künstler, und an seinen Vater wirst du dich kaum wenden können. Schwängert einfach meine Tochter und stiehlt sich aus der Verantwortung.« Renate nahm einen großen Schluck Wein, als wollte sie damit den Ärger hinunterspülen.

»Ich werde das schon irgendwie schaffen.« Noch vor ein paar Tagen hatte sie es sich so schön ausgemalt. Ben und sie und das Baby. Eine glückliche Familie. Wie sehr sie sich zum Narren gemacht hatte! *Bitte, liebe mich doch auch.* Bei der Erinnerung daran stieg wieder bittere Galle in ihr hoch. Es war so grauenhaft! Sie hatte ihn um seine Liebe angefleht. Und er hatte sie nicht gestoppt. Er hatte sich das grinsend angesehen. Das würde er ihr büßen! Ja. Genau. Büßen würde er dafür. Sie würde es ihm heimzahlen.

Renate stocherte in ihrem Salat. »Mir ist der Appetit vergangen. Diese Jacobys sitzen alle auf dem hohen Ross.« Mit einem Schluck leerte sie das Glas und schob den Teller weg. »Wie der Vater, so der Sohn. Da ist einer arroganter und selbstherrlicher als der andere.« Sie schenkte sich vom Wein nach. Verwundert beobachtete Julia ihre Mutter. Sie war mindestens ebenso brüskiert und gekränkt wie sie selbst.

»Alle in einen Sack stecken und draufschlagen. Es trifft keinen Falschen. Für solche wie die sind wir doch nur fürs Bumsen gut genug.«

Überrascht sah Julia ihre Mutter an. Nicht nur wegen der für sie geradezu obszönen Wortwahl. Was deutete sie da an? »Sag nur, du und Bens Vater ... Ihr hattet mal etwas miteinander?«

Mit einem Klirren stellte Renate das Glas ab. »So kann man das nicht nennen. Konrad und ich waren heimlich verlobt. Jedenfalls habe ich das geglaubt. Ihm war es nie ernst. Er hat mich verarscht.«

Bumsen? Verarschen? Derartige Begriffe gehörten normalerweise nicht zum Wortschatz ihrer Mutter, die immer darauf achtete, als Dame wahrgenommen zu werden. Verwundert hakte Julia nach. »Ihr wart verlobt? Du hast nie ein Wort darüber verloren.«

»Weil man eine derartige Erfahrung am besten vergisst. Er hat mir etwas vorgespielt, damit er mich in sein Bett bekam. Er hat genau das getan, was Ben nun mit dir macht. Ich war nicht gut genug für ihn.«

Renate trank sonst nie mehr als ein Glas Wein und nie mittags. Nun nahm sie noch einen Schluck, und dann erzählte sie, wie sie vor über dreißig Jahren Konrad Jacoby kennengelernt hatte. Auf einem Faschingsball der Brauerei. Einem weißen Fest. Sie hatte sich als Schneekönigin kostümiert, Konrad als Eisbär.

Erst war es ein Flirt gewesen, dann hatte er sie umworben, bis er sie schließlich dort hatte, wo er sie haben wollte. In seinem Bett. Dieser Provinzplayboy. Es war Anfang der sechziger Jahre gewesen. Eine spießige Zeit, in der man sich für die Ehe aufhob. Die hatte er ihr versprochen. Da sie ihn geliebt hatte, jung und dumm und unerfahren, wie sie war, und sich eine goldene Zukunft mit ihm ausmalte, hatte sie ihm vertraut und sich darauf eingelassen, seine Geliebte zu werden. Doch dann hatte er sie eiskalt abserviert, als ihm Charlotte Siegenburg über den Weg lief, deren Vater Staatssekretär im Bayerischen Wirtschaftsministerium war. Die elegante Charlotte mit bester Erziehung hatte natürlich viel besser zu ihm gepasst als Renate, das Mädchen aus einfachen Verhältnissen und angehende Beamtin.

»Er hatte mir die Ehe versprochen. Mir.« Renate wies mit dem Zeigefinger auf sich. Sie war angetrunken, ihre Stimme klang ein wenig verwaschen. »Mir. Verstehst du? *Ich* sollte heute mit ihm in der Villa wohnen. *Mir* stünde es zu, an Karin Stoibers Jour fixe der Unternehmerinnen teilzunehmen. *Ich* müsste eigentlich Vorsitzende des Freisinger Rotary Clubs und Schirmherrin der Kampagne zur Rettung der Isar-Biber sein. *Ich* sollte eine Rolle spielen in dieser Stadt, und nicht Charlotte. Diese Schlampe. Mehr als einmal hat sie ihm Hörner aufgesetzt, diesem eingebildeten Idioten. Geschieht ihm recht. Männer! Er hat mit mir dasselbe Spiel gespielt wie Ben mit dir. Wie der Vater, so der Sohn. Nur, dass ich nicht so dumm war, mir ein Kind anhängen zu lassen. Jedes Mal, wenn ich ihn sehe und er so selbstgefällig grinst, würde ich ihm am liebsten eins in die Fresse schlagen. Alle in einen Sack stecken und draufhauen. Es trifft keinen Falschen.«

Gleichermaßen fasziniert wie schockiert beobachtete Julia ihre Mutter. So kannte sie sie nicht. Angetrunken und geradezu vulgär.

Mehr als dreißig Jahre war es her, dass Renate Bens Vater auf den Leim gegangen war. Doch diese Wunde war offenbar bis heute nicht verheilt. Plötzlich verstand

Julia, weshalb für ihre Mutter alle Fragen in Sachen Stil und Geschmack so ungeheuer wichtig waren, warum sie sich so gut auskannte in der Welt derjenigen, die gesellschaftlich relevant waren. Weshalb sie versuchte, in Freising jemand zu sein, und sich in Vereinen und Verbänden ehrenamtlich engagierte, und woher dieser verbitterte Zug um ihren Mund kam, der sich dort schon vor langer Zeit eingegraben hatte. Ihre Mutter wollte mit Konrads Frau gleichziehen und würde ihr doch nie das Wasser reichen können. Gegen Charlotte kam sie nicht an. Auf immer und ewig war sie das Mädchen aus kleinen Verhältnissen, die Beamtin bei der Stadtverwaltung. Die Frau, die Konrad nur gebumst hatte. Die Frau, die es nicht wert gewesen war, von ihm geheiratet zu werden.

Jetzt verstand sie auch das Spiel, das ihr Vater mit ihrer Mutter gespielt hatte, wenn es dicke Luft zwischen den beiden gegeben hatte. Deshalb die Kisten Antonius-Bräu in der Speisekammer. Er hatte von Mamas hochfliegenden Träumen und ihrer tiefen Enttäuschung gewusst. Er war nur der Ersatz für einen gewesen, den sie nicht bekommen hatte. Ein unzureichender Ersatz. Die süßen Trauben hingen höher. In diesem Fall wohl eher die Hopfendolden.

Und das Kleid. Das Mondrian-Kleid. Lange hatte Julia nicht mehr daran gedacht. Das Kleid von Yves Saint Laurent, in das Renate sich immer wieder hineinhungerte, seit Julia denken konnte. Es war Mamas Schatz, ihr wertvollstes Stück. Mit Schrecken erinnerte sie sich an die Nacht, als Vater es beinahe zerrissen hätte. Konrad musste es ihr geschenkt haben! Erst jetzt verstand sie das.

Sie war elf oder zwölf Jahre alt gewesen und konnte nicht schlafen. Ihre Eltern stritten. Die Stimmen drangen durch die Wand bis in ihr Kinderzimmer. »Na und!«, brüllte ihr Vater. »Dann hat er dir die Aufnahme in den Golfclub eben verweigert. Ist mir nur recht. Wir können uns das nicht leisten. Du mit deinen überkandidelten Plänen. Bildest dir ein dazuzugehören. Zum Jetset. Doch du gehörst nicht dazu. Kapier das endlich. Er wird dir immer eine lange Nase drehen! Aber ich werde ihn dir austreiben. Ein für alle Mal! Dieser Fetisch muss weg! Genug ist genug!« Die Wohnzimmertür knallte, polternde Schritte im Gang. Mama schrie: »Wag es ja nicht!« Julia stand auf und öffnete die Tür einen Spaltbreit und spähte neugierig in den Flur. Papa stürmte ins Schlafzimmer, riss die Schranktür auf und das Kleid vom Bügel. Mit beiden Händen wollte er es zerfetzen, doch plötzlich stand Mutter vor ihm, weiß wie die Wand, in der Hand das große Fleischmesser. Sie setzte es ihm an die Brust. »Wag es nicht.« Ihre Stimme war nicht mehr als ein Flüstern und ihr Blick nur mit einem Wort zu beschreiben: irre.

Julia hatte lange nicht mehr an diese verstörende Nacht gedacht. Jedenfalls hatte ihr Vater das Kleid nicht zerrissen und war kurz darauf ausgezogen. Es war nie wieder darüber gesprochen worden. Das Kleid hing, von einer Schutzhülle umgeben, im Schrank. Seit über dreißig Jahren. Manchmal zog ihre Mutter es an, um zu sehen, ob es noch passte, und um alten Erinnerungen nachzuhängen, um sich jung zu fühlen und um ihre enttäuschten Hoffnungen zu trauern. Sie gehörte nicht dazu. Sie war nach wie vor die kleine Beamtin. Und das Kleid war der einzige Zeuge dafür, was hätte sein können. Doch das hatte Julia gerade eben erst verstanden. Renate hatte Konrad geliebt, doch Konrad hatte sie belogen und benutzt.

Und Ben war keinen Deut besser als sein Vater.

Dreckskerl. Mama hatte recht. Alle in einen Sack und draufhauen.

»Ich brauche jetzt einen Kaffee.« Renate stand auf und schaltete die Maschine an. Der Krimi lag daneben auf der Arbeitsfläche. Sie nahm ihn hoch. »So sollte man das machen. Sich nichts gefallen lassen. Einfach abmurksen, den Kerl. Den Jacobys gehört mal eine Lektion erteilt.«

2

Genau. Eine Lektion sollte man ihnen verpassen. Renate trank dann doch noch ein Glas Wein und ließ den Kaffee kalt werden. Die Jacobys mussten runter vom hohen Ross. Doch wie sollte man das anstellen? Gemeinsam schmiedeten sie Pläne, malten sich allerlei Szenarien aus. Anonyme Anzeigen wegen Pädophilie oder Schwarzgeld. Oder noch besser: Drogenbesitz. Renate kannte jemanden, der ihr Haschisch besorgen konnte, vielleicht auch Heroin. Das in Bens Werkstatt versteckt und ein Hinweis an die Polizei, und er bekam richtig Ärger. Und Konrad solche Fotos unterschieben. Ein Tipp an Staatsanwaltschaft und Presse würde genügen, damit er erledigt war und den gesellschaftlichen Tod starb. Mit dem Finger würde man auf ihn zeigen und ihn einsperren. Seine Ambitionen als Landtagsabgeordneter konnte er dann vergessen, und die Brauerei würde pleitegehen. Niemand würde noch eine Flasche Antonius-Bräu kaufen. Charlotte würde ihn verlassen. Der totale Untergang. Doch woher solche Bilder nehmen?

Den Rest des Nachmittags verbrachten sie damit, ihrer Phantasie freien Lauf zu lassen und sich krude Racheszenarien auszudenken. Es war so erleichternd und befreiend, sich vorzustellen, was sie Ben und seinem Vater antun könnten. Scham und Ohnmacht ließen nach. Als Julia nach Hause fuhr, ging es ihr tatsächlich besser.

Doch in der Dunkelheit der Nacht kehrte beides zurück. Sie fühlte sich ausgeliefert. Ben hatte zugelassen, dass sie sich vor ihm in den Staub warf und um seine Liebe bettelte. Genossen hatte er das. Es war so widerlich, so ekelhaft. Er war ein narzisstischer Egoist. Ein echtes Arschloch. Dafür wollte sie Genugtuung. Sie wollte Rache. Sie würde es Lydia sagen. Und dann verlor er sie, die Frau, die er so sehr liebte!

Doch als Ben am nächsten Tag anrief, geriet dieser Vorsatz ins Wanken. Allein seine Stimme zu hören, ließ sie von ihrem Plan abrücken. So weich und tief. So erotisch und vertraut. Er wollte wissen, wie es ihr ging und was sie nun tun wollte. Er fragte nicht direkt, ob sie sich zur Abtreibung entschlossen hatte. *Wenn du wirklich willst, dass ich glücklich werde, dann lass mich gehen.* Wollte sie ihn tatsächlich unglücklich machen? Wollte sie es Lydia sagen?

»Ich weiß nicht, was ich tun soll, Ben. Die Schwangerschaft … Sie ist noch ganz am Anfang. Erst sechste Woche. Ich muss in Ruhe darüber nachdenken. Für eine derartige Entscheidung brauche ich Zeit.«

»Wie lange?«

Mein Gott! Wie lange? Sie wusste es nicht. Verstand er denn nicht, was er da von ihr verlangte? Sie konnte das Kind nicht abtreiben. »Vier Wochen«, antwortete sie schließlich, um etwas zu sagen. »Bis dahin behalte ich das für mich. Versprochen.«

»Gut. Ja. Und du sprichst auch nicht mit Lydia?

»Hast du mir zugehört? Ich rede mit *niemandem* darüber.« Jedenfalls nicht in den nächsten vier Wochen, fügte Julia im Stillen hinzu. Er verabschiedete sich so erleichtert, dass sie wütend den Hörer aufknallte. Sollte er ruhig ein wenig schmoren. Sollte er doch glauben, dass sie über eine Abtreibung nachdachte. Vier Wochen Angst für Ben. Vier Wochen Panik, dass sie sich für das Kind entschied und seiner Frau reinen Wein einschenkte.

Die Schwangerschaft begann sich mit morgendlicher Übelkeit bemerkbar zu machen. Julia suchte ihren Gynäkologen auf, der ihr gratulierte, einen Mutterpass ausstellte und ihr ein Ultraschallbild reichte. Dieses kleine Würmchen war also ihr Kind. Zärtlich strich sie mit dem Finger über die Aufnahme und konnte die Tränen kaum zurückhalten. Und dich sollte ich töten, wenn es nach ihm ginge. Er will dich ebenso wenig wie mich. Dieser Dreckskerl. Nur weil er glücklich sein will, soll ich zur Mörderin werden. Ich mache ihn fertig.

Daheim angekommen, malte Julia sich das bis ins kleinste Detail aus. Sie sah sich vor Bens Frau treten, sah, wie sich ihre Worte wie ein Dolch in Lydias Fleisch senkten. Sie sah, wie Lydia Ben ins Gesicht spuckte, ihre Koffer packte, ihr Kind bei der Hand nahm und verschwand. Ben erstarrt und bis ins Mark getroffen. Wie tot stand er da, zu Stein geworden. Sie ging fort, die Frau, durch die er alles war, ohne die er nicht sein konnte. Na, dann musste er das jetzt eben lernen.

Am Freitag rief Renate an und bat Julia, sie abends zu besuchen. Es gebe etwas zu besprechen. Um sechs schloss die Praxis. Um Viertel nach sechs parkte Julia vor dem Haus ihrer Mutter und fuhr vor Schreck zusammen, als sie ausstieg. Ben und Lydia kamen direkt auf sie zu.

Hand in Hand. Julias Herz schlug plötzlich bis zum Hals. Ihr Puls raste. Ben sah so umwerfend aus wie eh und je. Und Lydia so unmöglich wie immer. Farbbekleckste Jeans, grüne Tunika, ungekämmte Locken. Ben machte den Eindruck, als würde er sich am liebsten in Luft auflösen, und versuchte die Straßenseite zu wechseln. Doch dafür war es zu spät. Sie schluckte, als er keine Anstalten machte, sie zu grüßen. »Hallo Ben.«

Irritiert sah er sie an, murmelte etwas, das ein Gruß sein konnte oder ein Fluch oder was auch immer, und ging einfach weiter. Lydia drehte sich kurz nach ihr um. »Wer war das?«

»Keine Ahnung. Ich kenne sie nicht.«

Unfähig, auf diese Ungeheuerlichkeit zu reagieren, starrte Julia den beiden nach, bis sie um die Ecke verschwunden waren, und versuchte den sengenden Schmerz in ihrem Innersten zu ignorieren. *Keine Ahnung. Ich kenne sie nicht!*

»Julia.« Die Stimme ihrer Mutter. Renate stand auf dem Balkon und machte ihr ein Zeichen, dass sie hochkommen sollte. Die Schockstarre ließ nach. Bebend vor Zorn fuhr Julia mit dem Lift nach oben.

In der geöffneten Tür wartete Renate. Sie trug das Mondrian-Kleid. »Siehst du. Es passt mir noch.« Mit der Hand strich sie über den flachen Bauch und drehte sich einmal um die eigene Achse. In Gedanken war sie also wieder ganz bei dem Mann, der ihr alles bedeutet und dessen Demütigung sie bis heute nicht verwunden hatte. Bei Konrad, der ihr dieses Kleid geschenkt hatte. Dabei war es gar nicht von Yves Saint Laurent. Mit fünfzehn hatte Julia das herausgefunden, als sie es einmal heimlich aus dem Schrank genommen und probiert hatte. Es war nur eine Nachahmung dieses legendären Kleides. Das Etikett des Modehauses Arendt war auf der Innenseite angebracht. Eigentlich nicht überraschend, dachte Julia nun. Konrad hatte sicher nicht Tausende von Mark für die Frau ausgegeben, die er nur ins Bett bekommen wollte.

Renate beendete ihre Pirouette. »Kein Gramm habe ich zugenommen. Im Gegensatz zu Charlotte. Meine Güte, sie ist richtig aus dem Leim gegangen. Neulich habe ich sie in der Stadt getroffen. Mindestens Größe vierzig trägt sie jetzt, und die Oberarme sind ganz schwabbelig. Beinahe ekelerregend war das. Wie kann sie mit diesen Armen nur ein ärmelloses Kleid tragen? Dieser Anblick war eine Zumutung.«

Mama war ganz bei sich, während Julia noch immer vor Empörung zitterte. »Kann ich reinkommen?«

»Entschuldige, Liebes.« Mama legte den Arm um sie und zog sie in die Wohnung. »Diese Jacobys! Kein Benimm. Die ganze Bande.«

»Dieser Dreckskerl tut so, als ob er mich nicht kennt.« Erbittert wischte Julia sich die Tränen vom Gesicht. »Das wird er bereuen!«

»Beruhige dich. Rache ist ein Gericht, das man am besten kalt serviert. Ich habe gesehen, was passiert ist. Dieser miese kleine Feigling. Aber ich weiß, wie du ihn fertigmachen kannst.«

»Ich auch.« Bis jetzt war sie unentschlossen gewesen, ob sie es ihm wirklich heimzahlen wollte. Dass er sie verleugnet hatte, gab den Ausschlag. Sie war nicht niemand! Er hätte sie als ehemalige Schulfreundin vorstellen können. Doch er zog es vor, sie nicht zu kennen. Zuerst hatte er nicht genug von ihr bekommen, und nun warf er sie einfach auf den Müll und trampelte auch noch auf ihr herum! Aber nicht mit ihr! Ganz sicher nicht mit ihr!

Im Wohnzimmer auf dem Couchtisch lagen einige Bücher, daneben standen Gläser, Wasser und Wein und eine Schale mit Knabbereien.

»Und? Was hast du vor?« Renate setzte sich in den Ledersessel und strich das Kleid sorgsam glatt. Auch die Haare trug sie im Look der Sechziger. Hochgesteckt mit Korkenzieherlöckchen an den Schläfen.

Julia ließ sich auf die Couch fallen. »Was wohl? Ich werde es Lydia sagen. Aber erst, wenn der Bauch nicht mehr zu übersehen ist. Bis dahin kann Ben im eigenen Saft schmoren. Ich werde ihn im Unklaren darüber lassen, was ich vorhabe. Das wird ihn total verrückt machen. So verrückt, dass er beinahe dankbar sein wird, wenn sein Betrug endlich auffliegt und seine heiß geliebte Lydia ihm einen Tritt in den Arsch gibt.«

»Und was, wenn er alles abstreitet? Er wird einfach behaupten, nicht der Vater zu sein. Lydia wird ihm glauben. Jedenfalls wenn sie ihn liebt. Und das tut sie wohl. Die beiden werden sich gegen dich verbünden und aus dir ein Flittchen machen, das sich von irgendeinem Kerl ein Kind anhängen ließ und nun bei den Jacobys abkassieren will.«

Ein Flittchen! Ben hatte sie bereits so genannt. *Ausgerechnet mit dir billigem Flittchen!* So stellte er sich das also vor. Doch dieses Spiel würde er nicht mit ihr spielen. »Es gibt Vaterschaftstests.«

»Bis du einen gerichtlichen Beschluss dafür bekommst, können Monate vergehen. Bis dahin ist dein Ruf ruiniert. Und selbst wenn Lydia ihn verlässt: Ist das wirklich Strafe genug für ihn?«

»Er sagt, dass er ohne sie nicht leben kann.« Als sie seine Worte laut aussprach, hörte sie, wie hohl sie klangen. Eine Floskel. Mehr nicht.

Renate griff nach dem Weinglas. »Selbst wenn sie ihn verlässt, was ich eigentlich nicht glaube, denn sie braucht ihn, wirst du dich wundern, wie schnell er eine Neue haben wird. Er sieht gut aus. Er kommt aus einer vermögenden Familie. Er hat die freie Wahl. Und er wird nicht dich wählen. Schmink dir das endlich ab.«

Bei Renates Worten war für eine Sekunde Hoffnung in Julia aufgeblitzt. Doch es gab keine Hoffnung. Das wusste sie ja selbst.

Glaubst du, ich mache dir einen Antrag, sobald sie weg ist? Glaubst du, ich schleppe hundert rote Rosen an und knie vor dir nieder? Dann hast du nicht zugehört. Ich liebe dich nicht, und ich werde dich nie lieben. Das war immer nur eine Bumsgeschichte. Geht das endlich in deinen Schädel rein!

Sie wollte ihn gar nicht mehr. Sie wollte diesen Dreckskerl nicht zurück. Sie hasste ihn. Alles, was sie noch wollte, war Rache. Sie würde es ihm heimzahlen. Doch ihre Waffe war stumpf. Was sollte sie tun? Fragend sah sie ihre Mutter an. »Was würdest du tun, Mama?«

Renate stellte das Glas ab und strich sich eine Haarsträhne hinters Ohr. »Ich habe eine Idee, Kleines. Du hast am Samstag gesagt, dass er nie wieder glücklich werden soll. Ist das dein Ziel?«

Wenn du mich wirklich liebst, wenn du willst, dass ich glücklich bin, dann lass mich gehen. Wie ein Echo hallten seine Worte in ihr nach. Sie liebte ihn aber nicht! Nicht mehr! Sie hasste ihn. Mit ganzem Herzen. Mit jedem Atemzug und mit jeder Faser ihres Körpers. Nie wieder sollte er eine Frau so fertigmachen können wie sie. Nie wieder sollte er glücklich sein!

Genau das wollte sie. »Ja.«

»Gut. Ich habe darüber nachgedacht.« Mit einer Hand wies Renate auf den Bücherstapel. Lauter Kriminalromane. Krimis waren ihre große Leidenschaft. Wahrscheinlich hatte sie jeden gelesen, der je veröffentlicht worden war. »Ich habe eine Möglichkeit gefunden. Natürlich müssen wir sie noch ausfeilen. Also hör zu.«

Julia lauschte gebannt und völlig überrascht. Auch ihre Mutter hatte Phantasie. Und zwar mehr als sie selbst. Renates Racheplan ging wesentlich weiter als ihr eigener. Im ersten Moment war Julia beinahe geschockt. Doch tief in ihr stellte sich bei dem Gedanken, Ben auf diese Weise fertigzumachen, ein Gefühl von Genugtuung ein. Es legte sich wie eine heilende Salbe auf die Wunde, die Bens Verachtung in ihr hinterlassen hatte.

Es fühlte sich so gut an!

Noch nahm sie die Idee ihrer Mutter nicht ernst. Das konnten sie nicht machen. Das ging zu weit und ließ sich niemals durchführen. Oder doch? Je weiter der Abend fortschritt, umso vorstellbarer wurde es für Julia, diesen Plan in die Tat umzusetzen.

»Wir müssen vorsichtig sein«, sagte Renate. »Denn wir machen uns strafbar. Das ist dir doch klar?«

»Wir dürfen uns einfach keine Fehler erlauben.«

»Genau. Wir müssen uns Zeit nehmen, alles bedenken und einen kühlen Kopf bewahren. Bist du dabei?«

Julia nickte. Ja, sie würde mitmachen. Sie war bereit, den Preis zu zahlen, den diese Rache sie kosten würde.

München.

Oktober 2014.

1

Fiona fror sich langsam den Arsch ab. Es war Viertel vor zwei in der Nacht und ziemlich kühl geworden. Freising schlief. Nur ab und zu hörte sie ein Auto. Die letzte S-Bahn war natürlich weg. Die erste ging erst um kurz vor fünf.

Guten Sex und ein paar nette Stunden. Mehr hatte sie nicht gewollt. Und dann dieser Mist. *Ich mag dich. Sehr sogar. Mehr, als vielleicht für mich gut ist.* Verdammt! Wütend kickte sie einen Stein weg. Er kullerte in einen Gullyschacht. Das Scheppern zerriss die Stille der Nacht.

Dummerweise hatte Darcy sich nicht vom Acker machen können, wie sie ihm geraten hatte. Es war sein Bett, seine Wohnung. Also hatte sie ihren Krempel zusammengesucht und zugesehen, dass sie Land gewann.

Das Date mit ihm war ja gründlich danebengegangen. Sie hatte geglaubt, sie hätten einen Deal mit dem Label One-Night-Stand. Und dann das! Glaubte er echt, er hatte das Recht, derartige Fragen zu stellen, nur weil er sie gebumst hatte? Und dann dieses bescheuerte Psychologengetue. *Ich verstehe nicht, warum du plötzlich so sauer bist.*

Ach, wirklich nicht? An wem ist denn hier ein Psychotherapeut verlorengegangen? Warum, war ja wohl ganz offensichtlich. Ihre Eltern hatten sie im Stich gelassen. So war das! Ben, weil er ein verdammter Idiot war, und Mama war in den Fluss gefahren. Warum, war doch schnurzpiepegal. Sie war tot. Das war es.

Der nächste Stein landete an einer Mülltonne. Irgendwo ging ein Fenster auf. Jemand rief: »Ruhe!«

Ich mag dich. Sehr sogar. Wie kam Darcy dazu, ihr einen solchen Satz um die Ohren zu hauen? Sie brauchte das nicht. Auf diesen ganzen romantischen Mist, auf den andere Mädels standen, konnte sie hervorragend verzichten. Sie brauchte keine roten Rosen und kein Candle-Light-Dinner. Sie stand absolut nicht auf süßes Gesäusel und Liebesschwüre und grandiose Versprechen, die ja dann ohnehin nicht gehalten wurden. Alles, was sie wollte, war ab und zu guter Sex. Und das war der Deal mit Darcy gewesen. Hatte sie jedenfalls geglaubt. Ein blöder Fehler, den sie bestimmt nicht wiederholen würde.

Die Domuhr schlug zwei. Drei Stunden auf die Bahn zu warten, war kein verlockender Gedanke. Was sollte sie jetzt tun? Trampen? Eher nicht. Hatte sie früher öfter gemacht. Manche Kerle hatten ihre Griffel nicht unter Kontrolle, und Ärger hatte sie für eine Nacht weiß Gott genug gehabt.

Also blieb ihr nichts anderes übrig, als am Bahnhof auf den ersten Zug zu warten. Es gab angenehmere Arten, sich die Zeit zu vertreiben. Und der Bahnhof war dafür der falsche Ort. Sicher hatte Darcy sich bereits in seine schimmernde Rüstung geschmissen und suchte nach ihr. Natürlich würde er zuallererst zum Bahnhof fahren.

Die Korbinianbrücke tauchte im Licht der Straßenlaternen auf. Fiona überquerte sie und lenkte ihre Schritte Richtung Wochenendhaus. Guter Plan. Dort würde Darcy garantiert nicht nach ihr suchen, weil er annahm, dass sie diesen Ort meiden würde wie eine Nonne den Hexensabbat.

Das Mondlicht beleuchtete den Weg dürftig. Hinter den Fenstern der Siedlungshäuser lag nichts als Dunkelheit. Irgendwo bellte ein Hund. Das Rauschen der Isar wirkte in der Ruhe der Nacht beängstigend.

Wenn es Selbstmord war, hat sie dich im Stich gelassen. Ihre kleine Tochter, die sie brauchte und liebte.

Scheiße, Darcy! Scheiße!

Dann ist die Botschaft, die bei dir angekommen sein muss, die, dass sie dich nicht geliebt hat, dass du ihr nicht wichtig warst. Du warst es nicht wert, dass sie deinetwegen am Leben blieb.

Scheiße, Sigmund Darcy Freud! Wie kam er dazu, so etwas zu sagen? Und weshalb trieben ihr seine Worte die Tränen in die Augen? Zornig wischte sie sie weg und legte einen Zahn zu. Ihre Mama hatte sie geliebt! Über alles! Doch sie war einfach in den Fluss gefahren, war plötzlich weg gewesen. Von einer Stunde auf die andere. Wie Ben. Einfach weg. Sie hatten sie alleingelassen. Allein mit dem wütenden Opa, der versuchte, Ben aus seinem Leben zu tilgen und alles zu vernichten, was ihn an ihn erinnerte. Und auch sie, dieses Kind des Unglücks, hätte er am liebsten gleich mit entsorgt. Allein mit der Oma, die so todtraurig war, das sie jeden Tag weniger wurde und irgendwann starb. Mit Ludwig, der sich plötzlich wichtig machte und das Kommando übernahm. Mit Sabine, die nie ein Kind gewollt hatte und der man einfach eines aufs Auge drückte. Sie, Fiona, den Ursprung allen Übels.

Wäre Lydia damals nicht schwanger geworden, hätte Ben sie bestimmt bald abserviert anstatt geheiratet, das hatte Opa ihr mal erklärt. Einer Siebenjährigen! Ben hätte auf den rechten Weg zurückgefunden und das Studium wieder aufgenommen. Er hätte die Firma geleitet und die richtige Frau geheiratet, er hätte es nicht nötig gehabt, sich mit diesem Flittchen Julia einzulassen. Alles wäre anders gekommen. Alles. Wenn Lydia damals nicht schwanger geworden wäre. Mit ihr. Mit Fiona. Mit dem Ursprung allen Übels.

Die Tränen liefen einfach weiter. Scheiße! Wieso denn? Tot war tot! Sarg war Sarg! Grab war Grab! Es machte keinen Unterschied.

Das Wochenendhaus begann sich aus der Dunkelheit zu schälen und zeichnete sich als schwarzer Schatten vor dem Nachthimmel ab. In der Luft lag noch immer der süße Geruch von verkohltem Holz. Das Absperrband war auch noch da. Es bewegte sich im Nachtwind. Fiona überlegte, ob sich vielleicht im Haus ein Plätzchen für zwei Stunden Schlaf finden ließ. Doch das Haus war eine stinkende Ruine. Der Schuppen war abgesperrt, und hier roch es auch nicht besser. Die beiden Skulpturen, die Darcy so gefielen, schienen zusammengerückt zu sein, sich gegenseitig zu stützen, damit sie nicht den Halt verloren in all dem Unglück, das sich hier ereignet hatte. Welchen Titel Ben sich wohl für sie überlegt hatte? Vielleicht ganz schlicht *Wir* oder *Zwei*. Zwei, die zusammenhielten und füreinander da waren. Jetzt jedenfalls waren sie ziemlich angekokelt und stanken fürchterlich.

Damals hatte niemand gefragt, ob sie etwas wollte. Wie war *Der Mahnende* in die Galerie geraten? Wer hatte ihn sich unter den Nagel gerissen und wollte ihn nun versilbern?

Kühle Feuchtigkeit stieg aus dem Gras auf. Fiona zog die Jacke enger um sich. Vielleicht konnte sie in Bens Auto eine Runde schlafen. Sie ging nach vorne zum Stellplatz, wo der alte Volvo stand. Er war nicht abgeschlossen. Auf der Rückbank streckte sie sich aus. Durch das Seitenfenster sah der Mond herein. Ihr war so kalt. Die Tränen waren inzwischen versiegt. Seit einer Ewigkeit hatte sie nicht mehr geweint. Sie war keine Heulsuse. Nie gewesen. Sie war eine Kämpferin, wie Darcy sehr treffend festgestellt hatte. Eine wütende Kämpferin. Wut war eindeutig das bessere Gefühl. Mit Wut im Bauch fühlte sie sich nicht so ausgeliefert. Wut gab ihr die Möglichkeit zu handeln. Heulen lähmte nur, machte aus ihr ein Opfer. Und das war das Letzte, was sie sein wollte.

Shit, war es hier drinnen kalt. Gab es vielleicht irgendwo eine Decke? Fiona sah sich um, so gut das in diesem Zwielicht ging, und entdeckte nichts, womit sie sich zudecken konnte. Sie tastete die Sitze ab. Vielleicht im Kofferraum. Sie ging ums Auto herum und öffnete die Heckklappe. Nix, nada, nothing. Heute war nicht ihr Tag. Eine Chance hatte sie noch. Sie sah auf dem Beifahrersitz nach, mit demselben Ergebnis. Doch ihre Finger stießen auf etwas Metallisches, mit einem Anhänger. Was war das? Sie hob es ins Mondlicht. Es war der Autoschlüssel.

Verwundert blickte sie darauf. War doch eigentlich prima. Sie hatte zwar keinen Führerschein, weil sie zwei Mal durch die Fahrprüfung gerasselt war, doch das bedeutete ja noch lange nicht, dass sie nicht fahren konnte.

2

Es war kurz vor neun, als Fionas iPhone schrillte. Schlaftrunken tastete sie danach. Frank meldete sich und fragte, was los war, warum sie sich noch nicht zum Einsatz gemeldet hatte.

»Mir geht es nicht gut. Ich bleibe heute im Bett.«

Natürlich begeisterte ihn das nicht. Er moserte ein wenig herum, dass er sich auf seine Fahrer verlassen musste und sie sich gefälligst rechtzeitig krankmelden sollte. So funktioniere das jedenfalls nicht. Fi erinnerte ihn daran, dass sie nicht seine Angestellte war, sondern selbständig. Ihn kostete es keinen Cent, wenn sie heute nicht in die Pedale trat. Sie hingegen hatte kein Einkommen. So war das. »Morgen bin ich wieder da.«

Die Müdigkeit steckte ihr in den Knochen. Kein Wunder. Es war halb vier gewesen, als sie ins Bett gekrochen war. Außerdem hatte sie Kopfschmerzen von dem Heulanfall, der so gar nicht zu ihr passte. Scheiße, Darcy, dachte sie wieder einmal. So toll er im Bett war, so anstrengend wurde er, sobald er den Mund aufmachte.

Bea war schon weg. Fi duschte und setzte sich mit einem Becher Kaffee auf den Balkon. Der Himmel hatte sich grau bezogen. Sah nach Regen aus. Vier Etagen unter ihr stand Bens Volvo halb auf einem Parkplatz, halb im Halteverbot. Hoffentlich gab das kein Knöllchen.

Es ging ihr wirklich nicht gut. Darcys Worte hatten offenbar ins Schwarze getroffen. Sie wurde diesen Satz nicht los. *Wenn es Selbstmord war, hat sie dich im Stich gelassen. Ihre kleine Tochter, die sie brauchte und liebte.*

Sie wusste es nicht. Natürlich hatte sie bis gestern angenommen, dass es ein Unfall gewesen war, während gleichzeitig tief in ihr immer diese unausgesprochene Angst gelauert hatte, dass ihre Mutter es absichtlich getan hatte. Tot war offenbar nicht tot. Sarg war nicht Sarg. Grab war nicht Grab. Darcy hatte recht. Es war ein Unterschied. Und das machte sie wütend. Dieser verdammte Besserwisser.

Und wenn er nun auch mit Ben richtiglag? Wenn Ben gar nicht gelogen hatte? Wenn er wirklich kein Mörder war?

Wieder fiel ihr der Spruch von Yvonne Schneider ein, dass es auch ein Mord gewesen sein könnte. Dafür musste es doch einen Anhaltspunkt geben, sonst hätte sie nicht die Mühe auf sich genommen, von Ingolstadt nach München zu kommen.

Eine Visitenkarte hatte Fiona von ihr nicht erhalten. Das machten sie wahrscheinlich nur im Fernsehen so. Aber es gab ja das Netz. Fi ging hinein, googelte das Polizeipräsidium in Ingolstadt und rief an. Es dauerte ein paar Minuten, bis man sie verband. »Schneider.«

»Hallo, Frau Schneider. Fiona Jacoby hier.«

»Grüß Sie. Was gibt es?«

»Ich will nur wissen, was am Tod meines Vaters eigentlich faul ist.«

Es dauerte eine Sekunde, bis eine Antwort kam. »Wie ich Ihnen schon erklärt habe: Es handelt sich um eine ganz normale Ermittlung in einem nicht natürlichen Todesfall, zu denen naturgemäß Unfälle zählen. Nichts ist faul daran.«

»Und deshalb reden Sie mit tausend Leuten und fahren kreuz und quer durch die Gegend.«

»Ich bin eben gründlich. Deshalb habe ich auch die Obduktion beantragt. Damit wir nichts übersehen.«

»Und was ist dabei herausgekommen?«

»Das werden Sie erfahren, wenn die Ermittlung abgeschlossen ist. Morgen oder übermorgen. Es fehlen noch ein paar toxikologische Ergebnisse. Aber so viel kann ich Ihnen schon verraten: Es scheint keine Überraschungen zu geben.«

»Aber etwas muss Sie doch veranlasst haben, genauer hinzusehen. Irgendwas, das sie stutzig gemacht hat.«

Ein ungeduldiger Seufzer klang an Fis Ohr. »Ja, natürlich. Es war das Verletzungsbild. Deshalb die Obduktion. Wie gesagt: Die Rechtsmediziner nehmen derzeit die abschließende Bewertung vor. In den nächsten Tagen werden wir die Akte schließen.« Fiona hörte, wie im Hintergrund jemand nach Yvonne Schneider rief. »Falls Sie an meiner Kompetenz zweifeln, können Sie danach Akteneinsicht beantragen. Ich muss jetzt.«

Fi steckte das Handy ein. Das Verletzungsbild. Was sollte das heißen? Ben war verbrannt oder an Rauchgasen erstickt. Oder etwa nicht?

Sicher wusste Ludwig mehr. Fi wählte seine Nummer und landete bei seiner Sekretärin. Er hatte die Rufumleitung aktiviert. Ihr Onkel saß in einem Meeting und durfte nicht gestört werden. Fi sollte es am späten Nachmittag noch einmal versuchen. Dafür fehlte ihr die Geduld, also wählte sie die Nummer von Sabine.

Ihre Tante war nicht in der Besprechung und freute sich, von Fi zu hören. Dennoch schwang ein leichter Tadel mit, als sie bedauerte, dass Fiona nicht zur Beisetzung gekommen war. »Wir haben uns viel zu lange nicht gesehen. Wenn du das nächste Mal in Freising bist, besuch uns doch.«

»Weshalb ich anrufe, hat mit Ben zu tun. Diese Kripobeamtin war ja auch bei euch. Weißt du, was es mit dem Verletzungsbild auf sich hat, das den Anlass für die Ermittlung gegeben hat? Ich dachte, er wäre verbrannt oder erstickt.«

»Das haben wir zunächst auch angenommen. Bei der Obduktion hat sich dann herausgestellt, dass Ben an den Folgen des Sturzes gestorben ist. Er ist mit dem Kopf auf den Vorsprung aufgeschlagen, der den Feuerraum einfasst.«

Fi erinnerte sich an dieses aus Ziegel gemauerte Sims.

»Dabei hat er sich einen Schädelbruch zugezogen. Das war die Todesursache.«

Darcy hatte von einer Kopfverletzung gesprochen. Das war jetzt too much information, hatte er besorgt gesagt. Ein Schädelbruch also.

»Er hat wohl noch versucht, Hilfe zu holen«, sagte Sabine. »Die Feuerwehrleute haben ihn in der Nähe seines Autos gefunden. Das ist übrigens weg. Der Nachbar hat mich vorhin deswegen angerufen. Es ist ihm aufgefallen, als er heute Morgen mit dem Hund rausging. Du musst das anzeigen. Es gehört jetzt schließlich dir.«

»Nicht nötig. Der Schlüssel lag im Wagen.«

»Ach, du warst das. Dann ist das ja geklärt.«

»Sag mal, Sabine, hältst du es für möglich, dass jemand Ben eins über den Schädel gezogen hat?«

»Nein. Das glaube ich nicht. Wer sollte so etwas tun? Ben hatte sich in Freising gut eingelebt.« Sabine erzählte, dass Ludwig ihm einen Job im Lager der Brauerei gegeben hatte. Vier Tage in der Woche fuhr er Gabelstapler, die restliche Zeit verbrachte er mit Bildhauerei. Es gab keine Feinde, aber auch keine Freunde. Das Gefängnis hatte ihn sehr verändert. Er war stiller geworden, introvertierter und misstrauisch. »Reden war noch nie eine seiner hervorstechenden Eigenschaften. Einmal war er für eine Woche einfach verschwunden. Wir wissen nicht, wo er war. Dass du nichts von ihm wissen wolltest, hat ihm zu schaffen gemacht. Du hättest wenigstens ein Mal mit ihm reden können. Er war dein Vater.«

Ja, danke. Sabine rieb zielsicher Salz in diese Wunde. Das wusste sie ja selbst, dass es falsch gewesen war, ihm die Tür vor der Nase zuzuschlagen.

»Also, wie gesagt. Man hat ihn in Freising akzeptiert. Er hat die Chance für einen Neuanfang bekommen. Allen voran hat Ludwig sie ihm gegeben. Und keiner seiner ehemaligen Mitgefangenen hat sich je hier blicken lassen. Es war ein Unfall, Fiona.«

Das sagten ja alle. Vermutlich war das so. Doch weshalb fraßen sich seine letzten Worte durch sie wie Würmer, die ans Tageslicht wollten? Und mit ihnen der Verdacht, dass jemand bei Bens Tod nachgeholfen hatte, dass das alles zusammenhing. Sein Tod, der Mord an Julia, seine Behauptung, unschuldig zu sein.

Fi verabschiedete sich. Keiner seiner Knastkumpels hatte sich also je bei Ben blicken lassen. Bis auf Oleg, von dem Sabine aber offenbar nichts wusste.

Auf dem Balkon wartete der kalte Kaffee. Mit der Tasse in der Hand lehnte sie sich ans Geländer. Der Wagen unmittelbar hinter Bens wurde ausgeparkt. Das war die Chance auf einen ganzen legalen Parkplatz. Fi raffte den Autoschlüssel vom Tisch, spurtete die vier Etagen hinunter, hechtete in den Wagen und setzte ihn zwei Meter zurück. Super. Da konnte er jetzt stehen bleiben, bis sie wusste, was sie mit ihm tun wollte.

Während sie sich noch lobte, wie toll sie eingeparkt hatte, begann ihr iPhone zu klingeln. Sie zog es hervor. *Darcy* stand im Display. Sollte sie rangehen? Sicher würde er so lange nerven, bis er sie erreichte und erfuhr, dass sie gestern Nacht keinem Kettensägenmörder in die Hände gefallen war.

»Hi Darcy. Keine Sorge. Ich weile noch unter den Lebenden.«

»Hallo Fi. Schön zu hören. Du bist also gut nach Hause gekommen. Ich habe noch nach dir gesucht. Doch am Bahnhof warst du nicht. Ich hätte dich nach Hause gefahren.«

Genau wie sie es sich gedacht hatte. Der Ritter ohne Furcht und Tadel. »Ich bin getrampt. So ein widerlicher LKW-Fahrer hat mich mitgenommen. Dem musste ich ordentlich auf die Finger klopfen.« Sollte Darcy sich ruhig schämen. Schließlich hatte er ihren Deal platzen lassen. Doch er lachte.

»Ich glaube dir kein Wort. Oder höchstens zwei oder drei.«

»Ach?« Sie musste niesen. Die Nase begann zu laufen. Darcy fragte, ob sie noch sauer auf ihn war. Sie sah sich nach einem Tempo um. Auf dem Beifahrersitz und auf der Konsole lag nichts dergleichen. Natürlich war sie sauer auf ihn. Er entschuldigte sich dafür, dass er eine Grenze überschritten hatte, die ihm nicht bewusst gewesen war. Schön formuliert, dachte Fi. Gleich würde er anfangen, ihr Seelenleben weiter zu sezieren. Die Nase kribbelte schon wieder. Sie sah im Handschuhfach nach. Etliche Karten purzelten heraus und ein Päckchen Papiertaschentücher. Sie zog eines hervor und schnäuzte sich.

»Also, wie du hörst, geht es mir prima, bis auf einen Schnupfen. Ich muss jetzt Schluss machen. Man sieht sich.« Fi drückte das Gespräch weg. Auf eine weitere Runde auf der Analyse-Couch von Dr. Darcy hatte sie keine Lust. Wirklich nicht.

Sie bückte sich, um die Karten aufzuheben, die im Fußraum neben einer zusammengeknüllten Papiertüte gelandet waren. Es waren altmodische Faltpläne aus der Vor-Navi-Zeit. Landkarten von Frankreich. Fiona hangelte auch noch die Tüte nach oben und strich sie glatt. Fettflecken und das rote Autogrill-Logo der französischen Autobahnraststätten zierten sie.

Ben war also in Frankreich gewesen. Was hatte er denn dort gemacht?

3

Am nächsten Morgen stand Fi unter der Dusche, als es an der Wohnungstür klingelte. Bea war noch da und öffnete. Einen Augenblick später klopfte sie an der Badezimmertür. »Besuch für dich.«

»Um diese Zeit? Wer denn?«

»Ein gutaussehender Kerl vom Rettungsdienst.«

»Darcy?« Er traute sich was. »Sag ihm, er soll sich vom Acker machen.«

»Das sagst du ihm besser selbst.«

Und ob sie ihm das sagen würde. Wütend stieg Fi aus der Dusche. Als sie fünf Minuten später die Küche betrat, standen Bea und Darcy gemütlich zusammen und unterhielten sich. Wie kam er dazu, sie so zu überfallen? Das schien sein Stil zu sein. Es war ja schon das zweite Mal. Vermutlich hatte er Angst vor einer Abfuhr am Telefon gehabt. »Was willst du?«

Darcy wandte sich zu ihr um. »Mit dir reden. Es geht um Ben.«

»Ach! Ben soll jetzt den Türöffner für dich geben? Keine gute Idee. Wie dir eigentlich klar sein sollte. Also was willst du wirklich?«

Natürlich würde er über Sonntagnacht mit ihr reden wollen. So ein dämliches Beziehungsgespräch. Ein weiterer Fehler. Denn sie hatten gar keine Beziehung. Auch wenn er sich einbildete, sie *mehr zu mögen, als für ihn gut war*. Das war sein Problem, nicht ihres.

»Über Ben mit dir reden. Wirklich.«

Bea verkrümelte sich. »Ich muss los. Macht's gut, ihr beiden Turteltäubchen.« Lachend verschwand sie aus der Küche. Fi war kurz davor, ihr den Topf mit Basilikum hinterherzuwerfen.

»Der weinrote Volvo unten vorm Haus ist doch Bens. Von wegen schmieriger LKW-Fahrer. So bist du also nach Hause gekommen.« Obwohl Darcy scheinbar missbilligend den Kopf schüttelte, stahl sich ein Lächeln in seine Mundwinkel. »Du hast mir echt ein schlechtes Gewissen gemacht.«

»Prima. Das war der Plan.« Zufrieden lehnte Fi sich ans Spülbecken. »Was ist nun mit Ben?«

Das Lächeln verschwand. »Du hast doch am Samstag Paul kennengelernt.«

»Ja, und?«

»Er ist Sektionsgehilfe.«

»Ich weiß. Was du verbockst, landet bei ihm auf dem Tisch, hat er gesagt. Was hat das nun mit meinem Vater zu tun?«

Was machte ein Sektionsgehilfe eigentlich? Irgendwas mit Leichenschau. Eine ungute Ahnung stieg in ihr auf.

»Paul arbeitet am Institut für Rechtsmedizin hier in München. Gestern Abend nach dem Training haben wir zusammen ein paar Bier getrunken. Dabei haben wir festgestellt, dass wir beide mit demselben Toten zu tun hatten. Mit Ben.«

Für einen schrecklichen Moment sah Fi den Leichnam ihres Vaters vor sich. Aufgeschnitten und ausgeweidet lag er auf einem Tisch der Rechtsmedizin. Leichenfledderer in weißen Kitteln beugten sich darüber, warfen Bens Organe in Stahlgefäße, sprachen ihre Untersuchungsergebnisse auf Band. Schließlich spritzte Paul den Tisch mit einem Schlauch ab. Gurgelnd verschwand ein Gemisch aus Blut und Wasser im Abfluss.

Rasch schob sie dieses Bild beiseite. Ihr war beinahe übel. Warum nur hatte sie so viel Phantasie?

»Alles okay mit dir?« Darcy hatte wieder mal diesen besorgten Blick aufgesetzt. Berufskrankheit vermutlich.

»Ja, klar.« Fi zog einen Stuhl heran und setzte sich. »Und weiter? Die Pointe fehlt noch.«

Darcy setzte sich auf Beas Platz. »Paul ist eigentlich ein Superkorrekter. Normalerweise plaudert er nichts aus. Doch gestern hatte er ein Bier zu viel, oder auch zwei. Jedenfalls hat er eine Andeutung gemacht, dass die Ermittlungen im Fall deines Vaters demnächst eingestellt werden. Für seinen Chef scheint klar zu sein, dass es ein Unfall war, obwohl jeder – ich zitiere Paul – obwohl jeder, der Augen hat, sehen kann, dass es kein Unfall war.«

»Das hat er gesagt? Kein Unfall. Also Mord?«

»Von Mord hat er nicht gesprochen. Aber es ist die logische Schlussfolgerung. Wenn es kein Unfall war, bleibt nur Mord oder Totschlag.«

Das Gefühl von neulich stellte sich wieder ein. Etwas raste da auf sie zu. Ben war erschlagen worden. Warum denn, um Himmels willen? Dumme Frage: Wegen seiner letzten Worte natürlich. Was sonst? »Wie kommt Paul darauf? Hat er das irgendwie begründet?«

»Ich habe versucht, mehr aus ihm herauszubekommen. Doch er kann stur sein. Es tat ihm schon leid, dass er überhaupt etwas gesagt hat. Aber ich habe eine Vermutung, worum es geht. Heute Morgen habe ich mich mit einem Notarzt unterhalten. Es gibt eine Regel, mit der man bei Schädelbrüchen zwischen Schlag- und Sturzverletzungen unterscheiden kann. Die sogenannte Hutkrempenregel. Sturzverletzungen befinden sich in der Regel unterhalb einer gedachten Hutkrempe und Schlagverletzungen oberhalb.«

»Und? Bei Ben war sie oberhalb? Du hast ihn doch gesehen. Wo war die Verletzung?«

»Schwer zu sagen. Er hatte eine Rissquetschwunde an der Stirn. Ziemlich weit oben.« Darcy wies an eine Stelle knapp unterhalb seines Haaransatzes. »Etwa hier. Ich würde sagen, an der Grenze der Hutkrempenregel.«

»Und wie kommt Paul dann zu dem Spruch: Wer Augen hat zu sehen, und so weiter? Ich meine, er muss sich schon sehr sicher sein, wenn er so etwas sagt.«

Ein Schulterzucken war Darcys Antwort. »Das habe ich ihn auch gefragt. Er hat darauf nicht geantwortet. Er will seinem Chef nichts am Zeug flicken und seinen Job nicht verlieren.«

»Er ist also ein Schisser.«

»Er will einfach keinen Ärger.«

Langsam wich die ungewohnte Leere dem vertrauten Groll. Das fühlte sich entschieden besser an. »Sag ich doch: ein Feigling. Erst die Klappe groß aufreißen und dann kneifen. Geht ja gar nicht. Besser wäre es für ihn gewesen, wenn er den Mund ganz gehalten hätte.« Fi schob den Stuhl zurück und stand auf. »Jetzt muss er die Hosen runterlassen. Wir fahren zu ihm. Ich will das wissen.«

4

Fiona fuhr auf der Kolumbusstraße Richtung Innenstadt. Sie hatte einfach keinen Nerv, S- und U-Bahn zu nehmen, wenn sie ein Auto vor der Tür stehen hatte. Darcy saß neben ihr. »Mach dir keine Hoffnungen. Paul wird den Mund halten.«

»Werden wir ja sehen.« Ein Lieferwagen parkte halb auf dem Gehweg, halb auf der Straße. Fi wich aus und kam dabei zu weit auf die Gegenspur. Der 58er Bus kam ihr entgegen. Autsch. Das wurde knapp. Sie riss das Steuer herum und schaffte es gerade noch, einen Zusammenstoß zu verhindern. Wildes Gehupe war die Folge. Mit einer Hand wedelte der Busfahrer wie mit einem Scheibenwischer vor seinem Gesicht herum. Fiona schürzte die Lippen zu einem Kussmund. Darcy schien froh zu sein, den Gurt angelegt zu haben, so wie er die Hände in den Sitz krallte. »Sag mal, hast du überhaupt einen Führerschein?«

Sie schenkte ihm ihr schönstes Lächeln. »Ne, natürlich nicht.«

»Dachte ich mir. So wie du fährst.« Er wischte sich mit der Hand imaginären Schweiß von der Stirn und kehrte dann zu seinen Bedenken zurück. »Selbst wenn wir ohne Crash in der Rechtsmedizin ankommen, verschwenden wir unsere Zeit. Paul ist ein Sturkopf. Du solltest bei der Polizei nachfragen. Du hast doch die Nummer der Kommissarin.«

Fi zog einen Flunsch. »Du meinst dieselbe Polizei, die die Ermittlungen einstellen will? Du meinst dieselbe Kommissarin, die nur ein Ziel hat, nämlich schnellstmöglich die Akte zu schließen und ein Häkchen hinter die Sache zu machen? Also ehrlich, Darcy, das ist kein guter Plan. Paul muss ausspucken, was er gemeint hat. Und ich will diesen Obduktionsbericht sehen.«

Das iPhone begann zu klingeln. Fi zog es aus der Hosentasche. Darcy warf ihr einen missbilligenden Blick zu und nahm es ihr einfach aus der Hand. »Das ist aus gutem Grund verboten. Ich habe wirklich keine Lust, an meinem freien Tag Erstversorgung am Unfallort zu leisten.«

»Du bist ein Scheiß-Besserwisser, Darcy. Gib das her.«

»Nur wenn du rechts ranfährst.«

Er meinte das ernst. Es war nicht zu fassen. War Telefonieren am Steuer wirklich verboten? Das iPhone klingelte weiter. Rechts war nichts frei. »Wer ist es denn?«

Darcy sah aufs Display. »Radlkurier.«

»Shit.« Sie sollte sich längst zum Einsatz gemeldet haben. Frank würde sie grillen. »Geh ran, und mach den Lautsprecher an. Es geht um meinen Job. Ich muss gut Wetter machen.«

Er tat, worum sie ihn bat, und legte das Handy in die Mulde über dem Autoradio. »Hi Frank«, rief Fiona. Eine Ampel schaltete auf Rot. Ganz automatisch wollte sie die ignorieren und stoppte dann doch davor. Ein ungewohntes Gefühl.

»Wo zum Teufel steckst du? Ich brauche dich, und zwar sofort.« Frank war richtig sauer. Sie griff sich das iPhone.

»Ich muss etwas erledigen. Gib mir eine Stunde oder zwei.«

»Hast du mir zugehört? Hier qualmt das Telefon, und ich hab keine Leute. Rob und Meike haben sich krankgemeldet. Im Gegensatz zu dir. So geht das nicht, Fiona. Du schwingst dich jetzt aufs Rad.«

Wenn sie etwas nicht ertragen konnte, dann diesen Befehlston. Das sagte sie ihm in aller Ruhe und klärte ihn dabei auch gleich noch darüber auf, dass es zu den Vorzügen ihrer Selbständigkeit gehörte, selbst zu entscheiden, wann sie in die Pedale trat. In einem Anfall von spontanem Trotz kam sie zum dem Schluss, dass das heute nicht mehr der Fall sein würde. Das fand Frank natürlich nicht sonderlich prickelnd. Postwendend erklärte er ihr, dass es zu seinen Vorzügen als Auftraggeber gehörte, frei wählen zu können, wen er beauftragte. »Dich jedenfalls nicht mehr. Nicht heute, nicht morgen. Du brauchst dich nicht mehr blicken zu lassen.« Er legte auf. Himmel! Was für eine billige Retourkutsche!

Diesen Job hatte sie ohnehin hinschmeißen wollen. Die Ampel wurde grün. Sie warf Darcy das Handy zu und fuhr los. Ein wenig ratlos sah er sie an. *Das nennst du Gut Wetter machen?* Fi war ihm dankbar, dass er es nicht sagte. Sie wusste ja auch nicht, warum sie immer so reagierte. Immer gegen den Strich gebürstet, sofort eingeschnappt und beleidigt und auf Abwehr bedacht, so schnell wütend. Obwohl: Eigentlich wusste sie es schon. Das hing alles mit Ben zusammen, mit seiner Tat, mit ihrer verlorenen Kindheit, mit dem wütenden Opa Konrad und Lydia, die in den Fluss gefahren war. Vielleicht würde es sich lohnen, das mal alles aufzudröseln und sich genau anzusehen, welche Kräfte da in ihr walteten und immer wieder das Kommando übernahmen, auch wenn sie das nicht wollte. Ihr wäre es ja auch lieber, wenn sie ein wenig entspannter wäre. Ruhiger und gelassener. Vielleicht sollte sie doch eine Therapie machen, wie ihr Joe so oft geraten hatte? Und Darcy es sicher bald tun würde. Jedenfalls wenn sie ihn näher an sich ranließ. Doch das hatte sie nicht vor. Wenn sie eine Chance gesehen hätte, ohne ihn an Paul ranzukommen, säße er jetzt nicht neben ihr. Ganz sicher nicht.

Ohne weiteren Zwischenfall erreichte sie die Nußbaumstraße und fand sogar einen Parkplatz, der für Bens Schiff groß genug war. Sie bugsierte den Volvo tadellos hinein.

Das Institut für Rechtsmedizin befand sich auf dem Gelände der Innenstadtkliniken. Es bestand aus zwei Gebäuden, einem Altbau aus der Gründerzeit mit rotem Spitzdach und einem funktionellen Neubau mit Flachdach. Darcy steuerte den Zugang zum Neubau an. Fiona folgte ihm in eine Eingangshalle von ausdrucksloser Nüchternheit. Weiße Wände, graue Böden, viel Stahl und Glas, kaltes Licht. Ab und zu ein roter Akzent.

Darcy zog sein Handy hervor und rief Paul an. »Ich muss mit dir reden. Hast du ein paar Minuten für mich? … Nein, jetzt. Ich bin schon hier … Okay.« Er schob das Handy zurück in die Hosentasche. »In zehn Minuten oben bei ihm.«

Ganz schön clever, ihre Anwesenheit nicht zu erwähnen, dachte Fi. Sonst wäre Paul sicher nicht zu einem Gespräch bereit gewesen.

Und tatsächlich verengten sich seine Augen, als sie zusammen mit Darcy kurz darauf den Aufenthaltsraum fürs Personal betrat. Paul saß mit einem Pott Kaffee am Tisch und versuchte offenbar seinen Kater zu bekämpfen. Er sah ziemlich fertig aus. Seine Gesichtsfarbe wurde noch eine Nuance käsiger, als er Fiona sah. »Hi Mats. Was will sie hier?«

»Antworten.« Fiona setzte sich zu ihm.

Paul beachtete sie nicht. »Du hast ihr davon erzählt.« Geballter Vorwurf in der Stimme, weil Darcy über Nacht zum Waschweib mutiert war.

»Tut mir leid, Paul. Ich habe lange darüber nachgedacht. Es musste sein. Wenn am Tod von Fis Vaters etwas nicht stimmt, hat sie ein Recht, das zu erfahren. Und auch die Polizei. Dann darf die Ermittlung nicht eingestellt werden.«

Auf dem Flur gingen zwei Frauen vorbei. Paul nickte ihnen freundlich zu.

»Was hat es nun mit diesem Spruch auf sich, dass jeder erkennen müsste, dass mein Vater ermordet wurde? Warum wird das vertuscht und von wem?«

Paul zuckte mit den Schultern. »Ich habe ein paar Bier zu viel gehabt, da rede ich manchmal Unsinn.«

»Warum?«

Pauls Hände schlossen sich um den Becher wie um einen Hals. Es sah aus, als würde er ihn am liebsten erwürgen. »Niemand vertuscht etwas. Das ist gar nicht möglich. Kein Arzt macht eine Obduktion alleine. Da gucken viele Augen hin, und es gibt nicht nur den schriftlichen

Bericht. Es gibt Fotos und Gewebeproben und noch viel mehr. Da lässt sich nichts vertuschen.«

»Und warum sagst du dann, dass an der Sache etwas faul ist?«

»Okay.« Paul breitete die Hände aus, als wollte er sich geschlagen geben. »Während der Obduktion war ich kurzzeitig anderer Meinung als Dr. Herzog. Aber ich bin schließlich kein Obduzent. Er ist der Fachmann. Ich bin nur der Hiwi. Jetzt macht mir bitte keinen Ärger.«

»In welchem Punkt warst du anderer Meinung? Betraf das die Kopfverletzung? Wurde mein Vater erschlagen?«

»Jetzt ist es aber gut. Es reicht. Wenn Dr. Herzog sagt, dass die Schädelfraktur von einem Sturz stammt, dann ist es so. Glaub mir. Er hat Tausende Leichen obduziert. Er weiß, wovon er spricht.«

Schritte erklangen auf dem Flur. Ein Mann von knapp sechzig mit grauem Haar und weißem Kittel, den er offen über einem Anzug trug, näherte sich. Er verlangsamte seinen Schritt und blieb schließlich in der offenen Tür stehen. Fragend wanderte sein Blick zu Fiona und Darcy. »Darf ich fragen, wer Sie sind und was Sie hier machen?«

Fi entdeckte das Namensschildchen oberhalb der Brusttasche. Das war also Dr. Herzog! Diese Gelegenheit würde sie sich nicht entgehen lassen. Sie stand auf und reichte dem verdutzten Mann die Hand. »Fiona Jacoby. Die Tochter von Benedikt Jacoby. Ich würde gerne mit Ihnen über die Todesumstände meines Vaters sprechen und den Obduktionsbericht sehen.«

Herzog schüttelte den Kopf. »Die Ergebnisse stehen nur Staatsanwaltschaft und Polizei zur Verfügung. Sobald der Fall abgeschlossen ist, können Sie Einsicht beantragen.«

»War es nun ein Unfall, oder hat jemand nachgeholfen?«

»Dazu darf ich mich nicht äußern. Es tut mir leid. So sind die Vorschriften.« Herzog wandte sich an Paul. »Wir machen in zehn Minuten weiter.« Herzog nickte kurz in die Runde und ging, während Fiona langsam sauer wurde.

Darcy wandte sich an Paul. »Bis Fi den Bericht einsehen kann, geht zu viel Zeit verloren, wenn sie ihn überhaupt jemals zu Gesicht bekommt. Du könntest uns doch eine Kopie besorgen.«

»Geht's noch?«, fuhr Paul ihn an. »Das ist Geheimnisverrat und strafbar. Ich riskiere doch nicht meinen Job.«

Darcy verhandelte mit Paul, ob man nicht wenigstens einen Blick in den Bericht werfen könnte. Fiona knirschte mit den Zähnen. Vorschriften! Paragraphen! Überall nichts als rote Ampeln. So wie es aussah, war ihr Vater ermordet worden, sonst würde Paul sich nicht ins Hemd machen vor lauter Schiss, der großen Koryphäe Dr. Herzog ans Bein zu pinkeln und ihm einen fatalen Fehler nachzuweisen. Fi stand auf. »Ich muss mal für kleine Mädels. Wo sind hier die Toiletten?«

»Den Gang runter und links. Und dann solltet ihr gehen.«

»Jetzt erklär doch wenigstens, weshalb du anfangs anderer Meinung warst.« Darcy ließ nicht locker.

Fi verkrümelte sich. Im Flur kam sie an einem Raum voller Spinde vorbei. An einem hing ein Bügel mit weißem Kittel. Den borgte sie sich und schnappte sich von einem Rollwagen mit Büchern und Akten, der verlassen neben dem Lift stand, einen Ordner. Ein Mann kam ihr entgegen. Typ Student. Sie lächelte ihn an. »Entschuldigung. Ich bin noch neu hier. Wo finde ich das Büro von Dr. Herzog?«

Er erklärte es ihr, sie dankte ihm und folgte seiner Beschreibung. In zehn Minuten wollte der Doc im Sektionssaal sein. Dann hatte sie freie Bahn. Sie ging durch eine Schwingtür und stoppte abrupt. Dr. Herzog kam aus einem Raum. Mit einer halben Drehung wandte sie sich ab und hörte, wie seine Schritte sich in die andere Richtung entfernten und kurz darauf eine Tür geöffnet und wieder geschlossen wurde. Mit einem raschen Blick sah sie sich um. Er war weg und auch sonst niemand da. Die Tür zu seinem Büro war nur angelehnt. Fi witschte hinein.

Das Herz schlug ihr bis zum Hals. Wo konnte der Bericht sein? Sie legte den geklauten Ordner auf den Schreibtisch neben einen Stapel Aktendeckel. Tatsächlich Obduktionsberichte. Auf jedem ein Reiter mit Namen und einer Nummer. Bens Akte war nicht dabei. Wo war sie? Fi sah sich um. Neben dem offenen Fenster stand ein Schrank mit Hängeregistratur. Das Telefon auf dem Schreibtisch begann zu läuten. Vor Schreck fuhr sie zusammen und hielt einen Moment inne. Bis auf das Telefon blieb alles ruhig. Die Akten in der Registratur waren alphabetisch geordnet. Ihre Finger flogen zitternd über die Reiter. Das Klingeln nervte! Hamann, Inwald, Immsen, Jacoby.

Sie zog den Aktendeckel aus der Halterung und hörte plötzlich Stimmen auf dem Flur. Dr. Herzog stand vor der Tür und unterhielt sich mit jemandem. Das Telefon klingelte weiter und weiter. Mist, Mist, Mist. Jede Sekunde würde er hereinkommen. Fi wartete auf die Pause zwischen zwei Klingelzeichen, nahm den Hörer ab und legte gleich wieder auf. Puh!

Wie kam sie hier raus? Durch Wände gehen zu können, wäre jetzt praktisch. Es blieb nur das Fenster. Es stand an diesem herrlichen Tag offen. Fi klemmte die Akte hinten in den Hosenbund, stieg aufs Fensterbrett und sah hinunter. Herzog war im Begriff, sich zu verabschieden. Das Telefon begann wieder zu klingeln. Erste Etage. Dreieinhalb Meter. Unten ein Müllcontainer, Gitter vor den Fensterschächten, ein Stück Rasen. Fiona sprang, zog im Fallen das Kinn zum rechten Schlüsselbein, berührte mit dem Sprungarm voran den Boden, rollte über die rechte Schulter ab und nutzte den Schwung zum Aufstehen. Gelernt war gelernt.

Zufrieden sah sie sich um und bemerkte einen kleinen Mann im grauen Kittel, der eine Karre schob. Überrascht sah er sie an. »Ein Scherzbold hat mich eingesperrt. Was soll man tun?« Fiona schenkte ihm ein Lächeln und ging zielstrebig zu ihrem Auto. Unterwegs stopfte sie den Kittel in einen Papierkorb. Die Akte schob sie unter den Fahrersitz und überlegte, ob sie auf Darcy warten sollte.

Besser nicht. Er kam ihr zu nahe, und das war nicht gut. Andererseits war das, was sie Sonntagnacht in seinem Bett veranstaltet hatten, schon ziemlich einmalig gewesen. Gegen eine Wiederholung hätte sie eigentlich nichts einzuwenden. Doch Darcy würde sie wieder auf die Couch legen und den Freud geben. Also ließ sie es besser bleiben.

Sie schob den Zündschlüssel ins Schloss und entdeckte im Rückspiegel Darcy. Er trug einen weißen Plastikbeutel. Die Heckklappe quietschte, als er die Tüte hinten in den Laderaum warf. Verärgert ließ er sich auf den Beifahrersitz fallen. »Warum bist du einfach abgehauen?«

»War doch klar, dass Paul nichts sagen würde. Zeitverschwendung also. Oder hast du noch was aus ihm rausgekriegt? Was ist in dem Beutel?«

»Bens Sachen. Paul hat sie mir mitgegeben. Sie sind mit der kriminaltechnischen Untersuchung fertig.«

Okay. Wie die Schneider gesagt hatte. Die Ermittlungen wurden eingestellt. Anderenfalls hätte man Bens Kleidung sicher behalten. Sie taten es wirklich. Sie kehrten es unter den Teppich. Es war nicht zu fassen!

Darcy sah zu ihr hinüber, mit diesem analysierenden Blick, der langsam nervte. »Alles in Ordnung?«

»Natürlich nicht. Pauls Spruch kommt nicht aus dem Nichts. Er ist einfach zu feige, um seinem Boss Scherereien zu machen. Ein zweiter Rechtsmediziner sollte sich den Obduktionsbericht ansehen und die Ergebnisse bewerten. Das wäre es.«

»Nimm dir einen Anwalt und beantrage bei der Staatsanwaltschaft Akteneinsicht. Wenn die Ermittlungen wirklich eingestellt werden, sollte das kein Problem sein. Dann gibt es keinen Grund, den Obduktionsbericht nicht rauszurücken.«

Fi verkniff sich ein Grinsen. Sie konnte Darcy unmöglich sagen, dass sie ihn hatte. Er würde ausflippen und ihn postwendend zurückbringen.

5

Sie blieben vor der Haustür stehen. Fi hatte nicht die Absicht, Darcy mit nach oben zu nehmen, obwohl er sich ziemlich sicher genau das erhoffte. Eine merkwürdige Befangenheit machte sich zwischen ihnen breit. Seit Sonntagnacht wartete er auf eine Reaktion wegen seiner Beinaheliebeserklärung. Fi hatte keine Lust. Er würde es auch so verstehen.

»Was wirst du nun tun?«, fragte er schließlich.

»Weiß nicht. Erst mal nachdenken. Vielleicht nehme ich mir doch einen Anwalt.« Eine glatte Lüge. Sie hibbelte vor Ungeduld, sich endlich den Bericht anzusehen, der natürlich noch unter dem Fahrersitz lag.

Wie er sie ansah. Beinahe liebevoll. Shit! Er wollte etwas zu Sonntagnacht hören, und sie fühlte sich unter Druck gesetzt. Ärger machte sich in ihr breit. Wie kam er dazu, so etwas zu sagen und das dann auch noch ausdiskutieren zu wollen? Merkte er denn nicht, dass ihr das ganz und gar gegen den Strich ging?

Er sah den Ärger und die Ungeduld in ihren Augen. Seine Gesichtszüge entglitten ihm ein wenig. Unwillkürlich trat er einen Schritt zurück.

Kein Wort gesprochen, und so viel gesagt. Es tat ihr leid. Er war ein netter Kerl. Sie strich ihm über den Oberarm. »He, Darcy. Lass uns Freunde sein. Okay?«

Sein Blick war für eine Sekunde einfach nur fassungslos, doch dann tanzte plötzlich ein Funke in seinen Augen. Ein Funke der Erkenntnis. Offenbar hatte er gerade eine grandiose Wahrheit entdeckt, die ihr entgangen war. »*Freunde*, Fi? Wirklich? Du bist einfach großartig.«

Ohne ein weiteres Wort wandte er sich ab, ging zu seinem Auto, und weg war er. Verblüfft sah sie ihm nach. War ihr doch egal. War doch gut so. Dennoch brauchte sie einen Moment, um sich von diesem Abgang zu erholen.

Fünf Minuten später saß sie an ihrem Laptop. Die Sonne knallte zum Fenster rein. Es war ein beinahe unwirklich schöner Tag. Wieder lag dieses gleißende Licht über der Stadt, das einerseits alles zum Leuchten brachte, andererseits aber tiefschwarze Schatten malte. Hell und Dunkel lagen so dicht beieinander. Gut und Böse. Es trennte sie nur ein Hauch, eine durchlässige Membrane. Wie wurde man zum Mörder? Steckte er wirklich in jedem, wie manche behaupteten?

In die Suchmaske des Browsers tippte Fiona *Hutkrempenregel* und las sich durch die Ergebnisse. Was sie an Informationen fand, bestätigte Darcys Worte. Man stellte sich vor, dass das Opfer einen Hut trug. Schlagverletzungen befanden sich in der Regel oberhalb einer gedachten Hutkrempe, Sturzverletzungen unterhalb. Eine Illustration verdeutlichte, wie es gemeint war. Mit roten und grünen Kreuzen waren beispielhafte Verletzungen markiert. Rot für Schlag, grün für Sturz. Okay.

Fi griff nach der Akte und wappnete sich für diesen

Anblick. Das war nicht Ben, nicht ihr Vater. Es war nur sein Körper, das, was von ihm übriggeblieben war. Eine tote Hülle, mehr nicht. Was er gewesen war, war schon lange ganz woanders. Seine Seele oder wie auch immer man das nennen wollte. Wo war sie? Wo blieb das, was einen als Menschen ausmachte und angeblich einundzwanzig Gramm wog? Es war unvorstellbar, dass das im Fegefeuer brutzelte. Einundzwanzig Gramm, und außerdem war da ja noch der andere Ben gewesen, der von früher. Nicht der Mörder.

Himmel! Was dachte sie denn da für krausen Kram? Fiona gab sich einen Ruck und schlug den Aktendeckel auf, las den Bericht und verstand nicht einmal die Hälfte. Medizinerfachchinesisch. Ungeduldig sah sie die Graphiken und Tabellen an, und schließlich lagen die Fotos vor ihr. Sie atmete scharf aus. Das war nicht Ben. Nicht ihr Vater. Verbrannte Haut, versengtes Haar, aufgeplatzte Brandblasen, rohes Fleisch. Sie schluckte und riss sich zusammen. Sie wollte das jetzt wissen und sah wieder hin. Eine klaffende, sternförmige Wunde am Schädel in Großaufnahme. Sie befand sich auf der linken Stirnhälfte. Ziemlich weit über der Augenbraue. Nach Fionas Einschätzung über der Linie, die Schlag von Sturz trennte.

Auf der Röntgenaufnahme sah das nicht wesentlich anders aus. Ben war erschlagen worden. Er war nicht auf das Sims gestürzt, das den Kamin einfasste.

Sie klappte den Hefter zu und überlegte, was sie tun sollte. Sie musste mit Yvonne Schneider reden.

Da es leichter war, jemanden am Telefon abzuwimmeln als aus dem Büro zu werfen, entschloss Fi sich, nach Ingolstadt zu fahren. Sie würde erst wieder gehen, wenn die Kommissarin ihr zusicherte, die Ermittlungen nicht einzustellen. Genau.

Auf dem iPhone gab es eine Navi-App. Die stellte sie ein, sonst würde sie eher in Italien landen als in Ingolstadt.

Ein paar Minuten später saß Fiona hinter dem Steuer. Achtzig Kilometer Autobahn lagen vor ihr. Nach zehn war ihr Adrenalinspiegel auf Anschlag. Lauter Irre waren unterwegs. Die bretterten mit zweihundert und Lichthupe von hinten heran und fegten sie fast vom Asphalt. Nur weil sie hundertzwanzig fuhr. Sie war Fahranfängerin. Gewissermaßen jedenfalls. Sie wechselte von der linken Spur auf die mittlere und dann auf die rechte. Dort hängte sie sich mit neunzig hinter einen Laster. So fuhr es sich schon wesentlich gemütlicher. Nach einer Stunde Fahrt verließ sie am Kreuz Ingolstadt-Nord die Autobahn und parkte kurz darauf vor dem Polizeipräsidium, einem riesigen Bau aus roten Ziegeln. Fi steuerte das Portal an und betrat das Foyer. Zwei Schranken versperrten den Zugang zum Treppenhaus. Linker Hand entdeckte sie eine Art Portiersloge, in der eine Polizistin Dienst tat. Blonder Pferdeschwanz, Brille mit rotem Rand. Fi trat an das Sprechfenster und fragte nach Yvonne Schneider.

»Haben Sie einen Termin?«

»Nein. Es ist aber wichtig. Es geht um die Ermittlung im Fall Jacoby.«

»Ihr Name?«

»Fiona Jacoby.«

»Ich sehe mal nach, ob sie da ist. Warten Sie so lange da drüben auf der Bank.«

Dort saß bereits ein älterer Herr. Die Arme auf die Oberschenkel gestützt, starrte er zwischen den Beinen hindurch auf den Boden. Von Fi nahm er keine Notiz. Ein Getränkeautomat stand in der Ecke. Sie überlegte, ob sie sich eine Cola ziehen sollte, als die Polizistin ihr ein Zeichen machte. Wieder trat sie an die Glasscheibe.

»Frau Schneider ist in einer Besprechung. Es dauert noch ein wenig. Sie werden abgeholt.«

Es dauerte fast eine halbe Stunde und zwei Cola, bis die Kommissarin die Treppe herunterkam. Diesmal trug sie nicht den zerknüllten grauen Hosenanzug, sondern ein blaues Kostüm, das ebenso zerknittert war. Sie schien auf Leinen zu stehen.

»Grüß Sie, Frau Jacoby. Gehen wir doch in mein Büro.«

Fiona folgte ihr über Treppen und Flure in einen funktional eingerichteten Raum. Die Kommissarin bot ihr Platz an und setzte sich auf die andere Seite des Schreibtischs. Fi hatte keine Ahnung, wie sie ihr beibringen sollte, dass die Ermittlungen fortgeführt werden mussten, ohne zu erwähnen, dass sie den Obduktionsbericht kannte. Am besten zog sie der Schneider erst einmal die Infos aus der Nase, die sie darin gelesen hatte. Daran konnte sie dann anknüpfen.

»Nun, weshalb sind Sie hier?« Yvonne Schneider lehnte sich im Stuhl zurück und sah sie abwartend an.

»Alle sagen, dass mein Vater durch einen Unfall starb. Ist das denn wirklich sicher?«

»Das habe ich Ihnen doch schon gestern am Telefon erklärt.«

»Aber dieses Verletzungsbild, das Sie erwähnt haben. Was hat Sie daran stutzig gemacht?«

»Stutzig? Das war Ihre Wortwahl, nicht meine. Mich hat überhaupt nichts stutzig gemacht. Ich wollte lediglich sichergehen, dass nichts übersehen wird.« Gereiztheit in der Stimme. Das Gespräch lief in die falsche Richtung.

»Wenn es eindeutig ein Unfall war, hatten Sie dazu aber keine Veranlassung. Dann war da nichts zu übersehen.«

»Liebe Frau Jacoby, ich werde bei Ihnen keinen Kurs in Rhetorik belegen. Haben Sie einfach ein wenig mehr Vertrauen in die Arbeit von Staatsanwaltschaft, Polizei und Rechtsmedizin. Ihr Vater ist unglücklich gestürzt. Das steht mittlerweile fest.«

Der Tonfall war ja echt daneben. Total herablassend. »Da bin ich aber anderer Ansicht. Jemand hat ihm das *Os frontale* eingeschlagen. Das Schädeldach, und zwar auf halber Strecke zwischen Augenhöhle und der *Sutura frontalis*, der Stirnnaht. Das ist eindeutig oberhalb der Hutkrempenlinie. Mein Vater wurde erschlagen. Vermutlich mit dem Schürhaken, der immer am Kaminsims hing.« Fi hielt erschrocken inne. Mist. Das war es dann gewesen. Von wegen Infos aus der Nase ziehen.

Yvonne Schneiders Lippen kräuselten sich. »Woher haben Sie diese Informationen?«

»Sie dürfen die Ermittlungen nicht einstellen. Es war Mord oder Totschlag. Haben Sie denn den Schürhaken untersucht? Daran muss es Spuren geben. Blut und Haare.«

»Woher haben Sie diese Informationen? Etwa aus dem Obduktionsbericht? Wer hat Ihnen den zugänglich gemacht?« Die Schneider klang gefährlich ruhig.

Fieberhaft suchte Fi nach einer Ausrede. Darcy! Genau. »Der Rettungsassistent, mit dem ich gesprochen habe, hat die Schädelverletzung gesehen. Er hat mir die Hutkrempenregel und den Aufbau des menschlichen

Schädels erklärt.« So wie die Schneider reagierte, war es am besten, den geborgten Bericht schleunigst zurückzubringen. Vermutlich war das strafbar. Feine Schweißperlen traten Fi auf die Stirn.

»Ein Rettungsassistent. Und den halten Sie für kompetenter als ein Team erfahrener Rechtsmediziner?«

Da war er wieder, dieser herablassende Ton. So wie es aussah, war die Schneider fest entschlossen, die Akte zu schließen. »Denken Sie nur nicht, dass Sie den Tod eines Exknackis unter den Teppich kehren können. Ich werde mich an die Medien wenden.«

»Und nun drohen Sie mir auch noch. Frau Jacoby, glauben Sie mir, es ist besser, wenn Sie jetzt den Mund halten und mir zuhören. Geht das?«

Fi atmete durch. Also gut.

»Die Hutkrempenregel ist ein erster Anhaltspunkt, um zwischen Sturz- und Schlagverletzungen zu unterscheiden. Es gibt noch andere Kriterien. Sturzverletzungen oberhalb dieser Linie können entstehen, wenn sich die betreffende Person im Fallen dreht, wie ihr Vater. Zu diesem Schluss ist Dr. Herzog gekommen. Er hat jahrzehntelange Erfahrung. Und der Schürhaken ist kriminaltechnisch untersucht worden. Weder Gewebe, Blut noch Haare befinden sich daran. Wir sind keine Dilettanten, wie Sie anscheinend denken.«

»Und wenn Dr. Herzog sich irrt?«

»Warum verrennen Sie sich eigentlich plötzlich in die Idee, ihr Vater könnte ermordet worden sein? Gibt es etwa Informationen, die Sie mir vorenthalten haben?«

Sagen Sie Fi, ich bin kein Mörder. Da war er wieder, Bens letzter Satz, der vielleicht keine Lüge war. »Dieser Rettungsassistent hat mir eine Nachricht meines Vaters übermittelt. Seine letzten Worte. Ben hat gesagt, dass er kein Mörder ist. Wenn das stimmt, dann läuft der richtige Täter noch frei herum. Vielleicht ist Ben ihm auf die Spur gekommen und musste deshalb sterben.«

»Dafür gibt es keinerlei Anhaltspunkte.«

»Sie könnten doch eine zweite Meinung einholen, von einem anderen Pathologen. Das ist doch sicher möglich. Sie dürfen die Ermittlungen nicht einstellen. Bitte. Mein Vater ist ermordet worden, und das hängt sicher mit damals zusammen. Mit dem Mord an Julia Reinhold. Ein anderer hat sie umgebracht. Ben war es nicht.«

Yvonne Schneider schüttelte bedächtig den Kopf. »Also gut. Soll sich das noch einer ansehen. Vorher geben Sie ja keine Ruhe. Ich melde mich bei Ihnen.«

6

Während der Rückfahrt überlegte Fi, was es eigentlich mit diesem Oleg auf sich hatte. Ben hatte ihn bei sich wohnen lassen, also war er wohl ein Freund. Sie musste ihn aufstöbern. Doch wie? Das Haus war ausgebrannt. Von Bens Sachen war nichts übrig, bis auf den Beutel mit Klamotten, der im Kofferraum lag. Wenn er ein Handy besessen hatte, war darin sicher Olegs Nummer gespeichert.

Fi nahm das iPhone aus der Halterung, klickte die Navifunktion weg und rief Ludwig an. Darcy würde jetzt ausflippen. Dieser Besserwisser.

Ludwig meldete sich. Fi fragte nach Oleg. Doch ihr Onkel wusste nichts über ihn, weder den Nachnamen noch woher er kam und wohin er verschwunden war. Er wusste nur, dass Ben und er sich aus der JVA Amberg kannten. Fi fragte nach Bens Handy und erfuhr, dass er keines besessen hatte. Kein Handy, keinen PC, kein Internet. Diese Dinge hatten ihn nicht interessiert.

War Ben wirklich unschuldig? Oder ging sie ihm posthum auf den Leim? Sie hatte keine Ahnung. Was konnte sie nun tun? Die einzige Hoffnung, die sie im Moment hatte, war Yvonne Schneider. Würde sie sich wirklich eine zweite Meinung einholen? Vermutlich nicht. Das war sicher nur eine Beruhigungspille für die hysterische Tochter gewesen. Wenn sich tatsächlich ein weiterer Rechtsmediziner den Bericht ansah, konnte das alles ändern. Falls er die Meinung von Dr. Herzog nicht teilte, würde die Schneider in diesen Fall beißen müssen.

Bei der Erinnerung an ihre Klugscheißerei mit dem angelesenen Wissen aus dem Obduktionsbericht wurde Fi ganz flau. Sie musste ihn schleunigst zurückbringen. Am besten beim Institut in den Briefkasten werfen. Aber vorher kopieren.

Okay. Nun hatte sie einen Plan, was den Bericht betraf, aber keinen in Sachen Ben. Sie musste abwarten, ob weiterermittelt wurde. Es gab nichts, was sie tun konnte. Außer Däumchen drehen. Und das war nicht unbedingt ihre Stärke.

Am Nachmittag war sie wieder in München und fand sogar einen Parkplatz vorm Haus. Noch ein paar Fahrstunden, und sie würde die Führerscheinprüfung vermutlich bestehen. Den Bericht kopierte sie im Copyshop am Giesinger Bahnhof und trug ihn dann zurück in die Wohnung. Es war besser, wenn sie wartete, bis es dunkel wurde und die Mitarbeiter im Institut für Rechtsmedizin langsam Feierabend machten.

Kurz vor fünf klingelte es an der Tür. Fi öffnete, Darcy stand davor. Die Anspannung in Person. Verkniffener Mund. Hervortretende Halssehnen. Er sah echt wütend aus.

»Gib ihn mir!«

Shit! Woher wusste er es? »Habe ich was verpasst?«

»Den Obduktionsbericht. Rück ihn raus.«

Sie versuchte ihren Unschuldsblick aufzusetzen. Es glückte nicht wirklich. »Den habe ich doch nicht!«

»Du hast echt einen an der Waffel. Weißt du das? Und verkauf mich jetzt ja nicht für blöd. Wenn hier nämlich jemand echt dämlich ist, dann bist das du. Rennst mit dem geklauten Bericht zur Polizei. Du hast sie echt nicht mehr alle!«

Holla! Die Schneider musste sich da etwas zusammengereimt haben. Wissen konnte sie es nicht wirklich. Sicher hatte sie im Anschluss an ihr Gespräch mit Dr. Herzog telefoniert. Und der hatte dann entdeckt, dass der Bericht nicht da war. Ups!

»Dr. Herzog kennt dich nicht. Leider. Sonst wäre er selbst darauf gekommen, dass du den Bericht geklaut hast. Nun denkt er, Paul hätte ihn dir gegeben. Er …«

»Wie kommt er denn auf die Idee?«

»Weil er euch beide zusammen gesehen hat. Schon vergessen? Paul hat deinetwegen richtig Ärger am Hals. Jetzt gib den Bericht her. Ich bringe ihn zurück. Kann sein, dass da eine Anzeige auf dich zukommt.«

Ein flaues Gefühl legte sich in Fis Magen. Ärger mit der Polizei hatte sie noch nie gehabt. Auch in diesem Punkt war sie immer darauf bedacht gewesen, nie in Bens Fußstapfen zu treten. Panik stieg in ihr auf. »Ich habe diesen dämlichen Bericht nicht. Echt nicht. Dass du mir das überhaupt zutraust, ist das Letzte!«

»Ich glaube dir kein Wort!«

»Dann durchsuch doch die Wohnung, oder rück gleich mit den Bullen an.«

Eine Sekunde starrte er sie an. Das Graublau seiner Iris wurde ganz dunkel. »Eines sage ich dir, wenn Paul seinen Job verliert, weil du die Akte geklaut hast, dann …«

»Dann was? Dann wirfst du mich den Wölfen zum Fraß vor? Oder schnallst mich auf deine Psychiatercouch und analysierst meine kranken Gehirnwindungen? Gruselgraus, was da wohl zum Vorschein kommt? Das reinste Horrorkabinett.«

Wieder sah er sie an wie ein seltenes Insekt. »Weißt du, was wirklich das Letzte ist? Deine Feigheit. Ich hab gedacht, du würdest dazu stehen. Aber du lässt lieber Paul ins offene Messer laufen, statt die Verantwortung zu übernehmen.«

Himmel, machte er es dramatisch! Paul würde seinen Job nicht verlieren, und sie würde keinen Ärger mit der Polizei bekommen. Okay, das mit dem Briefkasten konnte sie vergessen. Sie brauchte eine bessere Idee. Doch das konnte sie Darcy nicht sagen, also zuckte sie mit den Schultern. Er bekam das natürlich prompt in den falschen Hals und dachte, es wäre ihr egal, was seinem besten Kumpel widerfuhr. Seine Augen wurden vor Ärger ganz schmal. »Erinnerst du dich noch an Sonntagnacht?«

Aber sicher!

»Du hast gesagt, ich soll mich aus deinem Leben verpissen. Weißt du was? Das mache ich. Auf solche *Freunde* kann ich verzichten!« Er drehte sich um und stürmte die Treppe hinunter. Was für ein Abgang! *Auf solche Freunde kann ich verzichten.* War ihr doch egal. Total egal. Schließlich hatte sie nie mehr von ihm gewollt als einen heißen One-Night-Stand. Und der war wirklich heiß gewesen. Es tat kaum weh, nur ein bisschen. Wie manchmal. Wie auch bei Joe.

Okay. Jetzt war nicht die Zeit für Sentimentalitäten. Sie hatte was zu erledigen.

Um Viertel vor sieben parkte Fi den Volvo in der Nähe

des Instituts für Rechtsmedizin und stieg aus. Die Haare verbarg ein bunt gemustertes Kopftuch. Die Füße steckten in ausgelatschten Turnschuhen. Eine graue Jogginghose und ein hellblauer Kittel aus tausend Prozent Polyirgendwas vervollständigten den Putzfrauenlook. Den Kittel besaß sie noch von ihrem Job als Putze in einer Kolonne. Aus der einen Tasche baumelte ein Staubtuch, aus der anderen ein Lappen. Die Akte schob sie hinten in den Hosenbund, knöpfte den Kittel zu und wünschte sich Glück.

Neunzehn Jahre zuvor.

Freising.

September 1995.

1

Julia war bereit, den Preis für ihre Rache zu zahlen. Das war es ihr wert. Aus Freising wollte sie ohnehin weg. Nichts hielt sie noch hier, wo bald alle mit dem Finger auf sie zeigen würden. Auf die abservierte und schwangere Geliebte von Benedikt Jacoby. Sie konnte das verächtliche Grinsen der anderen beinahe sehen. Allen voran natürlich im Gesicht von Petra Hornberger. *Na, war wohl nichts mit Mister Right?*

Die vier Wochen, die Julia sich bei Ben als Bedenkzeit ausbedungen hatte, nutzten sie und ihre Mutter für die Vorbereitungen. Sie verfeinerten den Plan, wogen Risiken ab und spielten ihn immer wieder durch.

Beinahe jeden Abend fuhr Julia direkt von der Arbeit zu Renate. Wenn es spät wurde, schlief sie in ihrem ehemaligen Zimmer, das mittlerweile als Gästezimmer diente. Ein abgewetztes Kuscheltier lag dort noch immer auf dem Bett. Raffi, die Giraffe, die ihr Vater ihr vor Urzeiten geschenkt hatte. *Für mein kleines Mädchen, das immer so hoch hinaus will.*

Wenn das heulende Elend sie wegen Bens Demütigung überfiel, weinte sie sich bei ihrer Mutter aus und ließ sich trösten, bis Trauer und Selbstmitleid in den Hintergrund traten und wieder dem Wunsch gebührenden Raum gaben, der ihr Denken beherrschte: Rache! Wenn Zweifel sie dazu bringen wollten, den Plan fallenzulassen, war es ihre Mutter, die ihr Mut zusprach und ihr klarmachte, dass man sich nicht alles gefallen lassen musste, dass es Grenzen des Erträglichen gab. »Er hat sich das selbst eingebrockt, Kleines. Es ist dein gutes Recht, ihm die Quittung zu präsentieren.«

Ben rief zwei Mal an. Julia legte auf, sobald er sich meldete. Dass er sie verleugnet hatte, schlug dem Fass den Boden aus. Mit ihm würde sie kein Wort mehr wechseln. Schließlich schrieb er ihr einen Brief. Darin entschuldigte er sich wegen des Vorfalls. Er wusste, dass er sich falsch verhalten hatte. Es wäre besser gewesen, sie vorzustellen. So war Lydia natürlich misstrauisch geworden. Er hatte sich mit einer ehemaligen Mitschülerin herausgeredet, die er im ersten Moment nicht erkannt hatte. Und er hatte Lydia Julias Namen genannt. Beinahe verzweifelt bat er sie, seiner Frau nichts zu sagen, falls sie anrief oder bei ihr auftauchte. Sie durfte das nie erfahren. Er brauchte sie und sie ihn. Er wollte sie nicht verlieren. Das durfte nicht geschehen. Wieder beschwor er Julia, wenn sie ihn wirklich liebte, Lydia nichts zu sagen. Er wüsste nicht, was er sonst tun würde.

Julia faltete den Brief zusammen. Es war also ein Fehler gewesen, weil seine Lydia Verdacht geschöpft hatte, nicht, weil er sie, Julia, missachtet und tief gekränkt hatte. Mit einem Lächeln legte sie den Brief in die Kommode. Er konnte nützlich sein.

Sie rief Ben an, erinnerte ihn daran, dass die vier Wochen noch nicht um waren, und versicherte ihm erneut, dass sie bis dahin zu niemandem ein Wort sagen würde. Auch nicht zu Lydia. Nach diesem Telefonat gab er Ruhe. Er glaubte wohl, dass sie sich für eine Abtreibung entscheiden und schweigen würde, weil sie ihn ja so sehr liebte. Was für ein selbstgefälliges Arschloch. Er kannte sie nicht, und er unterschätzte sie. Ein Fehler, der ihm das Genick brechen würde.

Am schwierigsten erwies sich die Beschaffung der Dokumente. Obwohl Renate an der richtigen Stelle im Rathaus saß, nämlich im Standesamt, und durch einen glücklichen Umstand Zugang zu den Unterlagen des Einwohnermeldeamts hatte. Längst hatte sie einen Plan ausgeklügelt, wie sie es bewerkstelligen konnte. Allerdings musste sie Geduld haben. Es konnte Wochen dauern, bis sich eine passende Gelegenheit ergab. Das Warten machte sie nervös und unruhig.

An einem Sonntagabend Ende August war es Zeit, die erste Weiche zu stellen. Renate bot ihre Hilfe an, doch Julia wollte es selbst machen. Sie fuhr zurück in ihr Apartment, nahm einen Seidenschal aus der Kommode im Schlafzimmer und ging damit ins Bad. Vor dem Spiegel legte sie das Tuch um den Hals, griff beide Enden, schloss die Augen und zog mit einem entschlossenen Ruck zu. Den Schmerz verdrängte sie und zog fester, bis sie kaum noch Luft bekam. Erst dann ließ sie los und betrachtete das Ergebnis. Rote Male zeichneten sich auf ihrer Haut ab. Was immer ein Nachteil gewesen war, erwies sich nun als nützlich. Ihr Blut hatte einen niedrigen Gerinnungsfaktor. Sie bekam schnell blaue Flecken.

Im Spiegel begegnete sie ihrem Blick und erschrak. Meine Güte. Das konnte sie doch nicht tun! Forschend sah sie sich in die Augen. Sollte sie Ben wirklich in sein Verderben jagen? Ging das nicht zu weit?

Natürlich konnten sie das. Ben hatte es sich selbst zuzuschreiben. Er allein war schuld. Entschlossen schob sie alle Zweifel beiseite und wiederholte die Prozedur noch zwei Mal, erst dann war sie mit dem Ergebnis zufrieden.

Als sie am Montagmorgen eine halbe Stunde vor Beginn der Sprechstunde die Praxis betrat, verdeckte ein luftiger Schal die inzwischen blau unterlaufenen Male an ihrem Hals.

Anne war bereits da. Sie saß am Empfangstresen und suchte die Patientenakten der Vormittagstermine heraus. »Guten Morgen, Julia.«

»Hallo Anne.« Julia legte die Tasche ab, nahm den Kittel vom Bügel und zog scheinbar gedankenverloren den Schal vom Hals. »Wie war dein Wochenende?«

Wie erwartet, sah Anne auf und fuhr zusammen. »Guter Gott! Julia! Wer war das?«

Für den Bruchteil einer Sekunde tat Julia so, als ob sie nicht verstand, was Anne meinte. Dann ließ sie die Hand zum Hals fahren, erschrak und legte das Tuch hastig wieder um. »Nichts. Das ist nichts.«

»Nichts? Das sind Würgemale.« Anne kam um den Tresen herum. »War *er* das?«

»Das ist nichts. Wirklich. Nur ein paar blaue Flecken.«

»Jetzt erzähl mir bloß nicht, das wären Knutschflecken. Dafür bin ich zu lange in unserem Beruf. Jemand hat dich gewürgt. Vermutlich er. Dein geheimnisvoller Lover. Was war los?«

Julia blinzelte ein paar Tränen herbei und wandte sich

ab. Wie jeden Morgen füllte sie in der kleinen Küche die Kaffeemaschine. Anne stellte sich mit verschränkten Armen neben die Tür und beobachtete sie abwartend.

»Also gut. Wir hatten am Wochenende einen schrecklichen Streit. Er will das Kind nicht …«

»Du bist schwanger?«, fragte Anne überrascht.

Julia nickte. »Ich soll abtreiben. Aber ich will es bekommen. Als ich das gesagt habe, ist er … Er ist einfach ausgetickt. So kenne ich ihn gar nicht. Er hat das nicht so gemeint. Ein Ausrutscher. Eigentlich ist er ein ganz Lieber.«

»Ein ganz Lieber? Spinnst du?! Er hat versucht, dich umzubringen. Du musst ihn anzeigen.«

»Ach Quatsch. Du übertreibst. Außerdem … Ich kann Ben nicht anzeigen. Das kann ich ihm nicht antun. Ich liebe ihn.«

»Ben also. Und wie noch?«

Scheinbar widerwillig gab sie den Namen preis. »Ben Jacoby.«

»Der spinnerte Bildhauer? Du musst trotzdem zur Polizei gehen, sonst bringt er dich beim nächsten Streit wirklich um.«

Julia erklärte Anne noch einmal, dass sie das nicht wollte. Sie liebte ihn. Es war ein einmaliger Ausrutscher. Unter Tränen hatte er sich bei ihr entschuldigt. Eine Sicherung war bei ihm durchgebrannt. Das würde nie wieder vorkommen.

Ihr größtes Problem war, dass sie nicht wusste, wie es nun weitergehen sollte. Sie wollte das Kind bekommen, Ben wollte es auf keinen Fall. Er hatte sie angefleht, über ihre Beziehung zu schweigen. Seine Frau durfte nie davon erfahren. Sie würde ihn verlassen, und das wollte

Ben um jeden Preis verhindern. Um jeden Preis, wiederholte Julia. Ohne seine Lydia konnte Ben nicht leben.

Anne schüttelte den Kopf. »Ohne sie kann er nicht leben? Das hat er gesagt? Und dir spielt er die große Liebe vor? Was ist das denn für ein Arschloch? Von dem hast du nichts zu erwarten.«

»Ja, ich weiß.« Julia mimte die Zerknirschte. »Ich werde das Kind alleine aufziehen. Du schaffst das schließlich auch. Also werde ich das auch hinkriegen. Um den Unterhalt wird er sich allerdings nicht drücken können. Den werde ich einfordern.«

Dr. Wittmann kam. Die Sprechstunde begann. Julia bat Anne eindringlich, niemandem etwas von Bens Übergriff zu sagen. Sie versprach es. Und Julia wusste, dass sie sich darauf verlassen konnte. Anne würde kein Wort darüber verlieren und so den Plan unwissentlich durchkreuzen. Reden würde sie erst, wenn es nicht mehr anders ging.

Die Mittagspause verbrachten sie gemeinsam. Anne erzählte, dass sie für ihre dreijährige Tochter Bettina endlich einen Kindergartenplatz ergattert hatte. Am Samstag war der Brief in der Post gewesen. Sie konnte also wieder Vollzeit arbeiten und riet Julia, ihr Kind besser heute als morgen in der Kita anzumelden. Nach einem kleinen Imbiss betraten sie das Haushaltswarengeschäft am Marienplatz. Julia wollte sich einen Messerblock kaufen, Anne half beim Aussuchen.

Auf dem Rückweg in die Praxis kam sie wieder auf Ben zu sprechen und drängte Julia erneut, ihn anzuzeigen. Sie hielt ihn für unberechenbar. Wer einmal derart ausrastete, tat das sicher wieder. Erneut spielte Julia den Vorfall herunter. Sie würde Ben keine zweite Gelegenheit für eine solche Attacke geben. »Ich mache mir eher Sorgen darum, wie ich verhindern kann, dass Lydia von der Schwangerschaft erfährt.«

Überrascht blieb Anne stehen. »Um Himmels willen, wieso denn?«

»Sie wird ihn verlassen. Und ohne sie kann er nicht leben. Sie darf das nie erfahren. Nie, hat er gesagt. Er weiß sonst nicht, was er tut. Ich habe ihm versprochen, nichts zu sagen.«

Anne schüttelte den Kopf. »Du spinnst. Ich an deiner Stelle würde ihr das ja unter die Nase reiben.«

»Er liebt mich nicht. Es ist aus. Das tut natürlich weh. Das schon. Wenn ich es Lydia sage, ändert das ja auch nichts. Warum soll ich ihn ins Unglück stürzen? Das will ich nicht. Aber es wird sich nicht verhindern lassen, dass Lydia früher oder später erfährt, dass er der Vater ist.«

»Eher früher als später«, sagte Anne. »Das muss ihm doch klar sein. Freising ist ein Kaff. Und wenn du Unterhalt forderst, kommt das sowieso raus.«

Die Umsetzung des Plans schritt voran. Zehn Tage nachdem Julia Anne gestanden hatte, wer ihr heimlicher Liebhaber war und was er ihr angetan hatte, war auch die Sache mit den Papieren geregelt. Renate nutzte die Gelegenheit sofort, auf die sie gewartet hatte und die sich nun bot. Ein paar Formulare, ein paar Stempel, ein fingierter Umzug und einige Telefonate. Am Ende hielt sie einen neuen Ausweis in Händen.

Beinahe am schwierigsten war es, an den Schlüssel für das Wochenendhaus der Jacobys zu kommen. Julia wusste nicht, wo er aufbewahrt wurde und wer in der Familie einen besaß. Außer Ben, der mit Lydia und dem Kind viel Zeit in diesem Haus verbrachte. Er trug ihn am

Schlüsselbund. Sie wollte ihn nicht treffen. Sie wollte ihn nie wiedersehen! Bis auf das eine Mal, ohne das ihr Plan nicht aufging.

Es war ein Fernsehfilm, der sie schließlich auf die Idee brachte. Eine Alpenromanze mit Gipfeln, Kühen und einer Bäuerin, die den Schlüssel einfach unter der Fußmatte deponierte. Das war eine Idee! In der folgenden Nacht sah Julia sich beim Wochenendhaus um. Es lag einsam unten am Fluss. Der nächste Nachbar war fünfhundert Meter entfernt. Sie musste sich keine großen Sorgen machen, entdeckt zu werden. Mit einer Taschenlampe ausgerüstet, sah sie erst unter dem Gitterrost vor der Tür nach, dann in der Regenrinne und den Blumentöpfen und fand den Schlüssel schließlich im Holzschuppen hinter dem Haus. Er lag in einer alten Blechdose.

Am nächsten Tag ließ sie ihn bei einem Schlüsseldienst in einem Münchener Kaufhaus nachmachen und brachte das Original nachts zurück an seinen Platz.

Die Sache mit Bens Auto würde sich erst am Tag der Abrechnung entscheiden. Dabei konnte eigentlich nichts schiefgehen. Seine Rostlauben klaute niemand. Deshalb schloss er sie so gut wie nie ab. Falls doch, würde sich der Autoschlüssel in seiner Hosentasche befinden. Kein Problem also.

Als alles vorbereitet war, rief Julia Ben an. »Ich habe mich entschieden. Ich werde abtreiben.«

Sie hörte den Seufzer der Erleichterung durchs Telefon und hätte ihm am liebsten eins in die Fresse geschlagen, so wie Renate sich das bei Konrad oft wünschte. Sie verstand ihre Mutter nur zu gut. »Es gibt einiges zu besprechen. Das geht nicht am Telefon. Hast du am Freitag Zeit?«

»Ja, natürlich. Das ist wirklich fair von dir, Julia. Dass du das tust, werde ich dir nie vergessen.«

Worauf du dich verlassen kannst, dachte sie. Mich wirst du nie vergessen.

2

Am Freitagmorgen stand Julia sehr früh auf und holte aus dem Bad die dort deponierten Utensilien. Eine passende Vene hatte sie längst ausgewählt und vor Tagen einen Test durchgeführt. Es war zwar ungewöhnlich, doch es klappte. Und sogar leichter als gedacht. Nicht einmal den Stauschlauch benötigte sie.

Sie setzte sich und schlug ein Bein über das andere. Die Vene lag gut sichtbar direkt unter der Haut ihres linken Fußes. Sie desinfizierte die Stelle und setzte mit geübten Griffen den Butterfly. Nach und nach füllte sie zehn Blutröhrchen, versorgte die Einstichstelle mit einem Pflaster und legte die Röhrchen in den Kühlschrank, der seit gestern auf zwei Grad Celsius heruntergekühlt war. Bei dieser Temperatur verlangsamten sich die Stoffwechselprozesse. Bis heute Abend würde das Blut nicht gerinnen.

Anschließend packte sie die Plastikverpackungen und Kanülen in eine Tüte, die sie auf dem Weg zur Arbeit auf einem Autobahnparkplatz in einem Mülleimer entsorgte.

Den Tag verbrachte sie wie gewohnt in der Praxis bei

ihrer Arbeit. Die zwei Portionen Ketamin, die sie für die Durchführung ihres Plans brauchte, hatte sie bereits vor einer Woche aus dem Arzneimittelschrank entwendet und auch dafür gesorgt, dass sie aus der Buchführung verschwanden. Es war ganz einfach gegangen. Sie musste nur in der entsprechenden Datei den Lagerbestand am Jahresanfang um zwei reduzieren.

In der Mittagspause ging sie mit Anne zum Italiener. Bei einer Pizza Prosciutto erzählte sie, dass Ben am Abend zu ihr kommen wollte. Wie erwartet, gefiel das Anne nicht. Sie hielt Ben für gefährlich. Julia wiegelte ab. Er war wirklich ein Lieber und Netter, ein gemütlicher Bär und normalerweise nicht gewalttätig. Es tat ihm so schrecklich leid. Er würde das nie wieder tun.

Kurz nach sechs hängte sie den Kittel auf den Bügel, verabschiedete sich von Anne und wünschte ihr ein schönes Wochenende. »Dann bis Montag.«

Nach außen war alles wie immer. Dabei lief der Countdown seit beinahe zwölf Stunden. Zu ihrem eigenen Erstaunen war sie die Ruhe selbst. Sie hatte damit gerechnet, nervös zu sein und unkonzentriert. Doch sie agierte tatsächlich mit kühlem Kopf, wie sie es sich vorgenommen hatte. Rache war ein Gericht, das man am besten kalt servierte. Genau, wie ihre Mutter sagte.

Ihren Panda parkte sie wie immer auf dem Stellplatz in der Tiefgarage. Sie fuhr mit dem Lift nach oben und betrat ihre Wohnung. Die Handtasche stellte sie auf die Ablage im Flur. Mutterpass samt Ultraschallbild, Geldbörse mit Kredit- und EC-Karte und Personalausweis befanden sich darin. Schlüsselbund danebenlegen. Zwei Minuten später kam Renate. Niemand war ihr begegnet. Sie setzte sich im Schlafzimmer aufs Bett, um die Checkliste noch einmal durchzugehen, bis ihr Einsatz kam. Jeder Schritt und jeder Handgriff war festgelegt. Sie durften sich keinen Fehler erlauben.

Zum letzten Mal für fünf Jahre deckte Julia in ihrer hübschen Wohnung den Tisch. In der Küche belegte sie zwei Sandwiches, nahm den Wein aus dem Kühlschrank und sah nach den Blutröhrchen. Prüfend hob sie eines gegen das Licht und schüttelte es. Keine Probleme.

Sie entkorkte die Flasche, schenkte ein Glas voll und rührte eine Dosis Ketamin hinein. Leere Ampulle und Packung in die Mülltüte. Ketamin schmeckte angeblich ein wenig bitter. Probiert hatte sie es natürlich nicht. Hoffentlich merkte Ben nichts. Das war eine der wenigen Unwägbarkeiten ihres Plans.

Für sich schenkte sie Traubensaft ein und stellte die Gläser aufs Tablett zu den Sandwiches. Bei jedem Handgriff sah sie sich zu wie einer Fremden, als stünde sie neben sich und beobachtete, was diese andere Julia tat. Eigentlich konnte sie nicht glauben, dass sie das wirklich durchzog. Es war so unwirklich.

Pünktlich um halb acht klingelte es an der Wohnungstür. Er war da. *Werd nicht schwach, wenn du ihn siehst. Vergiss nicht, was er dir angetan hat, Kleines. Er hat es verdient. Aber sei nett zu ihm. Er muss sich wohl und sicher fühlen. Er darf keinen Verdacht schöpfen.*

Julia ließ ihn ein. »Hi Ben. Du bist pünktlich. Heute kein Ärger mit der Parkplatzsuche?«

»Ich hatte Glück und habe direkt vorm Haus einen gefunden.«

Auto vorm Haus. Gut. Er sah schlecht aus. Blass und eingefallen. »Geht's dir nicht gut?«

Er schüttelte den Kopf. »Die Sommergrippe hat mich

so richtig erwischt. Ich bin für ein paar Tage flachgelegen. Fieber und Durchfall. Geht schon wieder.«

»Ich habe Sandwiches gemacht. Hast du Hunger?«

»Eigentlich nicht, und ich bin auch nicht zum Essen hier.«

Er wollte das also schnellstmöglich hinter sich bringen, und dann nichts wie weg von hier, zurück zu seiner Lydia! Wie hatte sie diese Augen nur jemals verführerisch finden können? Sie waren kalt wie Stahl. Sie zeigten, wer er wirklich war, ein eiskalter Egozentriker. »Aber ich bin hungrig. Setzen wir uns also. Oder willst du das im Stehen besprechen?« Der Tonfall war schärfer als beabsichtigt.

»Natürlich nicht.« Er folgte ihr ins Zimmer und nahm mit ihr am Tisch Platz, auf dem die Gläser und der Teller mit den Sandwiches stehen sollten. Sie hatte das Tablett in der Küche vergessen! »Ich hole ein Glas Wein für dich.«

»Bleib sitzen!«, sagte er ungeduldig. »Ich will nichts trinken und nichts essen. Wir haben schließlich nichts zu feiern.«

»Wenn du gestattest, esse ich etwas«, entgegnete sie giftig und ging in die Küche. Sie musste ihn dazu bringen, den Wein zu trinken. Die Packung mit den salzigen Erdnüssen fiel ihr ein. Sie nahm sie aus dem Schrank und öffnete sie. Mit Nüssen und Getränken kehrte sie zurück. »Also. Ich habe mich entschieden. Am Dienstag habe ich einen Termin in München. Bei einem Arzt.«

»Du lässt es wirklich abtreiben?« Seine Erleichterung war nicht zu überhören. Anscheinend hatte er befürchtet, dass sie es sich anders überlegt hatte.

»Ja. Natürlich. Das habe ich dir doch schon am Telefon gesagt.« Der Tonfall war falsch. Zu aggressiv. Sie musste ihn in Sicherheit wiegen, damit er sich entspannte und endlich etwas von dem Wein trank. Sie überwand sich, griff nach seiner Hand und legte eine Zärtlichkeit in ihre Stimme, die sie längst nicht mehr für ihn empfand. »Wenn ich dich wirklich liebe, soll ich dich gehen lassen und schweigen. Darum hast du mich gebeten. Du hast recht, Ben. Für uns gibt es keine gemeinsame Zukunft. Deshalb habe ich mich zur Abtreibung entschlossen.« Wie sie sich so hörte, hätte sie am liebsten gekotzt. Es erschien ihr wie ein Verbrechen, auch nur über Abtreibung zu reden. In Gedanken sandte sie eine Entschuldigung an das Kind, das in ihr heranwuchs. Nicht seines. Ihres. *Verzeih mir, mein Kleines.*

Wie hatte sie nur auf Ben hereinfallen können? Im Rückblick erschien es ihr unvorstellbar, dass sie sich mit ihm eingelassen hatte, mit diesem selbstsüchtigen Kerl, mit diesem Angeber und angeblichen Künstler, dem alles im Leben misslang. Sie atmete durch und inszenierte den Rest der vorbereiteten Rede mit ebenso viel Gefühl. »Ich habe dich immer geliebt. Du mich leider nie. Es tut natürlich weh. Aber ich möchte dir nicht schaden. Ich will, dass du glücklich bist.« An dieser Stelle stockte sie unwillkürlich. Wollte sie ihn wirklich in sein Verderben stürzen?

Bei ihren Worten sanken seine Schultern herab, seine Gesichtszüge entspannten sich und wurden weich wie die eines Kindes. Fehlte nur noch, dass er vor Erleichterung losheulte. Sie verabscheute ihn so sehr, wie sie es nie für möglich gehalten hätte. Er widerte sie geradezu an!

»Danke, Julia. Ich bin total überwältigt. Ich weiß nicht, was ich sagen soll.«

Du sollst auch keine Ansprache halten, sondern endlich den Wein trinken! Reden ist ohnehin nicht deine Stärke, und ich will kein weiteres Wort von dir hören.

»Du musst doch nichts sagen.« Sie schob die Dose mit den Erdnüssen näher zu ihm.

Gedankenverloren schob er sich eine Handvoll in den Mund. »Lydia hat sich doch hoffentlich nicht bei dir gemeldet?«, fragte er kauend und mit einem Anflug von Panik in seiner Stimme.

Diese verfluchte Lydia! Sie war alles, woran er dachte.

»Selbst wenn sie es getan hätte, ich hätte ihr nichts gesagt. Das hatte ich dir doch versprochen.«

»Am Dienstag also. Brauchst du Geld oder ...?«

»Nein. Das geht so. Ich hatte ein Beratungsgespräch.«

»Prima«, sagte er erleichtert.

Ihn kostete das nichts. Weder Geld noch Skrupel! Er war glücklich und dankbar, dass sie sein Kind tötete! Ja, tötete! Er war keinen Deut besser als jeder Mörder. Sie unterdrückte den Hass, der in ihr aufstieg. Dieses kleine Würmchen hatte ihm nichts getan. Aber es war eine Bedrohung für ihn und seine verdammte Lydia, und deshalb sollte es sterben, wenn es nach ihm ging. Doch es ging nicht nach ihm! In diesem Spiel galten einzig ihre Regeln.

Wieder atmete Julia durch. Mit kühlem Kopf agieren. Das war die Devise des Abends und der folgenden Nacht. Inzwischen hatte er eine weitere Ladung Nüsse eingeworfen und griff endlich nach dem Wein. Hoffentlich fiel ihm der Geschmack nicht auf. Mit angehaltenem Atem beobachtete sie, wie er mit einem großen Schluck die Nüsse hinunterspülte, einen zweiten nahm und das Glas abstellte.

Er hatte nichts gemerkt. Es war gutgegangen. Ein paar Minuten brauchte sie noch und lenkte das Gespräch auf den angeblichen Termin am Dienstag. »Nach der Abtreibung darf ich nicht Auto fahren. Ich würde ja meine Mutter bitten. Aber es ist besser, wenn sie nichts davon weiß. Sie könnte sich verplappern. Kannst du mich abholen?«

»Ja, natürlich. Ich fahre dich auch hin. Um wie viel Uhr ...« Mit der Hand fuhr er sich über die Augen. »Um wie ... viel ...«

Besorgt sah sie ihn an. »Ist dir nicht gut, Ben?«

»Nur ein wenig schwindlig. Liegt sicher an ... an der Darmgrippe. Wein ist da wohl nicht das Richtige.«

»Leg dich doch ein paar Minuten aufs Sofa. Ich hole dir ein Glas Wasser.«

Schwankend erhob er sich. Sie half ihm zur Couch. Als sie mit dem Wasser, in das sie die zweite Dosis Ketamin gerührt hatte, aus der Küche kam, war er bereits völlig weggetreten. Das Glas stellte sie vor ihn auf den Tisch. Unwillkürlich würde er danach greifen, sobald er aufwachte, und dann noch eine weitere Runde im Reich wirrer Träume verbringen. Er saß in der Falle und hatte keine Ahnung. Es konnte losgehen.

3

Dottergelb stieg die Sonne über die Dächer der Stadt und tauchte München in ein sanftes Morgenlicht. Durch den Münchener Hauptbahnhof zog zu dieser frühen Stunde ein frischer Wind. Julia fühlte sich völlig zerschlagen. Seit beinahe vierundzwanzig Stunden hatte sie kein Auge zugetan. Alles wirkte unwirklich und fremd auf sie. Als ob eine Glasscheibe sie von der Wirklichkeit trennte.

Sie trug noch dasselbe Kleid wie gestern, allerdings andere Schuhe. Das Paar von gestern hatte anderweitige Verwendung gefunden. Eine blutbesudelte Sandalette lag gut versteckt im Hof der Brauerei, ganz in der Nähe der Müllcontainer, die am Montagmorgen geleert wurden. Wenn ihr Plan aufging, würde man sie erst in einigen Tagen finden. Die andere war auf dem Weg nach München in einem Mülleimer gelandet. Wie die leeren Blutröhrchen, die Weinflasche, das Glas und die Ketaminampullen samt Verpackung, die sie und Renate auf mehrere Container verteilt hatten.

Ihre Mutter öffnete das Schließfach und zog den Koffer hervor, den sie gestern dort verstaut hatte. Er enthielt alles, was Julia für die erste Zeit benötigte. Nichts fehlte in ihrer Wohnung. Auch die Handtasche war neu. Ihre lag auf der Ablage im Flur. Zusammen mit den Papieren und dem Autoschlüssel für den Panda, der an seinem Platz in der Tiefgarage stand. Alles war da, nur Julia nicht. Und auch ihr Schlüsselbund fehlte. Zusammen mit zwei blutigen Messern aus dem neuen Messerblock und einer Rolle Müllbeutel, die ein blutiger Teilabdruck von Bens Hand zierte, lag er in einer Plastiktüte, die Renate im Wochenendhaus der Jacobys versteckt hatte.

Einige Blutspritzer hafteten an Bens Hose und ein paar im Kofferraum seines Autos. Der größte Teil des Blutes befand sich allerdings in der Küche. Es war hinter die schlampig angebrachte Sockelleiste der Einbaumöbel gelaufen. Das war nicht geplant gewesen, aber es spielte ihnen in die Hände. Die Lache wirkte sehr eindrucksvoll und ließ keinen Zweifel daran zu, was in dieser Küche passiert war. Den Boden hatte sie geputzt. Nicht wirklich gründlich. Ein paar Spritzer am Stuhlbein, einer am Herd. Die Polizei würde sie nicht übersehen, ebenso wenig wie die blutigen Putzlappen im Müllcontainer, der erst am Donnerstag geleert wurde. Den letzten Rest von Blut hatte Renate im Schuppen des Wochenendhauses auf Boden und Hackklotz gekippt, mit der Axt, die dort herumlag, etliche Male darauf eingeschlagen und mit einem Eimer Wasser halbherzig weggeschwemmt, bevor sie die Axt im Wald hinter dem Schuppen verscharrt hatte, nicht wirklich tief. Man würde sie finden.

Bens Brief lag im Schlafzimmer in der Kommode. Ein weiterer Brief lag auf dem Couchtisch. Er war für ihn bestimmt. Darin schrieb Julia, dass es ihr nicht gelungen war, ihn zu wecken. Sie sei zu ihrer Mutter gefahren und übernachtete dort. Er sollte die Tür einfach zuziehen, wenn er ging, und sie am Dienstag um acht abholen.

Diesen Brief hatte Ben ganz sicher nicht eingesteckt. Lydia könnte ihn finden. Renate würde ihn später holen und vernichten.

Sie waren schneller fertig geworden als gedacht. Da sie das Risiko nicht eingehen wollten, gesehen zu werden, hatten sie die Zeit bis zum Morgengrauen in Renates Leihwagen auf einem Waldweg verbracht. Julia hatte kein Auge zugetan und fühlte sich wie gerädert.

Mit dem Koffer ging sie nun auf die Bahnhofstoilette und zog sich um. Jeans, Poloshirt und Turnschuhe. Die Haare fasste sie zu einem Pferdeschwanz zusammen und setzte die Brille mit Fensterglas auf, die Renate besorgt hatte. Keine wirkliche Verkleidung und dennoch ein völlig anderer Typ. Erst recht ohne Make-up, ohne das sie normalerweise nie das Haus verließ. Ihre aktuelle Erscheinung entsprach dem Passbild, für das sie diesen Look erstmals angewandt hatte. Aus der schicken und stets nach der letzten Mode gekleideten Julia war die graue Maus Marie geworden. Geringer Aufwand, große Wirkung. Sie hatte ein Allerweltsgesicht. Endlich kam ihr das mal zugute.

Renate reichte ihr die Handtasche. Darin waren die neuen Papiere, die Fahrkarte, einige tausend Mark Bargeld und die Adresse des kleinen Hotels in Marseille, in dem ein Zimmer reserviert war.

Der Zug nach Paris fuhr in einer Viertelstunde. Sie tranken Kaffee an einem Stehimbiss, dabei kam kein richtiges Gespräch in Gang. Eine erschöpfte Befangenheit bemächtigte sich ihrer. An einem Kiosk besorgte

Julia schließlich noch ein paar Illustrierte, eine Tafel Schokolade und eine Flasche Wasser. Dann war es Zeit für den Abschied.

Während sie den Bahnsteig entlanggingen, wurde die trennende Glaswand Schritt für Schritt dünner, löste sich auf, bis Panik in Julia aufstieg. Sie machte das wirklich! Sie zahlte es Ben heim. Und wie!

Ihre Schritte wurden langsamer, bis sie schließlich stehen blieb. »Mama, ich weiß nicht ... Das geht doch zu weit. Sollen wir nicht ... Ich meine, noch ist es nicht zu spät. Wir können es noch abblasen.«

Renate griff nach Julias Hand. »Hast du vergessen, was er dir angetan hat? Er hat dich behandelt wie eine Nutte. Er hat es verdient.«

»Aber er wird ins Gefängnis kommen.«

»Na und? Es geschieht ihm recht. Hätte er sich anständig verhalten, würde ihm das nicht passieren. Außerdem, hast nicht du gesagt, dass er nicht besser ist als jeder Mörder? Er will, dass du sein Kind tötest.«

»Ja ... schon. Aber ...« Doch Mama hatte recht. Ben war ein Ungeheuer, ein Monster. Wie konnte er nur wollen, dass sie diesem süßen kleinen und völlig unschuldigen Geschöpf, das in ihr heranwuchs, das Leben nahm? Bei dem Gedanken daran stiegen Julia die Tränen in die Augen. Unwillkürlich legte sie die Hand auf den Bauch, als müsste sie das Kind in sich vor Bens Gewalttätigkeit schützen.

»Siehst du«, sagte ihre Mutter. »Und Mörder gehören in den Knast.«

Aber es war so endgültig. Wenn sie in diesen Zug stieg, gab es kein Zurück mehr. Obwohl? Vor Montagabend würde die Polizei nicht nach ihr suchen. Beinahe drei

Tage Bedenkzeit blieben ihr also noch. Sie konnte immer noch umkehren.

»Wir müssen das ja nicht bis zum bitteren Ende durchziehen«, sagte Renate. »Aber den ersten Schreck sollten wir ihm gönnen.«

Ja, den ersten Schreck, wenn die Polizei kam, wenn seine Affäre aufflog. Wenn er unter Verdacht geriet und Lydia ihren Krempel packte und ihr Kind nahm und sich auf und davon machte. Ja, das gönnte sie ihm. Aus tiefstem Herzen.

Sie umarmten und verabschiedeten sich. Julia suchte ihren reservierten Platz und verstaute den Koffer. Mama winkte. Der ICE fuhr an. Es erschien ihr so unwirklich. Sie zog das tatsächlich durch!

Doch, den ersten Schreck sollte Ben spüren. Er sollte sie verlieren, seine Lydia, diese hässliche fette Frau, die er ihr vorzog und ohne die er angeblich nicht leben konnte. Er würde es müssen. An das, was danach kam, wollte sie jetzt lieber nicht denken. Sie musste abwarten, und wenn sie wollte, konnte sie das jederzeit beenden.

Julia lehnte sich im Sitz zurück und legte die Hand auf den Bauch. Eine Geste, die ihr mittlerweile in Fleisch und Blut übergegangen war. Wenn sie Ben schon nicht haben konnte, so hatte sie doch etwas von ihm, das er ihr niemals nehmen konnte. Sein Kind.

München.

Oktober 2014.

1

Als Fi sich am nächsten Morgen über Funk bei Frank einsatzbereit meldete, verpasste er ihr eine Abfuhr. Beim Radlkurier sollte sie sich nur noch ein einziges Mal blicken lassen, nämlich, um Funkgerät und Bagjack abzuliefern, danach nie wieder.

Er hatte das tatsächlich ernst gemeint! Okay. Dann war das so. Was nun? Auf alle Fälle brauchte sie einen neuen Job. Aber nicht gleich. Außerdem konnte sie sich wirklich mal die Aufnahmekriterien der Filmhochschule angucken. Angucken verpflichtete schließlich zu nichts.

Auch das hatte Zeit. Es war ein goldener Oktobertag. Oma Charlottes Spruch vom geschenkten Tag fiel Fiona wieder ein. Genau! Sie würde diesen herrlichen Tag einfach genießen und mit einem zweiten Frühstück an der Isar beginnen. Vielleicht wurde ihre Laune so besser. Auf dem Weg in die Isarauen hielt sie bei einer Bäckerei und kaufte sich eine Quarktasche und einen Coffee to go. Damit lehnte sie sich an einen angeschwemmten Baumstamm, der in der Nähe der Wittelsbacherbrücke am kiesigen Ufer lag. Die Isar floss hurtig vorüber. Jogger trabten auf dem Weg vorbei. Ein Hund lief ins Wasser und schüttelte sich, als er wieder herauskam. In einem Baum krakeelte ein Vogel.

Wieso hatte sie derart grottenschlechte Laune? War doch ein herrlicher Tag. Eigentlich. Wenn man mal davon absah, dass Darcy sich vom Acker gemacht hatte. Fi beschloss, jeden Gedanken an ihn aus ihrem Hirn zu verbannen. Das war es gewesen. Vielleicht auch nicht. Gut möglich, dass er Abbitte leistete. Lächelnd warf sie ein paar Steine ins Wasser.

Warum rührte die Schneider sich nicht? Fi wählte ihre Nummer. Die Mailbox sprang an. »Hallo Frau Schneider. Fiona Jacoby. Ich wüsste gerne, wie es steht.«

Sie steckte das Handy ein und schloss die Augen. Vermutlich würde die Schneider nicht zurückrufen. Sie hatte den Fall längst ad acta gelegt. Ben war ja bloß ein Mörder. Um so einen war es nicht schade. Diesen Fall konnte man links liegenlassen. Es gab allerdings jemanden, den diese Kripotussi nicht ignorieren konnte, den Big Boss und Mister Wichtig der Antonius-Bräu AG. Ludwig wusste sicher längst, wie der Staatsanwalt entschieden hatte.

Wieso bekam sie ihr Leben nicht auf die Reihe? Andere schafften das doch auch. Andere hatten es aber auch leichter. Denen wurde alles auf dem Silbertablett serviert. So wie Onkel Ludwig. Wenn es nach Opa Konrad gegangen wäre, hätte Ben die Brauerei geleitet. Doch der wollte erst nicht, dann konnte er nicht, also hatte Ludwig diesen Posten bekommen. Silbertablett eben. Es ging nun mal nicht gerecht zu in dieser Welt. Wer das erwartete, war entweder naiv oder ein romantischer Träumer.

Fi warf einen weiteren Stein ins Wasser. Weg war er. Genau wie Ben. Er war einfach aus ihrem Leben verschwunden. Noch immer war sie deswegen wütend auf ihn. Und wenn er nun wirklich kein Mörder war?

Das iPhone klingelte. Fi zog es hervor. Yvonne Schneider meldete sich. »Hallo Frau Jacoby. Ich habe keine guten Neuigkeiten für Sie. Der Staatsanwalt hat eben entschieden, die Ermittlungen einzustellen. Es gibt keinen Hinweis auf Fremdverschulden.«

»Das ist ja keine Überraschung. Das wollten Sie ja von Anfang an.«

Fi hörte, wie die Kommissarin durchatmete. »Ich hatte Ihnen zugesagt, eine zweite Meinung einzuholen, und das habe ich gemacht. Professor Nowak, der Vorgesetzte von Dr. Herzog, hat sich die Ergebnisse der Obduktion angesehen, nachdem der Bericht auf sehr wundersame Weise wieder aufgetaucht ist. Ich nehme an, Sie wissen, dass er im Institut vermisst wurde.«

Hoppla! Glatteisgefahr! Die Schneider konnte also auch sarkastisch sein. Sieh mal an. »Der Boss von Dr. Herzog also. Und das nennen Sie zweite Meinung? Er ist parteiisch. Er wird seinen Untergebenen nicht im Regen stehen lassen.« Fi hörte ein weiteres Schnaufen durchs Telefon. Offenbar kostete sie die gute Frau den letzten Nerv.

»Die Ermittlung ist abgeschlossen. Jetzt kann ich Klartext mit Ihnen reden«, sagte Yvonne Schneider schließlich. »Es ist ja nicht so, dass wir mit hundertprozentiger Sicherheit wissen, was an jenem Abend geschehen ist. Wir interpretieren Fakten. Auf Vermutungen kann kein Staatsanwalt eine Anklage aufbauen. Wir haben ermittelt, was wir ermitteln konnten. Doch die Spurenlage gibt nichts her, und die Zeugenaussagen ebenso wenig wie die Befragungen im persönlichen Umfeld.«

»Das heißt, Sie wissen gar nicht, ob mein Vater nicht doch erschlagen wurde?«

»Wir schließen es aus. Es kann in diesem Fall keine absolute Gewissheit geben. Ihr Vater war am Unglückstag allein im Haus. Jedenfalls soweit wir wissen. Es existieren keine Zeugen und keine Spuren, die gegen einen Unfall sprechen. Es gibt kein Motiv weit und breit. Und die Rechtsmediziner gehen mit hoher Wahrscheinlichkeit von einer Sturzverletzung aus.«

Mit hoher Wahrscheinlichkeit. Super! Sie wussten es also gar nicht. »Was ist mit diesem Oleg, dem Knastkumpel, der eine Zeitlang bei Ben gelebt hat?«

»Er ist vor zwei Wochen in eine Schlägerei geraten und liegt seither im Koma. Er kann also nichts damit zu tun haben.«

Das überraschte Fiona. Nicht die Schlägerei, sondern dass die Schneider ihn aufgestöbert hatte. Sie war gründlicher als gedacht. »Und die letzten Worte meines Vaters? Er hat gesagt, dass er kein Mörder ist …«

»Das haben Sie mir aber erst gestern erzählt. Warum nicht gleich?« Die Schneider machte eine Kunstpause. »Weil Sie selbst ihm nicht geglaubt haben«, vollendete sie ihren Gedankengang, als Fi nicht antwortete. »Und da erwarten Sie, dass ich das tue? Natürlich habe ich mir den alten Fall angesehen. Es gab keinen anderen Tatverdächtigen. Es gab keine Unklarheiten. Soweit ich das beurteilen kann, war das eine stringente Beweisführung. Verheddern Sie sich nicht in einer Verschwörungstheorie, sondern akzeptieren Sie, dass Ihr Vater unglücklich gestürzt ist. Das ist mein Rat. Und im Übrigen leben wir in einem Rechtsstaat. Sie können Akteneinsicht beantragen. Bei uns ist niemand gezwungen, sich Informationen auf illegale Weise zu beschaffen.«

Diese Spitze hatte natürlich noch sein müssen. Fi verabschiedete sich und legte auf.

Eine dumpfe Leere breitete sich in ihr aus wie ein großes Vakuum. Genau. Sie lebte in einem Rechtsstaat. Da konnte man doch nicht so einfach über den gewaltsamen Tod eines Menschen hinweggehen. Doch Ben galt ja selbst als Gewalttäter. Es war egal. Er war ja nur ein Mörder. Und sie das Mörderkind. Wie kam sie dazu, Aufklärung und Gerechtigkeit zu erwarten? Ein Mörder hatte dem anderen den Schädel eingeschlagen. Einer weniger. Um den war es doch nicht schade! Sollte diese Fiona Jacoby sich mal nicht so anstellen. Wie anmaßend von ihr, Ermittlungen zu verlangen. Sie sollte besser den Mund halten. Ab in die Ecke mit ihr, zum Schämen!

Fi ließ sich gegen den Baumstamm sinken. Etliche Steine landeten im Wasser. Etwas wollte ihr wieder einmal den Boden unter den Füßen wegziehen. Sie holte das iPhone hervor, suchte Trost in ihren Filmchen. Die feinen Blutstropfen an ihrem Unterarm, die zurück ins Gewebe sickerten, die Haut, die sich schloss. *If you're travelin' in the North Country fair where the winds hit heavy on the borderline. Remember me to one who lives there …* Das schmerzhafte Ziehen wollte sich nicht einstellen. Dieses Sehnsuchtsvolle, das ihr Hoffnung und Trost vorgaukelte, die Illusion, dass alles gut werden könnte. Irgendwann. Sie spürte es nicht. Sie fand keine Hoffnung in sich. Nur Wut.

Sie schwang sich aufs Rad und brauste los. Wie eine Verrückte raste sie an der Isar entlang, durch die Pupplinger Au bis Wolfratshausen. Voll konzentriert aufs

Tempo, auf die Atmung, auf die brennenden Muskeln. Kein Platz für Ben, kein Gedanke an Darcy, kein Raum für Pläne. An der Filmhochschule würde man sie mit ihren Filmchen sowieso nicht nehmen. Auslachen würde man sie. Kein Blick auf den rauschenden Fluss, auf die hügelige Landschaft, auf das Grün der Wiesen und das Rot-Orange der Buchenwälder bei Schäftlarn, auf die schneebedeckten Alpengipfel. *Ich bin kein Mörder.* Dreißig Kilometer in einer Stunde zehn. Nicht schlecht. Bei einer Wirtschaft stürzte sie einen Liter Wasser hinunter, kaufte sich eine Flasche und schwang sich wieder aufs Rad. Denselben Weg zurück in eins drei. Sie hielt nicht an, raste weiter am Fluss entlang, weiter Richtung Norden, Richtung Freising.

Wieso denn Freising? Bei einer Staustufe kurz vor Ismaning ließ sie sich total ausgepowert ins Gras am Ufer fallen. Ihr Atem ging keuchend. Was wollte sie denn in Freising? Das schmerzhafte Ziehen war plötzlich da.

Darcy. Mit ihm würde sie jetzt gerne reden, ihren Mülleimer vor ihm auskippen. Sollte er sich das doch mal ansehen. Vielleicht fiel ihm ja etwas dazu ein. Sie stellte sich vor, wie er ihren Müllberg zu ordentlichen Häufchen sortierte und wie er sie in den Arm nahm und tröstete.

Ging es noch! Was dachte sie denn da für einen Schwachsinn! Das Ziehen wurde stärker, ließ die Beine so bleischwer werden wie jeden Gedanken. Doch. Genau. Das wollte sie. Sich bei Darcy ausheulen. Er sollte sie in den Arm nehmen. Aber er hatte sich verpisst, genau wie sie es gewollt hatte. Alles prima heute! Wirklich.

2

Zum Teufel mit Darcy. Sie war eine Kämpferin, und ihr Treibstoff war die Wut. Die Ermittlungen mussten wiederaufgenommen werden. Dafür brauchte sie neue Fakten. Etwas, das die Schneider nicht gefunden hatte. Wer war der Brandsachverständige? Mit ihm sollte sie reden. Doch sie hatte kein Netz.

Fiona schwang sich aufs Rad und fuhr zurück Richtung München, bis ihr iPhone Empfang hatte. Sie setzte sich auf eine Bank am Ufer, ging online und googelte die Nummer der Freiwilligen Feuerwehr in Freising. Es dauerte, bis sich jemand meldete. Fi stellte sich vor, fragte, wer der Brandsachverständige im Fall Jacoby war, und holte sich eine Abfuhr. Da könnte ja jeder kommen und behaupten, ein naher Verwandter zu sein. Und schon wurde aufgelegt.

Klasse! Fiona schickte einen stillen Fluch gen Norden und rief Ludwig an. »Hallo Onkel Ludwig. Du hast sicher schon gehört, dass die Polizei die Ermittlungen eingestellt hat.«

»Ich habe es heute Vormittag erfahren. Nun haben wir Gewissheit.«

»Irrtum. Ich glaube nicht an den Unfall. Und wirklich sicher sind sie sich bei der Kripo auch nicht. Sie nehmen es nur an, weil sie das Gegenteil nicht beweisen können. Gibst du mir den Namen und die Nummer des Brandsachverständigen? Ich muss mit ihm reden.«

»Ach, Fiona. Warum vertraust du den Ermittlungsbehörden nicht?«

Sie erklärte es Ludwig: Pauls Spruch. Das Verletzungsbild. Die Hutkrempenregel. »Dr. Herzog sagt, dass der Schädelbruch von einem Sturz stammt. Meine Meinung und die eines der Sektionsgehilfen ist aber, dass jemand Ben erschlagen hat. Vermutlich mit dem Schürhaken. Wenn ich neue Beweise finde, muss die Schneider die Akte wieder öffnen. Deshalb will ich mit dem Brandsachverständigen reden.«

Ludwig atmete hörbar aus. »Das ist doch absurd. Ein Sektionsgehilfe und du. Ihr wollt schlauer sein als die Fachleute? Du machst dich lächerlich. Und jetzt entschuldige mich, ich habe einen Termin.« Zack und aufgelegt.

Das war jetzt nicht wahr. Fi starrte in den Himmel. Weiße Wolken zogen darüber wie dicke Wale. Das iPhone begann zu klingeln. Fi sah aufs Display und lächelte. *Darcy.* »Du traust dich wirklich was. Einfach wieder anzurufen, nach deinem filmreifen Abgang.« Ein Grinsen stahl sich in ihre Mundwinkel. Sie ahnte, was er wollte. Er war echt nett. Wer konnte das schon, sich entschuldigen?

»Es tut mir leid, Fi. Ich muss mich bei dir entschuldigen.«

»Haben sie den verschlampten Bericht endlich gefunden? Und ich werde jetzt rehabilitiert?« Es gelang ihr nicht, so vorwurfsvoll zu klingen, wie sie wollte.

»Die Mitarbeiterin von Dr. Herzog hatte ihn wohl falsch abgelegt.«

Ja, genau. Unter M statt J. Aber es war die Putzfrau. »Echt jetzt.«

»Ich dachte wirklich, dass du die Akte geklaut hast. Zuzutrauen wäre es dir ja.«

Wenn Darcy sie so sehen könnte. Das Grinsen wurde immer breiter.

»Entschuldigung angenommen?«

»Ne, Darcy. Das geht nicht.« Es gelang ihr nicht, das Kichern länger zu unterdrücken. »Sorry. Du hast ja recht. Ich sollte mich eher bei dir entschuldigen und bei Paul. Ihr beide habt was gut bei mir.«

Eine Sekunde verblüfftes Schweigen. »Du warst das also tatsächlich.« Die Tonlage wechselte von zerknirscht zu vorwurfsvoll. »Du lügst mir eiskalt ins Gesicht, und ich Idiot falle darauf herein.«

Im Gegensatz zu ihr konnte er darüber nicht lachen. Er war wirklich sauer. »Du hast mich richtig eingeschätzt. Sei doch stolz auf deine Menschenkenntnis.« Wieso kannte er sie so gut? Wie machte er das? Sah einfach in die Menschen hinein. »Ich konnte dir den Bericht nicht geben. Auf Ärger mit der Polizei bin ich nicht so wild. Deshalb habe ich ihn selbst zurückgebracht.«

»Du hast wirklich ein Rad ab.«

»Musst du immer alles so eng sehen?«

»Und du so locker?«

»Ich bin halt so.« Es war Zeit, das Thema zu wechseln. »Du sag mal, du weißt doch sicher, welcher Brandsachverständige das Gutachten erstellt hat.«

»Ich könnte es herausfinden.«

»Tust du das für mich?«

»Warum sollte ich? Du benutzt die Menschen, wie es dir grad in den Kram passt. Du hast doch sicher noch ein paar *Freunde*, die dir helfen können. Ich jedenfalls nicht. Und ich sage jetzt nicht: Man sieht sich.« Und weg war er.

Heute war der Tag der abrupt beendeten Telefonate. Aber wirklich. Ratlos starrte Fi auf das iPhone, während ihr kalt wurde. Wie er das Wort *Freunde* ausgesprochen hatte, sagte alles. Kerle, mit denen du im Bett warst und die du dann eiskalt zum Kumpel degradiert hast. Mit mir spielst du dieses Spiel nicht. Das war es, was Darcy eigentlich gmeint hatte.

Okay. Dann war das so. Das konnte sie jetzt auch nicht ändern. Shit! Auf diesen Schrecken brauchte sie Musik. Sie stöpselte sich die Ohren zu und schwang sich aufs Rad. *Fill my head with the future. Fill my eyes with the sky. Whole of my life I've been left behind. But I've never felt more alive.*

Im wütenden Takt der Musik trat sie in die Pedale. *I've never felt more alive.* Das würde sie jetzt nicht unbedingt unterschreiben. Sie fühlte sich so mies wie schon lange nicht mehr. Richtig elend. *Du hast doch sicher noch ein paar* Freunde, *die dir helfen können.*

Es war besser, Darcy zu vergessen. Guter Plan. Wie kam er dazu, sich derart in ihr Leben einzumischen! So wie Sonntagnacht. *War es ein Unfall oder … Ich meine, hat sie das absichtlich getan?*

I can taste it. In my mouth it's just so bitter sweet.

Dann ist die Botschaft, die bei dir angekommen sein muss, die, dass sie dich nicht geliebt hat. Du warst es nicht wert, dass sie deinetwegen am Leben blieb.

And I walked away hurt, but I've never felt more alive.

Du warst es nicht wert, dass sie deinetwegen am Leben blieb.

Fi zog beide Bremsen gleichzeitig und schmiss das Bike ins Gras. Auf der Brücke über ihr brauste ein Güterzug Richtung Westen. Neben ihr floss die Isar hurtig dahin. Sie zerrte das iPhone erneut hervor. Heute war der Tag der Wahrheiten und Schlussstriche.

»Hallo Fiona.« Sabine schien überrascht, schon wieder von ihr zu hören.

»War es ein Unfall, oder hat sie sich umgebracht?«

Eine Sekunde verblüffte Stille. »Du meinst Lydia.«

»Unfall oder Selbstmord? Ich will das wissen.«

»Fiona, das ist ... Puh. Also, das kommt ein wenig unerwartet.«

Okay. Sie hatte es ja ohnehin geahnt. »Selbstmord also. Warum habt ihr mir das nie gesagt?«

»Ach Gott, Fiona. Wie denn? Das kann man einem Kind doch nicht sagen.«

»Was ist mit einem Abschiedsbrief?«

»Liebes, vielleicht ist es besser, das nicht am Telefon zu besprechen.«

Natürlich gab es einen. Sonst könnten sie nicht sicher sein, dass Lydia es absichtlich getan hatte. »Wo ist er? Ich will ihn sehen.«

Sabine schwieg.

»Ich will ihn sehen!«

»Konrad ... Also dein Opa ... Er hat ihn vernichtet.«

Sabines Worte trafen sie wie ein Schlag. »Was! Warum denn! Geht's noch! Ihr habt Mamas letzte Worte im Klo runtergespült!«

»Nicht wir. Er. Du weißt doch, wie er zu Lydia gestanden hat. Aus seiner Sicht war sie an allem schuld.«

»Mama? Was ist denn das für ein Mist! Ben. Ben ist an allem schuld. Er hat diese ganze Scheiße angerührt! Der Brief … Hast du ihn gesehen? Stand da was über mich?« Mit einem Mal war ihr so bang zumute, wie zuletzt als kleines Kind.

Ein entschlossenes Durchatmen drang an Fis Ohr. »Es ist wirklich keine gute Idee, das am Telefon zu besprechen.«

»Warum denn? Denkst du, ich kann mit dieser Wahrheit nicht umgehen und werfe mich vor den nächsten Zug? Ich weiß es eh. Sonst könntest du es mir jetzt sagen. Ich komme in dem Brief gar nicht vor.«

»Doch. Natürlich, Fiona«, beeilte Sabine sich zu sagen. Ein wenig zu schnell und zu eifrig. »Wie kommst du nur auf eine solche Idee? Sie hat geschrieben, dass sie dich liebt.«

Es war eine barmherzige Lüge. So viel war klar.

»Ja, sicher. Ciao, Tante Sabine.«

Fiona setzte sich ins Gras.

Du warst es nicht wert, dass sie deinetwegen am Leben blieb. Darcy hatte voll ins Schwarze getroffen.

3

Kurz nach zehn war das X-Cess brechend voll. Fiona schob sich durch die Menge Richtung Bar. Etwas an ihr war falsch. So schrecklich falsch. Dampfende Hitze, warme Leiber. Überall. Lachen und Gesprächsfetzen. Der Sound der Neunziger waberte wie eine Gewitterwolke über allem. Im X-Cess legten die Gäste auf. Heute war ein Pärchen der Generation Fünfzig plus an die Plattenspieler geraten. Vor einer halben Stunde hatten sie einen Song gespielt, den Fi nicht kannte. Doch einige Zeilen hatten sich in ihr Hirn gebohrt, spielten dort weiter und weiter und weiter. *But you see, it's not me, it's not my family. In your head, in your head they are fighting.*

Das Rot der Wände wurde vom Licht reflektiert. Eine glühende Hölle. Ihr Shirt war verschwitzt. Die Strumpfhose hatte sie längst auf der Toilette ausgezogen. Nackte Beine, schwarze Ledershorts. Peeptoes. Heute war nicht Tanzen angesagt. Sie brauchte dringend noch ein Bier und knuffte und drängelte sich weiter Richtung Tresen vor. Ein Kerl, dem sie den Ellenbogen in den Rücken rammte, drehte sich um, wollte sie anfauchen, was ihr denn einfiel. Dann geschah, was oft geschah. Rascher taxierender

Blick. Wow! Geiles Schnittchen. Statt rüder Worte interessiertes Lächeln. Sah passabel aus, der Kerl. Hatte was von gemütlichem Teddy und sicher ein Problem beim Aufreißen der Mädels. Heute war seine Glücksnacht. Nur wusste er das noch nicht. Eine Sekunde sah sie ihm in die Augen, dann drängelte sie weiter. *But you see, it's not me, it's not my family.*

Bis sie sich endlich zum Tresen vorgearbeitet hatte, war bei Teddy der Groschen gefallen. Er hatte kapiert, welch einmalige Chance sich bot, und holte sie ein. »Ganz schön voll hier«, brüllte er ihr ins Ohr. Ach? Das war ihm tatsächlich aufgefallen. Sie zuckte mit den Schultern. »Darf ich dir einen Drink spendieren?« Das war ja mal ein guter Plan. Also nickte sie. *But you see, it's not me, it's not my family.* Etwas an ihr war falsch. So schrecklich falsch. »Cucumber-Gin-Tonic.«

Er orderte zwei. Mit den Drinks wühlten sie sich an den Rand des Gedränges, wo es theoretisch Sitzgelegenheiten gab und man eher eine Chance hatte, sich zu unterhalten. Sie lehnten sich an die Wand und stießen an. Teddy hatte kalte Augen. »Martin. Und du?«

»Penelope. Du kannst mich Peny nennen.«

»Wie Penélope Cruz?« Sein Blick wanderte runter zum Busen und zog Vergleiche.

»Ne, wie die Frau von Odysseus. Tragische Familiengeschichte. Ich nenne dich Teddy.« *But you see, it's not me, it's not my family.*

Griechische Mythologie war nicht seine Stärke. Er flüchtete sich in Smalltalk. Sie hörte nur mit halbem Ohr zu, lachte hoffentlich an den richtigen Stellen. Martin fand sich ganz toll. Machte irgendwas mit Wirtschaft. Er holte eine zweite Runde Drinks. In der Zwischenzeit ergatterte sie hinter der Säule zwei Plätze auf der Holzbank, die sich am Rand des Raums entlangzog. Teddy drückte ihr das Glas in die Hand und setzte sich neben sie, rückte ihr auf die Pelle und laberte weiter, wie wichtig er war. Sie gab sich weiter die Kante. Zwanzig Jahre alter Discosound erfüllte das X-Cess. Ein grauenhafter Ohrwurm vertrieb vorübergehend die Dauerschleife aus ihrem Hirn. Sie war beinahe dankbar dafür. *Another night, another dream, but always you. It's like a vision of love that seems to be true. Another night, another dream, but always you.*

»Keinen guten Tag gehabt?«

Wer hatte das gefragt? Suchend sah Fi sich um und sah in das kühle Blau von Teddys Augen. »Du bist so still.«

Das hatte er also mitgekriegt. »Passt schon. Alles prima heute.« Ein Kichern stieg in ihr auf, zerplatzte an der Oberfläche wie Proseccobläschen, bis sie sich schüttelte vor Lachen. »Alles gut. Wirklich«, sagte sie, als sie sich erholt hatte, die Lachtränen wegwischte und seinen irritierten Blick bemerkte. »Gin Tonic macht mich albern. Und leichtfinnig … äh … sinnig natürlich«, fügte sie hinzu. Botschaft angekommen? »Ich bin nun mal eher der stille Typ. Und wie war dein Tag so?«

»Anstrengend. Wie Messe eben so ist. Ich hab zwei tolle neue Kunden aufgerissen.« Teddy machte weiter auf Alphatier.

Alles prima. Wirklich. Job los. Keinen Plan, wie es weitergehen sollte. Ihr Vater war ermordet worden, doch das kümmerte niemanden. Darcy hatte sich verpisst, ganz wie sie es gewünscht hatte, und ihre Mutter hatte sich umgebracht. Sie hatte sie alleingelassen. Hatte sie im Stich gelassen. Hatte sie dieser Familie ausgeliefert. Der kalten Sabine, dem gleichgültigen Ludwig und dem wütenden Opa. *Du warst es nicht wert, dass sie deinetwegen am Leben blieb.*

Etwas an ihr war falsch. So schrecklich falsch. Darauf stoßen wir an. Alles prima. Fi hob das Glas und leerte es.

Die Leere in ihr dehnte sich zu einem schwarzen Loch, das sie verschlingen wollte. Teddys Hand lag mittlerweile auf ihrem Knie und wanderte langsam hoch zum Rand der Ledershorts. Ja, Teddy, das wird deine Nacht. Du hast Glück. Sie blickte in ihr leeres Glas. »Holst du mir noch einen?«

Er zögerte. Sie hauchte ihm einen Kuss auf die Lippen. Er machte gleich mehr daraus. Zog sie an sich und drängte seine Zunge in ihren Mund. Hallo, da wusste einer, was er wollte. Das gefiel ihr. Er würde nicht lange fackeln und gleich zur Sache kommen. Er würde sie einfach nehmen, bumsen, ficken, vögeln, bis sie diese ganze Scheiße vergaß und diese Leere in ihr implodierte. Und er würde gar nicht sie meinen. Sie gab es nämlich gar nicht. *It's not me.*

Seine Hand wanderte an der Innenseite des Oberschenkels weiter nach oben. Das bekannte Kribbeln legte sich zwischen die Beine und in den Bauch. Sie wies in ihr leeres Glas. Er nickte artig, sagte etwas und verschwand Richtung Bar. Er hatte verstanden. Abfüllen, und dann kannst du mit ihr machen, was du willst.

In ihrem Kopf drehte sich alles, sie lehnte ihn an die Wand und schloss die Augen. *But you see, it's not me, it's not my family.* Etwas an ihr war falsch. So schrecklich falsch. *Du warst es nicht wert, dass sie deinetwegen am Leben blieb.*

But you see, it's not me. It's not me. It's not me. Die Platte in ihrem Schädel hatte einen Sprung bekommen. *It's not me.* Teddy kehrte zurück. Sie stießen an. »Zu mir oder zu dir?« Er fragte das ganz unverblümt. Auch das gefiel ihr. Kein Herumgeeiere. Direkte Ansage. Seine Hand lag schon wieder auf ihrem Schenkel. Sie war schwitzig. »Kommt drauf an ...« Ups. Sie musste Luft holen. Der Raum begann sich zu drehen. Vorhin zwei Jägermeister zum Bier. War wohl keine so gute Idee gewesen. »... wo du wohnst«, vollendete sie den Satz.

»Im Motel One, gleich um die Ecke. Sagte ich doch schon.«

Hatte er das? Vermutlich. Richtig. Er hatte was von Messe gelabert. Fi stürzte den Drink hinunter. »Dann lass uns keine Zeit verlieren. Muss vorher aber noch für kleine Mädels.« *It's not me. It's not me!*

Schwankend steuerte sie die Treppe zu den Toiletten an. Die waren im ersten Stock. Verkehrte Welt. Aber echt jetzt! Holla! Vor ihr verschwamm alles zu einer rotglühenden Hölle. Ben steckte darin, mitten im Fegefeuer. Mama schwamm in ihrem Auto nebenher und ging langsam im Acheron unter. Oder war es der Styx? Egal.

Die Leute starrten sie an.

Kalter Schweiß perlte von ihrer Stirn. Bunte Lichtpunkte tanzten vor ihren Augen.

Das Pärchen Fünfzig plus hatte einen neuen Song aufgelegt. *My mother, my mother. She hold me, she hold me, when I was out there. My father, my father, he liked me, oh, he liked me. Does anyone care?*

Ihr wurde kotzübel. Sie wollte das nicht hören, hielt sich die Ohren zu und stolperte weiter die Stufen hinauf. Doch die Musik sickerte in ihre Gehörgänge. *My father, my father, he liked me, oh, he liked me. Does anyone care? Does anyone care?*

Mama! Papa! Tränen liefen ihr übers Gesicht. Ein Mädel starrte sie an und machte mit dem Handy ein Foto. Freakshow oder was? Ihr fehlte die Kraft, sich zu wehren.

Does anyone care? Does anyone care? Does anyone care?

Der Sturm, der in ihr tobte, verwandelte sich in ein weißes Rauschen, riss sie mit sich und nahm sie in seine Arme. Endlich Stille.

Jemand beugte sich über sie und schlug ihr ins Gesicht. »Hören Sie mich?«

Sie wollte nie wieder aufwachen. Erneut löste sich die Welt in einem funkelnden Weiß auf. *My father. My father. And he liked me. He liked me.*

Gleißendes Licht über ihr. Sie befand sich in einem rumpelnden weißen Kasten. Jemand tätschelte ihre Wange. »Hallo. Aufwachen.«

»Meine Mama. Sie hat mich geliebt.«

»Schön zu hören. Das freut mich für Sie. Was haben wir denn so alles getrunken heute Abend?«

4

Die Uhr über der Tür zeigte kurz vor fünf, als Fiona aufwachte. Sie lag in einem Nebenraum der Notaufnahme. Aus einem Beutel am Infusionsständer sickerte eine Flüssigkeit in ihre Venen, die den Kreislauf stabilisieren sollte. Keine Alkoholvergiftung, sondern ein Kreislaufkollaps. Den allerdings jede Menge Alk befördert hatte. Das hatte ihr die Ärztin erklärt. »Sich die Welt schöntrinken ist keine Lösung«, hatte sie hinzugefügt. »Trauen Sie sich in die Arena, packen Sie Ihre Probleme bei den Hörnern.«

Der Beutel war beinahe leer. Sie fühlte sich nicht mehr ganz so grauenhaft elend und wie ausgekotzt. Aber noch lange nicht wirklich gut. Armer Teddy. Außer Spesen nichts gewesen. Sie wollte ihren Mund zu einem Grinsen verziehen, doch es gelang ihr nicht. Sie schämte sich so entsetzlich, dass ihr ganz heiß wurde. Bei dem Versuch, einen wildfremden Kerl abzuschleppen, hatte sie sich bis zur Bewusstlosigkeit zugeschüttet. Und wozu? Damit er sie bumste. Damit sie alles vergaß, damit sie sich spürte. Sie war nicht besser als eine Nutte, purer Abschaum. Sie ekelte sich vor sich selbst. Wenn jemand sein Leben nicht im Griff hatte, dann sie, und sie verlor mehr und mehr die Kontrolle darüber. Sie schlidderte auf einen Abgrund zu und fand die Notbremse nicht. So konnte das nicht weitergehen. Was sollte sie nur tun? Etwas an ihr war so schrecklich falsch. Verzweiflung stieg in ihr auf.

Die Schiebetür wurde geöffnet, eine Schwester kam herein. Fi stellte sich schlafend. Jemand setzte sich auf die Bettkante und griff nach ihrer Hand. »Mensch Fiona, was machst du denn für Sachen?« Es war Bea.

Fi öffnete die Augen und zwinkerte die Tränen weg. »War echt too much, was gestern so alles passiert ist.«

»Meine Schicht ist um sieben vorbei. Dann nehme ich dich mit nach Hause, und wir reden darüber. Schlaf so lange.« Bea strich ihr über den Arm und verschwand wieder. Gute, liebe Bea. Eine echte Freundin.

Fi schlief tatsächlich wieder ein. Kurz nach sieben kam Bea in Zivil und half ihr beim Anziehen des Aufreißeroutfits. Diese superkurzen Shorts, die Highheels. Echt nuttig. Wieder stieg Scham in ihr auf. So konnte sie unmöglich in die Straßenbahn steigen. Ihr Geld reichte noch für ein Taxi.

Daheim angekommen, machte Bea Frühstück, während Fi unter die Dusche ging und sich kurz darauf im Jogginganzug an den Tisch setzte. Kaffee war genau das, was sie jetzt brauchte. Nach einem Becher fühlte sie sich besser. Bea drängte nicht. Sie wartete, bis Fi begann, von diesem tollen Tag gestern zu erzählen. Kein Job. Mit Darcy war es aus. Ob ihr Vater ermordet worden war, interessierte keinen, und dann hatte Opa auch noch Mamas Abschiedsbrief vernichtet. Ach ja, nicht zu vergessen: Ihre Mutter war nicht bei einem Unfall gestorben, sie hatte sich das Leben genommen. Nur hatte man ihr diese Wahrheit neunzehn Jahre vorenthalten. Angeblich, um sie zu schonen. *My mother, she liked me.* Plötzlich war er wieder da, dieser Song, der ihr gestern Nacht den Rest gegeben hatte und ihr auch jetzt wieder einen Klumpen im Hals verursachte.

»Okay. Das ist wirklich heftig. Aber Komasaufen hilft nicht«, meinte Bea.

»Ja, ich weiß.«

»Was willst du jetzt tun?«

Keine Ahnung. In die Arena gehen und den Stier bei den Hörnern packen? Eine Torera werden? Das klang eigentlich nach einem guten Plan. Sie war schließlich eine Kämpferin. »Einen neuen Job suchen. Das dürfte die leichteste Übung sein. Irgendetwas finden, das die Ermittlungen wieder in Gang bringt. Keine Ahnung, wie ich das bewerkstelligen soll. Opa in Grund und Boden brüllen, was für ein verdammtes Arschloch er ist. Wie kommt er dazu, den Abschiedsbrief meiner Mutter zu vernichten? Und Darcy vergessen. Sollte gelingen.«

»Ist echt Schluss mit ihm? Oder lässt sich das wieder kitten?«

»Er ist zu Recht stinksauer auf mich. Außerdem war da eigentlich nie etwas. Es war nichts Ernstes.«

»Das habe ich auch nicht wirklich angenommen.« Bea sah auf. »Wenn jemand Panik vor einer richtigen Beziehung hat, dann bist das du. So langsam würde es mich interessieren, wovor du solche Angst hast.«

Diese Feststellung traf Fi mitten ins Herz und erstickte für einen Moment jeden Widerspruch. »Ich will mich eben nicht binden. Jetzt noch nicht, jedenfalls. Später vielleicht. Das hat doch nichts mit Angst zu tun. Natürlich will ich irgendwann einen Mann und vielleicht sogar Kinder. Doch ich habe nun mal die Erfahrung gemacht, dass diejenigen, die vorgeben, dich zu lieben, dir früher oder später einen Tritt in den Arsch verpassen. Ich erspare mir vorerst weitere Enttäuschungen.«

»Wieso weitere?«, fragte Bea. »Du lässt doch niemanden an dich heran. Ich an deiner Stelle würde mich jedenfalls bei Darcy entschuldigen.«

Okay. Das konnte sie tun. Sie würde sich keine Blöße geben, wenn sie sich bei ihm entschuldigte. Grund genug dazu hatte sie jedenfalls. So viel stand fest.

Daher setzte Fi sich nach dem Frühstück an den PC, denn mit WhatsApp war diese Entschuldigung nicht zu bewältigen. Sie schrieb Darcy eine Mail.

Es tut mir leid, wenn du denkst, dass ich Menschen benutze. Ich verstehe allerdings, dass es für dich so aussieht. Es ist eher so, dass ich ein Problem habe, jemandem zu vertrauen. Mit meiner Mutter hast du übrigens ins Schwarze getroffen. Sie hat sich umgebracht. Tot ist nicht tot. Sarg ist nicht Sarg. Und Grab ist nicht Grab. Es ist ein Unterschied. Das habe ich jetzt kapiert. Ich war es nicht wert, dass sie für mich am Leben blieb. Genau, wie du gesagt hast.
Und du hast auch in diesem Punkt recht: Es war nicht einfach, als Tochter eines Mörders aufzuwachsen. Offenbar ist es so, dass ich inzwischen niemandem mehr abnehme, dass er mich mag und zu mir steht. Und ich weiß gar nicht mehr, wann das angefangen hat.

Oder doch? Sie kramte in ihren Erinnerungen. Wann hatte das begonnen? Gleich nach Bens Verurteilung? Oder schon während des Prozesses? Mit Katja jedenfalls. Mit ihrer besten Freundin. Mit dieser miesen Verräterin! Sie erinnerte sich an jenen Tag, als wäre es gestern gewesen.

Sie wacht auf. Schon nach sieben. Mama hat sie nicht geweckt. Gut, dann steht sie eben von alleine auf, sie ist ja schon groß, und geht ins Bad. Als sie in die Küche kommt, ist dort niemand. Sie sucht nach Mama und findet sie im Schlafzimmer. Weinend liegt sie im Bett.

Warum weint Mama denn? Was ist denn passiert? Doch sie traut sich nicht zu fragen. Sie ahnt, dass es etwas Schlimmes ist. Mit Papa. Er ist noch immer nicht zurückgekommen, obwohl er es doch versprochen hat. Bald, hat Mama gestern gesagt, als Fi fragte. Keiner sagt ihr etwas. Alle weichen aus. Hatte er noch immer Ärger mit der Polizei? Die Angst legt sich wie ein kalter Stein in ihre Brust.

»Mama, was ist denn?«

»Ach, Fiona, ich habe schreckliche Kopfschmerzen. Du bist doch schon groß. Kannst du dir selbst Frühstück machen?«

Fi weiß, dass ihre Mutter lügt, dennoch nickt sie. Natürlich schafft sie das. »Für dich auch?«

»Das ist lieb von dir. Aber ich habe keinen Hunger.«

Auch Fi ist er vergangen. Sie macht sich nur ein Pausenbrot. Ein ganz besonderes. Kein Salat, keine Tomate und keine Wurst. Da Mama es nicht sieht, streicht sie ganz dick Nutella auf die Scheiben und klappt sie zusammen.

Sie ist spät dran, drückt Mama einen Kuss auf die Stirn und rennt los. Als sie durchs Tor auf den Schulhof saust, werden die Kinder plötzlich ganz ruhig. Das Ameisengewurl kommt zum Stillstand. Alle starren sie an.

Was ist denn los? Der kalte Stein in ihrer Brust rutscht tiefer. Abrupt bleibt sie stehen. Hat sie eine rote Clownsnase auf, oder sind ihre Ohren plötzlich riesengroß geworden? Warum starren sie alle an? Suchend sieht sie sich um. Wo ist Katja? Sie steht bei Helga und Tamara. Wieso denn bei denen? Die beiden sind voll doof und gemein.

»Mörderkind«, zischt es hinter ihr.

Fi fährt herum. Wer war das? Simon grinst sie an. »Mörderkind«, sagt nun auch Thomas. Mareike und Irmi fallen ein. Das Zischeln wird lauter und vielstimmig. Alle machen mit. »Mörderkind. Mörderkind.« Der Stein in ihr wird größer und kälter, bis er sie ganz ausfüllt. Wieso sagen sie das? Sie versteht es nicht. Mörderkind? Papa? Ist Papa etwa ein Mörder? Langsam setzt sie sich in Bewegung, bis sie schließlich rennt. Zu Katja, ihrer besten Freundin, die schweigend am Rand steht und sich das ansieht.

Die Rufe werden lauter. Das Wort verfolgt sie, schwirrt sirrend durch die Luft. Abgeschossen aus geifernden Mündern. Es trifft sie wie Pfeile, wie Schläge und Tritte. »Mörderkind! Mörderkind!« Endlich erreicht sie Katja. Ihr Mund ist ein harter Strich. Helga und Tamara stehen schweigend neben ihr und grinsen. »Mörderkind.« Tamara sagt es, gefährlich leise. Es ist mehr ein Zischen. Helga wirft den Kopf in den Nacken und tut es Tamara gleich. »Mörderkind.« Gackernd lacht sie los. »Du Mörderkind!«

Hilfesuchend wendet Fiona sich zu Katja. Die sieht hinunter zu den Schuhspitzen. »Mörderkind!«

Fi schluckt die Tränen runter, bringt kein Wort hervor. Katja. Ihre beste Freundin. Sie versteht es nicht.

Mit einem Ruck hebt Katja den Kopf. »Genau das bist du: ein Mörderkind!« Sie streckt Fiona die Zunge heraus. »Lass mich in Ruhe. Mit einer wie dir habe ich nichts zu schaffen.«

Der Gong ertönt. Die drei wenden sich ab. In Fiona brennt es, als hätte sie Säure getrunken. Sie schämt sich so entsetzlich, möchte im Boden versinken, unsichtbar werden, einfach verschwinden. Sie will kein Mörderkind sein.

Fiona starrte auf den Bildschirm. Ich wollte nie das Mörderkind sein, schrieb sie. Aber das hat nichts mit Wollen zu tun. Das wird einem übergestülpt.

Sollte sie diese Mail wirklich abschicken? Ehe sie es sich anders überlegen konnte, klickte sie auf *senden*.

Der Song von gestern Nacht begann wieder in ihrem Kopf zu spielen. *My mother, she hold me.* Was war das für ein Lied, das ihr derart die Füße weggezogen hatte? Fi googelte und landete bei Youtube. Cranberries. *Ode To My Family.* Eine Ode. Ausgerechnet. Sie spielte den Song ab. Es war keine Lobeshymne auf eine Familie. Ganz im Gegenteil, die verzweifelte Bitte einer Tochter an ihre Mutter, sich nicht von ihr abzuwenden. *Do you see me? Do you like me? Does anyone care?*

Wie würde ihre Ode klingen? *My father, he liked me.* Ja, Ben hatte sie geliebt. Sieben Jahre lang, bedingungslos und voller Hingabe. Er war ein wunderbarer Vater gewesen, bis er alles kaputtgemacht hatte. *Ich habe ans Haben gedacht.* Das hatte Darcy gesagt. Eine glückliche kurze Kindheit, ja, die hatte sie gehabt. Wo war das starke selbstbewusste kleine Mädchen geblieben, das sie einmal gewesen war? Tief in ihr musste es doch noch irgendwo schlummern.

Selbstbewusst. Genau, das war sie gewesen. Sich ihrer

selbst bewusst und stolz und nicht wütend und verängstigt. Wut war das Gegenteil von Selbstbewusstsein. Wut war Abwehr und Angst und Ohnmacht. Aus ihr war eine wütende und verängstigte Kämpferin geworden, die alles abwehrte und von sich fernhielt, aus Angst, wieder verletzt zu werden.

Wow! Das war ja mal eine Erkenntnis. Fi atmete durch. So war es. Sie befand sich in einem ständigen Abwehrkampf.

Was sollte sie nur tun? So konnte es nicht weitergehen. Sie musste ihr Leben in den Griff bekommen und es wiederfinden, das kleine stolze Mädchen.

Plötzlich hatte sie eine Idee. War es das? Die Vorstellung, das zu tun, fühlte sich eigentlich gut an. Ein Camcorder wäre nicht schlecht. Doch sie hatte keinen, also aktivierte sie die Videofunktion des iPhones. Schluss mit den Filmchen. Sie würde einen richtigen Film machen. Eine Dokumentation ihrer Suche nach der Wahrheit. Erste Szene: ein Selfie.

»Mein Name ist Fiona Jacoby. Ich bin die Tochter eines Mörders. Vor neunzehn Jahren hat mein Vater seine Geliebte getötet. Vor einem Jahr wurde er aus dem Gefängnis entlassen, und vor zwei Wochen verstarb er unter Umständen, die für mich ungeklärt sind. Für Polizei und Staatsanwaltschaft allerdings nicht. Für sie war es ein Unfall. Die Ermittlungen wurden gestern eingestellt. Ich werde mich auf die Suche nach der Wahrheit machen. Meine Vermutung ist, dass mein Vater erschlagen wurde, weil er dem wahren Mörder seiner Geliebten auf die Spur gekommen ist. Die Tat hat er immer bestritten, und mit seinen letzten Worten hat er beteuert, unschuldig zu sein.«

In den folgenden Minuten sprach sie eine Zusammenfassung der bisherigen Ereignisse in die Kamera, danach war der Akku fast leer.

Okay, Ben hatte es geschafft. Sie spielte sein Spiel mit. Wehe, wenn er sie verarschte!

5

Erst einmal musste sie sich informieren, was damals passiert war. Am besten ohne verzerrende Filter. Ohne Opas Wut, ohne Ludwigs Zuneigung zu seinem Bruder, ohne Sabines Gleichgültigkeit, wobei die wohl noch am objektivsten war.

Fi setzte sich an den PC und stellte fest, dass online nichts zu finden war. Es war beinahe zwanzig Jahre her. Internetsteinzeit. Papier statt Bits und Bytes.

Artikel über den Mord und den Prozess gab es sicher in Hülle und Fülle. Opa war damals Landtagsabgeordneter gewesen oder hatte zumindest für den Landtag kandidiert. So genau wusste Fi es nicht. Die Medien hatten sich bestimmt wie Hyänen auf diesen Fall gestürzt. In der StaBi konnte man alte Zeitungen einsehen. Und ihren Ausweis hatte sie noch. Fi machte sich auf den Weg.

Die Staatsbibliothek war ein imposanter Bau im Stil des Historismus und hatte was von italienischem Renaissancepalast. Das Portal wurde von Homer, Aristoteles und Hippokrates und noch einem alten Griechen bewacht, dessen Name Fi zunächst nicht einfiel. Thukydides. Genau. Ein Stratege, der sich mit den Motiven menschlichen Handelns befasst hatte. Überlebensgroß und zu Stein erstarrt, schüchterte das Quartett jeden ein, der die heiligen Hallen des gesammelten Wissens betrat. Andächtig ging Fi die Treppe ins Untergeschoss hinunter und schaltete das iPhone auf Vibrationsalarm um.

Im Zeitschriftenlesesaal war zu dieser frühen Stunde noch nicht viel los. Bis auf das leise Klappern von Tastaturen, das Rascheln von Papier und gelegentliches Räuspern herrschte Stille. Lediglich ein paar der über achtzig Plätze waren belegt. Fi setzte sich vor einen Monitor und durchsuchte den Onlinekatalog für Zeitschriften mit den Schlagworten *Benedikt Jacoby und Julia Reinhold*. Wie erwartet, gab es jede Menge Treffer. Die Boulevardzeitungen und Klatschblätter sortierte sie aus. Übrig blieb eine Reihe von Artikeln der seriöseren Blätter, hauptsächlich aus der Süddeutschen Zeitung und den Freisinger Nachrichten.

Fi gab ihre Nutzerdaten ein und forderte sie über das System an. Nun musste sie Geduld haben, bis die Zeitungen für sie bereitlagen, hoffentlich schon morgen. Denn nur ein Bruchteil der unzähligen Bücher und Zeitschriften war sofort in den Lesesälen verfügbar. Die meisten befanden sich in Magazinen, die auf ganz München verteilt waren.

Vor dem Portal setzte Fi sich auf die Brüstung neben Thukydides. Vielleicht konnte er, der sich mit der Natur des Menschen beschäftigt hatte, ihr ja mal flüstern, weshalb in ihrem Leben so viel schieflief und was sie dagegen tun konnte. Sie lauschte, doch er schwieg beharrlich. Fi ließ die Beine baumeln und sah die Ludwigstraße entlang, von der Feldherrnhalle am Odeonsplatz bis zum Siegestor. Eine Prachtstraße. Wo vor hundert Jahren noch

Kutschen gefahren waren, rauschte der Verkehr sechsspurig vorüber. Was sollte sie nun mit dem Tag anfangen? Vielleicht noch eine Runde schlafen. Wirklich fit fühlte sie sich nicht. Bei der Erinnerung an die vergangene Nacht stieg wieder Scham in ihr auf. *Was haben wir denn so alles getrunken heute Abend?* Der Notarzt musste sie für die letzte Pennerin gehalten haben. Sie verscheuchte jeden Gedanken daran. Das iPhone vibrierte. Es war Darcy. Ihr Herz machte einen erfreuten Satz.

»Hallo Fiona. Ich habe deine Mail bekommen. Das mit deiner Mutter tut mir leid. Mir wäre es lieber gewesen, wenn ich nicht ins Schwarze getroffen hätte. Ehrlich. Ich bin kein …«

»Besserwisser.« Ihre Stimmung stieg um ein paar Grad. »So habe ich das auch nicht gemeint.«

»Okay. Dann ist es ja gut.«

»Deswegen rufst du an?«

Einen Moment zögerte er. »Ich möchte etwas richtigstellen. Ich habe nie gesagt, dass du es nicht wert warst, dass deine Mutter für dich am Leben blieb.«

»Ach, nein? Hast du nicht?«

»Ich habe gesagt, dass das vermutlich die Botschaft war, die bei dir angekommen ist. Das ist ein Unterschied. Du hast es so verstanden, aber hat sie es auch so gemeint?«

Da war er wieder, Dr. Sigmund Darcy Freud, der verhinderte Psychiater. Und natürlich auch Besserwisser! Ärger machte sich in ihr breit. Doch sie wollte nicht mehr wütend sein. Vielleicht hatte er ja recht. Vielleicht hatte Mama das gar nicht so gemeint. Doch wie sollte man das sonst verstehen? Wenn sie ihrer Mutter wichtig gewesen wäre, dann hätte sie sich nicht umgebracht.

»Wie war deine Mutter eigentlich so?«

»Das willst du wirklich wissen?« War das nun Psychotherapeutenneugier oder echtes Interesse?

»Ja. Es interessiert mich.«

»Ich dachte, du hättest dich aus meinem Leben verabschiedet.«

»Und du hast vorgeschlagen, wir könnten Freunde sein. Einverstanden. Wenn es noch gilt.«

Das war immerhin besser als nichts. Und wer wusste schon, was sich daraus entwickelte. »Okay. Einverstanden.«

»Hast du heute schon was vor? Ich meine, ich habe heute frei, und vielleicht könnten wir uns ja treffen.«

Warum eigentlich nicht? Sie wollte ohnehin nach Freising fahren, denn in dieser Galerie hatte sie noch etwas zu erledigen. Sie verabredeten sich für halb eins.

Während der S-Bahn-Fahrt stöpselte Fi sich die Ohren zu. So konnte sie ein wenig dösen. Die letzte Nacht steckte ihr in den Knochen. Dieser Totalabsturz. Das würde sie nicht wiederholen. Niemals.

Als sie in Freising aus dem Zug stieg, hatte sich der Himmel grau bezogen. Ein kühler Wind pfiff um die Ecken. Die Galerie hatte geschlossen. Auf dem Schild neben der Tür standen die Öffnungszeiten. Freitag und Samstag. Ansonsten nach Vereinbarung. Die Inhaberin hieß Lea Wehrle. Fi überlegte sich einen Namen, wählte die auf dem Firmenschild angegebene Telefonnummer und stellte sich als Leonie Artmann vor, denn Fiona Jacoby würde nur Lügen zu hören bekommen. Sie erklärte, dass sie sich für die Skulptur von Benedikt Jacoby interessierte. Diese Nachricht versetzte die Galeristin in Entzücken. Leider war sie derzeit in Berlin und würde erst morgen Abend zurückkommen. Sie schlug vor, einen Termin zu vereinbaren. Fiona fragte nach der Provenienz und brachte die gute Frau ins Stottern. *Der Mahnende* sei ein persönliches Geschenk des Künstlers an sie gewesen, erklärte Lea Wehrle. Fi hakte nach und erfuhr, dass Ben ihr die Skulptur im Frühjahr 1996 geschenkt hatte. Die Galeristin gehörte also zu denen, die Bens Sachen nach seiner Verurteilung und Lydias Tod vor Opas Wut gerettet hatten. Man konnte auch sagen, die sich an Bens Unglück bereichert hatten und denen es scheißegal gewesen war, dass es eine Tochter gab, der die Werke ihrer Eltern eigentlich gehörten. Fi vereinbarte einen Termin für den übernächsten Tag in der Galerie. Danach schrieb sie Darcy eine WhatsApp-Nachricht, um ihm zu sagen, dass sie sich verspäten würde und weshalb.

Es kam selten vor, dass der Name Jacoby Türen öffnete. In Freising schon. Fi stellte sich auf der Polizeiinspektion als Konrad Jacobys Enkelin vor und erhielt eine Vorzugsbehandlung. In Windeseile wurde die Anzeige von einem jungen Beamten aufgenommen, der versprach, der Sache unverzüglich nachzugehen, und Fiona zusicherte, die Skulptur gegebenenfalls beschlagnahmen zu lassen, bis die Eigentumsverhältnisse geklärt waren. Nachdem sie die Anzeige unterschrieben hatte, begleitete er sie zur Tür und hielt sie sogar auf.

Auf der anderen Straßenseite wartete Darcy. Das war ja eine nette Überraschung, und dieses schräge Lächeln erst. Es war einfach umwerfend. Sie begrüßten sich mit einer befangenen Umarmung. »War wohl doch keine so blöde Idee von mir, dich in die Galerie zu schleppen.«

»Alles hat eben zwei Seiten.« Mit einer Entschuldigung würde sie sich keinen Zacken aus der Krone brechen. »Tut mir leid, dass ich dich deswegen so angefaucht habe.«

»Ist schon in Ordnung.« Da war er wieder, dieser besorgte Blick. »Du siehst ganz schön käsig aus. Ist dir nicht gut?«

»Schlecht geschlafen.« Das war ja nicht gelogen. Und die Ursache tat nichts zur Sache.

Sie bummelten durch die Stadt und landeten irgendwann mit einer Papiertüte voller Fast Food, die sie sich beim Asia-Imbiss mitgenommen hatten, in Darcys Küche.

Bei Ente süßsauer kamen sie auf Lydia zu sprechen. Ein wenig durchgeknallt war Mama schon gewesen. So etwas wie einen geregelten Tagesablauf mit Frühstück, Mittagessen und Abendbrot, mit Hausaufgabenkontrolle und Fernsehregeln, mit Wochenendausflügen und Verwandtenbesuchen und Urlaubsfahrten, so wie es bei Katjas Eltern und all den anderen Familien üblich war, gab es bei den Jacobys nicht. Ihre Eltern waren nun mal Künstler. Da galten andere Regeln, vor allem aber: Freiheiten.

»Meine Mutter war kompliziert. Sensibel, hat Ben das genannt. Hysterisch, sagte Opa dazu. Ich habe schon als Kind ein sehr bildhaftes Vorstellungsvermögen gehabt. Für mich war Mama ein exotischer Vogel mit buntem Gefieder, der kapriziös herumflatterte und alle Aufmerksamkeit beanspruchte. Es gab aber auch Zeiten, da glich sie eher einem aufgescheuchten Huhn. Völlig durch den Wind. Dann quasselte sie ohne Punkt und Komma, und die Ideen sprudelten nur so aus ihr heraus. Für Bilder und Projekte und Ausstellungen. Einmal sogar für ein eigenes Museum. Wenn sie so drauf war, hat sie gemalt wie eine Besessene. Manchmal mehrere Tage und Nächte ohne Pause, bis alle Energie verbraten war. Danach lag sie dann tagelang im Bett, um sich zu erholen. Einmal hat Ben sie sogar ins Krankenhaus gebracht, so ausgepowert war sie.«

Lange hatte Fi nicht an sie gedacht, an Lydia, die von beiden Enden her zu brennen schien, als hätte sie geahnt, dass ihr Leben nicht lange währen würde. Fi hatte sie rückhaltlos bewundert und davon geträumt, irgendwann auch so schön malen zu können wie Mama. So leuchtend, so funkelnd und flirrend, so lebensfroh. Und ihr Lachen erst. Ein Lachen, bei dem einem ganz warm ums Herz wurde, ein Lachen, das einen umfing wie eine liebevolle Umarmung. Und dann war Mama einfach in den Fluss gefahren.

Darcy hörte ihr zu, stand irgendwann auf und nahm eine Flasche Wasser aus dem Kühlschrank. »Sag mal, Fi, war deine Mutter immer so? Erst sprudelnd und dann total erschöpft?«

Wollte er wieder den Freud geben? Okay, so ganz normal war Lydia nicht gewesen. Wer war das schon? Doch Darcy musste nicht auch noch sie auf die Couch legen. Fi zuckte die Achseln. »Kann schon sein.« Es war Zeit, das Thema zu wechseln. »Als du mich heute Vormittag angerufen hast, war ich grad in der StaBi. Ich habe die Zeitungsartikel von damals angefordert. Hoffentlich bekomme ich die morgen.«

Nachdenklich stützte Darcy das Kinn in die Hand und lächelte. »Erst klaust du den Obduktionsbericht, dann fährst du nach Ingolstadt, um mit der zuständigen Ermittlerin zu sprechen, und jetzt wühlst du in Zeitungsarchiven. Für mich sieht das ganz so aus, als würdest du deinem Vater endlich glauben, dass er kein Mörder war.«

Wasser auf den Mühlen des Besserwissers. Er hatte das natürlich von Anfang an gewusst. »Ist ja kein Zeichen von Schwäche, wenn man seine Meinung ändert. Jedenfalls müssen die Ermittlungen wiederaufgenommen werden. Dafür brauche ich etwas Handfestes. Neue Beweise. Paul werden wir sicher nicht dazu kriegen, seine Zweifel am Obduktionsergebnis zu äußern. Und ohne handfeste Argumente wird kein Rechtsmediziner den Bericht eines renommierten Kollegen auf Fehler untersuchen.«

»Wir könnten die Presse einschalten«, schlug Darcy vor. »Wenn es uns gelingt, einen Journalisten auf unsere Seite zu bringen, könnte er Druck machen. Und ein guter Artikel würde sicher andere Zeitschriften und vielleicht sogar das Fernsehen auf den Zug aufspringen lassen. Aber du hast recht. Zuerst brauchen wir die zweite Meinung eines Fachmanns.«

»Wieso wir?« Nicht, dass Fi etwas dagegen gehabt hätte.

»Wir können das zusammen durchziehen. Wie *Freunde* das so machen.« Abwartend sah Darcy sie an.

Freunde. Wieder betonte er dieses Wort auf besondere Art. Genauso wie vor zwei Tagen, als er es beinahe fassungslos wiederholt hatte und plötzlich Funken in seinen Augen tanzten, als ob er etwas erkannte, das ihr verborgen blieb.

»Okay. Einverstanden. Ich weiß da jemanden, der Druck machen kann, und zwar ordentlich. Mein Onkel ist gut vernetzt. Er kennt die wichtigen Leute. Bis jetzt glaubt er zwar nicht, dass Ben ermordet wurde, doch ich habe ihm noch nichts von Bens letzten Worten erzählt. Das sollten wir nachholen.«

6

Ein hoher, mit Überwachungselektronik gespickter Zaun und eine Hainbuchenhecke umgaben das Brauereigelände. Kurz vor halb acht betätigte Fi die Klingel am Gartentor. Darcy stand neben ihr. »Wir sind zu früh.«

»Eben.« Fiona fokussierte ihn im Sucher des iPhones. »Das ist der Plan. Wir stören sie beim Abendessen.«

Die Gegensprechanlage rauschte. »Ja, bitte.«

»Hi Sabine. Wir sind's. Lässt du uns rein?«

Der Türöffner summte. Auf dem Weg zum Glaspalast kamen sie an Opa Konrads Villa vorbei. Dicke Mauern und wuchtige Säulen. Hinter den Fenstern im Erdgeschoss brannte Licht. Sicher saß Konrad alleine am Esstisch und ließ sich von der Pache das Abendessen servieren. Dieses Haus hatte auf Fi immer einschüchternd gewirkt. Es symbolisierte Macht und Geld und war nie ein Ort der Wärme und Liebe gewesen. Auf Ludwig hatte das abgefärbt. Er war derselbe kühle Pragmatiker wie Opa. Nur Ben war es gelungen, sich von seiner Erziehung und den in ihn gesetzten Erwartungen zu befreien und das Leben zu führen, das er wollte.

Der Glaspalast kam in Sicht. Ein repräsentativer Bau

eines bekannten Architekten. Große Fensterflächen und edle Hölzer, puristisch und nicht weniger abweisend und kleinmachend als Opas Villa.

Fi hob das iPhone auf Augenhöhe. Sabine öffnete. Dünn war sie schon immer gewesen, doch mittlerweile hatte sie sich auf die Figur einer zarten Vierzehnjährigen heruntergehungert. Die Haare im Münchner Tussiblond gefärbt, das Make-up dezent und die Kleidung unauffällig teuer.

»Hallo Fiona.« Irritiert sah sie auf das Smartphone, mit dem Fi sie filmte. »Muss das sein?«

Fi nickte. Sabine zuckte mit den Schultern. »Du kommst ganz nach deiner Mutter.« Obwohl es sicher nicht so gemeint war, entschied Fi sich, das als Kompliment zu verstehen. Flüchtige Bussis wurden getauscht. Ein fragender Blick auf Darcy folgte. Fi stellte ihn vor. »Ich habe dir ja gesagt, dass ich nicht alleine komme. Das ist Matthias Stiller, ein Freund von mir.«

Sie wurden eingelassen und ins Wohnzimmer geführt. Elegante Ledergarnitur. Helle Designermöbel. Puristischer Kamin, in dem ein Feuer brannte. Das hielt Fi angesichts der Todesumstände ihres Vaters für geradezu geschmacklos. Doch Feingefühl war noch nie eine von Sabines hervorstechenden Eigenschaften gewesen. »Ihr seid ein wenig früh. Ludwig ist noch in der Schwimmhalle. Wollt ihr etwas trinken?«

Darcy nickte. Fi wurde es allein bei dem Gedanken an Alkohol übel. Sie wollte nur ein Glas Wasser. Sabine verschwand in der Küche, kam mit Gläsern, Flaschen und einem Schälchen Kräcker zurück und setzte sich zu ihnen.

»Das mit Ben tut mir leid, Fiona. Er war ein netter

Kerl. Schade, dass er sein Leben derart verpfuscht hat und dann auch noch so schrecklich sterben musste. Manche Menschen haben einfach kein Glück.«

Fiona riss sich zusammen, um nicht aufzuspringen und sie anzuschreien, was eigentlich in ihrem Hirn vor sich ging, dass sie derart gedankenlosen Scheiß daherplappern konnte?

Darcy griff nach ihrer Hand. Sie schwenkte das iPhone zu ihm. »Es scheint ja nicht die ganze Zeit glücklos gewesen zu sein. Ben hatte eine Familie. Es gab Menschen, die ihn liebten.«

»Ja. Das ist natürlich richtig.« Ein Lächeln glitt über Sabines Gesicht. »Lydia und er … Die beiden waren ein tolles Paar. Sie war vielleicht ein wenig überspannt und mit einem Hang zum Dramatischen gesegnet. Ein exotischer Tupfen in dieser Provinzstadt, wie ein farbenprächtiger Paradiesvogel.«

Dass ihre Tante und sie dasselbe Bild von Lydia hatten, verwunderte Fi dann doch.

»Und Ben das genaue Gegenteil. Ein ruhiger und bodenständiger Kerl. Ich habe mir oft gedacht, dass Lydia ohne ihn verloren gewesen wäre. Sie war der Vogel, und er war der Baum, auf dem sie sich niedergelassen hatte und ihr Nest baute. Er gab ihr den Halt, den sie so dringend brauchte.« Sabine straffte die Schultern. Eine entschlossene Geste, mit der sie das Thema wechselte. »Wollt ihr mit uns zu Abend essen?«

Was Sabine angedeutet hatte … Demnach erschien es wie eine unausweichliche und logische Konsequenz, dass Mama sich das Leben genommen hatte, nachdem Ben zu fünfzehn Jahren Haft verurteilt worden war. Eine unvorstellbar lange Zeit, die sie gezwungenermaßen ohne ihn verbringen musste, ohne den Mann, der ihr den Halt im Leben gab. Fi hatte keinen Hunger. »Nein. Danke. Wir haben schon gegessen.« Sollte sie nach dem Abschiedsbrief fragen? Sie traute sich nicht. Und auch Sabine schien darauf bedacht zu sein, diese gefährliche Klippe zu umschiffen.

Darcy stellte sein Glas auf dem Couchtisch ab. »Wer hat damals eigentlich Bens Verteidigung übernommen?«

Weshalb wollte er das wissen? Postwendend schlug Fi sich in Gedanken die Hand vor die Stirn. Der Anwalt war ja wohl die beste Informationsquelle. Dass sie darauf nicht selbst gekommen war!

Sabine strich sich eine Strähne aus der Stirn. »Dr. Alexander Dehmel war das. Konrad hat ihn engagiert. Er war ein erfolgreicher Anwalt für Strafrecht. Letzten Sommer ist er verstorben, und Konrad hat nicht mal eine Karte geschickt.« Die Missbilligung über diese Geringschätzung war nicht zu überhören.

»Opa hat Dehmel also im Nachhinein für eine Niete gehalten. Sonst hätte er kondoliert«, stellte Fi fest.

Sabine seufzte. »Auch der beste Anwalt kann keine Wunder bewirken und eine Tat nicht ungeschehen machen. Dehmel hätte allerdings verhindern müssen, dass Ben zu fünfzehn Jahren verurteilt wurde. Er hatte stärker auf ihn einwirken sollen, ein Geständnis abzulegen. Spätestens als sich abzuzeichnen begann, dass er uns alle mit seinen Unschuldsbeteuerungen zum Narren hielt und klar war, worauf es hinauslaufen würde. Auf eine Verurteilung.«

Fi ließ das iPhone sinken. »Ben war es aber nicht. Er hat Julia nicht getötet. Er konnte unmöglich eine Tat gestehen, die er nicht begangen hat.«

Sabine schnappte nach Luft. »Red doch keinen Unsinn, Fi. Natürlich war er es.«

»Wie kommst du auf die Idee, dass er unschuldig ist?«

Fiona fuhr herum. Unbemerkt war Ludwig eingetreten. Ein stattlicher Mann, den eine Aura des Erfolgs umgab. Groß, schlank, sportlich. Sein Blick war klar und offen, das dunkle Haar noch voll, allerdings von grauen Strähnen durchzogen und ein wenig feucht vom Schwimmen. Ein Lächeln erschien. »Aber erst einmal: Grüß dich, Fiona. Schön, dich zu sehen.« Auch er musterte verwundert das iPhone, das sie hochhielt. »Du filmst uns?«

»Wenn es euch nicht stört.« Ludwig sah ganz so aus, als würde es ihn stören. »Ist nur für mich«, fügte Fi hinzu und stellte Darcy vor. Ihr Onkel begrüßte Fi mit einer Umarmung und Darcy mit Handschlag. Sabine verschwand in der Küche und kehrte mit einem Glas Wasser für Ludwig zurück.

»Und weshalb glaubst du nun, dass Ben unschuldig war?«, wiederholte er seine Frage.

»Ich habe den Obduktionsbericht gesehen, und für mich geht daraus nicht eindeutig hervor, dass der Schädelbruch von einem Sturz stammt. Vielleicht …«

Mit einer ungeduldigen Handbewegung unterbrach Ludwig sie. »Ich kenne die Geschichte. Die Kommissarin hat sie mir nicht vorenthalten. Den Obduktionsbericht zu entwenden …« Ludwig schüttelte den Kopf. »Was hast du dir nur dabei gedacht? Du kannst froh sein, wenn das keine Folgen für dich hat. Das hat mich wirklich Überredungskunst gekostet.«

Erwartete er dafür jetzt etwa ein Dankeschön?

»Nach deinem Anruf gestern war ich bei Professor Nowak und habe mir den Sachverhalt erklären lassen«, fuhr Ludwig fort. »Er ist der Vorgesetzte von Dr. Herzog und ein anerkannter Rechtsmediziner. Er hat mir überzeugend dargelegt, dass es sich bei Bens Schädelfraktur um eine Sturzverletzung handelt. Das sind die Fakten. Du solltest dich damit abfinden und dich nicht weiter in eine Verschwörungstheorie hineinsteigern.«

»Ach, auf einmal sind das Tatsachen! Gestern hieß es noch *mit hoher Wahrscheinlichkeit* und dass sie gar nicht genau wissen, was am Unglücksabend geschehen ist.« Fi sprang auf. »Und nun machen sie einfach Nägel mit Köpfen daraus. Ben hat mit seinen letzten Worten seine Unschuld beteuert. Er hat gesagt, dass er es nicht war. Und ich glaube ihm. Denn niemand verschwendet seinen letzten Atemzug an eine Lüge.« Sie warf Darcy einen Blick zu. Ja, verdammt! Du hast ja von Anfang an richtig gelegen. »Ben wurde ermordet, weil er herausgefunden hat, wer Julia wirklich getötet hat. Die Schneider darf das nicht ad acta legen. Du musst deine Kontakte nutzen. Du kennst haufenweise einflussreiche Leute und doch sicher auch den Staatsanwalt. Ein Rechtsmediziner aus einem anderen Institut muss sich den Bericht ansehen. Einer, der unabhängig ist.«

»Ben hat mit seinen letzten Worten seine Unschuld beteuert?«, fragte Ludwig verwundert, als Fi fertig war.

»Ja. Hat er.« Sie warf Darcy einen Blick zu. Er war dran.

»Ich bin Rettungssanitäter.« Er erklärte das in seiner ruhigen Art. »Am Abend des Unglücks war ich im Dienst. Ich war dabei, als Ihr Bruder starb. Er hat mich gebeten, Fiona aufzusuchen und ihr eine Nachricht zu überbringen. Ein Teil davon war seine Beteuerung, kein Mörder zu sein.«

Mit der Hand fuhr Ludwig sich über die Augen und schüttelte dann den Kopf. »Das kann nicht sein, Fiona. Ben hat seine Unschuld immer beteuert. All die Jahre. Ich habe es dir doch erklärt. Eine Art Selbstschutz. Jedenfalls ist das die Auskunft eines Kriminologen, mit dem ich mich darüber unterhalten habe. Er war es. Ben hat seine schwangere Geliebte erstochen, weil sie gedroht hat, ihr Verhältnis öffentlich zu machen. Ben wollte Lydia nicht verlieren. Er hat sie über alles geliebt. Auch wenn ihre Ehe damals in einer Krise steckte.«

»Wegen dieser Julia?«

»Nein, nicht wegen Julia.« Ludwig ließ sich im Sofa zurückfallen. »Es war eine schwierige Zeit für die beiden. Sie zerrissen sich zwischen ihrer Kunst und dem Brotverdienen. Pa hatte den Geldhahn zugedreht, als Ben das Studium abbrach und Lydia heiratete, weil sie mit dir schwanger war. Ben rieb sich zwischen der Bildhauerei und dem Job in der Brauerei auf. Und seine Kunst, die ihm so wichtig war, kam dabei ständig zu kurz, und trotzdem reichte das Geld vorne und hinten nicht. Ihr habt wirklich ärmlich gelebt. Daran wirst du dich sicher noch erinnern.«

Woran sie sich erinnerte, waren Liebe und Wärme und Geborgenheit. Eine schöne Kindheit.

»Alles, was Ben tat, empfand er als unbefriedigend. Es war zermürbend und ging schon seit Jahren so. Damals hat er daran gedacht, die Bildhauerei aufzugeben. Er hat so gut wie nichts damit verdient und überlegte, ob er das Studium zu Ende bringen sollte. Auf diese Art hätte er es Pa und Lydia recht machen können und die wirtschaftliche Existenz seiner Familie gesichert. Lydia war dagegen. Er sollte sich treu bleiben. Das hat sie verlangt. Doch mit demselben Atemzug machte sie ihm Vorwürfe, weil es am Nötigsten fehlte. Wie damals, als du eingeschult wurdest. Meine Güte, was für ein Theater sie gemacht hat, weil dein Schulranzen nicht neu war. Ben hatte ihn secondhand gekauft.«

An diesen Schulranzen erinnerte sie sich gut. Ein pinkfarbener Scout mit Schmetterlingen. Der Ranzen, mit dem sie Ben gegen die Polizisten verteidigt hatte. »Mir war es total egal, dass er nicht neu war.«

»Ja, das sagst du. Doch Lydia hat das anders gesehen. Die Ehe stand auf der Kippe. In dieser Situation hat sie Ben unter Druck gesetzt. Sie hat sich ihm verweigert. Und Ben war ein gesunder Mann ... Er hatte sexuelle Bedürfnisse. Julia kannte er von seiner Zeit auf dem Gymnasium. Er hatte damals schon etwas mit ihr, und diese Affäre hat er wiederaufleben lassen. So war das. Und als er damit aufzufliegen drohte, hat er in seiner Panik nur einen Ausweg gesehen.«

Fi atmete durch. »Langer Rede, kurzer Sinn: Du glaubst Ben nicht. Für dich ist klar, dass hier nichts unter den Teppich gekehrt wird. Du wirst nichts unternehmen.«

»Niemand vertuscht etwas.«

»Du musst mit dem Staatsanwalt reden, bitte. Tu es für mich.«

Ein genervter Ausdruck erschien auf Ludwigs Gesicht. Fehlte nur noch, dass er die Augen rollte. »Entschuldige, Fiona, aber ich mache mich nicht lächerlich.«

7

Stinksauer verließ Fiona mit Darcy im Schlepptau das Haus. »Ich mache mich also lächerlich! Er ist blind und taub. Er will es einfach nicht sehen. Vermutlich passt ihm das gut in den Kram. Wenn Ben unschuldig war, würde das alles ändern. Ben war immer Opas Liebling, der Thronfolger, der den Thron allerdings nicht besteigen wollte. Den hat Ludwig dann erklommen.«

»Na siehst du. Ludwig hat bekommen, was Ben gar nicht wollte. Er hat als Einziger zu ihm gehalten. Wenn er Professor Nowak mehr glaubt als dir, ist das eigentlich nicht verwunderlich. Der Prof ist nun mal der Spezialist und verfügt über Reputation. Und du hast nur ein fundiertes Halbwissen über diese Hutkrempenregel.«

Es gelang Darcy, seine Worte scherzhaft klingen zu lassen, und das holte Fi ein wenig runter von ihrem Zorn. Sie wollte nicht mehr ständig wütend sein.

»Und Bens letzte Worte. Die hast du vergessen, und viel Bauchgefühl habe ich außerdem. Und auch noch einen miesen Ruf. Damit komme ich gegen keine Koryphäe an. Du hast recht. Okay, wir haben schlechte Karten. Wir müssen am anderen Ende beginnen und endlich herausfinden, wie es passieren konnte, dass sie Ben den Mord angehängt haben. Deine Idee vom Verteidiger war gut. Schade, dass er tot ist. Meinst du, wir kommen irgendwie an seine Unterlagen?«

»Wir könnten es bei seiner Witwe versuchen, falls er verheiratet war. Oder beim Nachfolger.«

Sie erreichten die Villa. Noch immer brannte Licht im Erdgeschoss. Fi blieb abrupt stehen. Natürlich! Opa Konrad. »Einen Versuch haben wir noch. Mein Opa ist mindestens so gut connected wie Ludwig. Früher hatte er Strippen bis ganz nach oben in die Politik. Und mit dem Oberstaatsanwalt ist er im selben Jagdverein. Mit dem *Oberstaatsanwalt*! Wir müssen mit Konrad reden.«

Fi steuerte auf das Portal zu, Darcy holte sie ein. »Wie alt ist dein Opa? Sicher achtzig. Dann ist sein bester Kumpel, der Oberstaatsanwalt, vermutlich nicht wesentlich jünger und längst pensioniert, was seine Einflussmöglichkeiten dann doch erheblich beschränken dürfte.«

»Ach, Darcy. Kannst du nicht ein wenig mehr Optimismus versprühen?«

Fi klingelte. Schritte näherten sich, die Tür wurde geöffnet. Konrads Haushälterin war eine pummelige Frau mit schneeweißen Haaren. Fi hatte sie noch nie leiden können. »Tag, Frau Pache. Ich muss mit meinem Opa sprechen.«

»Guten Abend, Fiona. Du kommst unangemeldet.« Maria Pache gelang es, in diese wenigen Worte ihre umfassende Meinung über Bens Tochter zu legen. Der fleischgewordene Kern der Katastrophe, die ihrem Herrn, dem sie seit Jahrzehnte diente, das Leben zur Hölle und all seine politischen wie gesellschaftlichen Ambitionen und natürlich seine Nachfolgepläne für die Brauerei zunichtegemacht hatte. Ohne dieses unglückselige Kind wäre alles anders gekommen. In diesem Punkt waren sie und ihr Arbeitgeber seit Jahrzehnten einer Meinung.

»Machen Sie sich keine Hoffnungen, ich werde nicht Selbstmord begehen wie meine Mutter.« Fi zwängte sich an der Pache vorbei. »Darcy? Kommst du?« Sie sah sich nicht nach ihm um und hörte, wie er zu Konrads Haushälterin etwas sagte, das doch sehr nach Entschuldigung klang. Arschkriecher! Wieso war sie schon wieder so wütend? Derart geladen würde sie bei Konrad gar nichts erreichen. Die Chancen waren ohnehin gering.

Im Wohnzimmer war der Fernseher aufgedreht. Maximale Lautstärke. Opa wurde also langsam schwerhörig. Fi blieb vor der Tür stehen, atmete durch und startet die Videofunktion des Handys. Darcy unterhielt sich noch immer mit der Pache. Runterkommen, befahl sie sich. Sie hatte guten Grund, hier zu sein. Sie hatte eine Bitte an ihren Großvater. Er sollte sich für seinen Sohn einsetzen, den er einmal geliebt hatte. Das war eigentlich keine überzogene Erwartung. Sie atmete noch einmal durch und gab sich einen Ruck.

Konrad saß in einem wuchtigen Ledersessel, der perfekt zu den dunklen Holzmöbeln passte, die jedes Licht in diesem Raum zu absorbieren schienen. »Hallo Opa.«

Er reagierte nicht. Sie trat in sein Blickfeld, und er fuhr regelrecht zusammen. Alt war er geworden, seit sie ihn zuletzt gesehen hatte. Drei Jahre war das her. Oder schon vier? »Grüß dich, Opa.«

Er griff nach der Fernbedienung und schaltete den Fernseher aus. »Fiona. Was willst du denn hier? Und was machst du mit dem Ding da?« Mühsam erhob er sich aus dem Sessel. Dass jemand auf ihn herabblickte, konnte er wohl nicht ertragen.

»Ich muss mit dir reden. Und ich filme dich dabei. Ist doch okay?« Konrad war immer groß und stattlich gewesen. Ein Brackel Mannsbild, wie man in Bayern sagte. Nun wirkte er schief und ein wenig wackelig, wie ein Baum, der jahrzehntelang Wind und Wetter getrotzt hatte und vielleicht auch den Borkenkäfern und im Begriff war, diesen Kampf über kurz oder lang zu verlieren. Das weiße Haar war schütter geworden, der Blick trüb.

»Setz dich.« Es klang wie ein Befehl. Das mit dem Video hatte er offenbar nicht verstanden. War ihr recht. Fi tat wie befohlen und nahm auf dem Sofa Platz. Ächzend ließ Konrad sich in seinen Sessel fallen und fixierte sie mit dem milchigen Grau seiner Augen. »Hier gibt es nichts für dich zu holen.« Seine Stimme war rau und heiser. »Ben habe ich schon vor langer Zeit enterbt. Mehr als seinen Pflichtteil, den ich ihm nicht vorenthalten konnte, wirst du nicht bekommen. Viel wird es nicht sein. Verlass dich drauf!«

Was für eine Ansage! Als ob sie gekommen wäre, um abzukassieren. Immerhin verstand Fi, dass sie als Bens Tochter sein Erbe bekommen würde, wenn Opa starb, und dass es herzlich wenig war, denn Konrad hatte weder Kosten noch Mühe gescheut, damit seine Anwälte und Steuerberater ihn arm rechneten. Keinen Cent mehr als unbedingt nötig würde man diesem Gör in den Rachen stopfen.

»Von mir aus kannst du dein Geld behalten. Ich will es nicht. Ich will, dass du etwas für Ben tust.«

»Für Ben? Er ist tot.« Ein blanker Schimmer trat in

Konrads Augen. Ob Unerbittlichkeit oder Sentimentalität, war nicht ersichtlich.

»Genau! Darum geht es.« Fi erklärte Konrad, was sie sich von ihm erhoffte, und stellte fest, dass er bereits im Bilde war. Auch er kannte den Obduktionsbericht. Alle kannten ihn offenbar. Nur sie, als Bens nächste Angehörige, hatte ihn klauen müssen. Es war unglaublich!

»Ich verstehe nicht, was du damit bezweckst. Ben starb durch eigene Schuld. Sich sinnlos zu betrinken ... Kein Maß und kein Ziel. So war er schon immer. Und du willst nun also einen Märtyrer aus ihm machen. Ohne mich.«

»Es ist überhaupt nicht sicher, ob er nicht doch erschlagen wurde.« Fiona zitierte ein weiteres Mal Yvonne Schneider, die gesagt hatte, dass sie nicht mit Sicherheit wussten, was an jenem Abend geschehen war. Je häufiger sie dieses Argument wiederholte, umso schwächer erschien es ihr.

»Hör auf. Selbst wenn dieser Nichtsnutz erschlagen wurde, ist es nicht schade um ihn. Ein Krimineller bringt einen anderen um die Ecke. Ist doch gut so.«

Ist doch gut so?

Für Konrad war Ben also der letzte Dreck, und sie war in seinen Augen keinen Deut besser. Sie war nichts wert. Alles an ihr war falsch, so schrecklich falsch. Diese Gefühle überrollten sie wie ein Tsunami, rissen sie mit sich und spülten sie einen Augenblick später halbtot an Land.

»Er war dein Sohn, Opa. Du hast ihn doch auch mal geliebt. Sehr sogar. Erinnerst du dich denn nicht? An den Winter zum Beispiel, als du im Garten den Schnee mit den Skiern platt getreten hast, um eine Eisbahn anzulegen. Mit dem Gartenschlauch hast du sie gewässert, bis sie spiegelglatt war. Ben hat mir das oft erzählt. Er hat dich so geliebt. Und du lässt ihn jetzt einfach im Stich.«

Sie sah, dass ihre Worte ihn erreichten. Für den Bruchteil einer Sekunde wurden Konrads Gesichtszüge weich, Trauer und Wehmut schienen für einen Augenblick darin auf, dann verschloss er sich wieder. »Für mich ist diese Angelegenheit erledigt. Ein für alle Mal.«

»Du lässt deinen Sohn also einfach im Stich? Dein eigen Fleisch und Blut.« Die Wut war wieder da. »Weißt du, was du bist? Ein selbstsüchtiger Tyrann. Jawohl. Genau das bist du. Du triefst nur so vor Selbstherrlichkeit. Und wie kommst du überhaupt dazu, den Abschiedsbrief meiner Mutter zu vernichten? Der war ja wohl nicht für dich bestimmt.«

Mühsam stemmte Konrad sich aus dem Sessel hoch. »Damit habe ich dir einen Gefallen getan. Dieses Geschreibsel einer Verrückten … Es war besser, dass niemand das zu Gesicht bekam. Und du verlässt jetzt mein Haus.«

8

Am nächsten Vormittag kam eine Mail der StaBi. Die bestellten Zeitungen lagen für sie im Lesesaal zur Einsicht bereit. Fi griff sich den Rucksack, stopfte Block, Kuli und eine Flasche Wasser und zwei Müsliriegel hinein und spurtete zur U-Bahn.

Während der Fahrt starrte sie auf vorüberrauschende Tunnelwände. Worüber Darcy wohl gestern mit der Pache so lange geredet hatte? Über Lydia, hatte er gesagt. Nun lag also Mama auf seiner Couch. Sicher würde er demnächst posthum die Diagnose stellen, dass sie ein Rad abgehabt hatte. Was ja irgendwie stimmte. Aber wehe, er sagte das!

Die Pache, dieser Drache. Bestimmt hatte sie auf Lydia und Ben herumgehackt. Sie war nicht besser als Opa. Keiner war bereit, sich für Ben einzusetzen. Alle hatten ihn fallenlassen. Der Mord an Julia hatte die Familie zerstört. Restlos. Drei Generationen kämpften damit. Jede auf ihre Art.

Wenn Ben es nicht gewesen war, wer dann? Fi erinnerte sich, dass es an einem Wochenende geschehen war. Wen hatte Julia noch getroffen, außer Ben? Eine

Freundin vielleicht oder einen Exfreund. Einen zurückgewiesenen Mann?

Im Vorübergehen grüßte sie die vier überlebensgroßen Griechen und betrat wenig später den Zeitschriftenlesesaal der StaBi. An der Ausgabe holte sie den Stapel ab, der dort für sie bereitlag, und setzte sich an einen der freien Tische.

Es war ruhig im Saal. Ab und zu hustete jemand. Das leise Klackern der Tastaturen hörte Fi bald nicht mehr, so vertieft war sie in die Lektüre. Zuerst verschaffte sie sich einen Überblick und begann dann, eine Chronik der Ereignisse anzulegen.

Montag, 25. September 1995: Anne Laurenz ruft gegen zwölf Uhr bei Julias Mutter Renate Reinhold an. Julia ist nicht zur Arbeit in der Praxis Dr. Wittmann erschienen. Anne kann sie telefonisch nicht erreichen und fragt, ob Julia krank sei. Renate Reinhold weiß von nichts. Doch sie ist beunruhigt, meldet sich an ihrem Arbeitsplatz im Freisinger Rathaus ab und fährt nach Unterschleißheim zur Wohnung ihrer Tochter. Auf Klingeln und Klopfen wird nicht reagiert. Julias Auto steht auf seinem Platz in der Tiefgarage. Renate Reinhold sucht die nächstgelegene Polizeiinspektion in Oberschleißheim auf. Sie ist besorgt, denn der Freund ihrer Tochter ist gewalttätig. Am Freitagabend sollte es eine Aussprache zwischen den beiden geben. Seither hat Renate Reinhold nichts von Julia gehört. Sie befürchtet, etwas Schreckliches könnte geschehen sein.

Die Polizei lässt die Wohnung öffnen. Auf den ersten Blick scheint alles in Ordnung zu sein. Doch Julias Handtasche liegt auf der Ablage im Flur. Darin befinden sich Geldbörse, Papiere, Autoschlüssel, Bank- und Versicherungskarten und auch der Mutterpass samt Ultraschallbild. Nur der Schlüsselbund fehlt.

Eine aufmerksame Polizistin entdeckt einen Blutspritzer an einem Bein des Küchenstuhls. Daraufhin untersucht sie die Küche gründlich und entdeckt hinter einer losen Sockelleiste der Einbauküche eine Lache von geronnenem Blut. Im Messerblock fehlen zwei Messer. Ein Verbrechen kann nicht ausgeschlossen werden. Die Kripo rückt an, die Spurensicherung im Gefolge.

Renate Reinhold wird nach dem gewalttätigen Freund ihrer Tochter befragt. Sie nennt den Namen Benedikt Jacoby und auch den Grund für die Aussprache, die am Freitagabend hier stattfinden sollte. Julia ist von Ben schwanger. Er will das Kind nicht und drängt auf Abtreibung.

Dienstag, 26. September: Die kriminaltechnische Untersuchung bestätigt den Verdacht. Es handelt sich um das Blut von Julia Reinhold. Die unter der Küchenzeile gefundene Menge ist erheblich, und es muss wesentlich mehr gewesen sein, denn blutige Putzlappen werden im Müllcontainer des Hauses entdeckt. Die Schlussfolgerung der Kriminalpolizei: Julia lebt nicht mehr. Sie wurde in der Küche erstochen. Der Täter nutzte das Wochenende, um alle Spuren zu beseitigen und die Wohnung zu säubern. Nur das Blut, das auf dem unebenen Boden hinter die Sockelleiste gelaufen war, hat er übersehen.

Julias Kollegin Anne Laurenz bestätigt, dass Ben gewalttätig ist. Er hat Julia gewürgt, weil sie nicht abtreiben wollte. Doch sie wollte ihn nicht anzeigen und spielte den Vorfall herunter. Renate Reinhold bestätigt diese

Attacke. Sie hat Fotos von Julias Hals gemacht, die sie der Polizei übergibt. Auch sie hat ihrer Tochter zur Anzeige geraten. Doch diese liebt Ben und will ihm nichts Böses. Dabei liebt er nur seine Frau, die nie von seinem Seitensprung und dessen Folgen erfahren darf.

Benedikt Jacoby wird befragt. Er bestreitet, Julia jemals gewürgt zu haben. Das muss ein anderer gewesen sein. Offenbar gibt es außer ihm noch einen, der eine Rolle in ihrem Leben spielt, und den will sie offensichtlich schützen. Vielleicht ist sie sogar von dem schwanger und nicht von ihm, Ben. Auf die Frage, wer das sein könnte, weiß Ben keine Antwort. Er gibt zu, am fraglichen Abend bei Julia gewesen zu sein. Julia hatte sich zur Abtreibung entschlossen und wollte diese am Dienstag in München vornehmen lassen. Wo? Das weiß er nicht. Renate Reinhold und Anne Laurenz bestätigen nochmals, dass Julia das Kind bekommen wollte und eine Abtreibung ablehnte. Ben lügt also. Anne erwähnt außerdem Julias Entschlossenheit, Unterhalt von Ben zu verlangen. Damit wäre die Affäre nicht länger vor Lydia zu verheimlichen gewesen.

Ben gibt an, sich gegen zehn Uhr von Julia verabschiedet zu haben. Eine Zeugin, die von einer Feier nach Hause kam, hat ihn aber um halb ein Uhr nachts gesehen, als er das Haus in Unterschleißheim verließ. Auf sie machte er einen betrunkenen Eindruck.

Mit dieser Aussage konfrontiert, behauptet Ben, er wäre in Julias Wohnung eingeschlafen und erst nach Mitternacht aufgewacht. Julia war weg. Ab Dienstag gilt er als Beschuldigter. Ein Durchsuchungsbeschluss ergeht. Haus und Werkstatt werden durchsucht. An Hemd, Hose und Schuhen finden sich Spuren von Julias Blut. Ebenso im Kofferraum seines Wagens, wo auch Haare von ihr entdeckt werden. Im Schuppen des Wochenendhauses, zu dem er einen Schlüssel hat, finden sich weitere Blut- und Haarspuren, die Julia zugeordnet werden können. Im Wochenendhaus wird eine Plastiktüte gefunden. Darin befinden sich die beiden Messer, die in Julias Wohnung fehlen, und der Schlüsselbund.

Schließlich wird im Wald hinter dem Haus eine blutige Axt entdeckt und der Rest einer Rolle mit Müllbeuteln. Beides oberflächlich verscharrt. Auf den Messern und dem Schlüsselbund werden Julias Blut und Bens Fingerabdrücke nachgewiesen. Auf der Axt nur Julias Blut. An der Rolle mit Müllbeuteln haftet ein blutiger Teilabdruck von Bens rechter Hand. Eine Suche im Wald fördert keine weiteren Indizien zu Tage. Auch nicht die Leiche, die man dort vermutete.

Bei der Durchsuchung von Julias Wohnung taucht außerdem ein Brief auf, den Ben an Julia geschrieben hat. Er enthält eine unterschwellige Drohung.

An diesem Punkt angelangt, sah Fi hoch. Auf diesen Schreck brauchte sie einen Kaffee. Sie packte die Unterlagen in eines der Schließfächer und verließ die StaBi. An der Ludwigstraße setzte sie sich in ein Straßencafé und bestellte einen Caramel-Macchiato und einen Himbeersahnemuffin.

Himmel! Mit einer derartigen Fülle an Beweisen hatte sie nicht gerechnet. Es war niederschmetternd. Und es ließ nur einen Schluss zu: Wenn Ben wirklich unschuldig war – und sie hatte sich ja entschlossen, ihm zu glauben –, dann war er geradewegs in eine Falle gelaufen. Jemand hatte den Mord an Julia von langer Hand geplant und ihm untergeschoben. Der Kerl, der sie auch gewürgt hatte und den Julia schützte.

Wer hatte Ben derart gehasst? Und sie, diese Julia. Wer war der andere Kerl? Ein früherer Freund von ihr, dem Ben sie ausgespannt hatte? Oder ein von Julia abservierter Kerl, der es nicht verwinden konnte, dass sie einen anderen vorzog, und auf diese Art gleich beide bestrafte? Ja, das ergab einen Sinn. Todesstrafe und lebenslänglich. Verhängt von einem Richter und Henker in Personalunion. Scheißkerl. Doch weshalb hatte Julia ihn beschützt? Möglich war auch, dass sie ihn mehr gefürchtet als geliebt hatte.

Fi verputzte den Rest des Muffins, leerte das Glas Kaffee und kehrte in den Lesesaal zurück. Bis zum späten Nachmittag saß sie dort und vervollständigte die Übersicht.

Am Donnerstag entdeckt ein Brauereiarbeiter einen blutigen Schuh. Er liegt hinter einem alten Fass, in der Nähe der Müllcontainer. Er passt zur Beschreibung von Julias Bekleidung am Tag ihres Verschwindens. Die alarmierte Polizei sucht das Gelände ab, findet den anderen Schuh aber nicht. An einem der Container werden dabei Blutspuren entdeckt. Auch sie stammen von Julia. Die Polizei lässt daraufhin die Müllverbrennung in der Anlage München Nord stoppen. Zu spät. Der Müll, der montags aus Freising angeliefert wurde, ist bereits verbrannt.

Ben verstrickt sich weiter in Widersprüche. Nun behauptet er, einen Brief von Julia gefunden zu haben, als er auf dem Sofa aufwachte. Sie schrieb, es wäre ihr nicht gelungen, ihn zu wecken. Sie sei zu ihrer Mutter gefahren und würde dort übernachten. Den Brief kann er nicht vorlegen. Er hat ihn nicht mitgenommen, da er nicht wollte, dass seine Frau ihn entdeckte. In Julias Wohnung ist der Brief nicht zu finden.

Schließlich wird Anklage erhoben. Der Prozess beginnt Ende Januar 1996. Acht Verhandlungstage sind angesetzt. Die Indizienkette ist lückenlos. Auch das Motiv ist klar. Ben beteuert verzweifelt seine Unschuld und gibt schließlich zu – gegen den Rat seines Verteidigers Dr. Dehmel aus München –, nicht genau zu wissen, was in jener Nacht passiert ist. Ihm fehlen etliche Stunden. Ein Filmriss. Warum? Darauf hat er keine Antwort. Vielleicht zu viel Alkohol. Wobei er sich nur an ein Glas Wein erinnern kann. Diese Aussage wird als weiterer Beweis für seine Schuld gewertet. Daraufhin verschließt sich Ben. Er sagt kein einziges Wort mehr vor Gericht.

Nach acht Verhandlungstagen ergeht Mitte Februar 1996 das Urteil. Benedikt Jacoby hat seine schwangere Geliebte und ihr ungeborenes Kind vorsätzlich getötet, damit seine Frau nichts von der Affäre und deren Folgen erfuhr. Die folgenden Nächte nutzte er, um die Spuren der Tat und die Leiche zu beseitigen, die er mit an Sicherheit grenzender Wahrscheinlichkeit zerteilte, in Müllsäcke verpackte und in die Container legte, von denen er wusste, dass sie Montagmorgen geleert wurden. Noch bevor jemand Julia vermissen würde. Eine vorsätzliche und heimtückische Tat, die mit fünfzehn Jahren Gefängnis bestraft wird.

Fis Schultern waren total verspannt, als sie mit dieser niederschmetternden Aufstellung fertig war. Kein anderer Verdächtiger wurde erwähnt. Hatte die Polizei wirklich nach allen Seiten ermittelt? Es sah eher so aus, als hätten sie sich von Anfang an auf Ben eingeschossen.

Mit dem Packen Zeitungen stellte sie sich an den Kopierer und gab ein Vermögen aus. Sie hatte sich zwar jede Menge Notizen gemacht, doch sicher war sicher. Schließlich gab sie die Zeitungen bei der Ausleihe zurück und verließ die StaBi. Die Sonne knallte vom blauen Himmel. Fi zog die Sonnenbrille hervor. Es hatte also noch einen anderen Mann in Julias Leben gegeben. Den musste sie finden.

9

Drei Stunden später saß Fi vor einem dampfenden Teller Spaghetti aglio e olio in Darcys Küche. Er konnte kochen, und sie würde gleich Feuer spucken. Reichlich Peperoni. Sie löschte mit einem großen Schluck Wasser. Das Glas Rotwein machte sie gar nicht an. Nie wieder würde sie Alkohol trinken!

Mit vollem Mund erklärte sie Darcy, was sie herausgefunden hatte, und zog ihr Fazit.

»Das war ein Racheakt, und zwar an Ben und Julia. Jemand hat zwei Fliegen mit einer Klappe geschlagen. Erst hat er sie ermordet und dann Ben die Tat angehängt. Perfekt geplant und von langer Hand vorbereitet. Das Motiv kann nur Rache sein. Der Kerl muss beide abgrundtief gehasst haben. Er wollte sie vernichten. Alle beide. Und er muss ihr was vorgespielt haben, denn sie hat ihn geschützt, als er sie gewürgt hat. Stattdessen hat sie Ben als Sündenbock benutzt.«

Darcy hörte zu und kaute an einer Ladung Nudeln. »Klingt logisch. So könnte es gewesen sein«, sagte er schließlich mit vollem Mund. »Doch woher kommt so viel Hass?«

»Verletzte Gefühle. Neid und Eifersucht. Ein Mann, den Julia abgewiesen hat. Wegen Ben.«

Darcy nickte. »Den sie angeblich liebte. Den anderen liebte sie aber mehr, sonst hätte sie nicht behauptet, dass Ben sie gewürgt hat. Oder sie hatte große Angst vor dem anderen und hat deshalb gelogen. Und wenn es eine Frau war?«

»Du meinst meine Mutter?«

»Theoretisch möglich. Falls sie wusste, was zwischen Ben und Julia lief, könnte sie sich gerächt haben.«

»Und vorher würgt sie Julia, und die ist so nett und sagt nichts? Das ergibt keinen Sinn. Außerdem morden Frauen deutlich seltener als Männer und vor allem anders.«

Überrascht sah Darcy sie an.

»Ich habe etliche Semester Jura studiert und mich auch mit Strafsachen befasst. Eine Frau hätte sich anders gerächt. Sie hätte es umgekehrt gemacht. Ben als Mordopfer und Julia als vermeintliche Mörderin.«

»Du hast Abi?« Es gelang Darcy nicht, seine Verblüffung zu verbergen.

»Ja, und?«

»Und dann arbeitest du als Fahrradkurier? Wenn ich Abi hätte …« Abrupt wandte er den Blick ab und stieß die Gabel in den Nudelberg.

Holla. Sieh mal an. Auch Darcy hatte ein paar Blessuren im Laufe seines Lebens davongetragen. »Wenn du Abi hättest, was dann?«

Unwillig schüttelte er den Kopf und wickelte weiter Nudeln auf.

»Dann würdest du Psychologie studieren, oder?«

Die Ladung Spaghetti rutschte von den Zinken. Verwundert sah er hoch.

»Das ist ja nicht so schwer zu erraten, Dr. Sigmund Darcy Freud. Woran liegt es?«

»Woran? Ich habe kein Abi. Sagte ich das nicht schon?«

»Ne, nicht wirklich. Fachabitur?«

»Quali.« Trotzig sah er ihr direkt in die Augen. »Mein Vater ist Lagerarbeiter, meine Mutter Friseurin. Beide meinten, Hauptschule reicht.«

Ups. Das war also sein wunder Punkt. Einen Augenblick überlegte Fi, ob sie ihm einen Vortrag über die Durchlässigkeit des deutschen Schulsystems halten sollte. Er konnte das Abi an einer Abendschule nachmachen. Und sicher gab es noch andere Möglichkeiten, ans Ziel zu kommen. Doch das wusste er bestimmt. Es reichte, wenn es einen Besserwisser in dieser Runde gab. Also kehrte sie zum Thema zurück. Wer hatte diese Intrige gegen Ben und Julia gesponnen?

»Es hat also einen anderen Kerl in Julias Leben gegeben. Und den müssen wir finden.«

»Und warum ist von ihm nirgendwo die Rede? Mit keinem Wort taucht er in den Berichten auf. Und weshalb sind Bens Aussagen so widersprüchlich?«

Hoppla. Darcy war sauer. Warf er ihr nun vor, dass sie Abi hatte und er nicht? Konnte sie doch nichts dafür. »Erst hast du mir fast ein Ohr abgekaut, weil niemand seinen letzten Atemzug an eine Lüge verschwendet und ich meinem Vater endlich glauben soll, und jetzt tue ich das, und plötzlich bist du derjenige, der zweifelt.«

»Ich stelle nur Fragen. Wenn wir Antworten finden, kommen wir ein Stück weiter.«

Okay. Dann war es ja gut.

»Also, warum taucht der Kerl nirgendwo auf? Es gibt

nur einen Grund: Weil sie ihn ebenso geheim gehalten hat wie Ben. Entweder aus Angst, weil er gedroht hat, sie zu töten, oder aus Liebe, dann wollte sie ihn beschützen.«

»Möglich ist auch, dass niemand mehr an ihn dachte. Eine Geschichte, die schon länger zurücklag«, schlug Darcy vor.

»Das passt nicht zu den Würgemalen. Mir liegen die unterschiedlichen Aussagen von Ben auch im Magen«, räumte sie ein. »Zuerst sagt er, er wäre um zehn gegangen, dann erfindet er die absurde Geschichte mit dem Brief, den es nicht gibt, und schließlich behauptet er, dass er einen Filmriss hatte. Was ist nun wahr?«

Darcy griff nach dem Pfeffer. War ihm das Essen noch nicht scharf genug? »Laut Nachbarin war er betrunken. Wenn er zu viel Alkohol intus hatte, ist der Filmriss am wahrscheinlichsten.« Darcy klang wieder ganz wie Darcy. Er schien das Abi-Thema ebenfalls nicht vertiefen zu wollen. »Wenn das stimmt, konnte er sich tatsächlich nicht mehr an die Ereignisse des Abends erinnern. Nur an Bruchstücke. In diesem Fall hat er bestimmt an sich selbst gezweifelt. Er konnte sich nicht sicher sein, was er getan hat. Allerdings wäre er in diesem Zustand nicht in der Lage gewesen, die Spuren so perfekt zu beseitigen.«

»Na, so perfekt war das nicht.«

»Auch wieder wahr. Und damit sind wir bei der Frage, wie es der Täter geschafft hat, Ben die Beweise unterzujubeln. Wie kommt das Blut an seine Kleidung und in den Kofferraum, wie die Spuren in den Schuppen beim Wochenendhaus?«

»Ben hat sein Auto so gut wie nie abgesperrt. Das war eine alte Kiste, die klaute niemand. Das dürfte also kein Problem gewesen sein«, erklärte Fi. »Und die Kleidung … Wenn es die Arbeitshose aus der Werkstatt war, da konnte jeder rein, und unsere Haustür war auch nicht immer verschlossen.«

Die Fingerabdrücke an den Messern und dem Schlüsselbund waren ebenfalls einfach zu erklären. Ben und Julia hatten eine heimliche Affäre. Daher lag die Vermutung nahe, dass sie sich nicht öffentlich getroffen hatten, sondern in Julias Wohnung. Ben hatte die Sachen dort angefasst. Nur zum blutigen Teilabdruck auf der Müllbeutelrolle fiel ihnen keine Erklärung ein, und wie der Täter in den Schuppen und das Wochenendhaus gelangt war.

Am Ende kamen sie zu dem Schluss, dass Julia ihren Mörder gekannt und ihn getroffen hatte – ob freiwillig oder nicht –, nachdem Ben gegangen war. Wer war dieser Mann? Wie konnten sie ihn finden?

»Am besten spreche ich mit Anne Laurenz. Sie scheint mehr als nur eine Kollegin für Julia gewesen zu sein. Immerhin hat sie sich ihr anvertraut, als sie gewürgt wurde. Sie wird wissen, ob es einen anderen gab.«

Nach dem Essen googelte Fi nach Anne Laurenz und fand nichts. Absolut gar nichts.

Gegen elf war es langsam Zeit, nach Hause zu fahren. Doch morgen wollte sie hier nach Anne suchen. Diese Hin-und-her-Fahrerei war lästig. Und außerdem war da ja noch Darcy. Die Erinnerung an Sonntagnacht ließ ihr Herz schneller schlagen. Vielleicht ging ja was. Sie half ihm, den Tisch abzudecken, und stellte das Geschirr ins Spülbecken. Wie zufällig berührten sich ihre Körper. Bevor sie fragen konnte, fragte er. »Fährst du nach Hause, oder möchtest du hier schlafen?«

Hoppla. Da hatten sie ja beide denselben Gedanken

gehabt. Wie schön. Er war ja unkomplizierter als gedacht und anscheinend doch nicht so nachtragend, wie sie angenommen hatte. Unwillkürlich lächelte sie. »Gerne hier. Sehr gerne sogar.«

Darcy wandte sich ab und räumte Pfeffer und Salz in den Schrank. »Okay. Du kannst mein Bett haben. Ich nehme die Isomatte.«

10

Als Fi am nächsten Morgen aufstand, war Darcy schon weg. Er hatte Dienst. Über WhatsApp wünschte er ihr einen guten Morgen und Erfolg bei der Suche nach Anne.

So wie gute Freunde das eben tun, dachte Fi verärgert und steckte das iPhone ein. Dabei war es ihr blödsinniger Vorschlag gewesen, und Darcy hielt sich daran. Er hatte wirklich im Schlafsack auf der Isomatte gepennt. Dieser verdammte Ritter in seiner lädierten Blechrüstung. Es würde ihm noch leidtun, derart auf Kumpel zu machen, als wäre da nichts gewesen zwischen ihnen.

Auf dem Küchentisch standen die Reste des Frühstücks. Fi goss kalten Kaffee aus der Stabfilterkanne in einen Topf, schüttete Milch dazu und schaltete den Herd an.

Während sie frühstückte, suchte sie in den Fotokopien nach dem Namen des Arztes, bei dem Anne und Julia gearbeitet hatten. Dr. Wittmann, Internist. Dank Google erfuhr sie, dass es die Praxis noch gab. Sie befand sich in der Altstadt, nur ein paar Minuten von Darcys Wohnung entfernt.

Kurz vor elf machte Fi sich auf den Weg und überlegte,

wie sie am besten vorgehen sollte. Einfach mit der Tür ins Haus fallen und nach Anne Laurenz fragen? Sie konnte sich als Freundin ausgeben. Wobei, dafür war sie zu jung. Oder als Verwandte? Oder als Tochter einer Freundin? Ach was, sie würde einfach improvisieren.

Während sie das Ärztehaus ansteuerte, klingelte das iPhone. Die Nummer sagte ihr nichts. »Ja, hallo?«

»Hallo, Frau Artmann. Lea Wehrle hier.«

»Äh … ja?« Wieso Artmann? Etwas klingelte im Hinterkopf.

»Die Galeristin. Wir haben vorgestern miteinander telefoniert. Es ging um die Skulptur. Sie wollten heute Nachmittag in die Galerie kommen.«

Autsch. Daran hatte sie gar nicht mehr gedacht. »Richtig. Daraus wird wohl leider nichts.«

»Ja, das glaube ich auch.« Die Tonlage wechselte in giftig. »*Der Mahnende* ist nämlich weg. Beschlagnahmt. Wie kommen Sie dazu, sich unter falschem Namen bei mir einzuschleichen und mir auch noch die Polizei auf den Hals zu hetzen, Frau Jacoby? Das sind Sie doch, Fiona Jacoby. Bens Tochter.«

»Denken Sie scharf nach, dann kommen Sie von selbst drauf. Oder lesen Sie die Anzeige. Da steht es drin.« Fi drückte das Gespräch weg. Blöde Schnepfe. Aber immerhin war *Der Mahnende* in Sicherheit. Das war ja schon mal was.

Fi studierte die Schilder neben dem Eingang. Dr. Wittmann, Internist. EG, links. Sie klingelte. Der Summer ertönte automatisch.

Die Praxis war hell und modern eingerichtet. Es roch, wie es in Praxen roch. Steril und sauber und medizinisch. Die Tür zum Wartezimmer stand offen. Ein paar

Patienten befanden sich darin. Hinter der Empfangstheke saßen zwei Mitarbeiterinnen. Beide höchstens so alt wie Fi. Die wussten sicher nicht, was aus Anne Laurenz geworden war. Während sie noch zögerte, öffnete sich die Tür des Laborraums. Eine brünette Mittvierzigerin kam heraus. Sie trug einen weißen Kittel und hielt eine Patientenakte in der Hand. Die war richtig. Fi stellte sich ihr in den Weg. Überrascht blieb die Frau stehen. Braune Augen hinter einer randlosen Brille musterten Fi. »Kann ich Ihnen helfen?«

»Ich hoffe.« Fis Blick blieb an dem Namensschildchen hängen, das an der Brusttasche angebracht war. Anne Kretschmer. Anne war kein so häufiger Vorname. Jedenfalls nicht in Bayern. Das konnte sie sein. »Kann ich Sie etwas fragen?«

»Worum geht es denn?« Ein gereizter Unterton schwang mit.

»Sind Sie Anne Laurenz, die Freundin von Julia Reinhold?«

Schlagartig veränderte sich die Mimik. Alle Schotten wurden dichtgemacht. Hoppla! Großer Fehler, so direkt zu fragen.

»Wenn Sie von der Presse sind, können Sie gleich wieder gehen. Die Medien haben schon genug Geld mit Julias Schicksal gemacht. Dazu trage ich nicht weiter bei.«

»Bin ich nicht«, stotterte Fi. »Ich meine, nicht von der Presse.« Verdammt. Sie brauchte einen Plan. Sollte sie sagen, dass sie Bens Tochter war? Keine gute Idee. Mit der Tochter des Mörders würde Anne nicht reden. Rasend schnell improvisierte Fi und borgte sich einen Namen zusammen.

»Mein Name ist Bea Stiller. Ich studiere Kriminalistik

an der Verwaltungsfachhochschule.« Gut, dass sie vor einiger Zeit einen Kerl kennengelernt hatte, der genau das tat. »Ich schreibe eine Semesterarbeit über ...« Verdammt! Jetzt fiel ihr das Wort nicht ein. Sie hatte da neulich doch diese Sendung im Fernsehen gesehen. »Intimizide. Also über Morde an Intimpartnern.« Uff! Gerade noch rechtzeitig. »Und dabei beschäftige ich mich auch mit dem Mordfall Julia Reinhold. Ich würde Ihnen gerne ein paar Fragen dazu stellen.«

Zögernd legte Anne Kretschmer die Akte auf die Theke und musterte Fi. »Eine Semesterarbeit also.«

»Ja. Und die ist für mich sehr wichtig. Wenn ich damit nicht punkten kann, wird es eng für die Abschlussprüfung. Davon hängt alles ab.«

Anne schob die Brille ins Haar und gab sich schließlich einen Ruck. »Meine Tochter sitzt gerade an ihrer Bachelorarbeit. Ich weiß, wie mühsam es ist, bis man alles recherchiert hat.«

»Genau«, pflichtete Fi erleichtert bei.

Eine Kollegin rief nach Anne. »Also gut. Sie können mir Ihre Fragen stellen. Aber nicht jetzt. Ich muss arbeiten. Wir können uns in meiner Mittagspause treffen. Um zwölf. Es gibt ein Café gleich um die Ecke. Einverstanden?«

»Ja, klar. Das ist nett von Ihnen.« Fi verabschiedete sich und suchte das Café gleich auf. Sie hatte keine Ahnung, wie so ein Kriminalistikstudium ablief, wo diese Verwaltungsfachhochschule überhaupt war und was man da so machte. Sie musste in ihre Rolle schlüpfen. Himmel! Wie war sie nur auf diese abgefahrene Idee gekommen? Improvisieren konnte sie jedenfalls. Mit sich zufrieden, loggte sie sich mit dem iPhone ins WLAN des

Cafés ein und begann zu recherchieren. Es gab zwei Verwaltungsfachhochschulen in Bayern. Sie entschied, dass sie in Fürstenfeldbruck studierte und sich angesichts ihres Alters bereits im Hauptstudium II befand. Im letzten Ausbildungsabschnitt.

Als Anne kurz nach zwölf kam, fühlte Fi sich trotz der Recherche auf unsicherem Boden. Am besten war es, nicht lange um das eigentliche Thema herumzueiern. Ihr fehlte einfach das Fachvokabular, um ihre Rolle für längere Zeit aufrechterhalten zu können. Da es ohnehin um Beziehungstaten ging, war die Frage nach den Männern in Julias Leben naheliegend.

Fi stand auf und reichte Anne Kretschmer die Hand. Ja, sie hatte eine gute Erziehung in diesen Internaten genossen, auch wenn sie sich selten darauf besann. In diesem Fall war es angebracht. »Danke, dass Sie sich die Zeit für mich nehmen.«

»Das ist doch selbstverständlich.« Anne bestellte Tramezzini und Wasser. Fi schloss sich ihr an. Aus dem Rucksack zog sie Block und Stift. Dann legte sie ein Warm-up hin und erklärte mit wenigen Worten, was es mit Intimiziden auf sich hatte. Das war einfach, die Fernsehsendung war ihr noch gut in Erinnerung. Dann steuerte sie zielsicher auf ihre Fragen zu.

»In meiner Semesterarbeit untersuche ich auch die Vorgeschichte der Taten, insbesondere unter dem Aspekt der vorausgegangen Beziehungen der Opfer zu anderen Männern als dem Täter.« Wow! Das hatte sie klasse formuliert. »Aus den mir zur Verfügung stehenden Unterlagen geht nicht hervor, ob Julia Reinhold vor Benedikt Jacoby eine Beziehung hatte und er möglicherweise der Grund für eine Trennung war.«

Anne schob die Brille auf dem Nasenrücken nach oben. »Außer Ben gab es niemanden. Julia war völlig auf ihn fixiert, seit sie sich mit sechzehn in ihn verliebt hatte.«

»Sie hatte nie einen anderen?« Das war beinahe unglaublich.

»Es war nie etwas Ernstes. Nur kurze Affären. Und bevor Ben wieder in ihr Leben trat ...« Anne unterbrach sich. »Sie wissen vermutlich, dass die beiden zu Schulzeiten schon einmal ein Paar waren.«

Fi nickte. Das hatte sie in den Zeitungen gelesen.

»Bevor Julia sich wieder mit Ben einließ, war sie schon beinahe zwei Jahre Single. Sie wollte ihn zurück, und das ist ihr gelungen, obwohl er verheiratet war.«

»Sie meinen, Julia hat zehn Jahre lang versucht, ihn zurückzuerobern?«

»Ob die ganze Zeit, das weiß ich nicht. Aber sie liebte ihn. Für sie war er der Mann fürs Leben. Sie war so glücklich damals.«

Okay, das war nicht das, was Fi hören wollte. Sie ließ den Kuli sinken. Julia hatte sich für Ben aufgespart, gewissermaßen jedenfalls. Wie schräg war das denn? Eine Art Keuschheitsgelübde, oder was?

»Und es gab auch keinen Mann, der sich für sie interessierte?«, fragte Fi. »Das ist eigentlich nicht zu glauben. Sie war sehr hübsch. Es müssen doch ein paar Kerle hinter ihr her gewesen sein.«

»Wenn das so war, dann hat sie ihnen keine Beachtung geschenkt. Jedenfalls hat sie mir nie dergleichen erzählt.«

Kein anderer Mann. Jedenfalls keiner, von dem Anne wusste. Fiona bohrte noch mal nach. Doch Anne blieb dabei. Julia hatte ihr nie von einem anderen Mann berichtet. Schließlich fragte Fi, ob Julia mit jemandem Streit oder Angst vor jemandem gehabt hatte. Auch davon wusste Anne nichts. Julia sei ein freundlicher und umgänglicher Mensch gewesen. Allerdings eine Einzelgängerin. Außer Anne hatte sie eigentlich keine Freundinnen gehabt. Jedenfalls keine, denen sie sich anvertraute. Auch von Bens Übergriff hatte sie nur ihr und ihrer Mutter erzählt. Stimmt, dachte Fi. Vor Gericht waren keine weiteren Zeugen zu diesem Vorfall befragt worden.

»Julia hat also nur Ihnen und ihrer Mutter erzählt, dass es Benedikt Jacoby war, der sie gewürgt hat.«

Anne bestätigte das nochmals.

»Halten Sie es für möglich, dass sie gelogen hat?«

»Nein. Ben ist ausgerastet, weil sie nicht abtreiben wollte. Und wer sollte es denn sonst gewesen sein?«

»Jemand, den Julia schützte.«

Anne neigte den Kopf. Sie schien langsam die Geduld zu verlieren. »Es gab keinen anderen. Es gab nur Ben.«

Das Lokal hatte sich mittlerweile gefüllt. Fi bemerkte eine Frau, die weiter vorne an einem Tisch saß und zu ihnen herüberstarrte. Irgendwie kam sie ihr bekannt vor. »Danke. Dann kann ich diesen Punkt abhaken.« Mist.

Plötzlich hatte Fi eine Idee. 1995 hatte so gut wie niemand ein Handy besessen und kaum jemand einen PC. Man telefonierte oder schrieb sich Briefe und Karten. Mit ein wenig Glück gab es Julias Korrespondenz noch und vielleicht hatte sie sogar Tagebuch geführt. Nur eine Rabenmutter würde die Sachen ihrer verstorbenen Tochter wegwerfen, und das war Renate Reinhold nicht gewesen. Eher die beste Freundin ihrer Tochter. Jedenfalls wenn man den Zeitungsartikeln glaubte.

»Wissen Sie, wo ich Renate Reinhold finden kann? Meine Internetrecherche war leider erfolglos.«

»Es tut mir leid, Frau Stiller.« Bedauernd hob Anne die Hände. »Ich habe die neue Adresse nicht. Julias Mutter ist nach ihrer Pensionierung nach Stuttgart gezogen. Das ist einige Jahre her. Der Kontakt zu ihr ist allerdings schon lange vorher abgebrochen. Sie hat sich nach Julias Tod zurückgezogen.« Anne sah auf die Uhr und winkte der Kellnerin. »Meine Pause ist gleich vorüber. Ich hoffe, ich konnte Ihnen helfen. Wenn Sie noch Fragen haben, melden Sie sich.«

»Danke. Das ist wirklich freundlich von Ihnen.«

Die Bedienung kam, um zu kassieren. Wieder bemerkte Fi die Frau, die sie schon die ganze Zeit beobachtete. Sie war etwa in ihrem Alter. Farbloses Pfannkuchengesicht. Moppelfigur, die in Klamotten steckte, die eine Nummer zu klein waren. Irgendwoher kannte Fi sie. Nur woher? Es fiel ihr nicht ein.

Sie zahlte und ging mit Anne Richtung Ausgang. Dabei näherten sie sich dem Tisch, an dem Miss Pfannkuchen saß, die plötzlich aufsprang. »Fiona? Bist du das?«

Der Groschen fiel. Katja! Die Verräterin! Fi tat, als hätte sie nichts gehört, und ging weiter.

»Fiona Jacoby? Natürlich bist du das«, kreischte Katja voller Wiedersehensfreude.

Anne Kretschmer blieb abrupt stehen. »Sind Sie etwa Fiona Jacoby? Bens Tochter?«

»Natürlich ist sie das.« Katja drängelte sich zwischen sie. »Wir sind zusammen zur Schule gegangen. Ewig nicht gesehen. Wie geht es dir denn so?«

An Annes Hals zeichneten sich plötzlich hektische rote Flecken ab. Ihr Kiefer malte. »Sie haben mich belogen. Sie haben meine Gutmütigkeit ausgenutzt. Warum? Was wollen Sie von mir?«

Mit einem Mal fühlte Fi sich schäbig. Anne hatte ja recht. »Ben ist tot …«

»Ja. Ich weiß. Und ich weine ihm keine Träne nach.«

»Er war es nicht. Er hat Julia nicht getötet.«

Für einen Moment war Anne sprachlos. »Was reden Sie denn da für einen Unsinn«, stieß sie schließlich hervor. »Natürlich war er es. Und jetzt lassen Sie mich in Ruhe, und wehe, Sie lassen sich noch einmal in meiner Nähe blicken.« Wütend wandte Anne sich ab und verließ das Café.

Katja stand mit offenem Mund daneben. Gleich würde der Sabber herauslaufen. »Du hast dich jedenfalls überhaupt nicht verändert, Katja«, sagte Fi. »Du bist noch dieselbe fiese kleine Ratte wie damals.«

Sie ließ die Verräterin stehen und stapfte zum Bahnhof.

Eine Stunde später saß sie daheim und fuhr den Laptop hoch, um die Adresse von Renate Reinhold in Stuttgart ausfindig zu machen.

Im Mailpostfach lag eine neue Nachricht. Betreff: *Lass die Toten ruhen.* Kein Text, nur ein Bild war angehängt. Das Foto eines blutigen Messers. Von wem kam das denn? Fi sah auf den Absender. MrNo@tumblr.com. Mr No! Ging's noch! Beinahe hätte sie gelacht.

Das Messer war jedenfalls eine Anspielung auf den Mord an Julia. Was sollte der Mist? Kam das von dem Kerl, den sie geschützt hatte? Er wollte, dass sie ihre Finger von der Sache ließ, und versuchte sie einzuschüchtern. Und ganz offensichtlich kannte er sie nicht. Sonst hätte er gewusst, dass er mit einer Drohung das genaue Gegenteil erreichte. Jetzt erst recht. Diese Mail war die Bestätigung der letzten Worte ihres Vaters. Ben hatte nicht gelogen. Er war unschuldig. Und sie würde den

Kerl ans Tageslicht zerren, der ihn hinter Gitter gebracht hatte. Worauf er sich verlassen konnte!

Und dafür brauchte sie die Adresse von Renate Reinhold. Sie googelte und fand sie mit fünf Klicks. Aus dem Rucksack zog sie den Block und die kopierten Zeitungsartikel. Nachdem sie die Anschrift notiert hatte, nahm sie sich die Zeitungsberichte noch einmal vor. Vielleicht hatte sie etwas übersehen. Obenauf lag der Bericht von der Urteilsverkündung. Ein Bild von Ben aus dem Gerichtssaal prangte blattbreit darauf. Er sah schlecht aus, total elend und eingefallen. Wo war seine Lebensfreude geblieben? Sein Optimismus? Das Strahlen in seinen Augen? All das war weg. Fünfzehn Jahre. Er hatte verstanden, was es bedeutete. Er hatte alles verloren. Seine Familie, seine Freiheit, seinen Ruf, sein Glück. Wie grauenhaft.

Achtzehn Jahre zuvor.

Marseille.

Februar 1996.

1

Vom Meer kommend strich ein feuchtkalter Wind über den Vieux Port und durch die Straßen Marseilles. Behäbig schob er Wolkenberge über den Himmel, brachte den Geruch nach Meer mit sich und fuhr Julia in die Haare, als sie kurz nach halb neun ihre kleine Wohnung in der Rue Nationale verließ und sich auf den Weg zur Arbeit machte.

Seit fünf Monaten lebte sie in diesem von Arbeitern und Ausländern bewohnten Quartier unweit des Gare Saint-Charles, in einem kleinen Apartment über einem Geschäft für Kindermode. In diesem Viertel waren die Straßen eng und die Häuser ein wenig heruntergekommen. Viele Läden standen leer, Fassaden waren mit Graffiti besprüht, Fensterscheiben eingeworfen. In garagenkleinen Geschäften konnte man Lebensmittel aus aller Herren Länder kaufen. Der Geruch exotischer Speisen hing in den Gassen, ebenso wie der Duft nach frischen Croissants und Baguette. Julia gefiel das. Sie hatte sich entschlossen, ihr neues Leben zu mögen und hier glücklich zu sein. Auch wenn sie sich manchmal dazu zwingen musste. So wie an Weihnachten.

So gerne wäre sie zu Hause gewesen. Daheim in Freising. Was hätte sie dafür gegeben, den Gottesdienst im Dom zu besuchen, zusammen mit ihrer Mutter, und sich an den Weihnachtsfeiertagen mit Anne zu treffen. Sie hatte sich ausgemalt, wie es wäre, durch den verschneiten Wald entlang der Isar zu stapfen, während ein frostiger Wind weiße Atemfahnen mit sich riss, und am Brauneck Ski zu fahren. Wobei das hochschwanger sicher keine gute Idee war. Silvester zu feiern. Raketen in den Himmel zu schießen. Mit Sekt anzustoßen und Blei zu gießen. Unmöglich! Also hatte sie das Beste daraus gemacht und die Einladung einer alleinstehenden Kollegin angenommen. Es war ein öder Abend gewesen und Julia mit ihren Gedanken mehr als tausend Kilometer entfernt. Was hätte sie dafür gegeben, daheim zu sein. Oder sich wenigstens betrinken zu dürfen.

Der erste Schreck, den sie Ben wenigstens hatte gönnen wollen, war längst vorüber. Angst war seither für ihn der Normalfall, und das Finale stand unmittelbar bevor. Die Verurteilung. Sie hatte sie nicht verhindert. Natürlich nicht. Es ging nicht. Das war ihr schon im September klargeworden, als sie im Zug nach Paris saß und überlegte, wie weit sie das Spiel treiben sollte. Fünf Jahre musste sie durchhalten, wenn sie und ihre Mutter nicht ins Gefängnis wollten. Das Vortäuschen einer Straftat war strafbar und erst nach dieser Frist verjährt. Das hatte sie von Anfang an gewusst. Sie war bereit gewesen, diesen Preis zu zahlen, und war es noch. Ben hatte es nicht anders verdient. Außerdem trug sie bald die Verantwortung für ein Kind. Es gab kein Zurück.

»Bonjour Marie.« Es war Natalie, die Verkäuferin aus der Boulangerie von gegenüber, die diesen Gruß quer über die Straße rief. Sie stand vor dem Laden und unterhielt sich mit dem buckligen Raoul.

Es dauerte meist einen winzigen Moment, bis Julia auf diesen Namen reagierte. So ganz hatte sie sich noch nicht daran gewöhnt, Marie Wagner zu sein. »Bonne journée, Natalie«, antwortete sie daher mit einer kleinen Verzögerung.

»C'est pour quand?« Natalie wies auf Julias Bauch, der sich unter der weiten Jacke aus einem marineblauen Wollstoff wölbte.

»In drei Wochen. Wenn sie pünktlich ist.« Unwillkürlich strich Julia über die stattliche Kugel und spürte im selben Moment einen kleinen Tritt dort drinnen. Sie genoss diese Augenblicke, in denen sie die Kleine in sich spürte. Inzwischen wusste sie, dass es ein Mädchen wurde. Dr. Nicole de Jaunefeyrac, ihre neue Gynäkologin, hatte es ihr gesagt. Für einen Namen hatte Julia sich längst entschieden. Louise Sophie.

Lächelnd winkte Julia Natalie zu und ging weiter. In einer spiegelnden Schaufensterscheibe betrachtete sie ihre Erscheinung. Das Haar trug sie schon seit September zu einem modischen Bob geschnitten und in einem hellen Kastanienbraun gefärbt. Das Brillengestell war neu, très chic, und enthielt nach wie vor Fensterglas. Die unscheinbare Marie Wagner mauserte sich und benutzte inzwischen sogar Make-up.

Am Gare Saint-Charles stieg Julia die von Palmen flankierte Treppe zur Haupthalle hinauf und musste auf einem Absatz atemlos und mit Seitenstechen innehalten. Sie stützte die Arme in die Hüften und schöpfte Luft. Die Aussicht war grandios. Weiter im Süden thronte die Wallfahrtskirche Notre-Dame de la Garde auf einem

Hügel. Im Westen erblickte sie Hunderte Schiffe, Boote und Yachten, die dicht gedrängt an den Kais des Vieux Port lagen. Einen Augenblick genoss sie den Anblick, spürte den Wind in den Haaren und sah den Wolkenformationen nach, die über den Himmel zogen, und den Möwen, die sich von der Thermik nach oben tragen ließen.

Das Seitenstechen ließ nach. Sie erklomm die restlichen Stufen und suchte in der Haupthalle den Bar Tabac auf. Dort kaufte sie die Süddeutsche Zeitung, die hier mit einem Tag Verspätung auslag. Im Café nebenan bestellte sie eine Schale Café au lait und ein Croissant und blätterte während ihres Frühstücks hastig durch die Zeitung, bis sie fand, wonach sie suchte. Den Artikel zur Urteilsverkündung.

Fünfzehn Jahre für Benedikt Jacoby. Das Urteil überraschte sie nicht. Es hatte sich bereits während des Prozesses abgezeichnet. Ein großes Foto von Ben war unter der Headline abgedruckt. Es musste unmittelbar nach der Urteilsverkündung aufgenommen worden sein. Dem Fotografen war es geglückt, den Augenblick einzufangen, in dem Ben erkannt hatte, was dieses Urteil für ihn bedeutete und dass alles zu Ende war. Er hatte alles verloren. Nie wieder würde er eine Frau benutzen und wegwerfen, als sei sie nicht mehr als Dreck. Nie wieder würde er eine Frau derart fertigmachen wie sie. Nie wieder würde er glücklich sein. Er sah schlecht aus. Grauenhaft schlecht. Wie sie es sich gewünscht hatte. Es fehlte nur noch eines, um ihre Rache perfekt zu machen.

Sie las den Artikel von der ersten bis zur letzten Zeile, sog jedes Wort in sich auf. Ein tiefes Gefühl von Genugtuung erfüllte sie, als sie die Zeitung zusammenfaltete.

Doch prompt wollten Gewissensbisse in ihr aufsteigen. Wie so oft. Sie verbannte sie in eine dunkle Kammer. Und Tür zu! Diesen Moment wollte sie sich nicht von Zweifeln kaputtmachen lassen. Ben hatte es verdient. Er allein trug die Verantwortung.

Wie zur Bestätigung drehte sich das Kind in ihrem Bauch. Das Kind, das er nicht gewollt hatte, das Kind, das längst tot wäre, zerrissen in ihrem Leib, herausgesaugt und in einem Abfluss hinuntergespült, wenn es nach ihm gegangen wäre. Sein eigen Fleisch und Blut. Doch es ging nicht nach seinem Willen. Schon lange nicht mehr.

Julia steckte die Zeitung ein, leerte die Schale Kaffee und machte sich auf den Weg zur Arbeit.

Seit Anfang November unterrichtete sie an einer privaten Sprachenschule Deutsch in einem Intensivkurs. Diese Arbeit machte ihr Freude und erfüllte sie mit Befriedigung. Warum nur war sie MTA geworden? Sie hätte Sprachen studieren sollen. Ihre Schüler waren Mitarbeiter der mittleren Führungsebene bei Aérospatiale. Seit der französische Luftfahrtkonzern enge Kontakte zur deutschen DASA pflegte, waren gute Deutschkenntnisse Voraussetzung für den Karrieresprung. Die Kurse waren stark nachgefragt, und ihre Chefin Claire Robert hatte beinahe verzweifelt nach neuen Lehrern gesucht und Julia beim Behördenmarathon zur Erteilung der Arbeitserlaubnis und der Aufenthaltsgenehmigung tatkräftig unterstützt. Das größte Problem war das Abiturzeugnis gewesen. Renate hatte letztendlich das von Julia genommen, schließlich hatte sie in Französisch eine Eins, und hatte es den neuen Personalien angepasst und eine beglaubigte Kopie geschickt. Claire Robert hatte diese übersetzt, die Übersetzung wiederum beglaubigen lassen und schließlich bei der Préfecture vorgelegt. Danach war alles ganz schnell gegangen.

Julia betrat das Bürogebäude am Place Victor Hugo, in dem die Sprachenschule in der zweiten Etage residierte. Ein moderner Bau mit einer futuristischen Alufassade. Sie nahm den Lift nach oben, da das Treppensteigen jeden Tag beschwerlicher wurde.

Kurz nach neun betrat sie das Lehrerzimmer, begrüßte die beiden Kollegen, die ebenfalls Vormittagskurse gaben, und legte die Zeitung zu dem Stapel der anderen in ihr Fach. Seit Wochen hatte sie den Prozess verfolgt. Ein steter Quell der Genugtuung.

Noch eine halbe Stunde, bis der Unterricht begann. Sie war zwar bestens vorbereitet, doch sie ging den Stoff für heute noch einmal durch.

In einem sechswöchigen Crashkurs hatte sie sich die Unterrichtsmethode angeeignet und dabei beinahe Tag und Nacht gebüffelt, bis ihr die Augen zugefallen waren und sie an nichts anderes mehr dachte. Auch die Mutterschutzfrist hatte sie freiwillig auf das Minimum verkürzt. Zwei Wochen vor, sechs Wochen nach der Geburt. In Frankreich war das möglich. Arbeit war die beste Methode, alle anderen Gedanken fernzuhalten. Vor allem die Zweifel, die immer wieder in ihr aufsteigen und ihr ein schlechtes Gewissen machen wollten. Selbst wenn sie gewollt hätte, es war nicht mehr zu ändern. Sie hatte es längst nicht mehr in der Hand.

2

Als Julia ein paar Tage später nachmittags von der Arbeit nach Hause kam und durch das Treppenhaus nach oben stieg, öffnete ihre Nachbarin Agnes Leroy die Tür, als habe sie dahintergestanden und auf Julia gewartet. Sie war Mitte siebzig, verwitwet und offenbar einsam, denn sie suchte Kontakt. Julia ging ihr nach Möglichkeit aus dem Weg. Die Frau stellte zu viele Fragen.

»Ein Paket für Sie, Madame Wagner. Es war doch recht, dass ich es angenommen habe?«

Lächelnd nahm Julia den Karton in Empfang. »Das war sehr freundlich von Ihnen. Merci.« Bevor die Frau sie in ein Gespräch verwickeln konnte, verabschiedete Julia sich. Das Kind drückte auf die Blase. Ständig musste sie zur Toilette.

Den Karton stellte sie auf der Kommode im Flur ab und schloss die Tür. Ruhe umgab sie. Ein Hauch Orangenduft hing in der Luft. Er stammte von der Politur, mit der sie die Kommode eingelassen hatte. Ein wahres Schmuckstück aus dem Directoire. Kirschholz mit einer Marmorplatte. Julia hatte sie in einem Brocante im Quartier Saint-Victor entdeckt und sich sofort verliebt.

Der Preis war akzeptabel gewesen, denn das Möbel war ein wenig heruntergekommen. Julia hatte sich informiert, wie man das Holz aufpolieren konnte, und ihm neuen Glanz verliehen.

Die Wohnung war zwar alt und klein, zwei winzige Zimmer, Küche und Bad, doch Julia hatte sie liebevoll eingerichtet. Wenn sie schon fern von zu Hause leben musste, war es umso wichtiger, dass sie sich in ihren vier Wänden wohl fühlte. Knarrendes Parkett, ein wenig Stuck und ein französischer Balkon vor der Küche, die zum Hinterhof ging. Dank der finanziellen Unterstützung ihrer Mutter bestand die Einrichtung aus einer Mischung moderner Möbel und einiger alter Stücke, die Julia bei ihren Wochenendstreifzügen über Flohmärkte und durch Trödelläden erworben hatte. Diese Ausflüge bereiteten ihr großes Vergnügen. Sie hatte ein Händchen dafür, alte Dinge mit neuen zu kombinieren und so eine ganz eigene Atmosphäre zu schaffen. Auch die Wickelkommode war beinahe hundert Jahre alt. Sie wartete im fertig eingerichteten Zimmer auf Louisechen.

Mit dem Paket ging Julia in die Küche. Es trug einen fingierten Absender und war in Nürnberg aufgegeben worden. Natürlich kam es von Renate, die schon beinahe paranoid darauf bedacht war, dass niemand eine Spur von ihr zu Julia nachverfolgen konnte. Dabei hatte keine Menschenseele überhaupt Verdacht geschöpft. Nachdem der Prozess nun abgeschlossen war, konnte ihre Mutter sich ruhig ein wenig entspannen.

Im Paket befand sich ein Stapel Zeitungen und Zeitschriften. Mittendrin lag ein Kuvert mit zweitausend Mark. Nach und nach würde sie die Scheine in Franc wechseln. Sie verstaute den Umschlag im Schlafzimmerschrank und machte es sich mit einem Becher Tee und den Zeitungen auf dem Sofa gemütlich. Der Prozess hatte mehr Aufsehen erregt, als sie für möglich gehalten hatte. Sogar einige Zeitschriften und Illustrierte waren darauf angesprungen. Julia vertiefte sich in die Artikel, sah sich die Fotos an und las die Prozessberichte. Irgendwann hatte Ben es aufgegeben, sich zu verteidigen und seine Unschuld zu beteuern, und schwieg vor Gericht. Sein Verteidiger war ein alter Trottel, der dem Fall nicht gewachsen war. Und auch die Polizei schien die Unschuldsvermutung nach dieser Fülle an Beweisen und Bens ständig wechselnden Aussagen in den Wind geschlagen zu haben. Dass Ketamin sich derart verheerend auf das Gedächtnis auswirkte, hatte Julia nicht gewusst. Ein glücklicher Umstand, der ihr in die Hände gespielt hatte.

Ein Artikel in einer Illustrierten beschäftigte sich mit Konrad Jacoby, dem einflussreichen Unternehmer und Politiker. *Der tiefe Fall der Familie Jacoby*, so lautete die Headline. Dem Reporter war es gelungen, Hedwig Riedl zum Reden zu bringen. Ihr Mann Julius war ein enger Freund von Konrad. Sie berichtete, dass Ben für Konrad nicht länger existierte. Er hatte ihn aus seinem Leben gestrichen. Ludwig würde die Brauerei künftig leiten. Bens Namen wollte Konrad nie wieder in den Mund nehmen.

So ein Arschloch, dachte Julia. Verleugnet seinen Sohn. Und das sollte eine Familie sein. Auch wenn sie Ben hasste, empfand sie in diesem Moment doch eine Spur Mitleid mit ihm. Alle in einen Sack stecken und draufhauen. Es traf keinen Falschen. Mutter hatte ja so recht.

Im Weiteren ging der Artikel auf die Folgen von Bens Tat für Konrad ein. Seit Jahrzehnten war er Mitglied in der CSU und hatte verschiedene Ämter inne. Bei den anstehenden Wahlen wollte er für den Landtag kandidieren. Der Listenplatz war ihm längst sicher. Doch nach Bens Verurteilung gingen seine Parteifreunde auf Distanz und nötigten Konrad den Rücktritt von der Kandidatur ab. Der Name Jacoby galt nicht länger als Zugpferd. Er hatte gelitten. Konrad würde der Partei schaden, wenn er auf seinem Listenplatz beharrte. Der Vater eines Frauenmörders. Man würde sich fragen, welchen Anteil Erziehung und Familie daran hatten, dass es mit Ben so weit gekommen war. Konrad ließ es auf eine Abstimmung ankommen und verlor. In seiner Enttäuschung über diesen Verrat trat er von allen Posten zurück und obendrein aus der Partei aus. Und Charlotte tat es ihrem Mann gleich. Auch sie ließ sich öffentlich nicht mehr blicken und legte alle Ämter und Ehrenämter nieder.

Zwei beleidigte Kinder, dachte Julia und verkniff sich ein Lachen. Fürwahr: Der tiefe Fall der Familie Jacoby. Mama hatte das bestimmt bei einer Flasche Sekt mit ihrer Freundin Hannelore gefeiert. Nur, dass Hannelore ganz sicher nicht den Hauch einer Ahnung gehabt hatte, was da eigentlich gefeiert wurde.

Julia las alle Artikel mit Genugtuung. Es fehlte nur noch eines, um die Rache perfekt zu machen. Das eine, das eigentlich viel früher, genau genommen als Erstes hätte passieren sollen. Was war mit Lydia? In den Zeitungen wurde sie nur kurz erwähnt. Ein Zusammenbruch und ein Krankenhausaufenthalt, kurz nach der Anklageerhebung. Kein Bild. Keine Stellungnahme. Was war los? Hielt sie etwa zu Ben? Obwohl er etwas getan hatte, das hinzunehmen sie nie bereit gewesen war?

Julia konnte das nicht glauben. Sicher wusste ihre

Mutter mehr. Heute Abend wollten sie telefonieren, dann konnte sie nach Lydia fragen. Es war das erste Telefonat, seit sie weggegangen war. Gestern war ein Brief von Renate gekommen. Hannelore musste für zwei Wochen ins Krankenhaus und hatte ihr die Schlüssel gegeben, damit sie die Blumen gießen und nach dem Rechten sehen konnte. Zwischen acht und halb neun würde ihre Mutter in den kommenden beiden Wochen jeden Abend in Hannelores Wohnung auf Julias Anruf warten.

Pünktlich um acht betrat Julia eine Telefonzelle am Gare Saint-Charles, warf Münzen in den Schlitz und wählte die Nummer.

Ihre Mutter meldete sich mit einem atemlosen »Ja«.

Etwas war passiert. Julia spürte es. Doch Renate fragte erst, ob es ihr gutging. Was die Schwangerschaft machte und ob sie schon eine Klinik für die Entbindung ausgewählt hatte. Julia beruhigte sie. Sie hatte alles vorbereitet und im Griff. Louisechen konnte jederzeit kommen.

Nach der Geburt wollte Renate unbedingt nach Marseille reisen, um sie zu besuchen und ihre Enkelin zu begrüßen, auch wenn sie eine halbe Jacoby war. Doch sie machte sich natürlich Sorgen, dass man ihr auf die Schliche kommen könnte. Urlaub in Marseille im März? Wer machte das schon? Julia riet ihr, offiziell auf die Kanarischen Inseln zu fliegen. Niemand konnte überprüfen, wo sie wirklich war. Die ständige Angst und Vorsicht ihrer Mutter ging ihr zunehmend auf die Nerven.

»Das ist eine gute Idee. So mache ich es. Weißt du, wer mir heute auf dem Marienplatz über den Weg gelaufen ist?«

»Woher soll ich das wissen?«

»Konrad und Charlotte. Meine Güte, war den beiden

das peinlich. Sie wussten nicht, ob sie mich grüßen oder schneiden sollten. Wie behandelt man die Mutter des Opfers? Schließlich habe ich sie gegrüßt. Darüber waren sie wirklich erleichtert. Hast du gelesen, dass Konrad alles hingeschmissen hat? Er wird bei den Wahlen nicht aufgestellt und ist sogar aus der CSU ausgetreten, bevor sie ihn rausgeworfen haben. Und auch den Chefsessel in der Brauerei hat er geräumt. Konrad ist nicht mehr wichtig. Er spielt keine Rolle mehr. Jetzt ist er ein Niemand. Weniger als ein Niemand sogar. Er ist der Vater des Mörders und sah wirklich krank aus. Und Charlotte erst. Sie ist um zehn Jahre gealtert. Mindestens. Dabei ist sie sogar jünger als ich. Auch sie kann sich nirgendwo mehr blicken lassen. Sie hat ihre ganzen Ämter aufgegeben. Beide sind vom hohen Ross gefallen. Geschieht ihnen recht. Das war überfällig. Am besten wäre es, sie würden Freising verlassen.«

Wieder warf Julia Münzen nach und hörte der Tirade ihrer Mutter zu. Ein wenig erstaunt. So viel Genugtuung und so viel Boshaftigkeit. Je länger Renate redete, umso stärker wurde dieses Gefühl. Natürlich hatte sie gewusst, dass es bei dieser Rache nicht allein um Ben ging. Doch der Anteil, der Konrad und den verletzten Gefühlen ihrer Mutter geschuldet war, wurde ihr erst jetzt bewusst.

»Die beiden hatten das Mädchen dabei«, erklärte Renate. »Die Tochter von Ben. Wie heißt sie gleich noch?«

»Fiona.« Plötzlich tat ihr das Kind leid. An die Kleine hatte sie gar nicht gedacht. Etwas schnürte ihr ganz unerwartet die Kehle zu.

»Fiona. Richtig. Die Arme. Ach, das weißt du ja noch gar nicht.«

Julia wollte jetzt nicht über Lydias Kind reden, sondern

über Lydia. »Wieso ist sie eigentlich noch in Freising? Ben hat immer gesagt, dass Lydia ihn verlassen und das Kind mitnehmen würde, wenn seine Untreue auffliegen sollte. Weshalb hat sie das nicht getan?«

Julia hörte, wie ihre Mutter durchatmete. »Lydia ... Sie war ja schon ein wenig sonderbar. Manisch-depressiv, meint Hannelore. Ziemlich durchgedreht, würde ich das nennen. Jedenfalls hatte sie kurz vor Prozessbeginn einen Nervenzusammenbruch und musste in die Psychiatrie. Einen Tag vor der Urteilsverkündung hat man sie entlassen. Und dann ... na ja. Es war schrecklich.«

Eine grauenhafte Ahnung stieg in Julia auf. »Was denn? Was war schrecklich? Was ist denn passiert?«

»Also einen Tag nach Bens Verurteilung ist sie mit dem Auto tödlich verunglückt. Ob Unfall oder Absicht ... das scheint nicht ganz klar zu sein. Ist auch egal.«

Julia wurde schwindelig. Sie musste sich gegen den Telefonautomaten lehnen. Von einer Sekunde auf die andere fühlte sie sich grauenhaft elend. Lydias Tod war der Dolchstoß für Ben. Doch das hatte sie nicht gewollt. Lydia sollte ihn verlassen. Das war der Plan gewesen. Aber doch nicht so!

Ein Mensch war gestorben, weil sie Rache genommen hatte. Die Scham darüber trieb ihr heiße Röte ins Gesicht und Tränen in die Augen. Was hatte sie nur getan! Nie konnte sie das wiedergutmachen. Nie.

Plötzlich ein scharfer Schmerz im Rücken. Etwas in ihr riss. Wasser lief die Beine hinab und sammelte sich in einer Pfütze am Boden. Überrascht starrte sie darauf, bis sie verstand, was geschehen war. Die Fruchtblase war geplatzt. Louisechen machte sich auf den Weg in die Welt, während eine andere sie für immer verlassen hatte. Unfall oder Selbstmord? Es war nicht egal. Julia konnte die Stimme ihrer Mutter nicht länger ertragen und legte den Hörer auf.

München.

Oktober 2014.

1

»Zum Schendel wollen Sie?« Ratlos kratzte sich der Hausmeister am Kopf. »Das dürfte schwierig werden. Vor sechs Wochen ist er unter eine Tram geraten. Der kann Ihnen nicht mehr helfen.«

Fi stand mit dem Mann im Eingangsbereich des Gebäudes an der Schwanthalerstraße, in dem der Privatdetektiv Schendel sein Büro gehabt hatte. Super! Echt klasse! Was sollte sie jetzt tun? »Gibt es einen Partner oder einen Nachfolger?«

»Nichts gibt's. Die Witwe hat das Büro ausräumen lassen. Ist alles auf dem Müll gelandet. Da finden Sie kein Stäubchen mehr. Eine gute Ehe war das nicht, wenn man einen so einfach wegräumt aus seinem Leben. Wenn Sie mich fragen.«

Frustriert verabschiedete Fi sich. Heute hatte sie sich die Hacken wund gelaufen, den Mund fusslig geredet, und der Tag war fast um und sie keinen Schritt weiter. Nichts als Gummiwände. Am Vormittag war sie bei der Tochter von Bens Verteidiger gewesen, die den Nachlass ihres Vaters verwaltete. Alles, was sie von ihr erfahren hatte, war, dass Ben denselben Verdacht gehegt hatte wie sie selbst. Außer ihm musste es noch einen anderen gegeben haben, der in Julias Leben eine Rolle spielte. Ihren Mörder.

Mit der Suche nach diesem Mann hatte Ben einen Privatdetektiv beauftragt. Christian Schendel. Leider hatte er nichts herausgefunden, bis der Prozess abgeschlossen und das Urteil gefallen war. Danach hatte er in Bens Auftrag noch eine Weile nachgeforscht. Das Ende der Suche war gekommen, als Konrad sich weigerte, weitere Kosten für dieses *unwürdige Schauspiel* zu tragen. Für ihn war Ben ein Lügner und die Suche nach dem angeblichen anderen Schmierentheater. Fi überlegte, weshalb Ludwig nicht eingesprungen war und den Privatdetektiv bezahlt hatte. Doch bei aller Liebe war auch Ludwig einer, der aufs Geld achtete. Von den Reichen konnte man das Sparen lernen. In diesem Spruch steckte Wahrheit. Auch Ludwig hatte nicht an Bens Schuld gezweifelt. Wozu also das Geld zum Fenster rauswerfen?

Der Detektiv war tot und alle Unterlagen vernichtet. Jetzt blieb nur noch Renate Reinhold. Es war Zeit, sie in Stuttgart zu besuchen. Hoffentlich gab es Julias Sachen noch. Dummerweise hatte sie Darcy gestern erzählt, dass Julias Mutter in Stuttgart wohnte und dass sie heute zu ihr fahren wollte, sobald sie mit der Tochter des Anwalts gesprochen hatte. Vor zwei Stunden war eine WhatsApp-Nachricht von ihm eingetrudelt. Er wollte wissen, wann es losging und ob sie mit seinem oder ihrem Wagen fahren sollten. Eigentlich wollte sie ihn nicht weiter in ihre verkorkste Vatergeschichte verwickeln. Doch sie hatten sich ja darauf geeinigt, das gemeinsam durchzuziehen. So wie Freunde das taten. *Freunde*. Dieser Besserwisser und Auf-Isomatten-Schläfer. Wie er da auf dem Boden gepennt hatte, obwohl er es doch so kuschelig warm hätte haben können, und nicht nur warm. Es wäre sicher eine heiße Nacht geworden. Wie bei ihrem ersten Mal. Von dem er wohl glaubte, es würde ihr einziges bleiben.

Allein, entschied Fi. Sie würde ohne Darcy fahren.

Daheim angekommen, steckte sie die Kopien des Obduktionsberichts und der Zeitungsartikel in den Rucksack und packte sicherheitshalber Waschzeug und ein paar Klamotten ein. Gut möglich, dass sie in Stuttgart übernachtete. Sie schickte Bea eine Nachricht, damit sie sich keine Sorgen machte, und schob die Reisetasche in den Volvo. Dort lag noch immer der weiße Plastikbeutel mit Bens Sachen.

Ein gammliger Geruch breitete sich aus, als sie hineinsah. Jeans, Sweatshirt und Schuhe lagen darin und sogar Socken und Unterhose. Auch Bens Geldbörse samt Inhalt und die Uhr, die Lydia ihm geschenkt hatte, waren da. Alles angesengt und schmutzig. Bei der Uhr war das Glas geborsten. Fi schloss die Tüte wieder und warf sie neben die Reisetasche. Ein Luftzug streifte sie. Eine weitere Tasche flog vorbei und landete daneben. Fis Puls schoss in die Höhe und sie auf dem Absatz herum.

»Gerade noch geschafft.« Darcy sah sie mit diesem Blick an, den sie einfach nicht einordnen konnte. Halb amüsiert, halb gekränkt und vor allem: irgendwie wissend. Als ob ihm klar war, was in ihr vorging. Dabei wusste sie selbst es oft genug nicht.

»Gut, dass du pünktlich bist. Ich wäre sonst ohne dich gefahren.«

»Dachte ich mir fast.« Er ließ sich auf den Beifahrersitz fallen und zog sein Smartphone hervor. »Hast du die Adresse? Dann programmiere ich sie ein.«

Das hatte Fi längst getan. Doch wenn sie Darcys Handy als Navi nahmen, konnte sie ihr iPhone für den Film nutzen. Während er die Route berechnen ließ, klemmte sie ihr Handy in die Halterung, die eigentlich fürs Navi gedacht war. »Stört dich doch nicht, wenn ich ein wenig filme?«

Darcy zuckte die Schultern. »Ist schon in Ordnung.«

Auto fahren machte ihr immer mehr Spaß. Inzwischen kam sie damit gut zurecht und fühlte sich im dichten Verkehr auf dem Mittleren Ring sicher. Sie beherzigte die Regel ihres Fahrlehrers, immer reichlich Abstand zu halten. So fuhr es sich entspannt. Erst auf der Autobahn wurde es stressig. Entweder hängte sie sich wieder hinter einen Laster, oder sie musste richtig Gas geben und mit mindestens hundertfünfzig dahinrasen. Darcy würde den Braten riechen und sie keinen Meter weiterfahren lassen, wenn sie mit neunzig über die Autobahn kroch. Also trat sie das Gaspedal durch.

Während der Fahrt berichtete sie ihm von der vergeblichen Mühe, über Bens Anwalt und den Privatdetektiv an Informationen zu kommen, und dann auch noch von Mr Nos Ratschlag.

»Ich soll die Toten ruhen lassen, hat er geschrieben und das Foto eines blutbeschmierten Messers angehängt. Und damit ist nun endgültig klar, dass Ben nicht gelogen hat.«

»Ratschlag? Du bist gut. Das ist eine Drohung.«

»Jetzt übertreib nicht.«

»Natürlich ist das eine Drohung. Und sie bedeutet, dass jemand weiß, dass du an Bens Unschuld glaubst und angefangen hast nachzuforschen.«

»Oder, dass ich Bens Tod nicht für einen Unfall halte.«

Nachdenklich schüttelte Darcy den Kopf. »Das ist es nicht. Mr No hat uns die Bestätigung geliefert, dass beides zusammenhängt. *Lass die Toten ruhen.* Plural. Beide. Julia und deinen Vater.«

Stimmte. Das war ihr gar nicht aufgefallen. Das war ein Hinweis darauf, dass beides zusammenhing. »Ben wurde vermutlich erschlagen, weil er herausgefunden hat, wer Julias Mörder ist. Wen hat sie geschützt?«

Darcy kaute auf der Unterlippe. Etwas schien ihm nicht zu gefallen. »Wir müssen vorsichtig sein. Der Mann ist gefährlich. Er hat Julia und Ben umgebracht. Und er weiß, dass du auf der Suche nach ihm bist. Woher eigentlich?«

Gute Frage! Wer wusste davon? Unwillkürlich warf Fi einen Blick in den Rückspiegel. Folgte ihnen jemand? Vielleicht der schwarze BMW, der schon eine ganze Weile hinter ihr herfuhr? Er hatte ein Münchner Kennzeichen. Doch nun überholte er. Als er auf ihrer Höhe war, warf Fi einen Blick hinüber. Das Fahrzeug hatte getönte Scheiben. Der Fahrer war nicht zu erkennen.

»Also, wer weiß davon? Machen wir mal eine Liste. Ich und du und Bea. Wir drei scheiden aus. Yvonne Schneider und vermutlich ihre Kollegen. Paul, Dr. Herzog und sein Prof. Sehr unwahrscheinlich. Sabine und Ludwig und Opa Konrad. Ebenfalls äußerst unwahrscheinlich. Shit!« Fi verriss beinahe das Steuer. »Und die Pache weiß Bescheid und damit sicher halb Freising. Die ist eine echte Ratschkathl. Sie wird das brühwarm überall herumerzählt haben. Und die Mail kam ja auch erst, nachdem ich bei Konrad war. Das passt.«

Mit einer Hand fuhr Darcy sich durch die Haare. »Auch meine Kollegen vom BRK kennen Bens letzte

Worte, und sicher haben sie sich auch bis zur Freiwilligen Feuerwehr herumgesprochen. Wir reden über solche Sachen. Du hast recht. Die Geschichte von Bens Nachricht an dich hat längst in Freising die Runde gemacht, und offenbar beunruhigt sie jemanden.«

Fi wollte jetzt lieber nicht darüber nachdenken, dass jemand, der möglicherweise ein Messer mit sich herumschleppte, ein Auge auf sie hatte. »Worüber hast du mit der Pache gestern eigentlich so lange geredet?«

Darcy zögerte einen Moment. »Über Lydia.«

»Bestimmt hat sie sich das Maul zerrissen. Sie konnte Mama nicht ausstehen.«

»Du hast ja selbst gesagt, dass deine Mutter ein wenig sonderbar war.«

»Ja und? Ich darf das. Die Pache nicht.«

»Sie war krank, Fi. Deine Mutter war bipolar. Manisch-depressiv.«

»Was? Schwachsinn!« Das konnte doch nicht sein. Ihre Mama war nicht psychisch krank gewesen. Unmittelbar vor ihr zog ein Laster auf die mittlere Spur. Shit! Das wurde knapp! Fi schoss auf die linke. Darcy krallte sich am Sitz fest. Formatfüllender Lichthupenflash eines Audi im Rückspiegel. »Ja hüpf doch rüber, du Idiot!«, schrie Fi, überholte den Laster und zog wieder auf ihre Spur. Der Audi bretterte vorbei. »Arschloch!«

Darcy entspannte sich ein wenig. »Sag mal, Fi, bist du sicher, dass du einen Führerschein hast?«

»Wie kommst du denn auf die Idee?« Sie rang sich ein Grinsen ab, in der Gewissheit, dass es Darcys Vorstellungsvermögen restlos überstieg, ins Schwarze getroffen zu haben. »Die Pache behauptet also, dass meine Mutter einen an der Klatsche hatte. So ein Miststück!«

»Es passt aber zu dem, was du mir über sie erzählt hast, Fi. Dass sie oft wochenlang total überdreht war und wie eine Besessene malte und kaum schlief und dann zusammenbrach und keine Kraft mehr für irgendetwas hatte. Du solltest mit deiner Familie darüber sprechen, auch über ihren Abschiedsbrief. Wenn deine Mutter in einer depressiven Phase war, als sie sich umbrachte, hat sie keinen anderen Ausweg gesehen als den Tod. Ihr Selbstmord war keine Absage an dich. Sie war krank. Und die Botschaft an dich hat nicht gelautet, dass du es nicht wert warst, dass sie deinetwegen weiterlebte. Sie konnte nicht anders. Sie hätte Hilfe gebraucht. Sie hätte Ben gebraucht, doch der war im Gefängnis.«

Tränen schossen ihr in die Augen. »Scheiße, Darcy. Scheiße! Kannst du mal weiterfahren? Ich muss jetzt heulen.«

2

Auf dem Parkplatz nahm Darcy sie in den Arm, wie Freunde das so taten. Und es fühlte sich gut an, sich an eine Schulter lehnen und sich mal ordentlich ausheulen zu können. Mama war also depressiv gewesen. Und Ben hatte nicht verhindern können, dass sie sich umbrachte, weil er unschuldig im Gefängnis saß. Es war so grauenhaft.

»Ich werde den Kerl finden, der uns das angetan hat. Und dann ist es besser, wenn du dabei bist, sonst bringe ich ihn um.« Fi nahm das Tempo, das Darcy ihr hinhielt. »Hoffentlich hilft uns Julias Mutter weiter.«

»Ich denke, da ist Fingerspitzengefühl gefragt. Geht's wieder?«

Aha. Fingerspitzengefühl also. Das traute er ihr offenbar nicht zu. Fi nickte. Ihr ging es tatsächlich besser. Auch weil der Ärger wieder einmal alles andere verdrängte. Die Trauer um ihre Mutter ebenso wie das Gefühl, vor einem bodenlosen Abgrund zu stehen.

Sie tauschten Plätze. Darcy fuhr die restlichen hundert Kilometer bis Stuttgart.

Natürlich wurden sie sich nicht einig über die richtige

Strategie. Fi hielt nicht viel von Fingerspitzengefühl. Sie wollte Renate Reinhold überrumpeln und den Überraschungseffekt nutzen. Doch Darcy zweifelte an der Effektivität ihrer Taktik. »Ich glaube nicht, dass sie ausgerechnet dir Auskunft geben wird, wer außer Ben als Mörder ihrer Tochter in Frage käme. Außerdem hätte sie das doch schon vor neunzehn Jahren getan, wenn sie einen Verdacht gehabt hätte.«

»Genau den hat sie nicht gehabt. Wie alle. Das ist doch klar. Ich will sie ja nicht nach möglichen Mördern ausfragen. Ich will wissen, mit wem Julia sich abgegeben hat. Freunde, Kollegen, Bekannte, Verehrer. Gab es da einen, der in sie verknallt war und dem sie einen Korb gegeben hat? Oder gab es jemanden, mit dem sie richtig Zoff hatte und vor dem sie sich echt fürchtete?«

Darcy murmelte etwas vor sich hin, das so klang wie: Vielleicht hatte sie auch so ihre *Freunde*. Himmel! Er war noch immer sauer deswegen.

»Es wäre besser, Julias Mutter erst einmal anzurufen. Die Frau muss Mitte siebzig sein. Vielleicht ist sie nicht gesund und fällt vor Schreck um, wenn du plötzlich vor der Tür stehst.«

»Dann kannst du ja Erste Hilfe leisten.«

Auf diesen abgenutzten Scherz ging er nicht ein. Vielleicht war es wirklich besser, es anders zu versuchen. Sie konnte sich noch einmal in die Studentin der Kriminalistik verwandeln. Diesen Plan unterbreitete sie Darcy und erntete ein verwundertes Kopfschütteln. »Das hast du getan? Du bist wirklich unglaublich.«

»Ja und? Anne hat mich sicher nicht bei Renate Reinhold verpetzt, denn sie hat die Adresse gar nicht. In diese Rolle kann ich also noch einmal schlüpfen. Ich schreibe eine Arbeit über Intimizide, stelle meine Fragen und bekomme hoffentlich einen Namen und die Tagebücher und Briefe.«

»Ich glaube nicht, dass sie die herausgibt. Wenn sie überhaupt existieren. Und was machst du, wenn sie dich erkennt?«

Oh Gott, Darcy! Fi verdrehte die Augen. »An dir ist echt ein Optimist verlorengegangen. Wie soll sie mich denn erkennen? Ich habe sie nur einmal gesehen. Damals, nach dem Tod meiner Mutter.«

Sie schluckte. Verdammt, was hatte in dem Abschiedsbrief gestanden? Sie würde es nie erfahren. Mamas letzte Worte. Verbrannt. Zerrissen. Im Klo runtergespült. Von Konrad, dem Tyrannen.

Fi atmete durch. »Ich war mit meinen Großeltern in der Stadt unterwegs, als wir ihr begegnet sind. Sie hat sich uns in den Weg gestellt und Opa gefragt, ob er ihr nichts zu sagen hätte. Er hat mit der Frage gekontert, ob sie jetzt endlich zufrieden wäre, jetzt, wo er am Boden lag, und dass er ihr nichts zu sagen hätte. Denn für Bens Tat sei er nicht verantwortlich. Wenn sie also eine Entschuldigung erwarten würde, sollte sie Ben aufsuchen.« Fi zuckte mit den Achseln. »Eine ziemliche Zicke. Ich probiere es also als Studentin.«

»Wenn du meinst. Mir fällt auch nichts Besseres ein. Unangemeldet kannst du aber nicht bei ihr auftauchen. Du musst einen Termin vereinbaren. Heute ist es ohnehin zu spät dafür. Vor halb acht werden wir nicht in Stuttgart sein. Ich schlage vor, wir suchen uns eine Übernachtungsmöglichkeit und überlegen in aller Ruhe, wie wir vorgehen wollen.«

Er wollte mit ihr ins Hotel? Überrascht sah sie zu ihm

hinüber. »Gute Idee. Wirklich.« Die Frage, ob er denn auch seine Isomatte nicht vergessen hatte, verkniff sie sich. In Gedanken checkte sie ihren Kontostand. »Mein Geld reicht nur für eine Pension. Ich guck mal.« Über eine Internetplattform fand sie ein günstiges Zimmer in einer Pension am Stadtrand und reservierte es.

Viertel vor acht erreichten sie ihr Ziel. Ihre Unterkunft befand sich in einem schmucklosen Siebziger-Jahre-Bau mit Gartenzwergen im Vorgarten. Die Wirtin brachte sie nach oben, teilte mit, dass es ab halb sieben Frühstück gab, und verschwand wieder nach unten.

Das Zimmer war noch im Originalzustand der siebziger Jahre. Fototapete mit Alpenpanorama. Knalloranger Plastiksessel. Dottergelbe Kugellampe. Die Bettwäsche trug ein Prilblumenmuster.

Fi warf die Reisetasche aufs Doppelbett und setzte sich. »Ich rufe jetzt Julias Mutter an und mache für morgen einen Termin aus. Guckst du inzwischen, wo wir in der Nähe was zu essen bekommen?«

Darcy hob einen Flyer hoch, der neben dem Röhrenfernseher auf dem Tisch lag. »Um die Ecke gibt es eine Pizzeria. Sollen wir die probieren?«

Fi nickte, während sie Renate Reinholds Nummer eintippte. Gleich acht. Für einen Anruf war es noch nicht zu spät. Nach dem fünften Läuten meldete sich endlich jemand.

»Ja? Reinhold.« Die Stimme einer alten Frau.

»Guten Abend, Frau Reinhold. Mein Name ist Bea Stiller.« Sie fing Darcys verwunderten Blick auf und zuckte mit den Schultern. *Sorry. Und keine Sorge: Ist kein Heiratsantrag.* »Ich studiere Kriminalistik und schreibe derzeit eine Semesterarbeit über Intimizide und würde …«

Julias Mutter unterbrach sie. »Sie wollen mit mir über meine Tochter sprechen?«

»Äh, ja. Wenn es Ihnen morgen passen würde.«

»Weder morgen noch irgendwann. Und rufen Sie nie wieder an.« Die Verbindung wurde getrennt. Sprachlos starrte Fi auf ihr iPhone.

Darcy steckte den Flyer in die Hosentasche. »Was ist?«

»Hat einfach aufgelegt. Und wehe, wenn ich noch einmal anrufe. Mache ich auch nicht. Ich stehe morgen vor ihrer Tür. Und jetzt habe ich Hunger.«

Inzwischen war es dunkel geworden und die Luft kühl und frisch. Ein Thema war noch offen. Bevor er es ansprach, würde sie es tun. »Woher hast du eigentlich gewusst, wann ich nach Stuttgart fahre?«

Mit einem Achselzucken schob er die Hände in die Taschen des Hoodys. »Nicht gewusst. Vermutet. Nachdem du auf meine Nachricht nicht reagiert hast, habe ich es für möglich gehalten, dass du alleine fährst. Du vertraust einfach niemandem.«

»Und ich dachte schon, du hörst mich ab.« Es gelang ihr nicht, mit einem frechen Grinsen das eigentliche Problem zu übergehen. Wieder einmal lag Darcy richtig. Sie vertraute niemandem und ließ niemanden wirklich an sich heran. Ein Selbstschutz. So viel hatte sie inzwischen verstanden. Es war die einzige Möglichkeit, unverwundbar zu bleiben.

»Du wärst wirklich ohne mich los?«

Fi zuckte mit den Schultern. »Weiß nicht. Vielleicht. Spielt doch keine Rolle. Du bist hier.«

»Ich bin nur nicht sicher, ob du mich dabeihaben willst. Gilt unser Deal noch?«

»Ja. Klar. So wie das unter *Freunden* üblich ist.« Nun

hatte sie das Wort so betont wie er neulich. Was würde er sagen? Im Licht der Straßenlaternen konnte sie nicht erkennen, was in ihm vor sich ging. Und nun zog er auch noch die Kapuze des Pullovers über den Kopf.

»*Freunde* war dein Vorschlag. Was da Sonntagnacht zwischen uns gelaufen ist, war ein Fehler. Das sehe ich inzwischen genauso wie du. Belassen wir es einfach dabei. Okay?«

Ein Fehler also. Prima. Sie hatte es ohnehin gewusst. Fis Kiefermuskulatur verspannte sich. »Dann ist das ja geklärt. Gut, dass dieser blöde One-Night-Stand nicht länger zwischen uns steht.«

Schweigend gingen sie weiter. Der Italiener hatte geschlossen. War ja kein Drama. Der Appetit war ihr ohnehin vergangen. Darcy guckte ins Netz und fand ein chinesisches Restaurant zwei Straßen weiter. Auf dem Weg dorthin überlegte er, wie man am besten Informationen von Renate Reinhold erhalten könnte. Nachdem sie sich jeglichen Anruf verbeten hatte, würde das nicht einfach werden. In Fi stieg wieder einmal Wut auf. Wut auf Julias Mutter, Wut auf Darcy, Wut auf alle. »Notfalls breche ich ein und klaue die Tagebücher.«

»Zuzutrauen wäre es dir.« Darcy schüttelte den Kopf. »Und was machst du, wenn es die gar nicht gibt?«

Sie erreichten das Restaurant. Darcy hielt ihr die Tür auf. Das ließ sie erst recht wütend werden. Niemand sonst hielt Türen für sie auf. Und außerdem konnte sie diese ständigen Wenns und Abers nicht mehr hören. »Darüber denke ich nach, wenn es so weit ist«, blaffte sie ihn an. »Und jetzt brauche ich eine Auszeit von deiner sprühenden Zuversicht.« Sie ließ ihn vor dem Lokal stehen und stapfte davon.

3

Kurz nach neun hielt das Taxi vor einem Mehrparteienhaus am Hölderlinplatz. Fi bezahlte den Fahrer mit ihrem letzten Bargeld und stieg aus. Leider war diese Investition nötig. Wenn Darcy bemerkte, dass Bens Volvo weg war, wusste er sofort, wo er nach ihr suchen musste. So dachte er hoffentlich, dass sie nur einen Spaziergang machte, bis der Ärger auf ihn verraucht war.

Fi sah sich um. Auf der gegenüberliegenden Straßenseite parkte ein schwarzer BMW mit Münchner Kennzeichen. War das etwa derselbe, der sie auf der Autobahn überholt hatte? Sie war sich nicht sicher, bis sie einen Sylt-Aufkleber am Heck entdeckte. Der wäre ihr aufgefallen. Als sie dann noch einen Golf und einen Toyota mit Münchner Nummernschildern entdeckte, entspannte sie sich. Offenbar gab es in dieser Ecke Stuttgarts ein Nest von Münchnern.

Das Mehrparteienhaus, vor dem sie stand, hatte fünf Etagen, große Balkone, eine Tiefgarage und neun blanke Messingknöpfe am Klingelbord neben der Gegensprechanlage. Renate Reinholds Name befand sich auf dem einzigen Klingelschild für das fünfte Stockwerk.

Die Eingangstür ließ sich aufdrücken. Prima. So konnte sie direkt an der Wohnung klingeln und wurde nicht schon vor der Haustür abgewiesen. Fi stieg in den Lift. Lautlos fuhr er nach oben. Erst würde sie es mit der Studentinnenrolle versuchen, notfalls war sie aber bereit, sich als Bens Tochter zu outen.

Der Lift hielt, die Türen öffneten sich. Der Flur war hell erleuchtet und die Wohnungstür aus dunklem Holz. Fi wollte klingeln, als sie sah, dass sie einen Spaltbreit offen stand. Ihr Adrenalinspiegel stieg an. Eine mahnende Stimme riet ihr, schleunigst zu verschwinden. Fi ignorierte sie und klopfte. Renate Reinhold war ihre einzige Hoffnung. Die würde sie nicht wegen einer offenen Tür sausenlassen. Vielleicht hatte die alte Frau sie nicht richtig geschlossen.

In der Wohnung blieb es still. Durch das Klopfen öffnete sich die Tür ein wenig weiter. Also warf Fi einen Blick hinein. Die Lichter im Flur waren eingeschaltet. Auf einer alten Kommode stand ein Dahlienstrauß in einer Kristallvase. Am Ende des Gangs befand sich eine Tür mit Glasfüllung. Dahinter war es dunkel, während aus dem Zimmer linker Hand ein Lichtschein in den Flur fiel.

»Frau Reinhold?«

Fi lauschte in die Stille. Keine Antwort. Langsam wurde ihr unheimlich. Der Fluchtimpuls erwachte. All ihre Sinne drängten sie abzuhauen. Die Fünf leuchtete an der Anzeigetafel des Lifts. Er war also noch oben. Nur die Türen hatten sich mittlerweile geschlossen. Sie drückte die Taste. Lautlos öffnete sich der Zugang zur Kabine. Fi trat ein. Ihre Hand zögerte über dem E für Erdgeschoss.

Julias Mutter war eine alte Frau. Vielleicht war sie

gestürzt oder hatte einen Schlaganfall oder einen Herzinfarkt und brauchte Hilfe. Wenn das so war, konnte sie ihre einzige verbliebene Informationsquelle nicht hilflos liegen lassen. Und was, wenn Bens Mörder in der Wohnung war? Unschlüssig verließ Fi den Lift wieder, trat neben die offene Wohnungstür und lauschte. Drinnen war es totenstill. Schließlich gab sie sich einen Ruck und schlich in den Flur.

Da! Eine Bewegung im Augenwinkel. Fi fuhr herum. Doch es war nur ihr Spiegelbild. Goldgerahmt. Ihr Herz hämmerte in rasendem Stakkato, der Mund wurde vor Aufregung trocken. Himmel, hatte sie sich erschrocken. Sie riss sich zusammen.

Und weiter ging es. Zwei geschlossene Türen rechts. Vielleicht Bad und Schlafzimmer. Links die offene Tür. Fi spähte ins Zimmer. Ein helles Sofa stand mit dem Rücken zum Raum, daneben ein Sessel. Gegenüber eine Schrankwand mit Flachbildfernseher. Fi wagte sich weiter hinein. Etwas lugte hinter dem Sofa hervor. Es dauerte einen Moment, bis sie verstand, was das war. Beine. Jemand lag zwischen Couch und Couchtisch auf dem Teppich.

Plötzlich ein leises Knacken hinter ihr, ein Luftzug. Etwas sauste auf ihren Schädel herab. Sie hörte es krachen. Dann wurde ihr schwarz vor Augen.

Als sie zu sich kam, wusste sie im ersten Moment nicht, wo sie war. Ihr war so übel, dass sie beinahe gekotzt hätte. Direkt auf die Beine einer Frau, die vor ihr lag. Beim Anblick dieser Beine kehrte schlagartig die Erinnerung zurück. Irgendwie gelang es ihr, die Übelkeit runterzuwürgen und sich aufzusetzen. Alles drehte sich. Shit! In ihrem Schädel tobte der Schmerz wie ein wild gewordener Affe. Am Hinterkopf ertastete sie eine Beule und eine Platzwunde. Eindeutig über der Hutkrempenlinie. Bei diesem Gedanken rang sie sich ein schiefes Grinsen ab. Doch das alles war nicht zum Lachen. Scheiße! Jemand hatte sie niedergeschlagen. Blut blieb an den Fingern kleben. Es war nicht wirklich viel. Es war nicht wirklich schlimm. Ging schon wieder. Gedanken sortieren! Sie sah sich um und entdeckte niemanden. Der Kerl war weg. Hoffentlich! Falls nicht, musste sie schnellstens von hier verschwinden.

Schwankend kam sie auf die Beine. Himmel! Das Zimmer fuhr Achterbahn. Schließlich stand sie und atmete durch. War das Renate Reinhold? Fi kannte Fotos von ihr aus der Zeitung und riskierte einen Blick. Ja, das war sie. Und sie war tot. Um das zu erkennen, musste man kein Arzt sein.

Shit! Es gab niemanden mehr, der ihr helfen konnte, die Wahrheit ans Licht zu bringen. Es war aus. Verdammter Mist! Es sei denn … Genau. Eine Chance hatte sie noch. Und die musste sie nutzen. Sie musste die Wohnung durchsuchen. Das ging aber nur, wenn Mr No sich aus dem Staub gemacht hatte. Denn wer sonst sollte das gewesen sein als der Kerl, der ihr die Warnung gemailt hatte, die Toten ruhen zu lassen? Jetzt waren es schon drei. Ben, Julia und deren Mutter.

Ein Geräusch im Flur. Fi fuhr zusammen. Mit rasendem Blick sah sie sich um. Eine Kristallvase im Regal. Die griff sie sich und verstand schlagartig, was es mit *Bleikristall* auf sich hatte. Das Teil wog eine halbe Tonne.

»Frau Reinhold?«

Die Stimme kannte sie. Darcy! Tatsächlich Darcy.

Fi ließ die Vase sinken. »Wir sind im Wohnzimmer.«

Er kam herein und erfasste mit zwei Blicken die Situation. »Verdammt!« Mit drei Schritten war er bei ihr und zog sie an sich. »Alles okay mit dir?«

Sie nickte.

»Was ist denn passiert?«

»Weiß nicht. Die Tür war offen. Ich habe sie so gefunden, und dann habe ich eins über die Rübe bekommen. Er muss abgehauen sein. Hast du ihn gesehen?«

»Mir ist niemand begegnet. Er hat dich niedergeschlagen?« Darcy löste die Umarmung und sah sich die Wunde am Hinterkopf an. »Wie fühlst du dich? Ist dir übel und schwindlig?«

»Geht schon. Hast du die Wohnungstür zugemacht?«

»Nein. Wieso?« Sein Blick glitt zur Toten auf dem Teppich. »Wir müssen Notarzt und Polizei rufen.«

»Spinnst du? Sie ist tot. Wehe, du tust das.« Fi war schon auf dem Weg zur Tür und steckte den Kopf ins Treppenhaus. Keine Menschenseele zu sehen. Die Anzeige des Lifts stand jetzt auf EG. Lautlos zog Fi die Wohnungstür zu und wischte mit dem Ärmel des Sweatshirts die Fingerabdrücke vom Knauf. Dann ging sie in die Küche und suchte nach Putzhandschuhen. Mit zwei Paaren kehrte sie ins Wohnzimmer zurück.

Darcy hatte sich inzwischen über die Leiche gebeugt, fühlte mit zwei Fingern am Hals nach einem Puls und zog schließlich seinen Schlüsselbund hervor. Daran baumelte eine Minitaschenlampe als Anhänger. Mit dem Lichtstrahl prüfte er die Reaktion der Pupillen und stand kopfschüttelnd auf. »Sie ist tot. Vermutlich Genickbruch.« Er zog sein Smartphone hervor.

Fi nahm es ihm aus der Hand. »Du kannst nicht die Polizei rufen. Die werden denken, wir waren das.«

»Das geht doch nicht.«

»Und ob das geht. Schon vergessen, wie leicht man zum Mörder abgestempelt und weggesperrt wird? Wie kommst du eigentlich hierher?«

»Genauso wie du vermutlich. Mit dem Taxi. Über Vertrauen reden wir später.«

»Gute Idee. Jetzt haben wir nämlich echt andere Probleme.«

»Richtig. Wenn du die Polizei raushalten willst, sollten wir schleunigst verschwinden.«

»Falsch. Wir sollen nach Julias Tagebüchern und Briefen suchen.«

Für einen Augenblick verschlug es Darcy die Sprache. Widerspruch zwecklos. Das erkannte er hoffentlich an ihrem Blick. Sie würde es tun. Mit oder ohne ihn. Mit ihm ging es natürlich schneller. Schließlich nickte er und nahm die Handschuhe, die Fi ihm hinhielt. »Okay.«

Endlich mal keine Bedenken. Darcy machte sich. »Ich gehe ins Schlafzimmer, und du suchst hier.« Ihm setzte der Anblick der Toten sicher weniger zu. Er war so etwas schließlich gewöhnt.

Fi ließ im Schlafzimmer den Rollladen herunter und drückte den Lichtschalter. Auch hier war alles ordentlich und sauber, wie im Wohnzimmer. Ein altmodisches Bett stand mit dem Kopfteil zur Wand. Eine Schiebetür des Kleiderschranks war offen. Etliche leere Bügel hingen darin. Zwei Koffer befanden sich davor auf dem Teppichboden. Julias Mutter hatte also vorgehabt, zu verreisen. Daraus wurde nun nichts.

Fi sah sich um. Wo würde sie Erinnerungsstücke aufbewahren? Sie durchsuchte den Nachttisch und dann die Kommode. Drei Schubladen. In zweien befand sich Wäsche. Die dritte war leer. Was war darin gewesen? Etwa

Julias Sachen? Als Nächstes nahm sie sich den Kleiderschrank vor und suchte am Ende sogar unter der Matratze und in den Koffern. Sie enthielten nur Klamotten. Sonst nichts. Keine Briefe, keine Tagebücher. Nicht mal eine Postkarte.

Die Übelkeit war wieder da, und mit ihr kehrte auch das Schwindelgefühl zurück. Fi lehnte sich gegen die Wand. Die Nummer mit den Handschuhen war lächerlich. Darcy und sie hinterließen hier überall ihre DNA. Außerdem waren ihre Handys eingeschaltet. Wenn die Polizei sie erst einmal als Verdächtige auf ihrem Radar hatte, waren sie geliefert. Ratzfatz würde man ihnen nachweisen, dass sie zur Tatzeit am Tatort gewesen waren, und dann würde man sie als Mörderpärchen einbuchten. Dann würde es ihnen so ergehen wie Ben. So weit durfte es nicht kommen. Sie mussten den Kerl finden, der das getan hatte und der offenbar dasselbe suchte wie sie. Julias Sachen, aus denen hervorging, wer er war. Und so, wie es aussah, war er schneller gewesen.

Fi starrte auf die leere Kommodenschublade. Er hatte sie ausgeräumt und alles mitgenommen, das eine Verbindung zwischen ihm und Julia herstellte.

Darcy kam herein. »Hast du etwas gefunden?«

Sie schüttelte den Kopf. »Du auch nicht, oder?«

Bedauernd breitete er die Hände aus. »Nichts. Im Regal fehlen offenbar die meisten Fotoalben. Es gibt nur noch zwei, und die sind uralt. Sie stammen aus der Zeit vor Julias Einschulung. Wir haben recht. Es hat einen anderen gegeben, und der hat alles beseitigt, was auf ihn hinweist. Julia muss ihn schon von Kindesbeinen an gekannt haben. Sonst hätte er die Fotos nicht mitgenommen.«

4

Darcy desinfizierte die Wunde mit einem Spray. Hölle! Brannte das! Dabei war es nur eine kleine Verletzung, und er machte einen Aufstand, als wäre es ein echter Notfall. Er hatte tatsächlich vorgeschlagen, ins Krankenhaus zu fahren. Zur Notaufnahme. Natürlich hatte sie sich geweigert. Wegen dieser kleinen Wunde. Man würde sie auslachen.

»Nicht bei Übelkeit und Schwindelgefühl. Beides sind Anzeichen für eine Gehirnerschütterung«, hatte Darcy gekontert. »Außerdem warst du bewusstlos und hast keine Ahnung wie lange.«

»Was soll ich den Ärzten erzählen? Dass ich gestürzt bin? Das glauben sie nie. Auch sie kennen die Hutkrempenregel. Und wenn ich sage, dass ich niedergeschlagen wurde, werden sie die Polizei verständigen. Und das war es dann. Dann ergeht es uns wie Ben.«

Darcy hatte schließlich eingesehen, dass sein Plan nicht wirklich gut war. Er hatte ihre Pupillen gecheckt, offenbar Beruhigendes darin erkannt und die Nachtapotheke halb leergekauft. Nun tupfte er noch Salbe auf die Wunde und riss eine Verpackung mit Kompressen auf.

»Sich auf jemanden einzulassen und ihm zu vertrauen, gehört nicht zu deinen Stärken, Fi. So langsam frage ich mich, was du unter Freundschaft verstehst.« Darcy platzierte die Kompresse und griff nach einem Päckchen Verbandsmull.

Auf diese Diskussion hatte sie nun wirklich keine Lust. »Wie wäre es mit dem Gegenteil von Feindschaft?«

Er lachte. »Du weichst aus. Das machst du gerne. Warum bist du allein zu Julias Mutter? Nicht alle Männer sind wie dein Vater. Ich verschwinde nicht einfach so aus deinem Leben. Jedenfalls nicht, bevor du mich das nächste Mal zum Teufel schickst. Wir ziehen das gemeinsam durch. Das war die Abmachung.«

Fi verdrehte die Augen. Schon wieder diese Psychotherapeutennummer. Dabei war er nur Rettungssanitäter, und wenn er Psychologie studieren wollte, dann sollte er zusehen, dass er in die Gänge kam und das Abi nachholte. So, wie sie zusehen sollte, dass sie an der Filmhochschule angenommen wurde. Mist! Sie hatte ganz vergessen, ihren Besuch bei Renate Reinhold zu filmen. Aber vielleicht war das ja gut so. Wenn die Polizei ein derartiges Video bei ihr finden würde, dann gute Nacht. »Es tut mir leid. Ich war einfach sauer auf dich.«

»Und warum? Ich verstehe es nämlich nicht.«

Na weshalb wohl? Weil du unsere heiße Nummer als Fehler bezeichnet hast.

Natürlich sagte sie das nicht. »Vielleicht war ich ja auf mich wütend. Ist doch egal. Wie wäre es mit Handschellen, damit ich dir nicht wieder entwische?« Nun musste sie doch grinsen.

»Das wäre das Gegenteil von Vertrauen.« Darcy begann den Verband anzulegen.

Es stimmte schon. Eigentlich vertraute sie niemandem. Und schon gar nicht denen, die vorgaben, sie zu mögen. Und natürlich hing das mit Ben zusammen. Er war nicht zurückgekehrt. Er hatte sie alleingelassen.

Wieder erinnerte sie sich, wie sie ihn das letzte Mal gesehen hatte. Die Polizeifahrzeuge im Hof. Papa in Handschellen. Die kalte Welle von Angst, die sie vom Boden spülen wollte. Ihr hilfloser Versuch, ihn zu verteidigen. Mit ihrem Schulranzen. Der gebraucht war, was ihr überhaupt nichts ausgemacht hatte. Der Polizist hatte sich halb totgelacht. Wie Ben in die Hocke gegangen war und versuchte, sie zu umarmen. Sie spürte die Angst wieder, die wie ein Korken in ihrer Kehle saß. Hörte, wie er versprach, dass alles gut werden würde. *Versprochen ist versprochen und wird auch nicht gebrochen. Ich habe dich lieb. Ich komme wieder.*

Er war nicht wiedergekommen. Er hatte sie verlassen, im Stich gelassen, der buckligen Verwandtschaft ausgeliefert.

Doch so, wie es aussah, war es nicht seine Schuld. Jemand hatte ihm diesen Mord untergeschoben. Er wäre zurückgekehrt, wenn er gekonnt hätte.

Eine Welle von Übelkeit schwappte in ihr hoch, als sie erkannte, was sie getan hatte. Sie hatte ihm nicht vertraut, nicht an ihn geglaubt. Sie hatte ihn nicht einmal besucht, seine Briefe zurückgeschickt und ihm sogar die Tür gewiesen, als er vor einem Jahr plötzlich davorstand. Sie hatte ihn im Stich gelassen und verraten, weil sie nichts mit ihm zu tun haben wollte. Wie sehr musste ihn das verletzt haben! Wie grauenhaft. Erst jetzt verstand sie, was sie ihm angetan hatte. Ben, ihrem Papa! Plötzlich hätte sie heulen können, zwinkerte die Tränen weg, verjagte den Schmerz und ließ die Wut zu. Alles andere konnte sie jetzt nicht ertragen.

Wer trug Schuld daran? Wer hatte ihnen das angetan? Wer hatte diese Familie so gnadenlos zerstört? Wer hatte Ben alles genommen, seine Freiheit, seine Familie, wer hatte sein Leben ruiniert und Lydia in den Tod rasen lassen? Wer hatte dafür gesorgt, dass Opas Träume und Ziele zerbröselten und Omas Leben langsam versiegte? Wer hatte ihr die Eltern genommen und aus ihr das Mörderkind gemacht? Wer!

Sie würde ihn finden! Und aus seinem Rattenloch zerren. Er würde für all das bezahlen! Für alles!

»Fertig«, sagte Darcy. »Falls du eitel bist, rate ich vom Blick in den Spiegel ab.«

Fi schob die Wut beiseite. Darcy war so nett! Und eigentlich war es kein Wunder, dass sie sich in ihn verliebt hatte. Okay. Sie würde versuchen, ihm zu vertrauen. Schließlich wollte sie mehr von ihm als einen One-Night-Stand. Da war ein wenig Vertrauen schon mal kein schlechter Anfang.

»Sieht sicher super aus.« Fi tastete nach dem Verband. »Und du hast wirklich niemanden gesehen? Eigentlich müsste dir der Kerl begegnet sein.«

Darcy räumte Salbe und Wundspray weg. »Nicht, wenn er durchs Treppenhaus runter ist. Ich bin mit dem Lift nach oben gefahren. Außerdem kann er das Haus schon verlassen haben, bevor ich gekommen bin. Wir wissen schließlich nicht, wie lange du bewusstlos warst. Wobei ich denke, dass es bei dieser Verletzung und deinem Zustand nicht mehr als ein oder zwei Minuten gewesen sein können.«

Fionas Magen knurrte. Seit Mittag hatte sie nichts gegessen. Darcy vermutlich auch nicht.

Jetzt, da die erste Aufregung vorbei war und es ihr so einigermaßen gelang, das Bild der Toten zu verdrängen, war ihr beinahe schlecht vor Hunger. »Sollen wir mal gucken, wo es noch was zu essen gibt?«

»Um diese Zeit?« Er warf den Verpackungsmüll in den Papierkorb. »Vielleicht am Hauptbahnhof.«

»Gute Idee.« Fi nahm ihren Rucksack und sah in den Spiegel. Ein weißer Verband zierte ihren Kopf. Die pure Hochstapelei.

Darcy bestand darauf, zu fahren. Auch das war eine gute Idee. Fi fühlte sich ein wenig wacklig auf den Beinen.

Auf dem Weg zum Bahnhof entdeckte sie am Rande der vierspurigen Straße eine Dönerbude, die noch geöffnet hatte. »Wenn du Döner und Falafel magst, sind wir hier richtig.«

»Zum Döner sag ich nicht nein.« Darcy stoppte am Straßenrand, direkt vor dem Imbiss. *Tarek Döner. Wenn du nix isst, bleiben wir beide hungrig.* Netter Spruch. Fi lehnte sich neben Darcy an den Tresen. Im Wageninneren stand ein kleiner und muskelbepackter Kerl. Dunkle Haare, Bartschatten. Das T-Shirt blütenweiß. Das war wohl Tarek. Der Geruch nach gegrilltem Fleisch, Knoblauch und Petersilie hing in der Luft und ließ Fi das Wasser im Mund zusammenlaufen. »Gibt es noch Falafel?«

»Falafel, Döner, Mezze. Alles, was du willst.«

»Nicht schlecht. Ich nehme Falafel und ein Ayran. Und du?« Die Frage galt Darcy, der sich Döner und Cola bestellte.

Die Getränke gab es gleich. »Essen dauert fünf Minuten.« Tarek machte sich an die Arbeit.

Fi stellte sich zu Darcy an den Stehtisch und zog die Jacke enger um sich. Der Verkehr war mäßig und doch lag der Geruch nach Abgasen über allem. Alt würde sie hier nicht werden. »Das ist alles ein einziger großer Mist. Ich habe keinen Plan, wie wir weitermachen sollen. Sieht verdammt nach Sackgasse aus.«

»Du könntest bei der Polizei die Ermittlungsakten von damals anfordern. Vielleicht finden wir darin einen Hinweis auf den anderen. Etwas Besseres fällt mir auch nicht ein.« Darcy zog die Lasche von der Coladose und trank einen Schluck. Fi versprach sich nicht viel davon. Doch es war einen Versuch wert. »Oder du sprichst mit dem Leiter oder einem Mitglied der Mordkommission, die in Julias Fall ermittelt haben.«

»Bringt doch nichts. Die haben sich doch schon damals auf Ben festgelegt. Glaubst du, sie geben einen Fehler zu?« Es war einfach nur frustrierend. »Vermutlich bleibt mir nichts anderes übrig.«

»Einmal Döner, einmal Falafel«, rief Tarek vom Imbisswagen herüber. Darcy holte das Essen an den Tisch.

Fi konnte keinen klaren Gedanken mehr fassen. In ihrem Kopf tanzte schon wieder der wildgewordene Affe Techno. Außerdem war sie ebenso hundemüde wie überdreht. »Lass uns jetzt essen, dann schlafen und morgen weiter Pläne schmieden. Ich lade dich ein. So wie Freunde das tun.«

Als sie fertig waren, wollte Fi zahlen. Doch es waren nur ein paar Cent im Geldbeutel. Mist! Sie hatte ja ihr letztes Bargeld fürs Taxi ausgegeben. Also hielt sie Tarek die Karte hin. Abwehrend hob er die Hand. »Nix Kreditkarte. Nur Bares ist Wahres. Kannst du lesen? Steht hier.« Er wies auf ein Schild, das direkt neben Fis Nase an der Scheibe klebte.

»Das ist keine Kreditkarte, sondern eine EC.«

Tarek schüttelte den Kopf. Darcy, der schon zum Auto gegangen war, kehrte zurück. »Kein Problem. Ich bezahle.« Inzwischen kam Tarek aus seiner Bude hervor. Abwartend sah er zu, wie Darcy in seinem Portemonnaie nach Münzen kramte. Den letzten Schein hatte er in der Apotheke ausgegeben. »Zwei Euro fehlen. Gibt es hier irgendwo einen Geldautomaten?«

Drohend baute Tarek sich vor Darcy auf. Die Muskeln waren imposant. »Nix Automat. Ich bin müde und will schließen. Du bezahlst jetzt!«

»Entweder mit Karte oder einer von uns geht zum nächsten Geldautomaten.«

»Wenn du nicht bezahlen kannst, warum bestellst du dann?« Bei jedem Wort stupste Tarek Darcy den Zeigefinger in die Schulter. »Du Betrüger. Schmarotzer.«

Langsam wurde es ungemütlich. Deeskalation war angesagt. Fi überlegte fieberhaft. »Ich könnte die Pappteller spülen.« Doch ihr Vorschlag kam gar nicht gut an. Tarek fehlte es entschieden an Humor.

»Willst du mich verarschen oder was?«

»Das war ein Scherz. Cool down.«

Darcy ging dazwischen. »Jetzt mal sachlich.« Er wollte das rational lösen? Das konnte nicht gutgehen. »Also, zum Automaten lässt du uns nicht, die Karte akzeptierst du nicht, und wir haben nicht genügend Cash. Bleibt nur eine Möglichkeit: Du erlässt uns die zwei Euro.«

Falsche Ansage, Darcy! Tarek packte ihn am Schlafittchen. Das hätte er sich doch denken können. Ihre Gedanken rasten. Ein Fünfzigeuroschein tauchte aus den Tiefen ihrer Erinnerung auf. Bens Geldbeutel. Genau! Ihr Blick ging zum Auto. Es war nicht abgesperrt. Alte Jacoby'sche Familientradition. Sie rannte los. Fehler! Tarek nahm Darcy in den Schwitzkasten. »Du bleibst hier! Ich ruf die Bullen.«

Super. Das fehlte noch. »Keine Panik. Ich hole Geld. Im Auto ist noch was.« Sie riss die Heckklappe auf, zerrte Bens Geldbörse aus dem Beutel hervor und kehrte damit an den Tisch zurück. Tarek lockerte den Griff. »Verarsch mich nur nicht.«

»He. Nur die Ruhe. Alles ist gut.« Fi zog den Fünfziger hervor und knallte ihn auf den Tisch. Mit dem Schein landeten einige Zettel auf der Kunststoffplatte. Eine Quittung sprang Fi ins Auge. Ein Logo. Ein Schriftzug. *Champion.* Etwas in ihr begann zu klingeln.

»Na, geht doch!« Tarek ließ Darcy los und kehrte in seine Bude zurück, um Wechselgeld zu holen. Darcy rieb sich den Hals. Fi sah sich den Beleg genauer an. Es war eine Tankquittung. Champion, Plouha. Darunter kam eine Hotelrechnung zum Vorschein. Hotel du Midi, Rue du Général Leclerc, Plouha.

Die Straßenkarten. Die Tüte vom Autogrill. Fi sah aufs Datum der Hotelrechnung und schnappte nach Luft.

»Was ist mit dir?«, fragte Darcy.

»Ben war in Frankreich. Zwei Tage, bevor er starb.«

5

Fi breitete die Straßenkarten im Pensionszimmer auf dem Bett aus. Elsass. Île de France. Bretagne. Das Internetzeitalter schien an Ben tatsächlich spurlos vorübergegangen zu sein. Sie zog das iPhone hervor, ging auf Google Maps und gab Plouha in die Suchmaske ein.

Die Tür zum Bad stand offen. Darcy putzte Zähne. »Plouha ist ein Kaff im Département Côtes-d'Armor«, erklärte sie ihm. »Es liegt direkt an der Ärmelkanalküste. Grob gesagt auf halber Strecke zwischen Brest und Saint-Malo.« Sie ließ Google die Route berechnen. »Knapp tausendeinhundert Kilometer von Stuttgart entfernt.«

Google gab außerdem die Benzinkosten an. Circa hundertsechzig Euro. Bens alte Kiste schluckte bestimmt ordentlich mehr als der Durchschnitt. Hinzu kam die Maut für die französischen Autobahnen. Was auf ihrem Konto war, würde gerade so reichen. Sie konnten im Auto schlafen. Schade, dass Darcy seine Isomatte nicht dabeihatte. »Knapp zehn Stunden Fahrt, meint Google.«

»Bei deinem Fahrstil eher neun.« Darcy wusch sich einen Zahnpastarest aus dem Mundwinkel.

»Wenn wir um sieben losfahren, könnten wir um fünf

dort sein und den Rest des Tages noch nutzen, um uns auf Bens Spuren zu begeben.«

»Dann lass uns jetzt schlafen, damit wir morgen fit sind. Was macht der Kopf?«

Fi versicherte ihm, dass alles bestens war, und verschwand nach ihm im Bad.

Als sie zurück ins Zimmer kam, lag Darcy tatsächlich im Bett und nicht auf dem Bettvorleger. Wie süß. Doch an mehr als Kuscheln wollte sie jetzt nicht denken. Wobei Kuscheln für sie ein wirklich ungewöhnlicher Gedanke war. Ihr Schädel brummte. Außerdem war ihr ein wenig übel und schwindlig. Nicht wirklich schlimm. Aber auch nicht wirklich gut. Vermutlich hatte Darcy mit der Gehirnerschütterung ins Schwarze getroffen. Doch das konnte sie ihm nicht sagen. Es lag nicht daran, dass er dann wieder einmal recht behalten hätte, sondern dass er sie ins Krankenhaus verfrachten würde. Ihr Ziel war aber die Nordbretagne.

Sie programmierte den Wecker des iPhones auf sechs, schlüpfte unter die Bettdecke und zog sie bis zu den Schultern hoch. »Gute Nacht.«

»Gute Nacht.« Darcy beugte sich über sie und gab ihr einen nach Zahnpasta duftenden Kuss auf die Stirn. Wie brüderlich! Er meinte es wirklich ernst. Für ihn war ihre heiße Nacht ein Fehler gewesen. Okay. Dafür würde er früher oder später Abbitte leisten. Eher früher. Jetzt allerdings nicht. Fi rollte sich auf die Seite und konnte nicht einschlafen, obwohl sie hundemüde war.

Bilder und Gedanken des Tages tanzten durch ihren Kopf. Was hatte sie Ben nur angetan? Sie sah ihn vor sich, wie er traurig auf die Briefe starrte, die sie ihm ungeöffnet zurückgeschickt hatte. Sie sah ihn vor ihrer Tür stehen, hörte sich sagen, er solle verschwinden und sich nie wieder blicken lassen. Es tat ihr so leid. Nie konnte sie das wiedergutmachen.

Sie musste den Kerl finden, der ihnen das angetan hatte. Und dann gnade ihm Gott, dann wäre es für ihn wirklich besser, wenn Darcy dabei war, der schon irgendwie das Schlimmste verhindern würde.

Erst gegen drei fiel sie in einen unruhigen Schlaf, während Darcy schon seit Stunden friedlich neben ihr pennte.

Das iPhone weckte sie um sechs. Sie fühlte sich wie gerädert und war beinahe dankbar dafür, aufstehen zu können. Das Bild der toten Frau wollte ihr einfach nicht aus dem Kopf. Darcy drehte sich noch einmal um, während sie ins Bad schlurfte und den Verband entfernte. Nachdem sie geduscht hatte, ging sie schon mal runter zum Frühstück. Darcy kam kurz darauf nach.

Er meckerte nicht, weil sie den Verband abgenommen hatte. Eine echte Überraschung. Verstand er so langsam, dass sie selbst entschied, was sie tat? Nach drei Bechern Kaffee fühlte Fi sich so einigermaßen fit.

Kurz nach sieben checkten sie aus und gingen zu Bens Volvo, der am Straßenrand vor der Pension stand. Fi bemerkte sofort, dass etwas anders war. Er sah wie tiefergelegt aus. Shit!

Darcy blieb stehen. »Verdammt. Was ist das denn?«

»Jemand hat die Reifen zerstochen.« Fi ging einmal ums Auto. »Ganze Arbeit. Alle vier. Und es war nicht irgendwer. Das war er. Wetten!« Wütend trat sie gegen einen platten Reifen.

Darcy massierte sich den Nacken. »Er muss uns gefolgt sein. Gestern Nacht.«

»Du meinst, er war so kaltblütig, vor Renates Haus

auf uns zu warten und sich dann an unsere Fersen zu heften?«

»Wie soll er uns sonst gefunden haben?«

Gute Frage. Fi fiel nichts dazu ein. Was sollten sie nun tun? Sie hatte nicht genügend Geld, um vier neue Reifen zu bezahlen. Doch Darcy hatte. Und er war außerdem Mitglied in einem Automobilclub. Mit einem Telefonat brachte er den Reifenwechsel auf den Weg. Es würde allerdings ein wenig dauern. Um sieben Uhr morgens hatte kein Reifenhändler auf.

Sie setzten sich in den Wagen, um auf den Gelben Engel zu warten. Wie gut, dass sie nicht ohne Darcy gefahren war! »Danke. Du bekommst das Geld zurück, sobald ich einen neuen Job habe.«

»Das eilt nicht.«

»Soll diese Nummer uns nun abschrecken oder aufhalten?«

»Vielleicht beides. Möglich, dass er einen Vorsprung braucht.«

»Und woher weiß er, dass wir in die Bretagne fahren? Wir haben nur in unserem Zimmer darüber gesprochen.« Shit! Nein, hatten sie nicht.

»Und beim Imbiss«, sagte Darcy.

»Aber da war niemand außer uns und Tarek.«

»Anders ist das aber nicht zu erklären. Es sei denn, die Reifen hätte nicht er zerstochen, sondern Vandalen. Wir sehen wohl Gespenster.«

Vielleicht war das so. Ein Zufall. Fi hatte nichts bemerkt. Keine Passanten, niemanden, der sich irgendwo herumgedrückt hatte. Doch es war dunkel gewesen.

Kurz nach halb zehn kam der Gelbe Engel und brauchte dank Darcys tatkräftiger Hilfe nur eine knappe Stunde für den Reifenwechsel. Als sie endlich losfahren konnten, war es beinahe elf.

Die erste Etappe übernahm er. Bis zur französischen Grenze waren es nur anderthalb Stunden. Kurz vor Karlsruhe schlief Fi ein. Sie hatte einen wirren Traum, in dem die Polizei die Leiche von Julias Mutter fand und Darcy und sie sich mit den Bullen eine Verfolgungsjagd lieferten. Das Schrillen ihres iPhones weckte sie, als sie bereits im Elsass waren. Rohrwiller und Herrlisheim waren die nächsten Ausfahrten. Darcy sah zu ihr hinüber. »Gut geschlafen?«

Sie nickte und zog das Handy hervor. Die Nummer im Display kannte sie nicht. Allerdings die Vorwahl. Jemand aus Freising rief an. »Ja?«

»Fiona, bist du das?«

»Opa Konrad?«

»Ja. Herrgott. Weshalb meldest du dich nicht mit Namen?«

»Weil ich angenommen habe, dass du weißt, wen du anrufst. Was willst du von mir? Und woher hast du überhaupt meine Handynummer?«

»Von Sabine. Ich muss mit dir reden.«

Ja, klar. Das war im Allgemeinen der Sinn eines Telefonats. Man wollte mit jemandem reden. Allerdings war ihr schleierhaft, was Konrad von ihr wollte. Sie hatten sich nichts mehr zu sagen.

»Soll ich eine Erbverzichtserklärung unterschreiben? Mach ich. Von mir aus kannst du dein Geld mit ins Grab nehmen, wenn du dir davon etwas versprichst.«

»Kann man sich mit dir auch vernünftig unterhalten?«

Über einen Lärmschutzwall lugten Hausdächer in den grauen Himmel. Ein leichter Nieselregen hatte eingesetzt.

Fi dimmte den Zorn herunter, der so unwillkürlich in ihr hochgeschossen war. Hatte sie nicht vorgehabt, ihre Wut in den Griff zu bekommen? Das Gefühl von Angst und Ohnmacht durch das Selbstbewusstsein zu ersetzen, das ihr früher eigen gewesen war? Konrad rief sie an. Das war noch nie passiert. Etwas war geschehen. »Natürlich. Worum geht es?«

»Dein Besuch neulich ... Er hat mir keine Ruhe gelassen. Die Geschichte mit der Eisbahn. Ich habe schon lange nicht mehr daran gedacht. Es stimmt. Ich habe Ben über alles geliebt. Er war der Sohn, den ich mir gewünscht hatte, und er war ein wunderbarer Junge. Und dann hat er uns das angetan. Er hat uns alle zum Narren gehalten.«

Danke. Auf diese Tirade hatte sie keine Lust. »Ben war es nicht. Er hat Julia nicht umgebracht. Deshalb wurde er erschlagen. Weil er herausgefunden hat, wer es war. Das kannst du nun glauben oder nicht. Es interessiert mich nicht, was du denkst.« Sie wollte schon auflegen und besann sich gerade noch rechtzeitig. »Du hast gesagt, meine Worte hätten dir keine Ruhe gelassen. Was heißt das genau?«

»Ich habe veranlasst, dass Professor Dr. Schley aus Erlangen sich den Obduktionsbericht angesehen hat. Er leitet dort die Rechtsmedizin und ist ein guter Bekannter eines guten Freundes.«

Fi klappte beinahe die Kinnlade runter. Wahnsinn! Das hatte Konrad getan.

»Professor Schley findet die Bewertung seiner Kollegen voreilig. Etwas scheint nicht berücksichtigt worden zu sein. Ich verstehe nichts davon. Jedenfalls ist im Moment unklar, ob Ben durch eigene Schuld starb oder ob es sich um ein Tötungsdelikt handelt. Die Kriminalpolizei Ingolstadt hat die Ermittlungen vor einer Stunde wiederaufgenommen. So wie du es verlangt hast. Das wollte ich dir sagen.«

Normalerweise war sie nicht sentimental. Doch nun empfand sie, völlig unerwartet, tiefe Zuneigung für diesen alten Kotzbrocken. »Wow. Danke.« Konrad war über seinen Schatten gesprungen. »Ben wurde umgebracht. Das wird sich jetzt hoffentlich herausstellen. Und derselbe Kerl hat gestern Nacht Julias Mutter getötet.«

»Was sagst du da?«

Fi zog die Beine auf den Sitz hoch und erzählte Konrad, was sie und Darcy in den letzten Tagen getan hatten und warum sie schließlich nach Stuttgart gefahren waren. Fakt war jedenfalls, dass Ben unschuldig war und Julias Mörder frei herumlief und weitermordete, um zu verhindern, dass er nach so vielen Jahren doch noch zur Rechenschaft gezogen wurde. »Wir sind jetzt auf dem Weg in die Bretagne. Denn dort war Ben zwei Tage vor seinem Tod. In einem Dorf namens Plouha. Wir wollen herausfinden, was er dort gemacht hat.«

Konrad hörte schweigend zu. »Das ist nicht logisch«, erklärte er schließlich. »Warum sollte Renate beinahe zwanzig Jahre den Mörder ihrer Tochter schützen?«

»Sie wusste nichts von ihm und hatte daher nie einen Verdacht. Das ist die einzige Erklärung.«

»Ihr solltet umkehren und das der Polizei überlassen.«

»Vergiss es. Es ist ja nicht sicher, ob die wirklich in die Gänge kommen. Die Schneider hält mich sowieso für ziemlich durchgeknallt und wird nicht begeistert sein, dass ich meine Kontakte genutzt habe und du deine, um ihr ans Bein zu pinkeln. Darcy und ich fahren jetzt nach

Plouha. Und du behältst die Sache mit Julias Mutter bitte für dich. Jedenfalls vorerst. Sonst haben wir postwendend die Polizei an den Hacken.« Mist. Warum hatte sie ihm das überhaupt erzählt? Wie dumm von ihr! »Du hängst uns doch nicht hin?«

Ein Räuspern klang durchs Telefon. »Also gut. Ich halte meinen Mund. Fürs Erste. Wenn du Hilfe brauchst, dann ruf mich an.«

Wow, Konrad! Welche Kehrtwendung. Hundertachtzig Grad. Woher kam das denn so plötzlich? »Ja, klar. Mache ich. Und danke!«

»Braucht ihr Geld?«

Einen Moment zögerte Fi, ob sie ausgerechnet von Opa Konrad Hilfe annehmen wollte. »Ehrlich gesagt: ja.«

»Gib mir deine Kontodaten. Ich überweise dir etwas.«

Fi diktierte sie ihm und beendete das Gespräch. In der Ablage über dem Autoradio lag eine Musikkassette. Echt antik. CCR. Wer war das denn? Fi schob sie in den Rekorder. Uralte Popmusik erklang. *Don't go around tonight. Well it's bound to take your life. There's a bad moon on the rise.*

Plouha, Nordbretagne.

Ende September 2014.

1

Julia sah dem deutschen Ehepaar nach, das sich an diesem regnerischen Tag in ihren Laden verirrt hatte. Touristen, die mit dem Wohnmobil die Küste von Brest bis in die Normandie entlangfuhren und nichts gekauft hatten.

Schon lange schrak sie nicht mehr zusammen, wenn sie ihre Muttersprache hörte. Über neunzehn Jahre waren vergangen. Niemand erinnerte sich noch an Julia Reinhold.

Es war stürmisch geworden. Der Wind kam vom Meer. Er fuhr in die Hortensien und Rosen, schüttelte die Pappel und suchte nach losen Dachschindeln. Schwarzgraue Wolken hingen tief über dem Land. Ab und zu ein kurzer Regenschauer, dazwischen blitzten immer wieder Fetzen blauen Himmels auf, und die Sonne kam für Augenblicke durch. Das Ehepaar bog um die Granitsteinmauer und verschwand aus dem Blickfeld. Julia räumte den Laden auf, schloss hinter sich ab und ging über den Hof zum Haus.

Nur zwei Kunden heute. Ende September war das normal. An manchen Tagen kam niemand. Ab November würde sie den Trödelladen den Winter über schließen. Wie auch in den letzten zehn Jahren, seit sie hier lebte. An den Côtes d'Armor. Dem Land am Meer. Man konnte auch sagen, am Ende der Welt. Für sie war dieser raue, vom Golfstromklima und den Gezeiten gezeichnete Landstrich mit seiner zerklüfteten Steilküste und wuchernden Flora tatsächlich zu einer zweiten Heimat geworden. Sie fühlte sich hier wohl und war ihrer Mutter trotz aller Differenzen dankbar, dass sie vor zehn Jahren die Initiative ergriffen und kurzerhand das heruntergekommene Gehöft am Rande des Dorfes gekauft und ihr geschenkt hatte. »Es ist Zeit, dass du mit Louise sesshaft wirst. Nutze dein Talent und mach etwas daraus.« Eine der wenigen guten Ideen von Renate.

Damals, in Marseille, hatte Julia ihre Leidenschaft für alte Möbel und Trödel jeglicher Art entdeckt und auch ihre handwerklichen Fähigkeiten, diesen Dingen ihren alten Glanz zurückzugeben. Doch erst in der Bretagne war aus dem Hobby ein Beruf geworden. Bis sie sich hier niedergelassen hatte, lagen neun unstete Jahre mit diversen Jobs und einigen glücklos verlaufenen Männergeschichten hinter ihr. Marseille, Lyon und Valence, eine Stadt an der Rhône. Und schließlich Brest. Von dort war es nicht mehr weit gewesen an die Côtes d'Armor. Louise hatte die ständigen Umzüge gehasst. Daher hatte Julia die Schenkung ihrer Mutter angenommen. Es war Zeit gewesen, Wurzeln zu schlagen.

Den alten Bauernhof hatte sie mehr oder weniger eigenhändig restauriert. Nur gelegentlich hatte sie Hilfe von Handwerkern benötigt. Beim Dach und bei der Zentralheizung. Und beim offenen Kamin im Wohnzimmer, den ein Fachmann instand gesetzt und mit einem Einsatz aus feuerfestem Glas versehen hatte.

Im ehemaligen Stall befand sich das Geschäft, im Hauptgebäude die Wohnräume. Es war nicht groß, doch für zwei Personen ausreichend. Seit einigen Wochen bewohnte Julia das Haus allerdings alleine. Seit Louise nach Rennes gezogen war, um dort zu studieren. Und um dort mit dem Mann zu leben, den sie liebte und der sie liebte. Wirklich liebte.

Natürlich hatte Julia sich Jannic Montlèvres genau angesehen. Er war Mitte dreißig. Louise erst achtzehn. Von Beruf war er Zahnarzt mit eigener Praxis und außerdem Teil einer Familie, die seit Jahrhunderten die Geschicke Rennes' mitlenkte. Die beiden hatten sich durch gemeinsame Freunde kennengelernt, und nun wollten sie tatsächlich heiraten. Nach kaum einem Jahr. Julia hatte hinter Louises Rücken Erkundigungen über ihn eingeholt. Sie musste sich vergewissern, dass er kein Filou war, der ihre Tochter benutzte und wegwarf. Die Geschichte durfte sich nicht wiederholen. Um alles in der Welt würde sie Louise ein derartiges Schicksal ersparen.

Julia wusste nicht recht, was sie von der Hochzeit halten sollte. Ihre Tochter war zu jung für eine Ehe, allerdings volljährig und brauchte die Zustimmung ihrer Mutter nicht. Andererseits war sie vernünftig und selbstbewusst. Eine starke junge Frau, die wusste, was sie konnte und wollte, und das auch durchsetzte. Julia war stolz auf ihre wunderbare Tochter und auch ein wenig auf sich. Es war ihr gelungen, ihr Kind zu einem unabhängigen und mutigen Geschöpf voller Selbstachtung zu erziehen.

Der Wind fuhr ihr unter die Strickjacke, riss welke Rosenblätter vom Strauch und wirbelte sie durch die Luft. Ein paar vereinzelte Regentropfen trafen Julias Gesicht.

Sie beschleunigte den Schritt und betrat das Haus durch die Tür, die vom Garten direkt in die Küche führte. Im Frühling hatte sie die Außenmauer durchbrechen und einen Wintergarten anbauen lassen. Die winzige Küche war dadurch nicht nur größer, sondern auch heller geworden. Die kleinen Fenster in der Granitsteinmauer hatten kaum Licht hereingelassen. Auch bei Sonnenschein war die Küche immer halb dunkel gewesen. Nun war sie ein lichtdurchfluteter Raum.

Der Duft nach gebratenem Fleisch und Speck, nach Pilzen und Rotwein lag in der Luft. Im Ofen schmorte seit zwei Stunden das Bœuf Bourguignon. Manchmal dachte Julia mit Schaudern an das Menü, das sie Ben vorgesetzt hatte. Tiefkühllasagne. Fertigtiramisu. In Frankreich war Kochen zu ihrer zweiten Leidenschaft geworden, neben dem Trödel und den alten Möbeln.

Männer spielten in ihrem Leben keine wesentliche Rolle. Ab und zu eine kurze Affäre, weil auch sie sexuelle Bedürfnisse hatte. Doch sie band sich an keinen Mann mehr, ließ niemanden an sich heran. Es gab nur einen, den sie geliebt und der sie nur benutzt hatte und an den sie keinen Gedanken mehr verschwenden wollte. Doch weshalb dachte sie dann in letzter Zeit so häufig an ihn? Vermutlich lag es an Louise, an der Hochzeit und den wieder einmal drohenden Fragen.

Übers Wochenende wollte sie kommen. In einer Stunde würde sie hier sein. Julia ging nach oben, bezog das Bett im Zimmer ihrer Tochter, legte im Bad Handtücher bereit und schloss das Fenster wieder. Dabei erhaschte sie einen Blick aufs Meer. Heute war es bleigrau. Weiße Gischtkronen tanzten darauf. Der Wind nahm weiter zu. Bald würde der erste Herbststurm übers Land ziehen.

Wegen der Verlobungsfeier gab es einiges zu besprechen. Doch nicht nur darum würde es heute Abend gehen. Seit Jahren hatten sie das alte Spiel nicht mehr gespielt. Louise hatte irgendwann akzeptiert, dass ihr Vater tot war, noch vor ihrer Geburt gestorben, dass Julia nicht gerne über ihn sprach und sie ihr nicht mehr entlocken konnte, als sie ohnehin schon wusste. Doch Julia war sich sicher, dass Louise das Gespräch auf dieses Thema lenken würde. Die bevorstehende Hochzeit warf es auf.

Wie in den Jahren zuvor würde sie den Fragen und Provokationen ausweichen und Louise dieselben Lügen auftischen, die sie schon so oft ausgesprochen hatte, dass sie ihr manchmal beinahe wahr erschienen.

Als sie oben fertig war, ging sie hinunter und deckte im Wintergarten den Gesindetisch aus Eiche, den sie in der Werkstatt neben dem Laden abgeschliffen und geölt hatte. Nun arrangierte sie altes Porzellan und Pantographiegläser darauf.

Pünktlich um halb acht fuhr Louise mit ihrem knallroten Peugeot in den Hof und brachte einen Schwall Regenluft mit sich, als sie das Haus betrat. »Bonsoir, Maman!« Sie umarmte ihre Mutter, die dunklen Locken flogen. Wie immer wurde Julias Herz ganz weit, wenn sie ihre wunderschöne Tochter sah. Sie war das Einzige, das ihr in ihrem Leben gelungen war. Der türkisfarbene Pullover betonte das Blau der Augen, die strahlten, als wären Weihnachten und Geburtstag auf denselben Tag gefallen.

»Hallo Liebes. Mach dich frisch. Das Essen ist gleich fertig.«

Mit der Reisetasche in der Hand lief Louise nach oben in ihr Zimmer, kehrte fünf Minuten später zurück und setzte sich an den Tisch. »Was gibt es denn?«

»Erst einmal Feldsalat mit gegrilltem Ziegenkäse und danach Bœuf Bourguignon.«

»Wunderbar. Ich habe einen Wolfshunger.«

Unwillkürlich lächelte Julia. Natürlich hatte sie Louise zweisprachig erzogen. Doch Deutsch war zu kurz gekommen. Im Französischen hieß es *avoir une faim de loup*. Einen Wolfshunger haben.

Während des Essens unterhielten sie sich zunächst über Jannic. Er besuchte derzeit in Lyon einen Zahnarztkongress, auf dem er einer der Redner war, und würde natürlich rechtzeitig zur Verlobung zurück sein, die ja erst in zwei Wochen am Stammsitz der Familie, dem Manoir le Maron, stattfinden sollte. Seine Mutter bereitete bereits alles generalstabsmäßig vor.

Julia erfuhr auch, dass Jannic und Louise mittlerweile den Hochzeitstermin festgesetzt hatten. Nicht im kommenden Mai, wie sie gehofft hatte. Sondern schon vor Weihnachten. »Meinst du nicht, dass ihr das ein wenig überstürzt?«

»Wir lieben uns, Maman. Wir gehören zusammen wie Ebbe und Flut, wie Apfel und Schale, wie Auster und Perle. Warum sollen wir warten?«

»Weil du noch so jung bist?«

»Ach, Maman. Das haben wir doch schon besprochen. Er ist der Mann, mit dem ich mein Leben verbringen will. Ich weiß es einfach. Ich liebe alles an ihm. Sogar seinen ganzen Clan.«

Ja, der Clan. Die Montlèvres waren eine große Familie, mehr als hundert Personen und mehrere Zweige zählend. Julia verstand nur zu gut, dass Jannic ihr nicht nur seine Liebe schenkte, sondern auch etwas, das Louise ganz und gar fehlte. Eine Familie. Außer ihr und Renate hatte sie keine Angehörigen. Und sie wusste nicht einmal, dass Renate ihre Großmutter war. Louise glaubte, sie wäre ihre Großtante. So viele Lügen. Und alle gingen auf eine einzige zurück. Warum hatte sie sich nur darauf eingelassen? Julia scheuchte diesen Gedanken sofort zurück in die dunklen Katakomben ihres Bewusstseins. Darin hatte sie reichlich Übung.

Beim Dessert war es dann so weit. Louise lehnte sich in ihrem Stuhl zurück, schleckte den Löffel ab und sah Julia mit diesem kecken Blick an, den sie seit ihrer Pubertät immer dann einsetzte, wenn sie etwas erreichen wollte. Egal, ob die Erlaubnis auszugehen, Alkohol zu trinken, bei einer Freundin zu übernachten, mit Freunden in Urlaub zu fahren oder eine profane Taschengelderhöhung. Julia war gewappnet.

»Meinst du nicht, dass angesichts meiner bevorstehenden Heirat jetzt der richtige Zeitpunkt gekommen ist, das Geheimnis um Niklas zu lüften?«

Julia seufzte. »Welches Geheimnis denn? Du weißt alles, was es über deinen Vater zu wissen gibt.«

Louise rollte die Augen. Julia verzog verärgert den Mund. Sie spielten das alte Spiel.

»Du weißt alles, was es über ihn zu wissen gibt«, wiederholte sie ein wenig verärgert und ungeduldig. »Wir haben uns in München kennengelernt und ineinander verliebt. Als ich gemerkt habe, dass ich schwanger bin, waren wir gerade einmal acht Wochen zusammen. Und er war für eine Reportage nach Japan geflogen. Ich musste also warten, bis er zurückkam, denn damals gab es noch keine Handys und kein Internet. Aber er kam nicht zurück. Er starb bei dem verheerenden Erdbeben …«

»Ja, ich weiß. In Kobe. Seine Leiche wurde bis heute

nicht gefunden«, fiel Louise ihr ins Wort. »Und Familie hatte er nicht. Genau wie ich. Klingt ziemlich unglaubwürdig, findest du nicht? Und noch seltsamer ist, dass du kein Foto von ihm hast. Also, warum sprichst du nie über ihn? Was ist das Geheimnis?«

Sie konnte Louise die Wahrheit nicht sagen. Auch wenn sie das manchmal gerne getan hätte. Endlich diese Last ablegen. Endlich reinen Tisch machen. Gelegentlich gab es diese Momente, in denen sie drüber nachdachte. Doch sie konnte nicht. Sie konnte Louise nicht unglücklich machen. Wie sollte sie mit *dieser* Wahrheit und den zahllosen Lügen umgehen? Es würde ihr den Boden wegziehen, auf dem sie stand. Sie würde sie verachten und mit ihr brechen. Außerdem würde es einen Skandal geben, der sich gewaschen hatte. Und Julia konnte nicht ausschließen, dass Jannics Familie in diesem Fall Front gegen Louise machte. Im Grunde waren sie die Jacobys von Rennes. Einflussreiche Leute, peinlich auf ihren Ruf bedacht. Seit Generationen Richter, Politiker, Anwälte und Unternehmer. Was, wenn Jannic Louise fallenließ?

Sie konnte das Glück ihrer Tochter nicht zerstören. Etwas würde sich auf schreckliche Weise wiederholen. Es wäre dann die dritte Frauengeneration in ihrer Familie, die *von solchen wie denen gebumst, nicht aber geheiratet wurde*. Wie Renate das einmal formuliert hatte.

»Das einzige Foto, das ich von Niklas hatte, ist bei einem Umzug verlorengegangen. Das weißt du doch. Das ist traurig, aber ich kann es nicht ändern.«

Louise verzog das Gesicht. »Ich glaube dir nicht. War er am Ende gar nicht deine große Liebe, und ich bin nur das Ergebnis eines One-Night-Stands? Oder hat er dich ganz einfach schwanger sitzenlassen?«

Derartige Angriffe waren nicht neu. Julia wehrte sie mit der gewohnten Routine ab.

Irgendwann stand Louise auf. »Mir wird das jetzt zu dumm. Ich gehe ins Bett. Gute Nacht, Maman, und träume süß von Niklas.«

Auch das gehörte zum Ritual. Morgen würde die nächste Angriffswelle rollen. »Gute Nacht, Liebes. Schlaf gut.«

Wie verlockend der Gedanke auch manchmal war, all dem ein Ende zu machen: Es ging nicht. Die Konsequenzen waren zu fatal. Es gab schon lange kein Zurück mehr. Das hatte es von Anfang an nicht gegeben. Doch das hatte sie erst spät erkannt. Viel zu spät.

2

Die Nacht hing wie schwarzer Samt vor den Fenstern des Wintergartens. Julia stand auf und deckte den Tisch ab. Nachdem sie den Spüler eingeräumt und die Arbeitsfläche geputzt hatte, setzte sie sich mit einem Glas Wein an den Küchentisch und dachte an Marseille, an den Tag, an dem Louise zur Welt gekommen war, an das Telefonat mit ihrer Mutter. Sie dachte an damals, als sie zum ersten Mal verstanden hatte, dass ihre Rache nicht nur Ben traf. Fiona konnte nichts dafür, und Lydia …

Hastig trank sie einen Schluck. Das hatte sie nicht gewollt. Das nicht. Lydia sollte Ben verlassen. Aber doch nicht auf diese Weise! Das triumphale Gefühl, ihn besiegt und sich gerächt zu haben, hatte nur einige Augenblicke gewährt. Ihm auf dem Fuß war eine schreckliche Ernüchterung gefolgt, die den Blick freigab auf das, was sie getan hatte. Hoffentlich kein Selbstmord, sondern ein Unfall. Dann war es Schicksal, dann war es nicht ihre Schuld, dann wäre es so oder so passiert. Natürlich war es nicht gleichgültig, ob Unfall oder Selbstmord, wie Renate glaubte. Doch diesen Unterschied hatte Julia ihrer engstirnigen Mutter nie erklären können.

Renate erfüllte auch heute noch Genugtuung darüber, sich an den Jacobys gerächt zu haben. Dabei galt ihre Rache nur einem: Konrad. Während Julia längst auch den Preis erkannt hatte, den sie in Wahrheit für ihre Rache zahlte: ein Leben in der Verbannung. Seit neunzehn Jahren. Für alle war sie tot. Kein Kontakt zu Verwandten, Freundinnen und Bekannten. In den ersten Jahren hatten sie ihr gefehlt. Vor allem Anne. Keine Telefonate und Besuche, keine Briefe. Die einzige Verbindung zu ihrem alten Leben war Renate, die bei jedem Treffen ängstlich darauf bedacht war, ihre Spuren zu verwischen. Seit sie im Ruhestand war und in Stuttgart lebte, war es besser geworden. Seither reiste sie direkt in die Bretagne und besuchte Julia in Plouha. Lediglich nach Bens Entlassung war sie wieder vorsichtig gewesen, bis sie von ihrer Freundin Hannelore erfahren hatte, dass er Freising nicht verließ. Verdacht hatte er offenbar nie geschöpft und sich längst in sein Schicksal gefügt.

In Frankreich heimisch zu werden und Kontakte zu knüpfen war Julia schwerer gefallen, als sie geglaubt hatte. Schon nach einem Jahr war sie vor Heimweh beinahe krank gewesen und hatte mit Louisechen nach Hause gewollt. Doch Renate hatte ihr den Kopf zurechtgerückt und ihr unmissverständlich klargemacht, dass das nicht ging.

»Wir waren uns einig, dass du fünf Jahre durchhalten musst. Oder willst du ins Gefängnis? Und wie stellst du dir das mit Louise vor? Ich werde mich nicht um sie kümmern können, wenn du im Knast sitzt, denn ich werde dann ebenfalls dort sein. Du solltest nicht nur an dich denken. Ein Jahr ist doch schon um.« Natürlich. Louise.

Was sollte aus ihrem Baby werden? Es war unmöglich gewesen, diese Geschichte zu beenden.

Oben erklangen Louises Schritte auf dem Holzboden. Sie ging ins Bad. Julia schenkte sich vom Wein nach. Aus fünf Jahren waren neunzehn geworden. Der richtige Zeitpunkt war nie gekommen, ihre Intrige zu offenbaren und all dem ein Ende zu machen. Auch deshalb nicht, weil Ben rehabilitiert würde. Er würde die Chance auf ein neues Leben und ein neues Glück erhalten. Er würde einfach dort weitermachen, wo er aufgehört hatte. Doch er sollte nie wieder glücklich werden. Das war ihr Ziel gewesen. Sie konnte es nicht aufgeben, trotz der immer wieder auftauchenden Zweifel. Sie hasste ihn noch immer. Wie er sie belogen und benutzt hatte ... Wenn sie nur daran dachte, stiegen Scham und Hass in ihr auf wie siamesische Zwillinge. Untrennbar miteinander verbunden. Sie konnte und wollte Ben nicht erlösen.

Dann würde er das Opfer sein. Man würde ihn bedauern und bemitleiden und einen tragischen Helden aus ihm machen, während ihre Mutter und sie die Rollen der Hexen in diesem Spiel zugewiesen bekämen. Rasende Megären, gnadenlose Racheengel, wütende Furien. Vor Gericht würden sie nicht gestellt, dafür aber an den medialen Pranger. Julia wusste nicht, was schlimmer war, und wollte sich nicht ausmalen, was geschehen würde, wenn sie mit ihrem Komplott jemals auffliegen sollten. Diesen Triumph gönnte sie Ben ebenso wenig wie Renate Konrad.

Wie oft sie diese Gedanken schon gewälzt hatte. Es ließ sich nicht mehr ändern. Sie hatte sich mit ihrer Situation nach so vielen Jahren arrangiert.

Julia schob den Stuhl zurück, stellte das Glas in die

Spüle und die Flasche Wein in den Kühlschrank. Manchmal, wenn das Heimweh sie unerwartet überfiel, spielte sie mit dem Gedanken, einfach zu fahren, durch die Straßen Freisings zu gehen und es darauf ankommen zu lassen, erkannt zu werden. Seit Ben draußen war, spielten diese Überlegungen allerdings keine Rolle mehr.

Er hatte seine Strafe verbüßt. Er war frei. Was würde er tun, wenn er die Wahrheit erfuhr? Er würde sich rächen und den Mord begehen, für den er verurteilt worden war. Ja, das würde er. Sie kannte ihn. Und sie hatte Angst vor ihm.

Julia löschte die Lichter, sperrte die Haustür ab und verriegelte die Hintertür zum Garten.

Erst weit nach Mitternacht schlief sie ein und stand am Samstagmorgen bereits um sieben auf. Bis Louise ausgeschlafen hatte, wollte sie weiter an dem Nussbaumschrank arbeiten, den sie vor zwei Wochen bei einer Haushaltsauflösung gekauft hatte. Nachdem sie eine Schale Café au lait getrunken hatte, ging sie hinüber in die Werkstatt und machte sich an die Arbeit. Gestern hatte sie bereits alle Beschläge entfernt, jetzt ging es ans Abschleifen. Der Vorbesitzer hatte das schöne Stück weiß lackiert. Ein Verbrechen. Die Farbe musste runter. Julia spannte einen Bogen Sandpapier mit mittelgrober Körnung in den Schwingschleifer, legte einen Mundschutz an und setzte die Schutzbrille auf.

Zwei Stunden später war eine Seite des Schranks von Farbe befreit. Schleifstaub bedeckte Hände und Gesicht und hatte sich in den Haaren gefangen. Julia ging hinüber ins Haus, um ein Glas Wasser zu trinken, und traf in der Küche auf Louise, die mit ihrem iPad, einer Tasse Tee und einem Stück Brioche am Tisch saß. Im Schlafanzug, über den sie ein Sweatshirt gezogen hatte. Die dunklen Locken zerknautscht und die Augen vom Schlaf noch klein.

»Guten Morgen, Liebes. Gut geschlafen?«

»Ging so.« Die Antwort war mürrisch. Julia fragte nicht. Die zweite Runde des Spiels stand an. Louise wollte ihr Gespräch genau an dem Punkt wiederaufnehmen, an dem sie es gestern beendet hatten. Keine Pause. Das war ungewöhnlich.

Julia ließ Wasser in ein Glas laufen. Louise spülte einen Bissen Brioche mit Tee herunter und stützte dann das Kinn in die Hände. In ihren Augen lag ein Funkeln, das sowohl Triumph als auch Ärger signalisieren konnte.

»Seit ich denken kann, wehrst du meine Fragen nach meinem Vater mit einem freundlichen Lächeln und den immer gleichen Ausreden ab. Alle gut durchdacht, da sie sich nicht überprüfen lassen. Beinahe alle jedenfalls.« Ein überraschend neuer Tonfall, den sie anschlug. Abwartend sah sie zu Julia auf.

Was meinte Louise mit *überprüfen*? Julias Blick fiel auf das iPad. Ihr wurde ganz heiß.

»Maman, ich glaube, du nimmst mich nicht ernst. Du denkst nach wie vor, ich wäre zwölf und würde die Kröten schon schlucken, die du mir vorsetzt. Ich halte dich für eine Lügnerin. Du verheimlichst mir, wer mein Vater ist, und dafür muss es einen Grund geben. Ich habe aber das Recht zu erfahren, wer er ist und was er getan hat, und warum du ihn totschweigst oder für tot erklärt hast. Ich glaube nämlich, dass er lebt.«

Julia setzte das Glas heftiger ab als nötig. Wasser schwappte über. »Das ist starker Stoff. Wie redest du überhaupt mit mir?« Angriff war noch immer die beste Verteidigung.

»Ich rede Klartext. Und ich will jetzt endlich die Wahrheit wissen. Was ist los mit meinem ominösen Vater? Möglichkeit eins: Er hat dich nie geliebt und schwanger abserviert. Nummer zwei: Er zahlt Schweigegeld, weil er entweder verheiratet ist oder Prominenter. Möglichkeit drei: Er hat dich vergewaltigt. Nummer vier: Er ist ein Verbrecher und sitzt im Knast.«

An diesem Punkt schnappte Julia nach Luft. »Meine Güte, jetzt reicht es aber!«

»Und was stimmt nun?«

»Nichts. Niklas starb vor neunzehn Jahren bei einem Erdbeben in Japan.«

»Ja, ich weiß. In Kobe. Ich habe es mal gegoogelt.« Louise wies auf ihr iPad. »Dieses Erdbeben hat am 17. Januar 1995 stattgefunden. Meines Wissens dauern Schwangerschaften neun Monate und nicht dreizehn. Niklas hat mich also gezeugt, nachdem ihn Tausende Kubikmeter von Erde und Schutt unter sich begraben hatten. Ein Wunder.«

Julia brach kalter Schweiß aus allen Poren. Dieses verflixte Internet. Als Louise sie das erste Mal auf diese Art in die Enge getrieben hatte, war sie fünf oder sechs gewesen. Darauf war Julia nicht vorbereitet gewesen und hatte improvisieren müssen. Woher die Idee mit dem Erdbeben gekommen war, wusste sie nicht. Sie war ihr einfach zugeflogen. Sie erinnerte sich vage, dass es im Jahr vor Louises Geburt gewesen war. Tagelang hatten die Medien berichtet. In diesem Moment war ihr die Idee, Niklas alias Ben sei bei diesem Erdbeben gestorben, als Rettung erschienen. An die Jahreszeit hatte sie gar nicht gedacht.

Abwartend sah Louise sie an. Julia wusste, dass sie

verloren hatte. Doch die Wahrheit konnte sie nicht sagen. Also schob sie den Stuhl zurück und stand auf. »Okay. Du hast mich erwischt. Niklas ist nicht in Kobe gestorben. Aber es gibt Dinge, die sollte man nicht wissen. Mehr werde ich dazu nicht sagen.«

Wütend sprang Louise auf. »Was ist das denn für ein Satz? Natürlich will ich wissen, wer mein Vater ist und warum du ihn verleugnest.«

»Nein, das willst du nicht wissen. Glaube mir.«

»Warum? Was hat er getan? Ist er ein Verbrecher?«

»Ich werde mich dazu nicht äußern. Das ist mein letztes Wort.«

Schweigend starrten sie sich an, maßen sich mit Augen, bis Louise den Blick abwandte. »Wenn das so ist, haben wir uns nichts mehr zu sagen.«

3

Drei Tage später tobte der erste Herbststurm über die Küste, rüttelte an den Fenstern der Werkstatt, fuhr in den Kamin und wirbelte im Hof das trockene Laub auf. Mit dem Abschleifen des Schranks war Julia fertig. Sie legte Schleifklotz und Sandpapier beiseite. Morgen würde sie ihn mit Leinöl einlassen. Für heute hatte sie genug getan. Sie schloss die Fensterläden an Werkstatt und Geschäft, sonst würden sie bei diesem Sturm zu Bruch gehen, und ging hinüber ins Haus.

Zu Julias großer Erleichterung hatte Louise am Sonntag angerufen und sich für ihren unangebrachten Aufbruch entschuldigt. Natürlich wollte sie sich nicht mit ihrer Mutter zerkriegen, geschweige denn den Kontakt abbrechen. Julia und Renate waren ihre Familie. Sie waren alles, was sie hatte. Und natürlich bestand sie darauf, eines Tages die Wahrheit über ihren Vater zu erfahren. Das Spiel würde also unter anderen Vorzeichen weitergehen. Am besten war es wohl, Louise eine der vier Möglichkeiten, die sie selbst ersonnen hatte, als Wahrheit anzubieten. Am besten die, in der Niklas sie hatte schwanger sitzen lassen, nachdem sie nicht abtreiben wollte. Dass er ein egoistisches Arschloch gewesen war und sie keine Ahnung hatte, wo er lebte, was er trieb, was überhaupt aus ihm geworden war. Diese Geschichte war in weiten Teilen nahe an der Wahrheit. Sie hätte diese Variante von Anfang an wählen sollen, anstatt sich eine derart abstruse Geschichte über den angeblichen Reisejournalisten auszudenken.

Der Abend senkte sich über das Dorf. Wolkengebirge jagten vom Sturm getrieben landeinwärts. Julia ging durchs Haus, schloss die Läden und verriegelte die Haustür.

Als sie in die Küche zurückkehrte, war sie mit ihren Gedanken bei der Arbeit. Das Leinöl ging aus, und sie brauchte auch neues Schleifpapier. Beides konnte sie besorgen, wenn sie dienstags auf den Markt nach Paimpol fuhr.

Der Rücken tat von der Arbeit weh. Sie streckte sich und beschloss, diesen stürmischen Abend mit einem Glas Wein vor dem Kamin zu verbringen. In der Küche richtete sie einen Teller mit Käse und Brot und nahm die Weinflasche aus dem Kühlschrank, als sie die Tür hörte, die vom Garten in die Küche führte. Sie hatte vergessen, sie abzusperren. Sicher die alte Trevec. Die kam immer durch die Hintertür.

Als Julia sich umdrehte, schrak sie zusammen. Ein Fremder stand mitten in ihrer Küche. Zottelige Haare. Schwarze Lederjacke. Nur seine blauen Augen kamen ihr bekannt vor.

Ben!

»Guten Abend, Julia.«

Tatsächlich. Ben. Er war zu ihr gekommen. Weder Angst noch Panik bemächtigten sich ihrer. Ihre erste Regung war ein Gefühl allumfassender Zuneigung, das in ihr für eine Sekunde aufflammte, wie ein Licht in tiefster Finsternis, und sofort wieder erlosch. Die Angst folgte auf dem Fuß.

»Ben«, wiederholte sie, während ihr Mund trocken wurde und ihr ganz kalt. »Was ... was willst du?« Neunzehn Jahre schienen in einem einzigen Augenblick zu gerinnen. Er stand hier in ihrer Küche. Er hatte sie gefunden. Er würde sich rächen. »Du bist gekommen, um ... um ...« Die Worte wollten ihr nicht über die Lippen.

Er zog die Lederjacke aus, hängte sie über die Stuhllehne und setzte sich. »Magst du mir nicht etwas zu trinken anbieten?«

Alles in ihr schrie: Lauf weg! Warum tat sie es nicht? Nickte stattdessen und stellte hastig Gläser und Flasche auf den Tisch und den Teller mit Käse und Baguette daneben und sah sich dabei zu wie einer Fremden.

»Um dich zu töten. Das wolltest du doch sagen.« Ben legte den Kopf in den Nacken, sah zu ihr auf. Ein unergründlicher Blick. »Bis vor einer halben Stunde wollte ich das. Dich töten. Mit einem Messer. So, wie du es dir ausgedacht hast.« Er zog es aus einer Gürtelscheide und knallte es auf den Tisch. Ein robustes Messer mit wuchtigem Heft und einer breiten Klinge. »Setz dich! Ich tue dir nichts.«

Julia ließ sich auf den Stuhl fallen und wusste nicht, warum sie nicht schrie und nicht um ihr Leben rannte. Warum ihr in dieser Situation auffiel, wie gut er noch immer aussah? Graue Strähnen zogen sich durchs dunkle Haar. Das Blau seiner Augen war unverändert. Doch er war alt geworden. Er sah älter aus als fünfzig. Tiefe Furchen hatten sich ins Gesicht gegraben und ein Ausdruck, den sie nicht benennen konnte. Trauer? Wehmut? Sein verlorenes Leben, wie hineingemeißelt in dieses Gesicht. Brennende Scham stieg in ihr auf.

»Dich töten. Das war der Plan. Die Tat begehen, für die ich bereits gebüßt habe. Ich wollte Rache. Doch dann ist etwas Merkwürdiges passiert. Schon seltsam, welche Zufälle unser Leben bestimmen. Unten am Strand ist mir ein alter Mann begegnet. Er hat Muscheln und Wein mit mir geteilt und seine Zigaretten.«

Sicher der alte Le Goff. Der trieb sich bei Ebbe immer am Meer herum und suchte sich eine Mahlzeit zusammen.

»Wenn ich ihn nicht getroffen hätte, wären wir zwei jetzt fertig miteinander. Dann wärst du jetzt tot.« Bens Hand schloss sich wie von selbst um den Griff des Messers, das noch immer vor ihm auf dem Tisch lag. »Wenn du Rache willst, hat er gesagt, der Alte, dann kannst du gleich zwei Gräber schaufeln.«

Ben beugte sich zu ihr. Sein Gesicht kam näher und näher, bis sie den Wein in seinem Atem roch und die Kälte in seinen Augen sah und die Spitze der Messerklinge plötzlich an ihrem Hals spürte und erstarrte.

»Wie recht er doch hat, Julia. Wenn ich dich umbringe, wozu ich guten Grund hätte und auch große Lust, dann hättest du es ja doch noch geschafft, einen Mörder aus mir zu machen. Diesen Triumph gönne ich dir nicht.«

Die Spitze des Messers bohrte sich in ihre Haut. Etwas Warmes lief den Hals hinab. Sie tastete danach. Blut klebte an ihren Fingern. Erschrocken sah sie darauf, während er das Messer sinken ließ.

Er hob das Glas. »Lass uns auf den Alten trinken, dem du dein Leben verdankst.«

Erleichterung breitete sich in ihr aus. Er wollte sie nicht töten. Er missgönnte ihr diesen Sieg. Dennoch zitterte ihre Hand, als sie das Glas hob und mit ihm anstieß. Die Gläser klirrten. Ben lächelte. Die Situation war absurd, völlig absurd. Das war doch nicht wahr. »Wie hast du mich gefunden?«

Ben brach ein Stück vom Baguette ab. Kauend fixierte er sie mit seinem Blick. »Das war nicht schwer. Deine Mutter war allerdings vorsichtig. Fast ein Jahr lang hat sie dich nicht besucht. Erst als sie sicher war, dass ich sie nicht beobachte, ist sie zu dir gefahren. Oleg ist ihr gefolgt. Ein guter Freund von mir. Er hat mir im Gefängnis das Leben gerettet.«

Plötzlich mahlten seine Kiefer, sein Oberkörper schnellte vor. Unwillkürlich wich sie zurück. Dennoch erwischte er sie am Jackenkragen, zog sie über den Tisch näher zu sich. Ihr Herz raste in wilden Sprüngen.

»Du weißt ja gar nicht, was du getan hast. Du hast keinen blassen Schimmer, wie es im Knast zugeht. Das hoffe ich jedenfalls für dich, sonst würde ich dir doch noch den Hals aufschlitzen. Ich kann mir einfach nicht vorstellen, dass du *das* wolltest.«

Er ließ sie ebenso unvermittelt wieder los, wie er sie gepackt hatte. Sie keuchte. Warum glaubte sie ihm, dass er ihr nichts tun wollte? Sie wusste es nicht.

»Jedenfalls hat deine Mutter Oleg direkt hierhergeführt. Schön hast du es dir gemacht.« Mit einem Schluck Wein spülte er ein Stück Käse hinunter und sah sich um.

Du weißt ja gar nicht, was du getan hast! Nein, sie wusste es nicht, sie hatte keine Vorstellung davon. Wie hatte sie sich nur auf diese Art rächen können? Sie verstand es ja schon seit dem Tag in Marseille nicht mehr.

Entspannt lehnte er sich zurück und schob ihr das leere Glas hin. Wortlos schenkte sie nach. »Weißt du, was der Witz ist? Der absolute Witz?«

Sie schüttelte den Kopf.

»Dass ich ein solcher Narr war. Ein Idiot! Ich bin erst vor einem Jahr dahintergekommen, was damals tatsächlich gelaufen ist. Durchs Fernsehen. Durch die Glotze.« Er schüttelte den Kopf. »Es ist nicht zu fassen. Ein solcher Idiot. Ludwig hat mir seinen ausrangierten Fernseher geschenkt. Der liebe Ludwig, der dem verstoßenen Bruder die Brosamen hinwirft. Sei es drum. Ich gönne es ihm. Er ist der Einzige, der zu mir gehalten hat und dem du Glück gebracht hast. Ich schulde ihm Dank. Aber ich wollte dir ja erklären, wie ich darauf gekommen bin, dass du gar nicht tot bist. Dass du seit neunzehn Jahren ein Versteckspiel spielst. Aus Rache. Doch die hat dich selbst getroffen. Das hast du mittlerweile wohl kapiert, so blöd bist nicht mal du.«

Er trank einen Schluck. »Eines Abends also schalte ich den Fernseher ein und gerate mitten in eine Sendung, die sich mit solchen wie mir beschäftigt. Mit Mördern, die nie verraten haben, was sie mit den Leichen ihrer Opfer getan haben. Deine Mutter hat einen großen Fehler begangen. Sie hätte mich besuchen müssen. Sie hätte mich anflehen müssen, ihr zu sagen, was ich mit deiner Leiche getan habe. Ob sie wirklich in der Müllverbrennungsanlage gelandet ist oder ob ich sie nicht doch irgendwo verscharrt habe. Denn das war ja alles andere als klar. Es gab ja keine Leiche. Auf Knien hätte mich deine Mutter anbetteln müssen, ihr zu sagen, was mit dir geschehen ist. Unzählige Briefe hätte sie mir schreiben müssen. Denn das tun die Angehörigen von Mordopfern. Sie wollen Gewissheit. Sie wollen abschließen können und brauchen einen Ort zum Trauern. All das hat deine Mutter nicht getan. Sie hat mich nie gefragt. Stattdessen hat sie einen Grabstein auf dem Waldfriedhof aufstellen lassen. Als ich den Film sah, ist bei mir der Groschen gefallen. Es gab gar keine Leiche. Es gab keinen Mord. Achtzehn Jahre habe ich mich gefragt, wer dich getötet und mir die Tat angehängt hat. Wer mich derart hasst. Niemand. Außer dir. Ich war ein solcher Depp.«

Julia rang um Fassung. »Was hat sie getan? Sie hat ein Grab errichten lassen?«

Ben lachte. Dieses tiefe, kehlige Lachen, das sie einst so erotisch gefunden hatte. »Einen weinenden Marmorengel hat sie hingestellt. Ein Bild tiefster Trauer. *Auf ewig unvergessen*, hat sie in den Stein meißeln lassen. Deine Mutter ist ein echtes Miststück. Und du bist keinen Deut besser.«

Ein Grab! Ihre Mutter hatte ein Grab für sie errichten lassen. Ein endgültiges Zeichen. Mit keinem Wort hatte sie es je erwähnt. Und das ließ nur einen Schluss zu: Ihre Mutter hatte von Anfang an nicht vorgehabt, diese Intrige jemals zu beenden! Nach fünf Jahren nicht, und auch nicht nach zehn. Nie. Ihre Mutter hatte sie benutzt. Für ihre eigene Rache. Julia zog die Jacke enger um sich und umfasste die Oberarme. Ihr war so kalt wie noch nie in ihrem Leben.

Ben nahm noch ein Stück Käse und schenkte sich selbst Wein nach. Sein Blick wanderte durch die Küche. »Wirklich gemütlich.« Auf dem Fenstersims standen einige Bilderrahmen mit Fotos von Louise. Er erhob sich und nahm einen hoch. Plötzlich veränderte sich etwas in seinem Gesicht. Der Blick wurde weicher. Das kalte Blau seiner Augen eine Spur wärmer. »Du hast es nicht abtreiben lassen?« Fragend hielt er das Bild hoch. »Das ist meine Tochter?«

Julia nickte. »Das ist das Kind, das du nicht wolltest. Das ich umbringen sollte, wenn es nach dir gegangen wäre. Sie ist ein wunderbarer Mensch. Sie ist das Einzige, das ich in meinem Leben gut gemacht habe. Glaub mir, Ben, ich bin nicht stolz auf das, was ich getan habe. Ich habe es bereut. Hundertmal. Ich hätte es gerne ungeschehen gemacht. Doch es ging nicht.« Mein Gott, wie dünn das klang, wie falsch.

»Natürlich wäre es gegangen, wenn du den Mumm gehabt hättest, dazu zu stehen und die Verantwortung zu übernehmen. Du hättest mich jederzeit da rausholen können. Achtzehn Jahre lang.«

»Es ... es ging nicht. Wegen Louise. Was wäre aus ihr geworden?«

»Was aus Fiona wurde, daran hast du keinen Gedanken verschwendet! Du hast nur an dich gedacht. An deine verletzten Gefühle. Und das hast du Liebe genannt. Du weißt ja gar nicht, was Liebe ist.«

Doch, sie hatte ihn geliebt und liebte ihn vielleicht noch immer. Aber ihr falscher Stolz war stärker gewesen und ihre verletzte Eitelkeit. Sie hatten ihre Liebe besiegt, die zu schwach und zu wenig selbstlos gewesen war.

»Lassen wir das«, sagte Ben. Er nahm den Rahmen mit an den Tisch und stellte ihn vor sich. »Ich will nicht mehr zurückblicken. Ich bin erst fünfzig. Ich habe noch ein paar Jahre vor mir.« Wieder sah er auf das Bild. »Sie hat viel von mir.«

Das war eine Wahrheit, die Julia achtzehn Jahre geleugnet hatte. In ihrem Kind hatte sie keine Spur von Ben erkennen wollen und deshalb auch nicht erkannt. Ungeduld stieg in ihr auf. Was wollte er hier? Er sollte verschwinden, sich in Luft auflösen und sie in Ruhe lassen. Sie griff nach dem Rahmen und drehte ihn zu sich.

Überrascht sah er auf. »Ich habe also zwei Töchter, und keine hat einen Vater. Ist dir überhaupt klar, was du getan hast? Dass deine Rache nicht nur mich getroffen hat, sondern meine ganze Familie? Fiona hast du die Eltern genommen und die Kindheit. Seit neunzehn Jahren ist sie stigmatisiert, als Tochter eines Mörders. Sie will nichts von mir wissen. Und Lydia ist tot. Sie hat sich umgebracht. Wusstest du, dass sie manisch-depressiv war? Wusstest du das und hast es einfach in Kauf genommen, dass sie sich das antat?«

Seine Augen waren plötzlich ganz dunkel vor Wut. Etwas schnürte ihr die Kehle zu, nahm ihr die Luft zum Atmen. Es war nicht Angst. Es war die Gewissheit, alles falsch gemacht zu haben. Depressiv? Davon hatte sie nichts gewusst. Selbstmord also. Und sie war schuld.

Er packte sie an den Schultern und schüttelte sie. »Hast du das gewusst?«

»Nein. Wirklich, Ben, ich hatte keine Ahnung. Du hast nie etwas gesagt. Warum denn? Wenn ich das gewusst hätte ... Es tut mir so leid.« Was hatte sie nur getan? Wenn sie es doch nur wiedergutmachen könnte.

»Du hast dich nicht nur an mir gerächt! Du hast Fiona mit hineingezogen und Lydia, die nichts dafür konnten, dass ich mich mit dir eingelassen habe. Meine Eltern, meinen Bruder, meine Freunde. Alle! Kapierst du das! Geht das in deinen von Hass zerfressenen Schädel rein!«

Jetzt schon. Damals nicht. Sie hatte es nicht bedacht, hatte nur sich gesehen. Sie musste es wiedergutmachen. Doch wie? Nichts von all dem, was passiert war, ließ sich ungeschehen machen.

Ben drehte Louises Bild wieder zu sich. Erneut veränderte sich sein Gesichtsausdruck, wurde weicher. »Sie hat keine Ahnung, oder?«

»Natürlich nicht.«

»Gut. Sie kann nichts dafür, dass sie einen solchen Satansbraten zur Mutter hat.« Sein Körper straffte sich, seine Hände schossen vor, packten sie an den Schultern, gruben sich ins Fleisch. »Sieh mich an.«

Julia blickte ins Blau seiner Augen. Blank wie Stahl.

»Ich gebe dir die Gelegenheit, das hier in Ordnung zu bringen. Und wehe, du verarschst mich. Sag Louise, was ihr getan habt. Du und deine Mutter. Und dann wendest du dich an die Süddeutsche Zeitung und an die deutsche Polizei und rehabilitierst mich. Wie viel Zeit brauchst du?«

Fieberhaft dachte Julia nach. »Louise ... sie feiert in zehn Tagen Verlobung. Ich kann es ihr nicht vorher sagen. Und der Laden und das Haus ... Jemand muss sich darum kümmern. Vier Wochen.«

»Ich gebe dir drei. Wenn du es bis dahin nicht getan hast, tue ich es. Und glaube nur nicht, dass du noch einmal verschwinden kannst. Ich werde dich finden. Überall! Ist das klar?«

Sie nickte.

»Du hältst Wort? Oder soll ich dich gleich an deinen Haaren zurückschleifen nach Freising und dort auf dem Marktplatz zur Schau stellen? Das war nämlich bis vor fünf Minuten mein Plan.«

»Ich mache es, Ben. Ich verspreche es. Ich schwöre es, bei allem, was mir heilig ist. Ich bin froh, dass es ein Ende hat.«

Es war vorbei. Endlich war es vorbei.

Plouha, Nordbretagne.

Oktober 2014.

1

Das Manoir le Maron war der Stammsitz der Familie Montlèvres. Ein zweihundert Jahre altes herrschaftliches Gebäude, inmitten eines kleinen Parks gelegen und aus dem landestypischen Granit gebaut. Es befand sich in erstklassigem Zustand und war mit erlesenen Antiquitäten, Teppichen und Gemälden ausgestattet. Jannics Mutter Jeanne hatte sich alle Mühe gegeben, die Verlobungsfeier in einem dezenten, aber eleganten Rahmen auszurichten. In der Halle und dem angrenzenden Salon drängten sich die Gäste zum Champagnerempfang.

Julia hatte sich einen Platz weit abseits an einem der Stehtische gesucht und drehte ihr Glas in der Hand. Ein älterer Herr gesellte sich zu ihr und stellte sich als ein Onkel von Jannic vor. Lächelnd hob er das Glas und trank mit ihr auf das Paar, lobte Louises Aussehen und fragte, was sie studierte. Julia antwortete wie eine Schauspielerin, die ihren Text aufsagt. Nach einer Weile entschuldigte sie sich und wanderte durch den Saal. Sie konnte diese Feier nicht durchstehen. Am liebsten würde sie in ihr Auto steigen und verschwinden. Was tat sie hier? Sie war nicht mehr als Dekoration, billige Staffage.

Eine Schaufensterpuppe, der Louise die Rolle der Mutter gelassen hatte. Die Inszenierung musste stimmen. Keiner aus der Familie durfte erfahren, was Julia getan hatte. Nur Jannic wusste Bescheid.

Vor einem Fenster blieb Julia stehen und sah hinaus in den Park, während rund um sie die Gespräche summten, Gläser klirrten und leise Musik über allem schwebte wie ein duftiger Schleier. Ein wunderbares Fest, das sie unter anderen Umständen genossen hätte.

Eigentlich hatte sie bis nach der Verlobung warten wollen. Doch sie hatte ihre Meinung geändert, als ihr klarwurde, dass Louise ihr Vorwürfe machen würde, wenn sie ihr die Möglichkeit nahm, Jannic rechtzeitig reinen Wein über ihre familiären Verhältnisse und die Intrige ihrer Mutter einzuschenken. So rechtzeitig, dass er die Verlobung lösen konnte. Daher hatte sie sich vorgestern mit Louise in einem Restaurant in Rennes verabredet, in dem auch Jannics Familie verkehrte. Diesen Ort hatte sie mit Bedacht gewählt. Louise konnte ihr unmöglich eine Szene machen.

Es war schwer gewesen, die richtigen Worte zu finden und Louise die Wahrheit über ihren Vater zu sagen. Dass er lebte, dass er eine langjährige Haftstrafe verbüßt hatte und wie es dazu gekommen war. Sie fand keine Worte, die ihre Tat verbrämten und beschönigten. Am Ende blieb nur die nackte Wahrheit. Sie hatte ihren eigenen Tod vorgetäuscht, um sich an dem Mann zu rächen, der sie zurückgewiesen hatte.

Zunächst blieb Louise ruhig, folgte aber zunehmend fassungsloser Julias Worten, bis sie die ganze Tragweite dieses Komplotts verstand.

»Alles Lügen? Du und Tante … Ach nein, sie ist ja

meine Oma. Du und deine Mutter … Ihr habt mein Leben auf einem Berg von Lügen aufgebaut? Auf einer hinterhältigen Intrige. Sogar mein Name ist falsch. Wie konntest du nur das Leben eines Menschen so gnadenlos ruinieren, Maman?« Louise schlug die Hand vor den Mund. »Von wegen eines Menschen«, fügte sie hinzu. »Etlicher Menschen. Er war verheiratet, hast du gesagt. Er hatte ein Kind und Eltern und Freunde. Was hast du ihm und all diesen Leuten angetan? Wie konntest du nur!« Louise schob den Stuhl zurück und stand auf. »Ich hasse dich. Ich will dich nie wieder sehen. Verschwinde aus meinem Leben.«

Im Park rührte sich etwas. Zwei Mädchen in hübschen Kleidern und Bändern im Haar liefen mit einem Hund vorüber. Julia sah ihnen nach.

Gestern hatte Louise dann angerufen. Jannic war im Bilde. Er sah keinen Grund, die Verlobung zu lösen. Schließlich hatte Louise mit alldem nichts zu tun. Er liebte sie. Er stand an ihrer Seite. Doch er wollte seine Familie erst nach der Verlobung informieren. Der Schein musste also gewahrt werden. »Du wirst zu meiner Verlobung kommen. Das bist du mir schuldig. *Tante Renate* habe ich bereits mit Krankheit entschuldigt.«

Jemand trat neben sie ans Fenster. Es war Jannics Mutter Jeanne. »Marie, da bist du ja. Du siehst traurig aus.« Ihre Hand berührte sacht Julias Unterarm. »Du verlierst sie doch nicht. Im Gegenteil, du gewinnst einen Sohn hinzu.«

Sie riss sich zusammen. »Damit hast du wohl recht. Es ist ein wunderbares Fest, und die beiden sind ein schönes Paar. Sie werden glücklich werden.«

»Nur ein bisschen zu viel Familie für Louise. Für sie

ist es ja ziemlich ungewohnt, wo sie doch niemanden hat, außer dir und deiner Tante.«

Klangen diese Worte tatsächlich ein wenig falsch? Wie konnte man denn so ganz und gar keine Verwandten haben? Es musste Jannics Mutter seltsam erscheinen. Ahnte sie etwas?

»Louise ist sehr offen und kommunikativ. Sie wird sich schnell an die große Familie gewöhnen.« Sie rang sich ein Lächeln ab und lenkte das Gespräch auf das schöne Haus und den gepflegten Garten. Beides machte sicher viel Arbeit. Nach ein paar Minuten Small Talk zog Jeanne weiter, und Julia wandte sich wieder der Aussicht zu.

Am Morgen nach dem Essen mit Louise hatte das Telefon geklingelt: Renate. Sie war außer sich gewesen. »Louise hat mich angerufen. Sie will mich nie wieder sehen. Wie konntest du ihr nur die Wahrheit sagen? Du ruinierst ihr Leben.«

»Ben war bei mir.«

Für einen Augenblick verschlug es ihrer Mutter die Sprache. »Ben? Wie hat er dich gefunden?«

»Ein Freund von ihm ist dir gefolgt.«

»Das ist unmöglich. Ich habe aufgepasst.«

»Offenbar nicht gut genug. Und du hast noch einen weiteren Fehler gemacht. Du hättest Ben im Gefängnis besuchen müssen und ihn anflehen, das Versteck meiner Leiche preiszugeben, denn das tun Hinterbliebene in solchen Fällen. Du aber nicht. Deshalb ist er überhaupt darauf gekommen, dass ich lebe. Er war hier. Und er hat mir drei Wochen Zeit gegeben, um Louise die Wahrheit zu sagen und meine Angelegenheiten in Ordnung zu bringen. Dann werde ich ihn rehabilitieren. Wenn ich es nicht tue, macht er es öffentlich. Ich habe es ihm versprochen, und ich werde dieses Versprechen halten. Er hat mir die Möglichkeit gegeben, es Louise selbst zu sagen. Das rechne ich ihm hoch an. Das war fair.«

»Fair! Bist du verrückt? Die Jacobys waren noch nie fair. Wir müssen überlegen, was wir tun können, wie wir am besten vorgehen. Ich denke darüber nach. Wir sehen uns ohnehin bei der Verlobungsfeier. Wenn Louise denkt, dass sie mich ausladen kann, dann irrt sie sich. Ich werde dabei sein, und sie wird mir nicht die Tür weisen.«

Renate war tatsächlich gekommen und ein wenig verspätet auf dem Empfang eingetroffen. Julia nahm an, dass sie das so geplant hatte. Das Haus voller Gäste, ein nichtsahnender Verwandter, der sie einließ, und eine Louise, die vor Jannics Familie keinen Streit vom Zaun brechen würde. Dieser Plan war aufgegangen. Louise und Jannic machten gute Miene zu diesem Spiel. Dennoch bemerkte Julia die verstohlenen Blicke, die Renate folgten. Nicht überraschend. Sie selbst hatte sich ja beim Anblick ihrer Mutter beinahe verschluckt. Gestylt im Look der sechziger Jahre. Das weiße Haar war hochgesteckt. Korkenzieherlöckchen umspielten das faltige Gesicht. An den Ohrläppchen baumelten die silbernen Kreolen. Sie trug das Mondrian-Kleid. An Brust und Hüften spannte es inzwischen ein wenig.

Jemand klopfte an sein Glas. Das Stimmengewirr verebbte. Jannics Großvater hielt eine kurze Rede. Renate gesellte sich zu Julia und applaudierte, als der alte Herr geendet hatte. Gläser wurden gehoben und auf das Wohl des Paares getrunken.

Personal mit Servierplatten bahnte sich den Weg durch die Menge, reichte Horsd'œuvre und schenkte Champagner nach. Renate hakte sich bei Julia ein, zog sie mit sich und bugsierte sie schließlich durch den Wintergarten auf die Terrasse unters Vordach. Außer ihnen war niemand hier. Julia fröstelte und wäre am liebsten hineingegangen. Doch das anstehende Gespräch musste sie noch hinter sich bringen.

Das festgefrorene Lächeln verschwand aus dem Gesicht ihrer Mutter. Auch ihr Make-up war im Look der Sechziger gehalten. Die breiten Eylinerstriche faserten in die papierdünnen Falten der Augenlider aus. Hoffentlich hielt man sie nur für ein wenig exzentrisch. Julia betrachtete den Saum des Mondrian-Kleides, einen breiten gelben Streifen, und entdeckte kleine Löcher darin, wie hineingefressen. Motten! Renate tauchte hier in Konrads mottenzerfressenem Kleid auf.

Als die Hand ihrer Mutter ihren Unterarm berührte, riss Julia sich von dem Anblick los. »Es ist, wie es ist«, sagte Renate. »Wir können es nicht ändern. Aber wir haben genügend Zeit zu reagieren. Hast du dir schon Gedanken gemacht, wie du deine Zelte hier am besten abbrichst und wohin du gehen willst? Um den Verkauf des Hauses kann ich mich kümmern. Das wird Zeit brauchen.«

Noch ganz benommen vom Anblick ihrer Mutter schüttelte Julia den Kopf. »Du hast es nicht verstanden. Ich werde keine Zelte abbrechen. Ich werde nicht noch einmal untertauchen. Diese Intrige muss endlich ein Ende haben. Sie hat viel zu lange gedauert. Und du hast von Anfang an nicht vorgehabt, sie jemals zu beenden. Du hast es mir nur vorgespielt, sonst wäre ich nicht bei der Stange geblieben. Es wird nicht leicht werden. Aber ich werde das durchstehen. Und dann kann auch ich neu beginnen. Vor allem muss ich mit Louise ins Reine kommen.«

»Bist du total durchgedreht? Ich mache da nicht mit.« Renate schnappte nach Luft und presste in einer übertriebenen Geste die Hand aufs Herz. »Willst du mich umbringen? Das überlebe ich nicht.«

»Reg dich doch bitte nicht so auf.« Seit Renate im Sommer vor drei Jahre mitten in Stuttgart zusammengebrochen und eine Herzinsuffizienz festgestellt worden war, nutzte sie ihre Krankheit gerne, um ihren Willen durchzusetzen.

»Natürlich rege ich mich auf. Wie kannst du mir das nur antun?«

»Wir haben keine Wahl. Versteh das doch endlich. Es ist vorbei. Und das ist gut so.« Wir alle müssen endlich zur Ruhe kommen, dachte Julia. Auch Ben. Ihm blieben vielleicht noch fünfundzwanzig Jahre oder dreißig. Es war noch nicht zu spät. Es konnte ihm gelingen, wieder ein einigermaßen glückliches Leben zu führen.

»Hast du überhaupt eine Vorstellung, was uns blüht, wenn du zur Polizei rennst und uns anzeigst? Sie werden uns als Intrigantinnen und Lügnerinnen den Medien zum Fraß vorwerfen. Aber nicht mit mir. Ich mache nicht mit. Ohne mich! Diesen Triumph gönne ich Konrad nicht.«

Julia zog die Kostümjacke enger um sich. Seit Tagen war ihr kalt. So kalt.

Konrad. Um ihn war es all die Jahre gegangen. Mit einem Zug leerte sie das Glas, das sie noch immer in der Hand hielt.

»Also, was machen wir nun?«, fragte Renate und zupfte an dem zu engen Kleid, an dem die Motten sich gütlich getan hatten. Hätten sie es doch nur ganz gefressen oder ihr Vater es damals zerrissen. Konrad. Um ihn allein hatte sich dieser Rachefeldzug gedreht. Sie war von ihrer

Mutter für deren eigene Rache benutzt worden. Alleine wäre sie vermutlich nicht so weit gegangen. Ihre Rachephantasie hatte damals darin gegipfelt, Lydia die Wahrheit zu sagen. Doch sie hatte sich darauf eingelassen. Sie trug genau so viel Verantwortung wie ihre Mutter. Da gab es nichts zu beschönigen.

»Was du machst, weiß ich nicht«, entgegnete Julia. »Ich habe mich entschieden.«

2

Seit Bens Besuch fühlte Julia sich ruhig, beinahe gelassen. Auch wenn sie nie wiedergutmachen konnte, was sie ihm angetan hatte, so konnte sie doch sein Ansehen wiederherstellen und Abbitte leisten. Wenn sie das hinter sich gebracht hatte, würde sie sich hoffentlich leichter fühlen und freier. Endlich keine Lügen mehr, kein Versteckspiel.

Sie kam aus dem Dorf zurück und fuhr mit dem Lieferwagen auf den Hof. Als sie die Tasche mit Lebensmitteln aus dem Fond nahm, blieb ihr Blick am Firmenschriftzug hängen.

Brocante d'Armor. Marie Wagner. Magasin d'antiquités et brocante. Das war falsch. *Julia Reinhold* sollte dort stehen. Sie musste es ändern lassen. Ja, sie wollte hierher zurückkehren, nachdem sie die Sache mit Ben in Ordnung gebracht hatte und auch mit jedem Mitglied seiner Familie gesprochen und um Entschuldigung gebeten hatte. Obwohl sie die kaum erhoffen konnte. Besonders von Fiona nicht.

Sie schloss die Wagentür und bemerkte den alten Le Goff, der die Straße entlangkam. Er war ihr unheimlich. Jaqueline, die Frau des Fischhändlers, hatte ihr erzählt, dass er im Gefängnis gewesen war. Im Suff hatte er seine Frau erschlagen. Julia ging ihm aus dem Weg, so gut das in einem Dorf möglich war. In der einen Hand hielt er den obligatorischen Eimer, in der anderen den Kescher. Wie immer Gummistiefel an den Füßen und eine Kippe zwischen den Lippen. Seit zwei Stunden lief das Wasser wieder auf und überflutete seine Jagdgründe. Sicher hatte er wilde Austern und Muscheln von den Felsen gekratzt und in den Mulden, in denen das Wasser während der Ebbe stehen blieb, Schnecken gesammelt und vielleicht sogar einen kleinen Krebs erwischt. Dazu Baguette und Wein, und er war ein glücklicher Mann.

Julia griff in den Korb, nahm eine Flasche Muscadet heraus und lief ihm nach. »Bonjour Pierre.«

Er nahm die Zigarette zwischen die Finger. »Ah, Marie. Was gibt es?«

»Da, lass dir den Wein schmecken. Und: Danke!« Sie reichte ihm die Flasche, die er verwundert nahm. »Wofür dankst du mir?« Nachdenklich schob er die Mütze in den Nacken.

»Einfach so. Ist doch egal. Stell dir vor, du hättest mir das Leben gerettet.«

»Dann bin ich wohl ein Held und trinke auf dein Wohl, Marie.« Die Flasche landete im Eimer. Die Zigarette wanderte zurück an ihren Platz. Kopfschüttelnd ging er weiter.

Marie ging ins Haus. Den Laden hatte sie bereits geschlossen und die Werkstatt dichtgemacht. Ihre Nachbarin würde sich um alles kümmern, solange sie weg war.

Die Tickets für TGV und ICE hatte sie besorgt und auch ein Zimmer in einer Münchener Pension gebucht. Ein wenig Abstand zu Freising brauchte sie und auch die

Möglichkeit, sich vor den Journalisten zu verstecken. Heute Abend würde sie, wie vereinbart, Ben anrufen. Er sollte sich keine Sorgen machen, ob sie Wort hielt.

Erst wenn sie den Sturm der Medien überstanden hatte, würde sie hierher zurückkehren. Erst wenn sie sicher war, dass sich keine Reporter an ihre Fersen hefteten und sie hier belästigten.

Wie sie allerdings Louise vor den Ausläufern des aufziehenden Sturms bewahren sollte, wusste sie nicht. Die französischen Boulevardzeitungen waren noch gnadenloser als die deutschen. Jannics Familie war prominent. Im Internetzeitalter würden die französischen Medien rasend schnell Wind von dieser Story bekommen und sich darauf stürzen wie ein Junkie auf den nächsten Schuss. Wie konnte sie Louise schützen? Am besten wäre es wohl, einen PR-Mann zu engagieren, der wusste, wie man die Meute von Louise fernhielt. Ganz auf Abstand würde man sie vermutlich nicht bringen. Aber man konnte die Rollen von vornherein klar verteilen. Wenn es gelang, aus Louise das Opfer einer intriganten und rachsüchtigen Mutter zu machen, wäre die Sympathie der Öffentlichkeit sofort auf ihrer Seite. Auf diese Art konnte sie ungeschoren davonkommen.

Entschlossen ging Julia ins Büro, startete den PC und suchte im Internet nach einem Medienfachmann. Am Ende blieb auf ihrer Liste ein Anwalt übrig. Patrice Durand vertrat erfolgreich Prominente, die durch tatsächliche und scheinbare Verfehlungen in den Schleudergang des Boulevards geraten waren. Seine Kanzlei befand sich in Paris. Julia hatte keine Zeit zu verlieren, rief sofort an und köderte seine Sekretärin mit dem Hinweis, dass es um eine Prominentengeschichte ging. So bekam sie den

Anwalt gleich ans Telefon. Am Ende eines vertraulichen Gesprächs schickte er ihr per Mail eine Vollmacht, die sie unterzeichnet zurücksenden sollte. Um die Vollmacht von Louise wollte er sich selbst bemühen. Dafür war sie ihm dankbar. Durand war ein ruhiger und vernünftiger Mann. Er würde Louise überzeugen, die Hilfe ihrer Mutter anzunehmen.

Julia druckte die Vollmacht aus und brachte sie gleich unterzeichnet zur Post. Der Anwalt war teuer. Hoffentlich beteiligte sich Renate an den Kosten. Auch ihr musste daran gelegen sein, dass Louise durch diese Geschichte möglichst wenig litt.

Auf der Verlobungsfeier hatte Renate sich wohl gefühlt wie ein Fisch im Wasser. Endlich bewegte sie sich in den Kreisen, zu denen sie ihrer Meinung nach schon seit Jahrzehnten gehören sollte, wenn Konrad ihr den Zugang nicht verwehrt hätte. All die Jahre hatte sie am Zaun gestanden und an den Stäben gerüttelt. Endlich hatte man sie hereingelassen, und sie hatte keinen Gedanken daran verschwendet, dass man sie hochkant hinauswerfen würde, wenn offenbar wurde, was sie Benedikt Jacoby und seiner Familie angetan hatten.

Nach dem Fest hatte Julia ihre Mutter zurück ins Hotel gefahren. Nach Plouha wollte sie nicht mitkommen. Für den nächsten Tag hatte Renate eine Essenseinladung bei Jeannes Cousine und am darauffolgenden wollte sie mit einer Tante von Jannic eine Ausstellung besuchen. Beides alte Damen, die wohl nicht mehr ganz so gut sahen.

»Lass mich diese beiden Einladungen noch genießen. Dann fahre ich zurück nach Stuttgart und regle meine Dinge. Eine Bitte habe ich: Mach es erst publik, wenn Bens Ultimatum abgelaufen ist, nicht früher. Auch ich brauche Zeit, um mich auf das vorzubereiten, was da auf mich zukommt. Das bist du mir schuldig. Drei Wochen und keinen Tag früher.«

Renate stellte sich nicht länger quer und überzog sie nicht weiter mit Vorwürfen. Einigermaßen beruhigt hatte Julia zugestimmt. Doch die Erleichterung warf einen Schatten des Misstrauens. Sie kannte ihre Mutter und konnte nicht ausschließen, dass sie falsch spielte und am Ende einen Plan ausheckte, der die Offenbarung des Komplotts verhinderte.

Als Julia von der Post zurückkehrte, rief sie Renate an.

»Hallo Mutter. Wie geht es dir?«

»Nicht gut, wie du dir ja denken kannst. Du hast es dir inzwischen hoffentlich anders überlegt.«

»Das habe ich nicht. Und du warst einverstanden.«

»Du hilfst den Jacobys also tatsächlich, ihre Weste reinzuwaschen?«

Wir haben sie besudelt. Schon vergessen? Julia sagte es nicht, sie wollte sich nicht auf einen sinnlosen Streit einlassen. »Ich habe für Louise einen PR-Fachmann engagiert. Er wird sie vor dem Mediensturm bewahren, so gut es geht. Bist du bereit, dich an den Kosten dafür zu beteiligen?«

»Ich werde einen Scheck schicken. Louise kann nichts dafür. Am Ende wird Jannic sie noch sitzenlassen, und das ist deine Schuld. Du machst das also wirklich?«

»Das habe ich dir doch erklärt. Wir haben Ben und seiner Familie unrecht getan. Wir müssen es wiedergutmachen, soweit das überhaupt geht.«

Ein wütendes Schnauben klang durchs Telefon. »Du lässt also deine eigene Mutter ins offene Messer laufen und zerstörst das Glück deiner Tochter. Wie kannst du nur so egoistisch sein? Ich war immer für dich da. Ich habe alles für dich getan. Alles.«

»Wir haben gar keine andere Wahl. Wenn ich es nicht publik mache, tut Ben es.«

Doch für dieses Argument war Renate nicht zugänglich. Sie steigerte sich in eine richtiggehende Wutrede hinein.

»Undankbar bist du. Wobei ich ja keinen Dank erwartet habe. Jedenfalls nicht mehr seit Louises Verlobung. Aber nicht mit mir. Ich lasse mir meine letzten Jahre nicht von dir versauen. Ich habe vorgesorgt. Meine Koffer stehen gepackt im Schlafzimmer. Ich verreise für acht Wochen. Und zu deiner Information: Von dir lass ich mich nicht in den Dreck ziehen. Ich habe mit alldem nichts zu tun und werde alles leugnen. Mir kann niemand nachweisen, dass ich gewusst habe, was du getan hast, und dass ich damals die Papiere von Marie Wagner für dich benutzt habe, denn ich habe alle Unterlagen vernichtet. Jeden Brief, jedes Foto, jedes Stück Papier. Mich kannst du nicht in die Pfanne hauen. Ich werde alles abstreiten und dich verleugnen. Für mich bist du tot.«

3

Don't go around tonight. Well it's bound to take your life. There's a bad moon on the rise. Fiona wachte mit demselben Ohrwurm auf, mit dem sie eingeschlafen war. Einen Moment brauchte sie, um sich zu orientieren, wo sie war. Plouha. Nordbretagne. Ein Dorf, dessen graue Häuser sich in die Landschaft duckten und dessen Kirchentür lila gestrichen war. Das war ihr gestern aufgefallen, als das Licht der Scheinwerfer von Bens Volvo auf der Suche nach dem Hotel du Midi die Kirche gestreift hatte. Karfreitagslila. Immerhin besser als Milkalila.

Darcy schlief neben ihr in der anderen Hälfte des Doppelbettes. Sie widerstand gerade noch dem Impuls, ihm einen Kuss auf seine stoppeligen Wangen zu drücken. Nun hatten sie tatsächlich schon die zweite Nacht wie Bruder und Schwester nebeneinander verbracht. Nach der langen Fahrt und der schlaflosen Nacht zuvor war das kein Wunder. Selbst wenn Darcy es versucht hätte, wäre da nichts gelaufen. Sie war einfach total fertig gewesen vor Müdigkeit und Kopfschmerzen.

Apropos Kopfschmerzen. Fi ging ins Bad und warf eine der Tabletten ein, die sie gestern in einer Apotheke gekauft hatte. Angeblich sollten sie helfen. Taten sie aber nicht. Jedenfalls nicht langfristig.

Don't go around tonight. Well it's bound to take your life. There's a bad moon on the rise.

Ben war mit diesem düsteren Soundtrack im Ohr hierhergefahren. Warum? Was hatte er hier gewollt?

Darcy wachte auf, als sie duschte. Auch heute ging sie schon mal zum Frühstück vor, für das im Restaurant gedeckt war. Es befand sich in einem neuen Anbau, einer Art Wintergarten mit Fensterflächen vom Boden bis zur Decke. Fi setze sich und hatte freien Blick auf Bens Volvo, der im Hof stand. Das Hotel war nicht groß. Nur ein paar Zimmer und wie alles hier aus grauen Steinen gebaut. Im Sommer, wenn die Rosen und Hortensien blühten, die so gut wie jede Mauer überwucherten, war das sicher ein toller Anblick. Doch Ende Oktober waren sie verblüht und alles grau. Sogar der Himmel.

Eine junge Frau in schwarzem Rock und weißer Bluse kam an den Tisch. Ein Namensschildchen wies sie als Yvette aus. Fi bestellte Café au lait, kramte ihre Französischkenntnisse zusammen und fragte nach Ben. »Erinnern Sie sich an Monsieur Jacoby? Er hat vor drei Wochen hier gewohnt.« Fi wies auf das Auto.

»Ach ja. Monsieur Jacoby. Er war nicht lange hier. Zwei Nächte glaube ich.«

»War er allein oder in Begleitung?«

»Allein. Ein trauriger Mann.«

»Wissen Sie, was er hier gemacht hat?«

Yvette zuckte mit den Schultern. »Vermutlich das, was alle Touristen tun. Ausflüge entlang der Küste unternehmen, auf den alten Schmugglerpfaden wandern. Im Meer schwimmen. Ende September geht das noch.« Yvette wies auf einen Stapel Flyer des Tourismusverbands, die neben der Speisekarte in einem Ständer steckten.

»Hat er sich mit jemandem getroffen?«

»Woher soll ich das wissen? Ich habe ihn nur mal gesehen, als er vor Maries Trödelladen stand. Brocante d'Armor.«

»Wo finde ich den?«

Yvette beschrieb ihr den Weg. Der Laden lag im Ortsteil La Trinité direkt an der Straße zur Küste. Das letzte Haus auf der linken Seite. Zu Fuß vielleicht zwanzig Minuten. Von dort war es nicht mehr weit zum Meer.

Die Wege entlang der Küste und auch die alten Schmugglerpfade waren im Flyer eingezeichnet. Heute wäre ideales Wanderwetter, meinte Yvette noch, bevor sie in der Küche verschwand, um den Kaffee zu holen.

Fi nahm eine der Broschüren und vertiefte sich darin, bis Yvette das Frühstück brachte. Am liebsten wäre sie ja sofort los. Doch das würde Darcy nicht gefallen. Ungeduldig wartete sie auf ihn.

Als er endlich kam, war es schon beinahe zehn. Sie erzählte ihm von dem Trödelladen. »Was wollte Ben dort?«

»Wir werden es herausfinden, sobald ich diesen Kaffee hier ausgetrunken habe.« Darcy wies auf die Schale Milchkaffee, die vor ihm stand.

Fi aß den Rest ihres Croissants und wartete, bis Darcy endlich fertig war. Sie wollte mit dem Auto fahren, er zu Fuß gehen. »Wir haben gestern über tausend Kilometer runtergerissen. Mir brummt noch immer der Schädel, und dir sicher auch. Wir lüften jetzt unsere Köpfe aus und gehen die paar Meter zu Fuß.«

Oben im Zimmer warf Fi die Schachtel mit den Tabletten in den Rucksack und steckte eine Flasche Wasser dazu. Zehn Minuten später marschierten sie los.

Die Luft war frisch und klar. Der Wind kam vom Meer und wehte ihr immer wieder Haarsträhnen ins Gesicht. Die meisten Gärten wurden von Natursteinmauern und Lorbeerhecken eingefasst. Bei zahlreichen Häusern waren die Fensterläden geschlossen. Vermutlich wurden sie nur im Sommer bewohnt. Nach zwanzig Minuten entdeckte Fi ein Hinweisschild. Sie waren auf dem richtigen Weg. Die Bebauung wurde lichter. Die Straßen waren eng und von Wällen gesäumt, die mit Ginster, Efeu und Hortensien bewachsen waren. Schließlich erreichten sie ihr Ziel, den Ortsteil La Trinité. Die Straße stieg an und fiel dann wieder ab. Vom höchsten Punkt erhaschte Fi einen Blick auf das Meer. Es war ganz nah.

Schließlich erreichten sie das letzte Haus am Ortsausgang. Es sah aus wie die meisten hier. Nur nicht so heruntergekommen. Die Läden waren türkisblau gestrichen. Die Fensterrahmen leuchteten weiß. Zwischen dem Wohnhaus und dem Laden erstreckte sich ein begrünter Hof. Fiona stand neben Darcy vor der Mauer und las das Ladenschild. *Brocante d'Armor. Marie Wagner. Magasin d'antiquités et brocante.* »Hier sind wir richtig.«

Was hatte Ben hier gewollt? Etwas rührte sich in ihr.

Während sie noch überlegte, wurde die Tür des Wohnhauses geöffnet. Eine Frau kam heraus. Sie trug ein wattiertes Briefkuvert in der Hand und ging damit zum Lieferwagen, der im Hof stand. Mitte bis Ende vierzig, praktischer Kurzhaarschnitt, Jeans und dunkelblaues Sweatshirt mit weißen Querstreifen. Darüber eine Regenjacke. Sie bemerkte Fi und Darcy und rief ihr zu, dass ihr Geschäft geschlossen hatte.

»Was hat sie gesagt?«, fragte Darcy, der kein Wort Französisch sprach.

»Dass der Laden nicht geöffnet ist«, erklärte Fi und rief dann der Frau zu, ob sie ein paar Minuten Zeit hätte.

Sie schüttelte den Kopf. »Tut mir leid.« Die Wagentür schlug hinter ihr zu, der Motor wurde gestartet. Für eine Sekunde überlegte Fi, sich ihr einfach in den Weg zu stellen.

Darcy griff nach ihrer Hand. »Sie wird nicht lange wegbleiben.«

»Ach. Bist du unter die Hellseher gegangen?«

»Sie hat keine Tasche dabei. Wahrscheinlich will sie nur zur Post.«

Der Wagen fuhr an ihnen vorbei. Fionas Blick blieb an der Aufschrift hängen. *Brocante d'Armor. Marie Wagner.* Etwas war damit.

Darcy lehnte sich an die Mauer. »Wie wäre es in der Zwischenzeit mit einem Spaziergang zum Meer?«

Fi hörte nur mit halbem Ohr zu. Etwas arbeitete in ihr und wühlte sich langsam an die Oberfläche. Marie Wagner. Den Namen kannte sie doch. Nur woher? Sie war also Deutsche. Genau. Ein deutscher Akzent hatte mitgeklungen, als sie sagte, dass der Laden zu war. Marie Wagner. Ben war ihretwegen hierhergefahren.

Und plötzlich wusste sie es. Sie sah das Bild vor sich. »Das Grab!«

»Welches Grab?«

Das Grab auf dem Freisinger Friedhof. Das Grab dieser jungen Frau, bei dessen Anblick sie gedacht hatte, dass man die Tage und Stunden nutzen sollte, die einem zugedacht waren, denn man konnte nie wissen, wann es vorbei war. Marie Wagner war gestorben, kurz bevor die

Katastrophe über Fiona und ihre Familie hereingebrochen war. Ihr Grab lag ganz in der Nähe von Julias Grab. Von Julias ... Fi schnappte nach Luft. Weshalb war sie nicht früher darauf gekommen? Warum hatte sie sich diese Frage nie gestellt?

»Was ist mit dir? Du bist weiß wie die Wand.« Mit zwei Schritten war Darcy bei ihr. »Kipp mir bloß nicht um.«

Ihr Herz raste. In ihrem Kopf drehte sich alles. Shit! Verdammte Scheiße! Sie bekam kaum noch Luft. »Ben ... Er ist kein Mörder. Es gab gar keinen Mord. Julias Grab ist leer. Das war sie! Das war Julia!«

»Was?«, stieß Darcy hervor. »Glaubst du wirklich? Sie sieht ganz anders aus. Höchstens das Alter könnte hinkommen.«

Von einer Sekunde auf die andere kam Fi das Frühstück hoch. Sie erbrach sich direkt vor Darcys Füße. Er hielt ihr die Stirn, während er sie mit dem anderen Arm stützte und sie weiter würgte und würgte, bis alles draußen war und sie nur noch Galle erbrach.

»Geht es wieder?« Er wischte ihr den kühlen Schweiß von der Stirn. »Du hast definitiv eine Gehirnerschütterung. Ich hätte dich ins Krankenhaus bringen sollen.«

»Geht schon. Das war Julia. Scheiße! Das war sie. Das kann doch nicht sein!«

»Setz dich.« Darcy wies auf die niedrige Mauer. Fi gehorchte. Aus dem Rucksack zog er die Wasserflasche und gab sie ihr. Mit einem Schluck spülte sie den Mund und spuckte den widerlichen Geschmack aus. Mit aufgestützten Armen sah sie zwischen den Beinen hindurch auf das Unkraut, das am Fuß der Mauer wucherte, und atmete durch, bis das Schwindelgefühl verschwand.

Darcy setzte sich neben sie und nahm sie in den Arm. »Du denkst wirklich, dass das Julia Reinhold war?«

Hatte er es noch immer nicht kapiert! »Natürlich war sie das. Dieses Miststück hat einfach einen Mörder aus Ben gemacht. Sie hat Mama in den Selbstmord getrieben. Ihr verdanken wir unser gesamtes Unglück! Dieser verdammten Schlampe. Nur weil Ben sie sitzengelassen hat.« Die Wut überrollte sie wie eine Naturgewalt. »Dieses verfluchte Drecksstück!« Sie schüttelte Darcys Hand ab und sprang auf. »Dafür wird sie bezahlen! Ich mache sie kalt! Ich bringe sie um!«

Sie rannte auf die Straße und schlug die Richtung ein, in die Julia mit ihrem Wagen verschwunden war.

Auf der Kuppe holte Darcy sie ein und schnitt ihr den Weg ab. Keuchend blieb sie stehen.

»Beruhige dich!«

»Ben hat sie nicht umgebracht. Verstehst du das denn nicht! Er war kein Mörder. Gnade ihr Gott, wenn ich sie finde! Ich hole das nach!«

»Beruhige dich!« Darcy packte sie an den Schultern und fixierte ihren Blick. »Mit Gewalt ist niemandem geholfen. Okay? Und jetzt atme durch.«

Fi nickte, bebend vor Wut. Er hatte ja wie immer recht. Wegen dieser Dreckschlampe würde sie nicht in den Knast gehen.

»Wir setzen uns jetzt irgendwo hin und überlegen in aller Ruhe, was wir tun können.«

»Und in der Zwischenzeit haut sie ab!«

»Sie ist nur zur Post gefahren. Es sah nicht so aus, als ob sie vorhatte zu verschwinden, und sie hat dich nicht erkannt. Also beruhige dich endlich.«

Das iPhone klingelte. Fi zog es hervor. Konrad meldete

sich. »Hallo Fiona, ich wollte dir nur sagen, dass ich das Geld überwiesen habe. Seid ihr gut angekommen?«

»Ja, sind wir.«

»Und habt ihr schon herausgefunden, weshalb Ben in der Bretagne war?«

»Sieh es dir selbst an«, stieß sie hervor.

»Was ist mit dir? Du klingst so aufgebracht. Und was soll ich mir ansehen?«

»Julia. Sie lebt.«

Ein Keuchen klang durchs Telefon. »Was sagst du? Das ist nicht möglich.«

Sie verstand ihn ja. Es war unmöglich. Doch es war so. So ungeheuerlich! »Ich habe sie vor fünf Minuten gesehen. Ich habe mit ihr gesprochen. Ben war kein Mörder. Genau, wie er immer beteuert hat. Und ich habe ihm nicht geglaubt. Du auch nicht. Niemand hat das. Wir haben ihn einfach aus unserem Leben gestrichen. Während er achtzehn Jahre im Knast verrottete, hat sie hier ein schönes Leben geführt. Und wenn du mir das nicht glaubst, dann bewege deinen Arsch hierher. Setz dich ins Auto oder in einen Flieger oder lass dich beamen und sieh es dir mit eigenen Augen an. Diese Drecksschlampe lebt!«

»Du bist dir wirklich sicher?«

»Hundertpro.«

»Ich komme.« Konrads Stimme klang plötzlich steinalt, wie ein zerbröselnder Fels. »Wenn das stimmt ... Ich muss sie sehen. Sie soll mir ins Gesicht sagen, was sie getan hat.«

Fi gab ihm die Adresse und steckte das Handy ein. Sie konnte hier nicht herumsitzen und Däumchen drehen, bis Julia auftauchte. Sie brauchte Bewegung. Also liefen sie den Rest des Wegs zur Küste. Es war nicht weit.

Darcy legte den Arm um ihre Schulter. »Bisher sind wir davon ausgegangen, dass dein Vater erschlagen wurde, weil er herausgefunden hat, wer Julia ermordet hat. Und nun gibt es keinen Mord. Wer hat ihn getötet und warum? Und auch Julias Mutter?«

Gute Frage. Was war hier los?

»Ben muss herausgefunden haben, was damals wirklich gelaufen ist. Und das erst vor kurzem, sonst hätte er längst darüber geredet. Er fährt also hierher und dann … Warum hat er dieses Weib nicht umgebracht? Schließlich hat er dafür im Gefängnis gesessen. Und weshalb ist er einfach nach Freising zurückgekehrt und hat so getan, als ob nichts wäre? Ich an seiner Stelle hätte sie kaltgemacht. Verstehst du das?«

»Eigentlich nicht.« Schweigend gingen sie weiter, bis Darcy stehen blieb. »Wenn er sie umgebracht hätte, wäre er am Ende doch ein Mörder gewesen, und Julia hätte ihn dazu gemacht. Vielleicht wollte er ihr diesen Sieg nicht gönnen. Das wäre meine Erklärung.«

So etwas wie Bewunderung streifte Fi. Nicht nur für Ben, der die Falle erkannt hatte und nicht hineingelaufen war. Sich in dieser Situation nicht zu rächen … Das war groß. »Hey, Darcy. Du solltest echt Psychologie studieren. Warum tust du das nicht?«

»Das will ich ja. Aber erst muss ich genügend Geld gespart haben, um das Abi nachzuholen und das Studium durchziehen zu können.«

»Ich verstehe es nicht. Weshalb ist er einfach zurückgefahren und hat zu niemandem etwas gesagt? Märtyrer oder Masochist? Beides war Ben ganz sicher nicht. Hast du auch dafür eine Erklärung?«

Dazu fiel Darcy nichts ein. Allerdings hatte Fiona eine

Idee, wer Ben und Renate getötet hatte. »Julia hat Hilfe gebraucht, um ihren Racheplan durchzuziehen. Garantiert hat ihre Mutter ihr dabei geholfen. Mit der hat sie sich ja super verstanden. Jedenfalls, wenn man den Zeitungen glauben darf und ihrer Freundin Anne. Julia also. Sie ist Ben nach Freising gefolgt, hat ihn erschlagen und das Haus in Brand gesteckt. Und dann hat sie dafür gesorgt, dass ihre Mutter nie etwas sagen konnte. Jetzt ist sie die Einzige, die die Wahrheit kennt.«

Darcy riss einen Grashalm aus und zog ihn zwischen den Fingern hindurch. »Das ist nicht logisch. Wer bringt schon zwei Menschen um, wenn er nichts zu befürchten hat? Was Julia getan hat, vermutlich mit Unterstützung ihrer Mutter, ist garantiert längst verjährt.«

»Du bist gut. Kann ja sein, dass sie nicht ins Gefängnis muss. Aber was glaubst du denn, was die Medien aus einer solchen Story machen? Da wäre das Gefängnis glatt vorzuziehen.«

Der Grashalm segelte zu Boden. »Glaubst du wirklich, dass Julia aus Angst vor Schande zwei Morde begangen hat? Ich kann es mir nicht vorstellen. Rache, Neid, Eifersucht, Geld und Gier. Das sind die gängigen Motive. Aber Angst vor Scham? Julia hätte sich der Öffentlichkeit stellen können und dann wieder hierher verschwinden.«

4

Er hatte das nicht unter Kontrolle. Genau genommen hatte sich diese ganze verdammte Geschichte von Anfang an jeder Kontrolle entzogen. Er lief den Ereignissen hinterher, reagierte statt zu agieren. Und das hasste er. Er hatte das Heft des Handelns gerne in der Hand.

Von Brest kommend fuhr er auf der N12 Richtung Osten. Nächste Ausfahrt Belle-Isle-en-Terre, Callac. Die Landschaft raste vorüber. Der Tacho zeigte hundertachtzig. Er riss sich zusammen und nahm den Fuß vom Gas. In Frankreich galt ein Tempolimit. Auf Autobahnen hundertdreißig und auf der Route National lächerliche hundertzehn. Von der Gendarmerie aus dem Verkehr gezogen zu werden war das Letzte, das er jetzt wollte.

Was Fiona und ihren Freund betraf, gab es keinen Grund zur Panik. Sie hatten keine Ahnung, worum es wirklich ging, und suchten weiter nach Julias Mörder. Und das ganz sicher nicht in Frankreich. Die Fahrt nach Stuttgart war für sie zur Sackgasse geworden. Endstation auf der Suche nach der verdammten Wahrheit. Was war schon Wahrheit!

Julia Reinhold war es, die ihn beinahe in Panik versetzte. Jeden Moment konnte sie die Bombe hochgehen lassen. Er musste ihr zuvorkommen.

Abzuwarten war ein Fehler gewesen. Wie hätte er auch ahnen können, dass Fiona anfing Fragen zu stellen und nachzuforschen? Bisher hatte sie sich einen Dreck um ihren Vater gekümmert. Und wie hatte er nur glauben können, dass Julia und ihre Mutter den Mund halten würden? Neunzehn Jahre hatten sie geschwiegen. Froh und dankbar würden sie sein, das auch weiterhin tun zu können, jetzt, da die Gefahr gebannt war, dass ihre ganze beschissene Intrige aufflog. Das hatte er geglaubt. Wer lieferte sich schon ohne Not selbst ans Messer?

Doch er hatte sich geirrt. Allerdings nicht, was Renate Reinhold betraf. Die hatte er richtig eingeschätzt. Überrascht hatte sie ihn eingelassen, als er vorgestern Abend bei ihr aufgetaucht war. Sie hatte ihn ins Wohnzimmer geführt, wo sie auf dem Sofa Platz nahm und ihm den Sessel anbot. Fehlt nur noch die Tasse Tee und Gebäck, hatte er amüsiert gedacht.

Von ihm hatte sie nichts zu befürchten. Das wusste sie. Sie verfolgten ähnliche Ziele.

»Sie wissen also Bescheid. Ben hat es Ihnen erzählt. Haben Sie ihn erschlagen, oder war es tatsächlich ein Unfall?«, fragte sie.

Diese Unterstellung ignorierte er. »Ich biete Ihnen und Ihrer Tochter ein Geschäft an. Eine jährliche Zahlung, und wir lassen alles, wie es ist. Das ist doch ganz in Ihrem Sinn.«

»Bei mir rennen Sie damit offene Türen ein. Doch Julia wird nicht mitmachen. Sie hat sich in den Kopf gesetzt, Ben zu rehabilitieren, auch jetzt noch, wo er nichts mehr davon hat. Sie weiß ja nicht, was sie tut!«

Mit zittrigen Fingern nestelte Renate Reinhold am obersten Knopf der Bluse, öffnete ihn und atmete tief durch. Er verstand nur zu gut, dass diese verdammte Geschichte sie aufregte. Ihn regte sie ja auch auf. »Julia ist also über Bens Tod informiert?«

»Ja, natürlich. Ich habe es ihr gesagt. So viel Undank habe ich nicht verdient. Ich habe alles für sie getan, und sie denkt nur an sich. Alles. Sogar strafbar gemacht habe ich mich für sie. Urkunden gefälscht und gelogen und betrogen.« Die Tonlage wurde lauter und schriller. »Wenn das rauskommt, werde ich meine Pension verlieren. Ihr ist das egal. Es interessiert sie nicht. Sie liefert mich aus, lässt mich im Stich. Aber nicht mit mir. Ich spiele nicht mit. Sie wird mich da nicht mit hineinziehen. Es ist alles vorbereitet. Wenn sie damit wirklich an die Öffentlichkeit geht, wird mein Anwalt eine Erklärung in meinem Namen abgeben. Ich habe von alldem nichts gewusst. Meine Sachen sind gepackt. Ich setze mich ab, bis die Presse kein Interesse mehr an mir hat! Sie ist so herzlos und vertreibt mich aus meiner Wohnung und …«

Renate Reinholds wütender Redefluss versiegte abrupt. Sie schnappte nach Luft, stemmte sich schwankend in die Höhe, kreidebleich im Gesicht, die Lippen brombeerlila. Jeden Moment würde sie umkippen. Er sprang auf, doch sie sackte zusammen, bevor er bei ihr war, und knallte mit dem Nacken auf die Kante des Couchtischs. Er hörte das Geräusch, mit dem die Halswirbel brachen, und hätte sich beinahe übergeben.

Es dauerte einen Moment, bis er verstand, was geschehen war. Sie war tot. Das sah er sofort, dennoch beugte er sich über sie, suchte mit bebenden Fingern nach einem Puls, nach irgendeinem Anzeichen von Leben. Nichts. Sie konnte nichts mehr sagen. Weder ihm noch sonst wem.

Alles geriet außer Kontrolle. Noch immer wusste er nicht, wo Julia lebte. Die tickende Zeitbombe, die jeden Augenblick hochgehen und Bens Unschuld offenbaren konnte. Wo war sie? In Frankreich. Mehr wusste er nicht.

Irgendwo in dieser Wohnung musste sich die Antwort auf diese Frage befinden. Er zog die Latexhandschuhe aus der Tasche, in der auch die handliche Pistole steckte, die er für alle Fälle mitgenommen hatte, und durchsuchte die Räume nach Julias Adresse. Dabei achtete er darauf, alles wieder so hinzulegen, wie er es vorfand, und wurde zunehmend panischer. Er fand nichts. Keine Fotos und Postkarten, keine Briefe, keine Telefonnummer, geschweige denn eine Adresse. Julias Mutter hatte jeden Hinweis auf ihr Komplott vernichtet.

Er war kurz davor, unverrichteter Dinge zu gehen, als er ein Briefkuvert bemerkte, das unter die Kommode gerutscht war. Nur eine Ecke lugte hervor. Der Brief war an Renate Reinhold adressiert und zehn Jahre alt. Er trug eine französische Marke. Der Absender lautete: Marie Wagner, 38 Rue Saint-Marc, F-29200 Brest. Erleichtert hatte er das Kuvert eingesteckt und im selben Moment jemanden an der Tür gehört. »Frau Reinhold?«

Ein Lieferwagen zog unmittelbar vor ihm auf die linke Spur und bremste ihn aus. Eigentlich gut. Schon wieder fuhr er zu schnell.

Er hatte nicht anders gekonnt, als Fiona niederzuschlagen, und war ihr und ihrem Freund schließlich gefolgt, weil er wissen musste, was sie vorhatten. Offenbar waren sie ratlos. An einer Imbissbude waren sie beinahe in eine Schlägerei geraten und dann zurück in ihre

Pension gefahren. In Stuttgart kamen sie nicht weiter. Renate Reinhold konnte ihnen nicht mehr helfen. Was sie auch nie getan hätte. Sie hätte die beiden hochkant hinausgeworfen. Warum er die Reifen zerstochen hatte, wusste er selbst nicht. Vielleicht als Warnung, endlich die Finger von der Sache zu lassen. Oder war es doch das Gefühl gewesen, einen Vorsprung zu brauchen? Doch die beiden wussten ja von nichts. Es blieb ihnen nichts anderes übrig, als zurückzufahren.

Nächste Ausfahrt Guingamp. Dort verließ er die Route Nationale und fuhr auf der D9 weiter. Noch fünfundzwanzig Kilometer. Julia, diese dumme Kuh! Hoffentlich war es noch nicht zu spät. Hoffentlich hatte sie die Wahrheit noch nicht herausposaunt.

Die Müdigkeit saß ihm in den Knochen. Er stellte die Klimaanlage kühler und griff nach dem Becher Kaffee, der in einer Halterung steckte. In den letzten vierzig Stunden war er über fünfzehnhundert Kilometer gefahren. Von Freising nach Stuttgart. Von dort nach Brest, nur, um festzustellen, dass Marie Wagner alias Julia Reinhold seit beinahe zehn Jahren nicht mehr dort lebte. Sein Glück, dass ihre ehemalige Nachbarin Julie wusste, wohin sie gezogen war und sich an die Adresse erinnerte, weil sie eine Zeitlang Post nachgeschickt hatte. Marie wohnte in Plouha, einem Kaff an den Côtes d'Armor, was nichts mit Liebe zu tun hatte, wie Julie ihm erklärt hatte. Es bedeutete *Land am Meer* und interessierte ihn einen Dreck.

Ein Traktor zuckelte vor ihm auf der Landstraße dahin. Der Gegenverkehr war dicht. Es dauerte, bis er endlich das Gaspedal durchtreten und überholen konnte.

Mit Hilfe von Google Maps war es ihm gelungen,

Julias Haus zu finden. Es lag am Ortsausgang, ein wenig abseits. Das kam ihm gelegen. Er umfuhr das Dorf und näherte sich über eine Nebenstraße. Zuerst würde er es mit Geld und gutem Zureden versuchen. Falls er sie nicht umstimmen konnte, musste es eben anders gehen. Die Uhren durfte nicht neunzehn Jahre zurückgedreht werden. Das würde er nicht zulassen.

Er parkte den Wagen am Rande eines Feldweges hinter dichtem Gebüsch. Eine Mauer umgab den Garten. Sie war niedrig und leicht zu übersteigen. Das Wohnhaus präsentierte ihm seine Rückseite. Davor konnte er ein Stück Hofeinfahrt erkennen und den Laden mit dem Schild: *Brocante d'Armor. Marie Wagner.* Er hatte sie gefunden.

Während er sich noch umsah, fuhr ein Lieferwagen in den Hof. Er suchte Deckung hinter einem Busch. Eine Frau stieg aus. War sie das? Sie verschwand im Haus. Er schlich näher heran, bog um die Ecke und sah durch die Glasflächen eines Wintergartens direkt in die Küche.

Drinnen ging die Tür auf. Lautlos verzog er sich in den Schatten einer Mauer. Die Frau kam herein. Obwohl neunzehn Jahre vergangen waren und sie die Haare kurz trug und kastanienbraun gefärbt hatte, erkannte er sie sofort. Ja, das war Julia.

5

Sie trat an die Tür des Wintergartens und blickte in den Hof. Wie grau alles war. Der Himmel, die Mauern, sogar die längst vertrockneten Blüten der Hortensien.

Heute waren die drei Wochen um, die Ben ihr als Frist gesetzt hatte. Drei Wochen, seit sie ihm versprochen hatte, ihn zu rehabilitieren. Gestern hatte sie eigentlich ihre Reise nach München antreten wollen. Vorgestern hatte ihre Mutter sie fallenlassen, und ebenfalls seit vorgestern wusste sie, dass Ben gestorben war.

Nach dem Telefonat am Nachmittag, in dessen Verlauf ihre Mutter sie für tot erklärte, hatte sie versucht ihn anzurufen. Doch auf beiden Nummern, die er ihr gegeben hatte, war er nicht erreichbar. Beim Festnetzanschluss lief die Ansage, dass der Anschluss gestört sei, und das Handy war ausgeschaltet. Ben wartete auf ihren Anruf. Warum meldete er sich nicht?

Kurz nach sieben, als sie es gerade mal wieder auf dem Handy versucht hatte, klingelte das Telefon. Ihre Mutter war dran.

»Du wirst es nicht glauben.« Sie klang beschwingt und aufgedreht. »Unser Problem hat sich in Luft aufgelöst. Alles kann bleiben, wie es ist. Hannelore hat mich eben angerufen. Sie war in Urlaub und hat es jetzt erst erfahren. Ben ist tot. Schon seit beinahe drei Wochen. Kurz nachdem er bei dir war, ist es passiert. Im Suff hat er das Haus angezündet und ist verbrannt. Ist doch wunderbar.«

Ihr wurde schlecht. So viel Hass. Woher kam er nur? Wie konnte Renate sich nur über Bens Tod freuen? Plötzlich empfand sie für ihre Mutter nur noch Verachtung.

»Das ändert nichts. Ich werde nach Freising fahren. Das bin ich seiner Familie schuldig. Vor allem Fiona. Ich erwarte nicht, dass sie mir verzeihen. Aber ich will nicht weiter lügen. Ich will es wiedergutmachen, soweit das überhaupt geht. Ich will unter meinem richtigen Namen leben, und wenn ich irgendwann mal sterbe, soll er auf meinem Grabstein stehen. Julia Reinhold und nicht Marie Wagner. Und es wird nicht der Stein sein, den du für mich hast errichten lassen, ohne mir auch nur je ein Wort davon zu sagen. Du hast mich für deine Rache an Konrad benutzt. Und nun bin ich für dich gestorben, weil ich nicht mehr mitspiele. Ruf mich nie wieder an.«

Bens Tod veränderte alles. Es war so grausam, dass er seine Rehabilitation nicht mehr erlebte und als Mörder gestorben war. Gestern war sie nicht in der Lage gewesen zu fahren und hatte das TGV-Ticket umgebucht. Morgen wollte sie die Reise antreten. Auf ein oder zwei Tage kam es nun nicht mehr an.

Julia wandte den Blick ab und ging nach oben, um zu packen. Hier war alles geklärt. Louise war bereit, die Hilfe des Anwalts in Anspruch zu nehmen, den Julia besorgt hatte. Sie und Jannic wollten nichts mehr mit ihr zu tun haben. Das tat natürlich weh. Vielleicht heilte die Zeit die Wunden und auch ihr Versuch der Wiedergutmachung.

Julia nahm den Koffer aus dem Schrank, als es an der Haustür klingelte. Wer konnte das sein? Sie erwartete niemanden.

Ein übernächtigt aussehender Mann stand vor der Tür. Bartschatten und eleganter Anzug passten nicht so recht zueinander. Er musste zu Fuß gekommen sein. Im Hof parkte nur der Lieferwagen.

»Hallo Julia. Kann ich reinkommen?«

Sie erkannte ihn erst auf den zweiten Blick. »Ludwig?« Natürlich ließ sie ihn ein und ging voran in die Küche. Weshalb war er gekommen? »Magst du etwas trinken?« Angesichts der Umstände eine gleichermaßen idiotische wie banale Frage.

»Gerne. Einen Kaffee.« Er nahm am Tisch Platz und sah sich ungeniert um. »Dir geht es gut, wie man sieht. Hübsch hast du es dir hier gemacht.«

»Ben hat dir alles erzählt?«

Sein Blick kehrte zu ihr zurück. »Ja. Natürlich. Auch, dass du das alles aufklären willst.«

Sie füllte die Kaffeemaschine und wunderte sich, dass Ludwig so ruhig war und ihr keine Vorwürfe machte. Sie hätte sie nur zu gut verstanden. »Ich hätte das viel früher tun sollen.« Sie wollte sich schon rechtfertigen und ihm erklären, dass sie ursprünglich vorgehabt hatte, diese Geschichte nach spätestens fünf Jahren zu beenden. Doch es war gleichgültig. Es machte es nicht besser. Es gab nichts, womit sie ihre Schuld verharmlosen konnte. Und schon gar nicht mit ihrer Naivität.

»Ich will nicht lange um den heißen Brei herumreden«, sagte Ludwig. »Das ist nicht meine Art. Ben ist gestorben.«

»Ich weiß. Aber das ändert doch nichts. Ihr müsst keine Angst haben, dass ich deswegen mein Wort nicht halte. Ich habe ihm versprochen, ihn zu rehabilitieren, und das mache ich. Ich fahre morgen. Wenn ich in München bin, werde ich mich an die Süddeutsche Zeitung wenden, wie Ben es von mir verlangt hat.«

»Hast du dort schon mit jemandem gesprochen?«

»Noch nicht.«

Sie sah, wie seine Schultern herabsanken. »Gut. Ich glaube, du hast das nicht bis zum Ende durchdacht. Ben hat nichts mehr davon, wenn du zugibst, was du getan hast. Aber wir werden wieder von der Presse gehetzt werden. Auf Schritt und Tritt wird man uns auflauern. Ich will nicht, dass die ganze alte Geschichte wieder aufgewärmt wird. Wir sind alle zur Ruhe gekommen und leben seit beinahe zwanzig Jahren damit. Und auch du wirst nicht wollen, dass man dich fertigmacht und vernichtet. Du wirst nämlich keine ruhige Minute mehr in deinem Leben haben, wenn du offenbarst, was du Ben angetan hast. Auch hier nicht, in dieser Idylle.«

Er beschrieb mit der Hand einen Bogen, der ihr kleines Reich umfasste. »Die Presseheinis werden dich finden. Wildfremde Menschen werden über die Mauer klettern und über dein Grundstück latschen, dich durch die Fenster fotografieren und sich an deine Fersen heften. Sie werden dir zum Metzger folgen und zum Bäcker, sie werden mit deinen Nachbarn reden und mit deinen Kunden. Leute, die kaum drei Worte mit dir gesprochen haben, werden Bücher über deine Intrige schreiben und ellenlange Artikel. Sogenannte Experten werden sich in Talkshows das

Maul über dich zerreißen und eine Hexenjagd auf dich in Gang setzen. Das kannst du nicht wollen. Jetzt, wo Ben nichts mehr davon hat. Du kannst ihm nicht mehr helfen. Aber meiner Familie und dir selbst. Ich will, dass alles so bleibt, wie es ist, und deshalb mache ich dir ein Angebot. Wir breiten den Mantel des Schweigens darüber. Du hast von uns nichts zu befürchten, und alle leben in Frieden weiter wie bisher.«

Mit zunehmender Verwunderung hörte Julia Ludwig zu. »Ich glaube kaum, dass Fiona bisher in Frieden gelebt hat, und auch dein Vater nicht. Die beiden wissen gar nichts davon, oder? Weder dass du hier bist, um dieses Angebot zu machen, noch dass Ben die Wahrheit herausgefunden hat. Sie wissen gar nicht, dass ich lebe. Ben hat das nur dir erzählt. Oder?«

Abwartend sah sie ihn an, bis er schließlich nickte und sie erkannte, worum es wirklich ging. »Du bist der Einzige, der in Frieden gelebt hat und dem Bens Unglück in gewisser Weise auch Glück gebracht hat. Dein Vater wollte dich nie im Unternehmen haben. Warum eigentlich? Ich habe nie verstanden, weshalb er dich derart abgelehnt hat. Doch damals sah es so aus, als käme er nicht an dir vorbei. Wusstest du, dass Ben damals kurz davor war, die Bildhauerei an den Nagel zu hängen und sein Studium abzuschließen? Dass es dazu nicht gekommen ist, war meine Schuld. Ebenso, dass du seither den Platz eingenommen hast, der eigentlich Ben zustand. Ist das der Grund, weshalb du willst, dass alles bleibt, wie es ist? Wenn Ben noch lebte, würde er dich jetzt vom Thron stoßen. Das ist deine Angst, stimmt's? Nicht vom Chefsessel. Sondern vom Thron. Er war immer der Liebling deines Vaters. Und du warst eifersüchtig auf ihn. Sein Verderben war dein Segen. Doch an dieser Katastrophe bin ich schuld, und ich werde es wiedergutmachen, so weit ich kann. Ich bin bereit, den Preis dafür zu bezahlen.«

»Ich aber nicht.«

6

Fi saß neben Darcy am Rande der Steilküste auf einem mächtigen Felsbrocken und bekam langsam einen kalten Hintern. Etwa vierzig Meter unter ihnen schlugen die Wellen donnernd gegen die Felsen der Bucht. Seit einer halben Stunde beobachteten sie fasziniert, wie der Wasserstand stetig anstieg. Im unteren Bereich war die Felswand beinahe schwarz. Weiter oben krallten sich Moos und Flechten gelb und grün und orange ins Gestein und machten so die Grenze sichtbar, bis zu der die Flut stieg. Sicher sieben oder acht Meter hoch.

Es war eine wilde, zerklüftete Landschaft, über der sich ein wolkenverhangener Himmel spannte, aus dem sich ab und zu ein Tropfen löste. Es roch nach Regen und Gischt. Fi dachte über Darcys Worte nach. Wer wurde schon zum Mörder aus Angst vor öffentlicher Schande?

»Wenn nicht Julia Ben erschlagen hat, wer dann? Wer hat etwas davon, wenn die Wahrheit nicht ans Licht kommt?« Fi zog die Schultern hoch und gab sich selbst die Antwort. »Theoretisch eigentlich nur Ludwig. Doch das kann ja nicht sein. Niemand erschlägt seinen eigenen Bruder.«

»Bis auf Kain«, warf Darcy ein.

Damit lag der Besserwisser nun mal wieder richtig. Trotzdem war es eigentlich unvorstellbar. Der biedere Ludwig? »Dann müsste er mir auch die Mail geschickt und die Reifen zerstochen haben.« Fi wurde es unbehaglich. »Könnte hinkommen. Er weiß, dass wir nicht an einen Unfalltod glauben. Doch was hat er davon? Eigentlich kann es nur ums Geld gehen.«

»Ist er nicht reich?«

»Nicht wirklich. Reich ist er erst, wenn Opa stirbt. Mein Opa hat meinen Vater enterbt. Er sollte nur den Pflichtteil erhalten. Wenn jetzt herausgekommen wäre, dass Ben unschuldig ist, hätte Konrad ihn wieder als Erben eingesetzt. Ludwig will nicht teilen. Er hat nicht nur die Leitung der Brauerei übernommen, was er immer schon wollte, aber Konrad nicht. Er hat auch Bens verwaisten Platz als Lieblingssohn eingenommen. Okay, Liebling ist sicher übertrieben, aber es gab schließlich nur noch ihn. Konrad musste sich mit Ludwig arrangieren, obwohl er ihn nie richtig leiden konnte. Meine Mutter hat sich darüber gewundert. Ich erinnere mich noch gut an ein Gespräch zwischen meinen Eltern, in dem es darum ging. Es war den beiden ein Rätsel, warum Konrad Ludwig derart ablehnte, während Ben sein Liebling war. Trotz Kunststudium und der Ehe mit meiner Mutter. Konrad hat die Hoffnung nie aufgegeben, dass Ben sich früher oder später besinnen würde. Da ihm früher lieber war, hat er uns die finanzielle Unterstützung gestrichen. Und er hatte ihn ja fast so weit. Doch dann wurde Ben verurteilt. Damals hat Konrad sich entschlossen, Ludwig eine Chance zu geben, und er hat seinen Job gut gemacht. Er hat die Brauerei in eine Aktiengesellschaft umgewandelt und so das Kapital an Bord geholt, mit dem er expandieren konnte. Ohne Ludwig wäre der Antonius-Bräu heute eine kleine Klitsche und vermutlich längst von einem Konzern geschluckt worden.«

»Es gibt also zwei, die ein Interesse daran haben, dass die Wahrheit nicht ans Licht kommt. Ludwig und Julia.« Darcy stand auf und wischte sich den Schmutz vom Hosenboden. »Wenn es Ludwig ist, dann kennt er die ganze Geschichte, die wir uns erst mühsam zusammengepuzzelt haben. Vielleicht kannte er die Wahrheit schon die ganze Zeit.«

»Wenn er Ben umgebracht hat und auch Renate, dann müssen wir Julia warnen. Dann ist sie die Nächste.«

»Und wenn es Julia ist?«

»Dann müssen wir eben vorsichtig sein. Wir sind zu zweit. Sie ist allein. Es ist Zeit, umzukehren und nachzusehen, ob sie zurück ist.« Fi stand auf und griff nach ihrem Rucksack. Gemeinsam marschierten sie los.

Als sie Julias Anwesen erreichten, stand der Lieferwagen wieder auf dem Stellplatz. Kein weiteres Fahrzeug in Sicht. Darcy war schon auf dem Weg zur Haustür und wollte klingeln, als Fi plötzlich das Gefühl hatte, dass hier etwas nicht stimmte. Sie stoppte ihn. »Lass uns ums Haus gehen und nachsehen, wo sie ist.«

7

Warum eigentlich? Ich habe nie verstanden, weshalb er dich derart abgelehnt hat. Julias Worte hallten in seinem Schädel nach wie ein Echo in einer unterirdischen Kaverne. Sie hatte ihm eine Tasse Kaffee hingestellt und sich zu ihm an den Tisch gesetzt und hoffte wohl, die Sache ausdiskutieren zu können.

Warum mochte sein Vater ihn nicht? Das war das große Rätsel seines Lebens. Die nicht heilende Wunde. Warum hatten seine Eltern sich gewünscht, dass es ihn nicht gab? Er hatte keine Ahnung, keinen Verdacht, nicht den Hauch einer Idee. Bis auf eine kurze Phase während seiner Pubertät, in der er geglaubt hatte, vielleicht nicht Konrads Sohn zu sein. Das wäre eine Erklärung gewesen. War er ein Kuckuckskind? Oder gar das Ergebnis einer Vergewaltigung? Doch gerade während der Pubertät wurde er seinem Vater immer ähnlicher. Die Nase, das Kinn, der Mund, die Statur. Unverkennbar ein Jacoby.

Er hatte nie den Mut aufgebracht zu fragen. Es war grotesk und traurig zugleich. Er war längst kein hilfloser kleiner Junge mehr. Er war der Vorstandsvorsitzende einer der größten Brauereien Bayerns. Er trug Verantwortung für Hunderte Arbeitsplätze und Millioneninvestitionen. Er kannte alle, die wichtig waren in Politik und Wirtschaft. Er war ein präziser Analytiker und obendrein dafür berüchtigt, Klartext zu reden und auch unpopuläre Entscheidungen zu treffen. Und dennoch hatte er es nie über sich gebracht, seinen Vater zu fragen, was an ihm so verabscheuungswürdig war, dass er ihn lieber tot gesehen hätte.

Er konnte sich an diese schreckliche Nacht noch immer erinnern, als wäre sie erst gestern gewesen. Er fand ihn noch immer in sich, diesen schlaflosen und unglücklichen Buben, der sich die Decke über den Kopf zog und wünschte diesen Blick nie gesehen zu haben.

Er liegt in seinem Bett und kann nicht schlafen. Sein Innerstes fühlt sich ganz wund an, wie aufgeschürft, als sei seine Seele, oder was auch immer da drinnen so weh tut, über Asphalt geschliddert.

Sie haben ihn erwischt. In der Schule. Als er aus der Schultasche des dicken Mani eine »Masters of the Universe«-Figur klaute. Sie zog ihn so magisch an. Nimm mich!, flüsterte sie. Dann wirst auch du ein Superheld mit Superkräften. Dann kannst du Ben besiegen. Zögernd griff er danach. Sofort fühlte er sich besser. Etwas strahlte von der Figur aus, floss in seine Adern. Eine unsichtbare Kraft und Stärke. Eine Pranke sauste auf seine Schulter nieder. Herr Kameter. Sein Lehrer. *Was tust du da?*

Es hatte einen Riesenwirbel gegeben, und dann war sein Vater in der Schule aufgekreuzt und hatte ihn angesehen, mit diesem Blick.

Dieser Blick … Er findet nur ein Wort dafür: angewidert. Wenn er diesen Blick doch nur vergessen könnte. Er schließt die Augen und drückt den Kopf fest in die Kissen. Es hilft nicht. Noch immer sieht sein Vater ihn schweigend an. Vorwurfsvoll. Angeekelt. Wozu Worte vergeuden? Ausgerechnet an ihn, an diesen Ludwig, an das missratene Kind. Ben sieht er nie so an. Es tut so weh. Wenn er doch nur einschlafen könnte.

Unter der Decke wird es heiß und stickig. Er kann kaum noch atmen, taucht aus dem Bettzeug auf und dreht sich um. Er will nicht daran denken, doch die Gedanken gehorchen ihm nicht. Sie wachsen wie Tentakel eines Riesenkraken aus ihm und ziehen ihn in die Tiefe, bis hinab zum Mittelpunkt der Erde. Hinein in glühendes Magma. Er schämt sich so entsetzlich. Weniger wegen des Diebstahls. Es ist dieser Blick, unter dem er sich noch immer windet. So viel Abscheu und Ekel liegen darin, als wäre er ein widerliches Insekt, auf das man am besten tritt, bis der Panzer knackend zerbricht, das weiche Innere hervorquillt und sich unter der Schuhsohle zu glitschigem Brei vermischt, bis nichts mehr übrig ist von diesem Schandfleck.

Sein Mund ist ganz trocken geworden. Er steht auf und geht leise in den Flur und die Treppe hinunter. Das Licht brennt. Seine Eltern schlafen noch nicht. Sie unterhalten sich im Wohnzimmer. Der Holzboden knarrt unter seinen Füßen. Erschrocken bleibt er stehen, hält den Atem an. Die Tür zum Wohnzimmer steht einen Spaltbreit offen. Sie sprechen über ihn.

»Dieser Nichtsnutz macht nur Ärger. Er zieht unseren Namen in den Dreck. Du hättest den Kameter hören sollen, diesen langhaarigen Kommunarden. Das war Wasser auf seine Mühlen. Ludwig sei wohlstandsverwahrlost, hat er gesagt. Ein asoziales Subjekt.« Sein Vater seufzt. »Es wäre wirklich besser gewesen, wenn du damals …«

Barsch unterbrach die Mutter den Vater. »Machst du mir deswegen noch immer Vorwürfe? Ich dachte, wir waren uns einig.« Ihre Stimme, kalt wie Eis. »Ich habe dieses Kind ebenso wenig gewollt wie du. Doch es war nun mal zu spät für eine Abtreibung.«

Seine Eltern haben ihn nie gewollt! Ihm wird übel. Benommen schwankt er zurück in sein Zimmer, zieht wieder die Decke über den Kopf. In seiner Kehle sitzt ein drückender Schmerz. Ihn sollte es gar nicht geben. Am liebsten wäre es seinen Eltern, wenn er tot wäre. Die Tränen beginnen zu laufen. Sie haben ihn nie gewollt. Er ist nichts wert. Etwas stimmt nicht mit ihm. Er ist kein Superheld und weint, bis keine Tränen mehr kommen und eine Idee in ihm aufsteigt. Ein phantastischer Wunsch, ein geradezu kühner Plan. Er wird es ihnen beweisen. Er wird ihnen zeigen, dass er das Kind ist, das sie sich eigentlich gewünscht haben. Das werden sie schon noch erkennen! Und dann werden sie ihn lieben.

All das ging ihm nun im Bruchteil einer Sekunde durch den Kopf, während Julia ihn abwartend beobachtete.

Als damals vor neunzehn Jahren sein ewiger Rivale und verhasster Bruder Ben seine schwangere Geliebte ermordet hatte, war das zum Wendepunkt in seinem Leben geworden. Wie ein Sechser im Lotto. Endlich nahm sein Vater ihn wahr. Endlich bekam er die Chance, zu zeigen, was in ihm steckte. Und er hatte sie genutzt! Er hatte bewiesen, dass er das Zeug dazu hatte, das Unternehmen zu leiten. Er war nicht bereit, all das wieder zu verlieren.

Das Rad durfte nicht zurückgedreht werden. Ben durfte nicht rehabilitiert werden.

»Es mag ja sein, dass du bereit bist, den Preis zu bezahlen«, wiederholte er Julias Worte und ließ die Hand in die Sakkotasche zur Pistole gleiten. »Wie gesagt: Ich bin es nicht. Wir sollten eine andere Lösung finden. Sag mir, was dein Schweigen kostet.« Eine letzte Chance hatte sie verdient. Am Ende war jeder käuflich. Diese Erfahrung hatte er in den letzten zwanzig Jahren gemacht.

»Was mein Schweigen kostet? Das kannst du dir …« Das Telefon begann zu klingeln. »Entschuldige bitte.«

Sie stand auf und nahm das Mobilteil aus der Ladeschale, die auf einem alten Küchenbuffet stand.

Erleichtert lehnte Ludwig sich zurück und nahm die Hand aus der Tasche. In Gedanken vollendete er ihren Satz. *Das kannst du dir nicht leisten.* Damit irrte sie sich. Er war ein vermögender Mann, und er verwaltete außerdem den größten Teil des Vermögens seines Vaters, von dem er jederzeit etwas abzweigen konnte.

»Ja, Frau Heinisch. Sie sind richtig verbunden. Marie Wagner hier. Was gibt es denn? … Was? … Meine Tante? … Was ist mit ihr?«

Ludwig wurde hellhörig. Julia hatte seines Wissens keine Tante. Nur ihre Mutter. Und die war tot. Ob man sie schon gefunden hatte? Fiona und ihr Freund hatten jedenfalls weder Polizei noch Notarzt gerufen. Den Namen Heinisch hatte er am Klingelbord in Stuttgart gelesen. Sie war eine Nachbarin von Julias Mutter. Aus dem Gespräch schloss er, dass genau das passiert war. Man hatte die Leiche gefunden. Er sah die Angst in Julias Augen aufsteigen und konnte sehen, was sie dachte. *Er hat meine Mutter erschlagen.* Gleich würde sie schreien.

Alles lief aus dem Ruder! Er wollte das nicht. Doch er konnte nicht anders und stand auf, legte den Finger auf den Mund, als Zeichen, dass sie schweigen sollte, und zog gleichzeitig die Pistole hervor. Sie verstummte mitten im Satz. Er nahm ihr das Telefon ab und legte auf. Sicherheitshalber entfernte er noch den Akku. »Es ist nicht so, wie du denkst. Setz dich und hör mir zu.«

Julia starrte auf die Waffe und wurde ganz grau im Gesicht. »Du hast meine Mutter erschlagen.«

»Setz dich und hör mir zu!«

Sie tat, was er verlangte. »Es war ein Unfall. Sie hat sich furchtbar aufgeregt, weil du die Sache mit Ben bereinigen wolltest. Sie ist während unseres Gesprächs einfach zusammengesackt und mit dem Kopf auf dem Couchtisch aufgeschlagen. Hatte sie etwas mit dem Herzen?«

Julia nickte benommen.

»Es war wirklich ein Unfall. Ich habe ihr nichts getan. Ich hatte keinen Grund dazu. Deine Mutter war bereit, mein Geld zu nehmen.« Abwartend sah er sie an.

»Ich bin es nicht, Ludwig. Ich muss das beenden. Leg die Waffe weg, und fahr nach Hause. Ich sage niemandem etwas davon.«

Leg die Waffe weg, und fahr nach Hause. Sie behandelte ihn wie einen dummen kleinen Jungen. Sie nahm ihn nicht ernst, traute ihm nichts zu. Genau wie früher sein Vater.

»Du hast keine Wahl. Entweder schweigst du, weil du dich dafür bezahlen lässt oder weil du nicht mehr reden kannst.«

Er hob die Pistole.

»Lass das, Ludwig. Das geht zu weit.« Sie schob den Stuhl zurück und stand auf.

Kalter Schweiß trat auf seine Stirn. Das Ding in seiner zitternden Hand sah aus wie Spielzeug. Langsam kam Julia auf ihn zu.

»Lege sie einfach auf den Tisch, und wir vergessen das.« Sie streckte die Hand aus.

Er sah seinen Vater vor sich und Ben und ballte die Hand zur Faust. Krachend löste sich der Schuss. Vor Schreck ließ er die Waffe fallen. Julia stolperte zwei Schritte zurück und knallte rücklings auf den Boden. Gleichzeitig nahm er eine Bewegung im Hof wahr und fuhr herum.

8

»Scheiße, Darcy! Das ist die falsche Richtung.« Atemlos blieb Fiona stehen und sah sich um. »Wir müssen dort lang, wenn wir ins Dorf wollen. Hier geht's zum Meer.«

»Wenn wir umdrehen, laufen wir ihm direkt in die Arme.«

»Wir müssen die Polizei rufen.«

»Erst müssen wir uns in Sicherheit bringen.« Darcy griff nach ihrer Hand. »Komm schon.« Sie hastete neben ihm den schmalen Weg entlang, den sie gerade erst von der Küste kommend hinter sich gebracht hatten. Wo war ein Versteck? Nichts als struppige Büsche und Bäume. Wälle aus Efeu und Farnen säumten Felder und Weiden. Nirgends ein Haus oder eine Scheune.

Ein Auto näherte sich von hinten. Fi sah sich um. Der schwarze BMW mit dem Münchner Kennzeichen. Seit wann fuhr Ludwig einen BMW? War auch egal. »Das ist er. Runter vom Weg.« Fi übersprang den Zaun einer Weide. Darcy ihr hinterher. Der Wagen stoppte. Eine Tür schlug. Shit!

Die Wiese erwies sich als ein von Kühen zertrampelter Sumpf aus Matschlöchern und Grassoden. Sie stolperten voran. Elend langsam. Fi sah sich nach Ludwig um. Er stand neben dem Auto. Warum folgte er ihnen nicht? Beim nächsten Schritt versank sie bis zum Knöchel im Schlamm. Shit! Ein schmatzendes Geräusch. Der Turnschuh blieb drin. Sie zog ihn raus, schlüpfte im Weiterstolpern hinein. Auf der anderen Seite angekommen, stiegen sie über den Zaun. Ludwig stand noch immer auf der Straße. Warum schoss er nicht? Keine Menschenseele weit und breit in dieser gottverlassenen Gegend. Warum folgte er ihnen nicht?

Hinter einer Hecke ragte ein Dach auf. »Da! Ein Haus!« Sie hielten darauf zu, umrundeten das Grundstück, bis sie ein Tor fanden. Es war verschlossen, der Garten aufgeräumt und alle Läden verrammelt und verriegelt. Ein Sommerhaus. »Da ist niemand.« Fi zog das iPhone hervor. »Ich rufe jetzt die Gendarmerie, und du guckst, ob wir irgendwie ins Haus kommen.«

Darcy sah sich um. »Dann sitzen wir in der Falle. Es muss doch noch einen anderen Weg geben, der ins Dorf führt.«

Ungläubig starrte sie auf den Balken, der die Empfangsqualität des iPhones anzeigte. »Ich habe kein Netz.«

»Wir müssen zurück«, wiederholte Darcy.

»Dann lass uns gehen. Er wird längst weitergefahren sein, um uns vorne am Weg abzupassen. Wir laufen einfach über die Felder.«

»Er muss nur da vorne stehen bleiben und kann in aller Seelenruhe darauf warten, dass wir kehrtmachen.« Darcy wies über die Hecke zum Weg. »Die Straße endet an der Küste. Schon vergessen? Sackgasse. Und bis dorthin ist es nicht mehr weit. Keine zweihundert Meter.«

Yvette fiel ihr ein. Und der Flyer. »Wir können den

alten Schmugglerpfad entlang der Küste nehmen. Nach etwa einem Kilometer stoßen wir bei Port Moguer auf eine Straße, die zurück ins Dorf führt.« Wie gut, dass sie beim Frühstück einen Blick in diesen Flyer geworfen hatte. Noch besser wäre es allerdings gewesen, ihn auch einzustecken. Sie rief sich die Skizze ins Gedächtnis. Der Pfad verlief entlang der Steilküste und mündete weiter östlich auf die Straße, die sie gerade verlassen hatten. Sie mussten also nach Westen marschieren. »Der Schmugglerpfad muss hier hinter dem Grundstück entlangführen. Ludwig wird versuchen, uns an der Straße abzupassen, während wir ihm in die andere Richtung entwischen.«

»Okay. Versuchen wir es.«

Sie umrundeten das Grundstück erneut und fanden einen fußbreiten Trampelpfad, der zwischen dornigen Sträuchern, Heidekraut und dürrem Ginster auf einen etwas breiteren Hohlweg führte. Das musste der Schmugglerpfad sein. Sie folgten ihm Richtung Westen. Rechter Hand befand sich ein schmaler Gürtel aus Farn, Gestrüpp und Efeu. Grünzeug, das sich in den kargen Boden zwischen den Felsen krallte und sich Lebensraum ertrotzte. Dahinter stürzte die Küste nahezu senkrecht in die Bucht hinab. Die Flut hatte beinahe ihren Höchststand erreicht. Donnernd schlug die Brandung gegen die Felsen.

Der Weg wand sich bergauf und bergab zwischen Felsbrocken und windschiefen Bäumen hindurch und war so schmal, dass sie hintereinander gehen mussten. Immer wieder stolperte Fi über Wurzeln und loses Gestein. Der Wind riss an den Haaren und fuhr unter die Jacke. Der Fuß im nassen Turnschuh wurde eiskalt. Ab und zu drehte Fi sich um. Von Ludwig keine Spur. Es hatte geklappt.

Sie waren ihn los. Noch immer kein Handyempfang. Mist!

Bis Port Moguer konnte es nicht mehr weit sein. Zwanzig Minuten folgten sie nun schon diesem Weg. In der folgenden Biegung erhaschte Fi einen Blick auf eine Straße, ein verlassen wirkendes Haus und eine betonierte Rampe, die bis ins Meer reichte. Etwa zweihundert Meter vor und vierzig Meter unten ihnen lag der verlassene Hafen. Auf dem Parkplatz stand ein Auto. Ein dunkles Auto. Mist! War das etwa …? Plötzlich hörte Fi ein Knacken. Darcy, der vor ihr ging, blieb abrupt stehen.

»Da seid ihr ja. Ich habe mich schon gefragt, wo ihr bleibt.« Es klang, als wären sie zum Picknick verabredet. Ludwig sah ziemlich fertig aus. Bartstoppeln, wirre Haare. In der Hand hielt er die Pistole. Sah aus wie eine aus Konrads Waffenschrank.

»Tut mir leid, wenn wir uns verspätet haben.« Fi überlegte fieberhaft, wie sie aus dieser Nummer heil herauskommen sollten.

Darcy gab wieder einmal den Ritter in seiner verbeulten Rüstung. Er stellte sich vor sie. »Wollen Sie jetzt auch noch uns erschießen? Sie werden damit nicht durchkommen. Das ist Ihnen doch klar. Sie sollten aufgeben.«

»Keine Sorge. Ich tue euch nichts. Ich habe nur eine Bitte.«

Was sagte er da? Fi glaubte keine Sekunde, dass er sie laufen lassen wollte. Ihr Verdacht bestätigte sich mit seinem nächsten Satz. »Wenn ihr so freundlich wärt, den Abstieg in die Bucht anzutreten.« Mit der Waffe wies er auf den schmalen Streifen, der mit Farn und dornigem Gestrüpp bewachsen war und hinter dem die Felswand steil zum Meer abfiel.

Fi suchte Blickkontakt. »Du willst es wie einen Unfall aussehen lassen. Genau wie bei Ben und Renate. Nur bei Julia hast du Mist gebaut. Wenn es nach dir geht, soll mein Vater auf immer und ewig als Mörder gebrandmarkt sein. Warum? Doch nicht wegen des scheiß Geldes.«

»Ich bin hundemüde und habe keine Lust auf Diskussionen. Los geht's.« Mit der Pistole wies Ludwig nach unten.

»Und wenn wir nicht brav sind, was dann?«

»Was dann!« Eine Ader an Ludwigs Schläfe trat hervor. Er senkte die Waffe, zielte knapp vor Darcys Füße und drückte ab. Der Knall zerriss die Stille. Das Projektil schlug zwischen vertrocknetem Gestrüpp in den Boden. Fi schrie auf. Scheiße! Er meinte das ernst.

Sie griff nach Darcys Hand. Er war kreidebleich geworden. »Wir klettern.«

9

Sie durchquerten den Streifen, der mit Farnen und kniehohen Büschen bewachsen war, und erreichten den Rand der Wand. Fi inspizierte sie auf der Suche nach der besten Route. Die Küste fiel nicht senkrecht zum Meer ab, sondern mit einer leichten Neigung. Das machte es leichter. Vierzig Meter nach unten durch zerklüftete und bröckelige Felsen. Auf halber Höhe gab es ein Plateau. Weiter östlich hatte sich ein Geröllfeld aufgetürmt. Das Ergebnis unzähliger Steinschläge, deren Passage sich gut sichtbar durch die Wand zog. Sie mussten sich westlich davon halten. »Kannst du klettern?«

Darcy schüttelte den Kopf. »Ich bin nicht mal schwindelfrei.«

»Ich aber«, flüsterte sie ihm zu. »Ich habe Klettern beim Alpenverein gelernt und sogar Kurse gegeben. Wir kriegen das hin. Ich gehe voran. Du folgst meinen Anweisungen.« Endlich mal etwas, das sie besser konnte als der Besserwisser. Seile und Karabiner wären jetzt nicht schlecht, und auch richtige Kletterschuhe. Okay, hatten sie alles nicht. Es musste so gehen. Sie würden das schaffen und heil unten ankommen. Es war ja nicht der Mount

Everest, sondern nur eine nicht sehr hohe Wand. Rauf würde es allerdings deutlich leichter gehen als runter.

Sie sagte Darcy, dass er beobachten sollte, wie sie es machte, und es ihr nachtun. Mit dem Rücken zum Abgrund ging sie in die Hocke, legte sich mit dem Oberkörper auf den Boden, hielt sich mit den Händen an einer dicken Wurzel fest und ließ sich langsam über die Kante gleiten, bis die Füße Halt fanden. Ludwig, der sie aus drei bis vier Metern Entfernung beobachtete, verschwand aus ihrem Blickfeld. Erneut gab ihr eine Wurzel Halt. Sie ließ sich ein weiteres Stück ab. Mit der Brust lehnte sie an Gestein und Gestrüpp. »Du kannst kommen.«

Darcys Beine erschienen. »Halt dich fest. Ich führe dich. Und guck nur nicht nach unten. Rechtes Bein ausstrecken.« Sie griff nach seinem Knöchel und platzierte ihn auf einem sicheren Tritt. »So, jetzt lass dich langsam ab.« Sie fasste auch den linken Knöchel und lenkte seinen Fuß auf ein Stück Fels. »Geht doch super.«

Darcy über ihr wandte den Kopf zur Seite und keuchte.

»Ich habe doch gesagt, dass du nicht runtergucken sollst. Wir gehen jetzt einen Schritt nach dem anderen. Darauf konzentrierst du dich und auf sonst nichts. Immer nur auf den nächsten Schritt. Okay?«

»Okay.«

Dank Wurzeln, Ästen und den vereinzelten windschiefen Stämmen verkrüppelter Bäume kamen sie auf den ersten Metern gut voran. Doch der Bewuchs wurde spärlicher. Nach etwa zehn Metern war es vorbei damit. Fi tastete nach Grifflöchern in den blanken Felsen und riss sich an einer Kante den Daumen auf. Mist! Blut quoll hervor. Sie sog den Dreck aus der Wunde und spuckte aus. Und weiter. »Du machst das echt gut«, rief sie Darcy zu.

Es ging besser voran, als sie gedacht hatte. Ein Viertel hatten sie schon. Als sie einen Blick an Darcy vorbei nach oben riskierte, entdeckte sie Ludwig. Er stand am Rande des Abgrunds und beobachtete sie. Was er sah, schien ihm nicht zu gefallen, denn er wuchtete einen Stein über die Kante. Polternd raste er auf sie zu, prallte an einem Felsen ab und schoss drei Meter an ihnen vorbei in die Tiefe, wo er an einem Felsen zerschellte, der aus dem Wasser ragte. »Scheiße!«

Von Darcy kam wieder nur ein Keuchen. Sie sah, wie er verkrampfte, sich mit einem Griff an die Felsen klammerte, den Fi kannte. Sie hatte mal eine Kletterschülerin gehabt, die sich mit diesem Panikgriff im Faustriss einer senkrechten Wand verkeilt hatte. Sie wollte weder vor noch zurück. Fi hatte sie von dort regelrecht herunterbeten müssen, und das, obwohl sie mit dem Seil gesichert waren.

Von oben kam der nächste Stein. Auch er prallte an einem Felsen ab und landete weit unter ihnen im Meer. Das Plateau, das sie von oben gesehen hatte, befand sich auf ihrer Höhe. Linker Hand. Knapp acht Meter entfernt. Es entpuppte sich als Felsnase, darunter war eine Vertiefung in der Wand, eine Art Höhle. »Keine Panik, Darcy. Du kommst jetzt zu mir runter. Da drüben gibt es eine Höhle. Ein paar Meter traversieren, und wir sind in Sicherheit. Schaffst du das?«

»Das kriege ich hin.«

Mit der inzwischen bewährten Methode half sie ihm, bis er neben ihr in der Wand stand. Seine rechte Wange war aufgeschürft und blutig. Wie ihre Hände. Doch jetzt war keine Zeit für Eitelkeiten. Sie zeigte ihm die Höhle. Der nächste Stein kam von oben. Wieder ging sie voran. Darcy folgte. Von oben rumpelte ein weiterer Brocken herab.

Die Höhle war tiefer als gedacht. Etwa zwei Meter. Fi reichte Darcy die Hand und zog ihn hinein. »Richtig gemütlich hier.« Sie setzte sich und ließ die Beine baumeln. Unten toste das Meer in die Bucht. Eine graue brodelnde Flut. Gott sei Dank regnete es nicht. Sonst würde ihre Kraxelei zur Schlitterpartie. Darcy ließ sich mit dem Rücken zur Felswand auf den Boden gleiten und streckte die Beine aus.

»Wir sitzen hier fest«, sagte er nach einer Weile. »Rauf können wir nicht und nach unten auch nicht. Wenn wir rausgehen, wird er uns früher oder später mit einem Stein erwischen, falls wir nicht vorher abstürzen.«

»Darcy, echt! Was ich an dir wirklich liebe, ist deine sprühende Zuversicht. Hab ich schon mal erwähnt, oder?«

»Kann dein Onkel klettern?«

Fi wurde ernst. »Er ist der Typ, der ins Fitnessstudio geht. Hier runter traut er sich nicht.«

»Was, meinst du, wird er jetzt tun? Abwarten, bis er uns wieder entdeckt und weiter bombardieren kann? Oder wird er oben auf uns warten, für den Fall, dass wir wieder raufkommen, und uns dann runterschubsen? Er hat keine Ahnung, dass du eine so gute Kletterin bist, oder?«

»Er hat sich nie wirklich für mich interessiert. Das hat er nun davon.« Fi beobachtete eine Möwe, die wie ein Pfeil vom Himmel ins Meer schoss und kurz darauf mit einem zappelnden Fisch im Schnabel wieder auftauchte.

Die Ebbe hatte eingesetzt. Das Wasser lief wieder ab. Der dunkle Streifen, der den Höchststand der Flut markierte, war an den Felsen der Bucht bereits wieder sichtbar. »Ludwig muss nur noch eine Stunde warten oder zwei. Dann kann er zu Fuß von Port Moguer um die Felsnase in die Bucht gehen. Bis dahin ist das Wasser weit genug abgelaufen. Wenn er uns von oben nicht mit den Steinen erwischt, wird er es so versuchen. Dann lässt er uns eben ertrinken. Oder er erschießt uns doch noch. Das ablaufende Wasser zieht unsere Leichen raus in den Ärmelkanal. Bis wir gefunden und identifiziert werden, ist er längst daheim und hat alles so geregelt, dass ihm keiner was kann.«

Erneut hörten sie das Rumpeln und Schlagen, mit dem ein weiterer Stein die Wand herunterkam, und beobachteten, wie er ins Meer plumpste. Ludwig war also noch da und wartete.

Darcy kam nach vorne, setzte sich neben sie, riskierte sogar einen Blick in die Tiefe und erschauerte. »Wenn ich das hier geahnt hätte, hätte ich deinem Vater nichts versprochen.«

»Hättest du trotzdem. Du bist einfach so.«

»Wie? So?«

»Ein netter Kerl, der gerne hilft …«

»Einer, der sich in Dinge einmischt, die ihn nichts angehen, meinst du.«

»Ne. Wie kommst du denn darauf? Eher so wie ein guter *Freund*, auf den man sich verlassen kann.« Himmel! Sie saßen hier in der Scheiße, und sie hatte nichts Besseres zu tun, als mit Darcy zu flirten. »Zurück zum eigentlichen Problem: Genau genommen gibt es nur eine Möglichkeit. Wir müssen wieder rauf. Wir können die

Traverse weiter in östlicher Richtung gehen. Das sollte kein Problem sein. Schwierig wird es bei dem Geröllfeld, das wir durchqueren müssen. Ich schätze mal, zehn Meter breit. Loser Untergrund. Wenn wir Pech haben, treten wir eine Lawine los und werden mitgerissen. Wir könnten natürlich versuchen, schon davor nach oben zu klettern, doch dann kommen wir keine fünfzig Meter von Ludwig entfernt am Schmugglerpfad an.«

»Er wird uns sehen.«

»In der Wand kann er uns nicht sehen. Jedenfalls nicht bis zum Geröllfeld. Von oben sieht man die Traverse nicht. Ich habe sie auch erst entdeckt, als wir auf der Höhe des Plateaus waren. Und vor dem Geröllfeld schränkt ein senkrecht verlaufender Felsvorsprung die Sicht für ihn ein. Aber wenn wir oben ankommen, wird er uns hören.«

»Das Geröllfeld nicht zu passieren wäre also die bessere Variante?«

»Es ist mindestens so gefährlich wie Ludwig. Wir müssen es irgendwie hinkriegen, lautlos zu sein, wenn wir raufkommen, und am besten unsichtbar. Es kann ja sein, dass Ludwig wie ein nervöser Tiger hin- und herwandert und wir direkt vor seiner Nase aus dem Gebüsch krabbeln. Genau genommen haben wir keine Wahl. Es ist die einzige Möglichkeit. Es sei denn, wir wollen hier übernachten.«

10

Eine Viertelstunde später saßen sie in der Wand fest. Nach oben ging es nicht weiter. Loses Gestein, das sich als stabiler Fels getarnt hatte, verhinderte den Aufstieg. Es würde herausbrechen, sobald sie versuchten, sich daran hochzuziehen. Nach unten wollten sie nicht. Weiter westlich kollerten immer wieder Steine die Wand hinab. Ludwig hatte also noch nicht mitbekommen, wo sie waren und was sie vorhatten. Das war ja eigentlich klasse. Linker Hand befand sich das Geröllfeld. »Wir haben keine Wahl. Wir müssen da durch.«

Darcy warf einen skeptischen Blick hinüber. »Sieht nicht sehr vertrauenswürdig aus. Wir werden schneller unten sein, als uns lieb sein kann. Wollten wir nicht nach oben?«

Sieh mal an, Darcy konnte auch witzig sein. »Gut, dann gehen wir zurück in die Höhle und warten ab, was passiert. Vielleicht hat ja irgendwer im Dorf den Schuss gehört und die Polizei gerufen. Und mit ganz viel Glück hat jemand gesehen, wie wir auf und davon sind. Das macht uns verdächtig. Hoffentlich ist uns die Polizei auf den Fersen.«

Vorsichtig kletterten sie zurück und kauerten sich wieder in den Schutz des Hohlraums. Der Wind hatte zugenommen. Die Wolkendecke riss ab und zu auf. Die Sonne stand schon tief. Fi sah aufs iPhone. Zu ihrer großen Überraschung war es schon kurz nach halb vier. Noch mehr hätte sie ein Netz überrascht. »Gegen fünf geht die Sonne unter. Ich bin nicht scharf darauf, hier die Nacht zu verbringen. Wenn sich in der nächsten Viertelstunde nichts tut, gehen wir durchs Geröllfeld.«

Fi war müde und hungrig. Ihr Kopf dröhnte und erinnerte sie an die Tabletten und die Flasche mit Wasser im Rucksack. Sie nahm eine und reichte dann Darcy das Wasser.

Die Viertelstunde war um. »Wir sollten los. Wenn es dunkel wird, haben wir echt schlechte Karten.«

Doch Darcy reagierte nicht. Er hielt den Kopf geneigt. »Hörst du das?«

Fi hörte nur das Schlagen der Brandung von unten, das Geschrei der Möwen und das Pfeifen des Windes. Doch da war noch ein anderer Ton, der langsam lauter wurde. Das Knattern von Rotoren. Sie steckte den Kopf aus der Höhle. Ein Hubschrauber näherte sich. Er war noch etwa einen Kilometer entfernt, kam aus Richtung Westen und flog nur dreißig bis vierzig Meter über der Wasseroberfläche. Im dunkelblauen Streifen auf der Seite prangte der Schriftzug *Police Nationale*.

Fi sprang auf, kletterte aus der Höhle, presste sich an den schmalen Felsvorsprung und winkte wie eine Irre. »Wow. Sie schicken uns gleich einen Hubschrauber. Ich dachte ja eher, dass sich ein SEK zu uns abseilen würde.«

Darcy kam heraus und stellte sich neben sie an den Fels. Oben auf dem Schmugglerpfad erklangen Stimmen, gebellte Befehle. Kurz nacheinander knallten zwei Schüsse. Fi schrak zusammen, geriet kurz ins Wanken und fing sich gerade noch, während Darcys Arm automatisch zu ihr schnellte, um sie zu halten. Dieser idiotische Held! Wenn sie abgestürzt wäre, hätte sie ihn mitgerissen.

Der Hubschrauber erreichte sie und blieb zwanzig Meter über ihren Köpfen in der Luft stehen. Jemand rief ihnen über Megaphon etwas zu, das bei dem Höllenlärm, den die Rotorblätter machten, kaum zu verstehen war. Fi schnappte *blessé* auf und schüttelte den Kopf. »Nous allons bien«, brüllte sie gegen den Lärm an. Stimmte ja, verletzt waren sie nicht. Bis auf ein paar kleine Blessuren.

Die Antwort verstand sie nicht ganz. Es ging um ein Seil. Sie nickte. Die Jungs würden schon wissen, was zu tun war. Plötzlich stand einer außen auf der Kufe und seilte einen Kollegen mit der Winde zu ihnen ab.

Fi bestand darauf, dass Darcy als Erster hochgezogen wurde. Sie war schließlich die bessere Kletterin und hätte problemlos nach oben kraxeln können, jetzt, wo sie Ludwig hoffentlich hatten. Sich retten zu lassen war allerdings aufregender und weniger anstrengend. Noch dazu von einem verdammt gutaussehenden Kerl. Ein muskulöser Bretone mit dunklen Augen, ebenso dunklem Haar und einem charmanten Lächeln.

Rasend schnell hatte man sie im Hubschrauber auf dem Sitz neben Darcy verstaut. Die Seilwinde wurde eingefahren, die Tür geschlossen. Der Hubschrauber gewann an Höhe und flog entlang der Küste. Fi wurde es schlagartig kalt. Der Pilot gab über Funk durch, dass sie in Paimpol landen würden. In fünf Minuten. Die Kälte breitete sich in ihr aus, als wäre sie in ein sibirisches Eisloch gefallen. Sie begann zu zittern wie das sprichwörtliche Espenlaub. »Shit! Was ist jetzt los?«

Darcy legte seinen Arm um sie. »Das ist eine ganz normale Reaktion, wenn eine akute Belastung nachlässt.«

Na, er musste es ja wissen. Ihr Retter reichte ihr eine Decke. »Merci.« Sie legte sie sich um die Schultern. »Der Mann, der geschossen hat«, fragte sie bibbernd auf Französisch. »Ist er verletzt oder … oder tot?« Ein stummes Kopfschütteln war die Antwort. Hoppla. Man hielt sie tatsächlich für Verdächtige.

11

Ihr iPhone klingelte in dem Moment, als sie, noch immer in die Decke gehüllt, das Gebäude der Police Nationale in Paimpol betraten. Eine Handynummer mit deutscher Vorwahl erschien im Display. »Ja, hallo?«

»Fiona?«

»Konrad?«

»Ein Déjà-vu. Könntest du dir bei Gelegenheit angewöhnen, dich mit Namen zu melden?«

»Dito.«

»Pardon. Das geht nicht.« Der charmante Bretone, der sich während des kurzen Flugs als Lieutenant de police, Iven Jaunelet, vorgestellt hatte, nahm ihr ganz uncharmant das Handy ab.

»Das ist der Vater des Mannes, der geschossen hat«, erklärte Fi. »Mein Großvater. Sie müssen ihm sagen, wo wir sind. Er geht sonst zur Gendarmerie und meldet uns als vermisst.«

Iven Jaunelet guckte ein wenig skeptisch, während sie ihr bestrickendstes Lächeln hervorzauberte, das ihn dazu brachte, Konrad zu erklären, wo er seine Enkelin fand. Anschließend schaltete er das iPhone aus und reichte es ihr. »Sie beide werden jetzt vernommen. Dabei wird sich entscheiden, ob wir Sie als Beschuldigte befragen. In diesem Fall haben Sie das Recht auf einen Anwalt. Benötigen Sie einen Dolmetscher, oder beherrschen Sie unsere Sprache gut genug, um darauf zu verzichten? Falls ja, brauchen wir eine schriftliche Erklärung dazu.«

Fi entschied sich schon aus Protest für einen Dolmetscher. Darcy brauchte ihn ohnehin. Sie genau genommen auch. »Alles wird gut«, rief sie Darcy nach, als er von Iven Jaunelet in einen Vernehmungsraum geführt wurde, während man sie in ein anderes Büro verfrachtete.

Es wurde beinahe Mitternacht, bis Fi der zuständigen Kommissarin Claire Monnier die ganze Geschichte erklärt hatte und offenbar nicht länger als Verdächtige galt. Sie durfte gehen, sollte sich aber zur Verfügung halten. Erschöpft wünschte die Dolmetscherin eine gute Nacht und entschwand auf hochhackigen Schuhen.

Claire Monnier begleitete Fi in den Flur. »Wenn Sie möchten, fahren meine Kollegen Sie und Monsieur Stiller zurück ins Hotel.«

»Das ist nicht nötig. Mein Großvater ist vermutlich mit einem Leihwagen hier und kann uns mitnehmen. Und wenn nicht, rufen wir ein Taxi.«

Weiter vorne ihm Flur saß Darcy auf einer Bank. Er sah total fertig aus. Die Schrammen auf seiner Wange waren inzwischen verkrustet und die Bartstoppeln weitergesprossen. Stand ihm eigentlich ganz gut, so ein Dreitagebart. Den Kopf hatte er an die Wand gelehnt und die Augen geschlossen, als ob er schliefe. Doch in den Händen hielt er einen Pappbecher Cola. Er war also wach. Sie setzte sich neben ihn.

»Fertig?«, fragte er und sah auf.

»Kann man so sagen. Haben sie dir den Killer auch nicht abgenommen?«

»Gott sei Dank nicht. Die haben mich echt durch die Mangel gedreht und sogar meine Hände auf Schmauchspuren untersucht. Julia ist tot. Sie ist auf dem Weg in die Klinik gestorben. Eine Nachbarin hat den Schuss gehört und Alarm geschlagen. Sie hat auch beobachtet, wie wir davongerannt sind und dass Ludwig uns mit dem Wagen folgte.«

»Weißt du, was mit ihm ist? Mir haben sie nichts gesagt.«

»Ihm geht es gut. Er ist unverletzt. Obwohl er auf einen Polizisten geschossen hat.«

»Hast du Konrad schon irgendwo gesehen?«

Darcy wies mit dem Kinn auf die gegenüberliegende Tür. »Einer der Beamten spricht mit ihm.«

»Er hat sich echt hierhergebeamt.«

»Nicht ganz. Ein Freund hat ihm seine Privatmaschine samt Pilot zur Verfügung gestellt. Sie sind heute Abend auf einem kleinen Flughafen bei Saint-Brieuc gelandet. Von dort hat er sich ein Taxi genommen.«

Die Tür des Büros öffnete sich. Konrad kam in Begleitung eines uniformierten Polizisten heraus. Ihr Großvater wirkte noch kleiner und eingesunkener als vor ein paar Tagen, als sie ihn besucht und gebeten hatte, seinen Einfluss geltend zu machen, damit die Ermittlungen wiederaufgenommen wurden. Er hatte es getan. Und dafür war sie ihm mehr als nur dankbar. Eine tiefe Zuneigung für dieses alte Ekel überkam sie ganz unerwartet. Auch ihm hatte Julia übel mitgespielt.

Und nun war sie tot. Nie würde sie ein Wort mit dieser Intrigantin wechseln können. Niemals konnte sie dieser

Frau ihre ganze Wut entgegenschleudern, ihren Zorn und ihre Verachtung. Niemals konnte sie eine Entschuldigung einfordern. Wobei sie ohnehin darauf pfiff. Was diese Frau ihnen angetan hatte, war weder zu entschuldigen noch wiedergutzumachen, und am wenigsten mit Worten. Es lag also bei ihr. Sie selbst musste sich ändern. Ihre Haltung zu alldem. Zu dieser Rache, deren zerstörerische Kraft seit beinahe zwanzig Jahren wirkte. Es musste ein Ende haben. Sie musste einen neuen Blickwinkel finden und einen Weg, damit umzugehen. Sie musste ihr Selbstbewusstsein zurückerobern. Jetzt, wo sie kein Mörderkind mehr war, sollte das doch gelingen.

Fi stand auf und umarmte ihren Großvater. »Mensch, Opa, dass du wirklich gekommen bist.«

Konrad zog sie an sich. »Ich habe ein Foto von ihr gesehen. Sie ist es wirklich. Julia Reinhold. Als du es mir heute Morgen am Telefon gesagt hast, habe ich es nicht geglaubt. Aber du hast recht. Es gab keinen Mord. Ben war kein Mörder. Es ist so furchtbar und so unumkehrbar.« Ratlos sah er sie an. »Es ändert alles und nichts. Und ich kann nichts tun.«

»Natürlich kannst du etwas tun. Himmel und Hölle und eine Armee von Anwälten in Bewegung setzen, damit Ben rehabilitiert wird. Das Urteil muss aufgehoben werden. Das sind wir ihm schuldig. Es ist das Einzige, das wir noch für ihn tun können.« Tränen stiegen ihr in die Augen. Shit! Sie würde jetzt nicht heulen. Wie gut, dass sie nicht verhindert hatte, dass Ben neben Lydia beigesetzt wurde. Sonst müsste sie jetzt seine Totenruhe stören und ihn tatsächlich ausbuddeln lassen.

»Ja, natürlich. Du hast vollkommen recht.« Ein wenig Farbe kehrte in Konrads müdes Gesicht zurück, in seinen

Augen erschien ein schwaches Leuchten. »Das werden wir tun. Und ich weiß auch schon, wen ich damit beauftragen werde.« Er wandte sich an den Beamten. »Wo ist mein Sohn? Ich möchte ihn sprechen, wenn es möglich ist«, sagte er in holprigem Französisch.

Der Polizist hielt Rücksprache mit Claire Monnier und bat Konrad, ihm zu folgen. Fi schloss sich ungefragt an. Was Ludwig getan hatte, betraf auch sie. Sie hatte ein Recht, es aus seinem Mund zu erfahren. Konrad würde sie schon an die frische Luft setzen, falls er anderer Meinung war und Ludwig alleine sprechen wollte.

Sie wurden in einen Raum geführt, der dem glich, in dem man Fiona vernommen hatte. Weiße Wände. Helles Neonlicht. Kunststoffboden. Ein Einwegspiegel an der Wand. Davor ein Tisch und zwei Stühle. Auf einem saß Ludwig. Als Konrad und Fi eintraten, sprang er auf. Er trug Handschellen und schien einen Augenblick nicht zu wissen, wohin mit den Händen. Als ob er sie am liebsten hinter dem Rücken versteckt hätte. Fi verstand. Sein Vater sollte ihn so nicht sehen. Er schämte sich.

Der Polizist nahm auf einem Schemel in der Ecke des Raumes Platz. Hinter dem Spiegel bemerkte Fi für eine Sekunde einen Lichtschimmer. Sicher saß dort die Kommissarin, und wenn sie schlau war, hatte sie die Dolmetscherin zurückbeordert.

Fi lehnte sich an die Wand. Sie wollte sich im Hintergrund halten. Erst einmal war das eine Sache zwischen Vater und Sohn.

Konrad zog einen Stuhl heran und setzte sich Ludwig gegenüber wie ein Ankläger. Er sagte nur ein einziges Wort: »Warum?«

12

Ein einziges Wort. Genau genommen eine Frage. Wie sein Vater sie stellte, sagte alles. Vor allem aber der Blick, der sie begleitete. Dieser kalte, angeekelte Blick.

Von einer Sekunde auf die andere war alles verloren, wofür er ein Leben lang gekämpft hatte. Wieder war er für seinen Vater nicht mehr als ein widerliches Insekt, das er am liebsten zertrampeln würde, wenn er es nur ungestraft tun dürfte. Doch er traute sich nicht einmal, aufzustehen und ihm in die Fresse zu schlagen. Ihm fehlte der Mumm, diese Grenze zu überschreiten. In diesem Punkt war er dem Alten überlegen. Plötzlich empfand er nur noch Verachtung für ihn.

»Warum?«, wiederholte Pa seine Frage.

»Warum?« Er spuckte dieses Wort aus und zögerte dennoch. Für seinen Vater wäre es die größte Strafe, wenn er keine Antworten bekam. Keine Erklärungen, keine Rechtfertigungen. Es änderte ohnehin nichts. Ben ... er hatte nicht gewusst, was er tat. Es war einfach passiert. Und Julia? Auch das hatte er nicht gewollt. Der Schuss hatte sich einfach gelöst. Wenn er das Konrad sagte ... Er würde ihn auslachen. *Nicht einmal das be-*

kommst du hin. Zwei Tote aus Versehen. Es war besser, zu schweigen. Die Ungewissheit würde Pa ganz krank machen. Bis zu seinem letzten Atemzug würde er sich mit dieser Frage quälen: Warum?

Die flache Hand des Alten knallte auf den Tisch. Ludwig fuhr zusammen. »Ich will wissen, warum du das getan hast!«, brüllte Pa. »Diese Frau hätte vor Gericht gehört! Sie hätte sich verantworten und alles offenlegen müssen. Sie hätte Bens Ehre wiederhergestellt, und du erschießt sie. Warum?«

Bens Ehre! Natürlich. Ben. Immer nur Ben.

»Das willst du doch gar nicht wissen!«, brüllte er zurück. »Es hat dich nie interessiert, was ich fühle oder denke. Aber ich verrate es dir. Denn du bist ebenso schuldig an dem, was geschehen ist, wie ich.«

Er beugte sich über den Tisch, seinem Vater entgegen, und wurde ganz ruhig und seine Stimme zu einem Flüstern. »Ich habe es für dich getan. Für deine verdammte Liebe! Für dich war ich doch nie mehr als das Kind, das du nicht haben wolltest. Mich sollte es doch gar nicht geben. Am liebsten hättest du mich wie eine Assel zertreten. Und dabei wollte ich dir immer nur beweisen, dass ich besser bin als er. Als Ben! Aber du hast mich gar nicht gesehen! Und dann wurde Ben zum Mörder. Halleluja! Welch gepriesener Tag. Seine Tat war die Befreiung für mich. Plötzlich hast du mich gebraucht. Endlich konnte ich zeigen, wer ich bin und was ich kann. Endlich hast du mir vertraut und mir eine Chance gegeben, als ich schon nicht mehr daran geglaubt habe. Ich habe Verantwortung für die Firma übernommen, und ich habe dich nicht enttäuscht. Das kannst du nicht leugnen.«

Mit jedem Wort wurde sein Vater fahler. Ein lebender

Toter. Bleich und wächsern im Gesicht, unfähig zu einer Antwort. Er schüttelte nur den Kopf. Sollte ihn doch der Schlag treffen oder ein Herzinfarkt ihn ins Jenseits befördern, ihn von dieser Erde tilgen, diesen Vater!

Ludwig lehnte sich zurück und genoss es, der Stärkere zu sein. »Du stimmst mir also zu. Ohne mich stünde die Brauerei nicht so gut da.« Wenigstens das wurde anerkannt. Immerhin etwas.

Und wenn er schon dabei war, reinen Tisch zu machen, dann gleich richtig. Der Alte würde das nicht überleben. »Du willst wissen, warum ich Julia erschossen habe? Gut, ich sage es dir. Und ich fange am Anfang an. Mit Ben. Vor drei Wochen kam er zurück. Ich wusste gar nicht, dass er weg gewesen war. Er ruft mich an. Ich habe eine kleine Reise gemacht, sagt er. Es gibt Neuigkeiten, Bruderherz. Wir haben etwas zu feiern. Also bin ich abends zu ihm. Wir sitzen am Kamin. Ich mit einem Bier. Er mit einer Flasche Wein. Es war schon die zweite. Ich lege ein Scheit Holz nach und frage, was es nun zu feiern gibt. Da hält er mir sein Handy unter die Nase und zeigt mir ein Foto. Hübsche Frau, sage ich. Fickst du sie? Ben grinst. Früher mal, sagt er. Erkennst du sie denn nicht? Wieder hält er mir das Handy hin.«

Mit der Hand fuhr Ludwig sich übers Gesicht. Er hatte sie sofort erkannt, es aber nicht geglaubt. Das konnte nicht sein. Das war nicht möglich. Sie war tot! Seit neunzehn Jahren. Es war der Moment gewesen, in dem er erkannt hatte, dass alles zu Ende war.

»Nein, keine Ahnung. Wer ist das?, frage ich. Julia, sagt er. Das ist Julia. Das Miststück lebt in Frankreich. Ich habe sie besucht. Aber ich habe sie nicht umgebracht. Es ist ihr nicht gelungen, einen Mörder aus mir zu machen. Sie muss offenbaren, was sie und ihre Mutter getan haben. Sie muss mich rehabilitieren. Und das wird sie, sagte Ben. Ich stand grad am Kamin und habe mit dem Schürhaken im Feuer gestochert …«

Das wollte er jetzt sehen. Wieder beugte er sich zum Alten, fing seinen Blick ein. Na, hast du verstanden, was ich ihm angetan habe, deinem Liebling?

Ein Keuchen stieg aus der Brust seines Vaters auf. Röchelnd und atemlos. Ah, der Groschen war gefallen.

»Für dich war ich doch nur zweite Wahl. Du hättest mich wieder verstoßen und ihn in deine Arme geschlossen. Alles hättest du mir genommen. Als ich das verstanden habe, habe ich rot gesehen. Es durfte nicht geschehen. Alles musste bleiben, wie es war. Plötzlich lag er vor mir auf dem Boden. Ich habe das nicht gewollt. Doch es war zu spät. Und seither frage ich mich, ob alles anders gekommen wäre, wenn ich damals nicht das Gespräch zwischen dir und Mutter belauscht hätte. Wenn ich nicht gewusst hätte, dass ihr mich nie wolltet und nur bekommen habt, weil es für eine Abtreibung zu spät war. Und jetzt frage ich dich: Warum?«

13

Fis Beine gaben nach, sie knickten unter ihr ein. Langsam rutschte sie an der Wand entlang zu Boden. Ludwig hatte Ben erschlagen. Seit einigen Stunden hatte sie das vermutet. Doch erst jetzt verstand sie es. Er hatte es wirklich getan. Mit dem Schürhaken. Es war nie ums Geld gegangen, sondern um Eifersucht und Neid. Ludwig war eifersüchtig auf Ben gewesen und voller Genugtuung, als er dessen Platz einnehmen konnte. Ben ein Mörder. *Halleluja!* Übelkeit stieg in Fi auf. *Halleluja!* Bens Unglück war zu Ludwigs Glück geworden, und zu seinem Verderben. Und an alldem war Julia schuld. Hätte sie sich nicht gerächt, wäre all das nie passiert.

Ich habe das nicht gewollt. Natürlich hatte er das gewollt, dachte Fi. Was er da angedeutet hatte ... Konrad und Charlotte ... und der unerwünschte Sohn.

Der Kopf war zwischen Konrads Schultern gerutscht, der Rücken rund geworden. Mit den Händen klammerte er sich an die Tischplatte und starrte darauf.

»Warum?« Herrisch wiederholte Ludwig seine Frage. Er schien in dieser Situation zu wachsen, während Konrad immer kleiner und weniger wurde.

Langsam hob er den Kopf. »Warum fragst du erst jetzt, wenn du es doch schon seit Jahrzehnten weißt?«

Ludwig lachte. »Wenn du auch nur für eine Sekunde in der Lage wärst, dich in mich zu versetzen, wüsstest du, weshalb. Ich hatte Angst vor der Antwort. Also: Was ist so schrecklich an mir, dass ihr mich lieber tot gesehen hättet?«

Ein Ruck ging durch Konrad. Er stemmte sich mit den Händen hoch. Schwankend stand er vor Ludwig und sah auf ihn herab.

»Die Ungewissheit, ob du mein Sohn bist. Deine Mutter hat mich betrogen. Erst als du mir mit fünfzehn oder sechzehn immer ähnlicher wurdest, hatte ich Gewissheit.«

Ludwig erhob sich vom Stuhl. Der Polizist, der das Gespräch vom Schemel aus verfolgte, stand ebenfalls auf, jeder Muskel gespannt, bereit einzuschreiten, falls die Situation eskalieren solle. Fi betrachtete das Geschehen aus dieser schrägen Perspektive von unten. Die ganze Situation war schräg und hatte etwas Aberwitziges und Surreales. Sie konnte nicht glauben, dass all das wirklich geschah.

Ludwig hielt sich mit den gefesselten Händen an der Stuhllehne fest. »Aber ... Das hat nichts geändert. Du hast mich genauso schlecht behandelt wie zuvor.«

»Ich habe dich so behandelt, wie du es verdient hast.«

Fi fröstelte vom harten Klang in Konrads Worten. So kannte sie ihn. Kalt und unbarmherzig. Er fand zu seiner alten Stärke und Entschlossenheit zurück. Jedenfalls für einen Moment. Es erschien Fi, als ob er den letzten Rest Kraft zusammenkratzte.

»Ich? Mutter hätte deine Verachtung verdient, aber

doch nicht ich. Ich habe dir nichts getan! Ich war nur die fleischgewordene Erinnerung an ihre Untreue. Du konntest ihr nicht verzeihen und hast es an mir ausgelassen?«

»Vielleicht war das so. Wir alle sind nur Menschen und machen Fehler. Vielleicht habe ich dich falsch behandelt. Dann tut es mir leid.«

»Fehler? Du hast mein Leben ruiniert.«

»Nein. Das habe ich nicht. Das hast du schon selbst getan. Du bist kein kleiner Junge. Erwachsenwerden bedeutet auch, sich von den Eltern unabhängig zu machen. Du hättest dich von dem Wunsch frei machen müssen, mein Wohlwollen und meine Liebe zu erringen. Und nun bin ich müde und am Ende meiner Kräfte. Ich lasse dich jetzt allein. Und das meine ich so. Von mir hast du keine Unterstützung zu erwarten.« Konrad wandte sich zum Gehen.

Fiona rappelte sich auf. Zwei Fragen hatte sie noch an ihren Onkel, bevor sie dieses Zimmer verließ und ihn hoffentlich nie wiedersehen musste. »Weißt du, warum Ben zurückgefahren ist, nach Freising, und zu niemandem ein Wort gesagt hat?«

»Weil er ein sentimentaler Idiot war. Er hat Julia eine Frist gesetzt, damit sie ihre Dinge regeln konnte, und hat sich darauf verlassen, dass sie dann kommen und reinen Tisch machen würde. Und das wollte sie auch, die dumme Nuss. Sie hätte mein Angebot annehmen sollen.«

War das nun sentimental oder gutgläubig? Jedenfalls ziemlich idiotisch, fand Fi. Wenn er Julia gleich zur Polizei geschleppt und angezeigt hätte, würde er noch leben. Fi schob diesen Gedanken erst einmal beiseite. Zweite Frage.

»Du hast als Einziger in der Familie zu Ben gehalten.

Ich dachte immer, du hättest ihn geliebt. Dabei hast du ihn gehasst. Weshalb hast du ihn im Gefängnis besucht? Und warum hast du ihm Arbeit gegeben und das Haus und ein Auto für ihn besorgt und offenbar auch ein Handy? Ich verstehe es nicht. Warum hast du so viel für ihn getan, obwohl du ihn nicht leiden konntest und vor Eifersucht und Neid fast geplatzt bist?«

Abwartend sah sie ihren Onkel an. Er schwieg. Lediglich ein Lächeln zuckte kurz in seinen Mundwinkeln auf und spiegelte sich in seinen Augen. Fi verstand. O Gott, wie erbärmlich. Wie jämmerlich und wie böse. Angewidert wandte sie sich von ihm ab. Er hatte es genossen. Für ihn war es das Geilste und Größte überhaupt gewesen, Ben im Gefängnis zu besuchen. Seinen verhassten Bruder, der als Mörder gebrandmarkt, aus der Gesellschaft ausgestoßen, von allen gemieden im Gefängnis verrottete. Ben, der ganz unten angekommen war. In der Hölle. Was für ein Vergnügen, sich das anzusehen.

Und nach seiner Entlassung dieser Job als Hilfsarbeiter in der Brauerei. Ben, der den Laden doch eigentlich leiten sollte, als Hiwi im Lager. Täglich hatte Ludwig sich daran aufgegeilt. Ein sprudelnder Quell der Genugtuung. Bens Unglück als Spiegel seines Glücks. Neunzehn Jahre hatte Ludwig sich an Bens Demütigung erfreut. Es war zum Kotzen.

»Das ist so klein, Ludwig. So klein. Du bist wirklich eine erbärmliche, miese kleine Ratte.«

14

Ein Putzmann zog im Flur mit dem Wischmopp feuchte Spuren hinter sich her, als Fi und Konrad den Vernehmungsraum verließen. Darcy erhob sich von der Bank. »Wie geht es dir? Alles in Ordnung?«

Fi schüttelte den Kopf. Der Affe tobte wieder darin. Seit dem Frühstück hatte sie nichts gegessen und kaum etwas getrunken. Sie war total fertig und sehnte sich danach, einfach die Decke über den Kopf zu ziehen, in eine Art Winterschlaf zu fallen, und wenn sie aufwachte, war das alles vorbei. Total kindisch. »Ich glaube, ich würde jetzt am liebsten kotzen oder einfach nur heulen.« Etwas fehlte.

»Kotzen wird nicht klappen. Ist ja nichts drin, was raus könnte«, meinte Darcy. »Wenn du also heulen willst ... Bitte schön. Das Shirt ist eh schon dreckig.« Er wies auf seine Schulter und zog Fi an sich. Er war so nett, und es fühlte sich so gut an, sich an ihn zu lehnen. War ja kein Zeichen von Schwäche, oder? Heulen klappte nicht. Sie fühlte sich wie auf Energiesparflamme und machte sich von Darcy wieder los.

Später konnte er den Ritter geben. Später. Wenn sie

jetzt zu weinen begann, würde sie nicht mehr aufhören, bis sie knöcheltief in einer Pfütze stand. Es war so unsäglich. Bei dem Gedanken, was Julia und Ludwig getan hatten, schnürte es ihr die Kehle zu. Später würde sie heulen. Später.

Konrad stand abwesend neben ihr und sah ganz grau aus. »Hast du schon ein Hotel? Wenn nicht, in unserem ist sicher noch was frei.«

Er fuhr aus seinen Gedanken hoch. »Rudis Pilot hat sich um eine Unterkunft in der Nähe des Flughafens gekümmert. Wir fliegen morgen früh zurück. Ich werde mir also ein Taxi suchen.«

Opa wollte doch hoffentlich nicht nachts um halb eins durch die Stadt latschen, auf der Suche nach einem Taxistand. »Ich organisiere dir eins und für uns gleich mit.« Fi zog das iPhone hervor, googelte Taxi+Paimpol und bekam die *Pages Jaunes* mit acht Treffern angezeigt. Erst beim dritten Versuch meldete sich jemand. Der Mann sagte zu, zwei Wagen zu schicken.

Sie warteten vor dem Polizeigebäude. Die Nacht war kühl und sternenklar. Die frische Luft tat gut. Niemand sagte ein Wort, bis die Taxis kamen. Konrad umarmte Fi zum Abschied. »Meldet euch, wenn ihr zurück seid.« Er roch nach altem Mann und Traurigkeit.

»Ja, klar.« Fi hörte selbst, dass es nicht sehr überzeugend klang.

Darcy erhielt noch die Anweisung, auf sie aufzupassen. »Fiona ist ein tolles Mädchen.« Wow, Opa hatte tatsächlich mal ein gutes Wort für den *Ursprung allen Übels* übrig. Sie winkte ihm kurz nach, als er davonfuhr, und setzte sich neben Darcy auf den Rücksitz ihres Taxis. Ihr Fahrer war ein stiernackiger Kerl mit finsterem Blick und fuhr garantiert nicht die kürzeste Strecke. Nach einer knappen halben Stunde hielt er in Plouha vor dem Hotel du Midi und verlangte einen unverschämten Preis. Fi hatte keine Lust auf Zoff und zahlte. War schließlich Konrads Geld.

Der Wagen brauste davon. Die Kirchturmuhr schlug halb zwei. Fi wusste, dass sie nicht schlafen konnte. Und jetzt verstand sie auch, was fehlte. Es war die Wut. Sie war überhaupt nicht wütend. Nur traurig. Wut änderte ja auch nichts.

Darcy zog seine Jacke an. »Was hältst du davon, einmal um den Pudding zu gehen, bevor wir ins Bett fallen?«

»Guter Plan. Ich muss Ludwigs Worte aus dem Kopf kriegen.« *Ich stand grad am Kamin und habe im Feuer gestochert.* »Er hat Ben erschlagen. Mit dem Schürhaken. Paul lag mit seinem Verdacht richtig. War doch gut, dass ich den Obduktionsbericht geklaut habe.« Ihre Schritte hallten in der Stille der Nacht nach. Sie erzählte ihm von dem Gespräch zwischen Konrad und Ludwig, warum er es getan hatte und warum Ben Julia nicht gleich angezeigt hatte. »Er war zu fair. Er hat ihr die Gelegenheit gegeben, erst ihre Dinge hier auf die Reihe zu kriegen. Das war ein verdammter Fehler, und auch, dass er ausgerechnet Ludwig die Wahrheit gesagt hat. Aber er konnte ja nicht wissen, dass Ludwig ihn hasste. Was hatte Julia denn schon groß zu regeln? Ihr Laden ist doch ohnehin geschlossen.« Jede Menge sinnlose Fragen. Nichts war mehr zu ändern.

Sie gingen am Fischladen und einer Bäckerei vorbei und erreichten die Kirche. »Julia war von Ben schwanger«, sagte Darcy schließlich. »Wenn sie das Kind bekommen hat, dann ist es jetzt etwa achtzehn Jahre alt. Ich kann mir nicht vorstellen, dass ihr Sohn oder ihre Tochter Bescheid wusste. Das musste sie regeln, bevor ihr Kind aus der Zeitung erfahren würde, was sie getan hatte. Du hast vermutlich einen Halbbruder oder eine Halbschwester.«

Super! Tolle Vorstellung! Fiona schob sie von sich. Das war jetzt zu viel. Ben hatte Julia die Chance gegeben, es ihrem Kind selbst zu sagen. Während sie ihm nie eine Chance gegeben hatte. Sie hatte ihn vernichtet und die Zerstörung der Familie als Kollateralschaden einkalkuliert. Ein total egozentrisches Miststück. Und als sich das Blatt für Ben endlich zum Guten wenden wollte, hatte Ludwig alles zunichtegemacht und ihn erschlagen. Er hatte ihnen die Möglichkeit für einen Neuanfang genommen. Wenn es nach ihm gegangen wäre, wäre Ben immer der Mörder geblieben und sie das Mörderkind. Bis an ihr Lebensende.

Ein Satz von Opa ging ihr durch den Kopf. *Erwachsenwerden bedeutet auch, sich von den Eltern unabhängig zu machen. Du hättest dich von dem Wunsch frei machen müssen, mein Wohlwollen und meine Liebe zu erringen.*

Vielleicht bedeutete Erwachsenwerden ja auch, die Päckchen der Kindheit stehen zu lassen, die man nicht tragen konnte. Wow, guter Plan. Mister Darcy Freud hätte seine Freude daran. Wo war die Müllhalde, um den ganzen Krempel, den sie mit sich rumschleppte, zu entsorgen? Doch so einfach ging das sicher nicht. Vermutlich hing ein Schild an der Deponie: Müllannahme nur durch Psychotherapie. Alles in ihr sträubte sich dagegen. Aber sie konnte ja mal darüber nachdenken. Es in Erwägung zu ziehen hieß ja nicht, dass sie es wirklich durchziehen musste.

Darcy ging schweigend neben ihr. Er hatte den Anstoß gegeben, Bens letzten Worten auf den Grund zu gehen, und er hatte das alles mit ihr durchgemacht. Er hatte Wort gehalten. Wie *Freunde* das taten. Wieder stieß ihr dieses Wort sauer auf. Sie hatte sich in ihn verliebt. Das wusste sie schließlich schon eine ganze Weile. Und es wäre echt nicht schlecht, wenn es ihr endlich mal gelingen würde, über ihren Schatten zu springen und ihm das auch zu sagen. Wobei sie nicht sicher sein konnte, dass er das hören wollte. Schließlich hatte er sich von ihr bereitwillig zum Kumpel degradieren lassen. Und er hatte ihre heiße Nacht als Fehler abgetan. Gut möglich, dass er von ihr wirklich nicht mehr wollte als Freundschaft.

Sie musste das jetzt irgendwie hinkriegen. Mehr als eine Zurückweisung riskierte sie schließlich nicht. Ihre Hände wurden vor Nervosität ganz feucht. Das Herz schlug ihr bis zum Hals. Hallo! Ging es noch! Sie wollte ihm doch nur sagen, dass sie ihn mochte. Mehr als mochte, dass sie ihn liebte. Himmel! Das hatte sie noch nie zu jemandem gesagt. Es ging nicht. Zu große Worte.

Er griff nach ihrer Hand. Die Wunde an ihrem Daumen pochte. An seiner Wange zeichneten sich die Schrammen dunkel ab. Sein Blick war unergründlich und verursachte ihr weiche Knie.

»Gut schauen wir aus«, meinte Fi grinsend. »Ein wenig ramponiert.«

Nachdenklich strich er ihr eine Haarsträhne aus dem Gesicht und schmunzelte plötzlich.

»Was?«, fragte sie.

»Ich hätte nicht gedacht, dass du feig bist.« Das Lächeln wurde stärker. »Du hast doch sonst immer eine so große Klappe. Jetzt spuck es schon aus. Du wirst dich danach besser fühlen.«

»Sicher?« Fi registrierte das rasende Klopfen ihres Herzens. Ging es noch? Sie war keine fünfzehn und Darcy nicht ihr erster Kerl. Aber der erste, zu dem sie Worte von der Wucht eines einschlagenden Meteoriten sagen wollte. Es ging nicht. Oder doch? Sie nahm Anlauf. »Also die Sachen mit den Freunden sollten wir vielleicht noch mal überdenken. Oder?«

»Da ist was dran.« Abwartend sah er sie an.

»Okay. Ich versuche es ja. Aber die ganz großen drei Wörter sind nicht so mein Ding. Auf die wirst du noch warten müssen. Begnügst du dich so lange mit den vier kleinen?«

»Ich bin genügsam und nehme die Brosamen, die du mir zuteilst.«

»Himmel! Das sind keine Brosamen. Das ist ein fetter Döner.«

»Du lenkst ab.«

»Du willst das also schriftlich.«

»Mündlich wäre mir ehrlich gesagt lieber.«

O Gott, Darcy! Wie er sie ansah. Also gut. Hürde überspringen. Also gut. Also gut. Also gut. Ihr Herz raste. »Ich hab dich lieb!«

Es war raus. Sie atmete durch und fühlte sich unsagbar erleichtert.

»Ich dich doch auch.« Er zog sie an sich, und sie küssten sich. Anders als beim ersten Mal. Ganz anders. Zwischen die erwachende Leidenschaft und Begierde legte sich etwas Unbekanntes, etwas Neues. Ein ungewohntes Gefühl von überwältigender Zärtlichkeit und Zuneigung.

15

Ein paar Tage blieben sie noch in der Bretagne. Madame la Commissaire Claire Monnier hatte noch jede Menge Fragen. Fiona und Darcy mussten ihre Aussagen ergänzen und schließlich unterzeichnen. Dabei erfuhren sie, dass Ludwig Ben tatsächlich im Affekt erschlagen hatte. Erst als es passiert war, hatte er verstanden, was er getan hatte und dass er nicht wusste, wo Julia in Frankreich lebte. Er hatte gehofft, dass sie schweigen würde, wenn sie von Bens Tod erfuhr. Erst als Fiona und Darcy bei ihm auftauchten, war ihm klargeworden, dass die Zeit zu handeln gekommen war.

Die Obduktion von Renate Reinholds Leiche ergab eine natürliche Todesursache. Sie war an einem Herzinfarkt verstorben. Diese Info erhielt Fi von Konrad, der beinahe täglich anrief.

Am zweiten Tag tauchte für Fiona völlig unerwartet Yvonne Schneider auf. Sie trug einen zerknitterten Trenchcoat, als sie Fi auf dem Flur des Kommissariats über den Weg lief und sich zu einem kurzen Gespräch herabließ. Die Fälle in Freising und Plouha hingen zusammen. Es herrschte Uneinigkeit darüber, wer Ludwig zuerst vor Gericht stellen durfte. Ein Auslieferungsersuchen der Bundesrepublik Deutschland lag vor, dem die Franzosen gerne nachgeben würden, sobald sie mit Monsieur Jacoby fertig waren.

Fi war das egal. Sie hatte auch keine Lust, der Schneider triumphierend aufs Brot zu schmieren, dass sie recht behalten hatte. Wie gerne hätte sie auf diesen Sieg verzichtet. Es war keine Zeit für Hochgefühle. Ausgenommen die Sache mit Darcy. Zum ersten Mal in ihrem Leben hatte sie einen Freund. Einen richtigen Freund. Einen, der *sie* meinte und nicht nur ihren Körper, der Tisch und Bett mit ihr teilte und auch das eine oder andere Stück Far Breton, diesen köstlichen Pflaumenkuchen, den es im Café am Place Foch gab.

Schließlich wurde es Zeit für die Rückfahrt. Am Abend vor der Abreise spendierte sie Darcy und sich von Konrads Geld ein schickes Essen im Hotelrestaurant, mit allem Drum und Dran. Sie waren gerade mit der Vorspeise fertig, als eine junge Frau in Begleitung eines deutlich älteren Mannes das Restaurant betrat, sich umsah und schließlich ihren Tisch ansteuerte, während ihr Begleiter neben der Tür stehen blieb.

Trotz der verheulten Augen und der dunklen Ringe darunter sah man ihre Schönheit. Braune Locken, ein ebenmäßiges Gesicht und eine schlanke Figur. Fragend sah Fi auf, als sie an ihrem Tisch stehen blieb. Die Augen zogen sie in Bann. Es waren Bens. Ein Klumpen rutschte in Fionas Hals.

»Entschuldigen Sie, Mademoiselle Jacoby. Wenn ich gewusst hätte, dass ich Sie beim Essen störe … Ich bin Louise Wagner. Eigentlich vermutlich Louise Reinhold«, sagte sie auf Deutsch mit französischem Akzent. »Momentan weiß ich es selbst nicht. Ich bin die Tochter von Julia und von … Ben. Von Ihrem Vater.«

Der Ursprung allen Übels stand vor ihr. Wenn Julia nicht schwanger geworden wäre, wäre das alles nicht passiert, schoss es Fi durch den Kopf, und dann erkannte sie, dass sie gerade nichts anderes getan hatte als Konrad. Sie hatte ein vernichtendes Urteil über eine Unschuldige gefällt. Louise konnte nichts dafür.

»Äh … Ja. Also. Setz dich doch zu uns.« Mit der Hand wies sie auf den freien Stuhl neben sich.

»Nein. Danke. Ich will wirklich nicht stören. Ich wollte nur sagen … Ich wusste bis vor kurzem nicht, was meine Mutter getan hat. Und ich verstehe es nicht. Ich weiß nur, dass es ihr sehr leidgetan hat. Sie hatte sich entschlossen, die Verantwortung dafür zu übernehmen und es wiedergutzumachen, soweit das ging. Aus diesem Grund hat sie sich mit mir überworfen. Sie wollte Sie um Verzeihung bitten. Das kann sie nun nicht mehr.« Louise wischte sich die Tränen aus den Augen und schluckte. »Also tue ich es an ihrer Stelle. Ich bitte Sie um Entschuldigung.«

Fi schob den Stuhl zurück und stand auf. »Aber das ist doch nicht deine Schuld. Du bist genauso ein Opfer dieser Intrige wie ich.« Louise hatte ihre Mutter verloren und ihre Großmutter. Sie hatte niemanden mehr, außer diesem Mann offenbar, der da an der Tür stand und sie beobachtete, bereit einzuschreiten, falls das Gespräch aus dem Ruder laufen sollte.

»Wir sind ja wohl irgendwie verwandt«, meinte Fi schließlich. »Genau genommen sind wir Halbschwestern. Wir sollten uns also duzen und vielleicht auch Handynummern tauschen oder die Mailadressen. Wir könnten uns schreiben. Was meinst du?«

Louise nickte und zog ihr Smartphone aus der Tasche. Sie tauschten die Daten. Dabei entdeckte Fi eine Nachricht von Bea, die schon vor zwei Stunden eingetrudelt war. Mit einer zögerlichen Umarmung verabschiedete sie sich von Louise. Einen Moment sah sie ihr und ihrem Begleiter nach, dann öffnete sie WhatsApp, während die Vorspeise abgeräumt wurde.

Besuch für dich. Was sollte das jetzt werden? Zwei Fotos waren angehängt. Das erste zeigte das Chaos in ihrem Zimmer. Mittendrin stand *Der Mahnende*. Wo kam er denn her? Und wie? Bea hatte auch den Lieferschein fotografiert. Absender: Konrad Jacoby.

»Guck dir das an. Opa hat mir den *Mahnenden* geschickt.« Sie wollte Darcy das Handy reichen und bemerkte, dass er sie schon die ganze Zeit beobachtete. Was kam jetzt?

»Ihr beide seht euch total ähnlich«, sagte er. »Louise und du. Du hast also viel von Ben.«

Er lag wieder einmal richtig. Und es war eine Wahrheit, die sie bis vor ein paar Tagen vehement geleugnet hätte. Zum ersten Mal seit vielen Jahren fühlte es sich gut an, Bens Tochter zu sein.

16

Am nächsten Morgen brachen sie auf. Ein starker Westwind trieb vereinzelte Wolken über den blauen Himmel. Fi tankte bei Champion, so wie Ben wenige Wochen zuvor. Hätte er Julia doch nur gleich angezeigt, alles wäre anders gekommen.

Darcy fuhr die erste Etappe. Fi rief Konrad an. »Hallo Opa. Hast du wieder mal deine Beziehungen spielen lassen, oder wie hast du sonst den *Mahnenden* freibekommen? Und woher wusstest du überhaupt, dass ich ihn haben wollte?«

»Ein *Danke* habe ich nicht unbedingt erwartet«, konterte Konrad. »Und wenn du glaubst, dass ich es nicht erfahre, wenn meine Enkelin unter Berufung auf mich zur Polizei geht und eine Beschlagnahmung veranlasst, dann bist du naiver, als ich vermutet habe. Lea Wehrle hat ein etwas fragwürdiges Dokument vorgelegt, um ihr Eigentum an der Skulptur nachzuweisen. Es wäre wohl auf einen Rechtsstreit hinausgelaufen. Dafür hast du kein Geld. Also habe ich sie gekauft. Und basta.«

»Ja, also: Danke«, entgegnete Fi. Er hatte an sie gedacht. Er hatte verstanden, wie wichtig diese Erinnerung an ihren Vater für sie war. War ja nichts dabei, wenn sie ihm das sagte. »Das ist echt nett von dir. Ehrlich.«

»Was hast du nun vor?«, fragte Konrad.

»Nach Hause fahren. Wir haben uns grad auf den Weg gemacht.«

»Ich dachte eher an deine Zukunft. Du wirst natürlich bekommen, was Ben zustand. Und wenn du magst ... Du bist eine Jacoby. Ich würde mich freuen, wenn du ins Unternehmen einsteigst. Such dir eine Position aus. Vielleicht in der Werbung. Ich glaube, das könnte dir liegen. Du müsstest dich natürlich dafür qualifizieren und studieren. Wir sollten das nicht am Telefon besprechen. Besuch mich, wenn du zurück bist.«

Diesen Zahn zog sie ihm am besten gleich, bevor sich das zu einer fixen Idee auswuchs. »Sorry, Konrad. Das ist nichts für mich. Ich will irgendwas mit Kunst machen. Die Gene meiner Eltern, du verstehst. Vielleicht gehe ich auf die Filmhochschule. Mal sehen.«

Ein Seufzen klang durchs Telefon. So hatte er sicher auch damals geseufzt, als Ben sein Studium hingeschmissen und Bildhauerei studiert hatte und er ihm postwendend den Geldhahn abdrehte. »Melde dich trotzdem bei mir. Wenn du dich aufs Studium konzentrieren und nicht nebenbei arbeiten willst, wirst du Geld brauchen. Ich werde dich unterstützen.«

Ihr erster Impuls war, dieses Angebot zurückzuweisen. Er hatte sie nie gemocht und ihr mehr oder weniger die Schuld an allem gegeben. Eigentlich wollte sie nichts mit ihm zu tun haben. Doch es gab noch eine andere Stimme in ihr. Opa war über seinen Schatten gesprungen. Auch er war ein Opfer von Julias Machenschaften. Das verband sie. Und sein Angebot war wohl als Entschuldigung und

Wiedergutmachung gemeint. Also versprach sie, ihn zu besuchen. Man konnte sich ja mal darüber unterhalten.

»Und bei dieser Gelegenheit sprechen wir dann auch über den Abschiedsbrief meiner Mutter. Ich will wissen, was drinstand. Und rede dich ja nicht mit deinem Gedächtnis raus. Bei Leuten in deinem Alter geht das Kurzzeitgedächtnis flöten. Was lange her ist, wird dafür umso lebendiger. Also, das ist meine Bedingung für einen Besuch und für die Annahme deiner Unterstützung. Einverstanden?«

Konrad stimmte zu. »Du bist eine durchsetzungsstarke Person. Jemanden wie dich könnten wir in der Firma brauchen.«

»Vergiss es, Opa.«

Bei Le Mans hielten sie an einer Raststätte und wechselten die Plätze. Fi fuhr die zweite Etappe bis Paris, während Darcy es sich auf dem Beifahrersitz bequem machte.

Natürlich drehte sich das Gespräch um die Ereignisse der letzten Wochen. Fiona verstand nicht, wie Julia derart niederträchtig sein konnte. Rachephantasien hatte jeder. Sie auch. Aber die setzte man doch nicht um. Ihr reichte bereits die Vorstellung, um sich abzukühlen.

Und auch ihr eigenes Versagen ging ihr durch den Kopf. Sie hatte ihrem Vater nicht vertraut. Sie hatte ihn im Stich gelassen. Wenn sie ihn doch wenigstens ein Mal im Gefängnis besucht hätte. Oder nach seiner Entlassung. Bei der Erinnerung, wie sie ihn vor einem Jahr so rotzarrogant abserviert hatte, wurde ihr ganz übel. Aber er hatte sich ja ewige Zeiten auch nicht bei ihr gemeldet. Als Kind hatte sie so sehr auf eine Nachricht von ihm gehofft, auf ein Zeichen, dass er sie noch liebte. Doch seine Briefe waren erst gekommen, als sie … Shit!

Diese Briefe hatte Ben geschickt, als sie nicht mehr unter Ludwigs und Sabines Fuchtel stand. Als sie volljährig gewesen war und in München wohnte. Als ihre Postadresse nicht mehr die ihres Onkels gewesen war. Mit der flachen Hand hieb sie aufs Lenkrad. »Dieser Arsch. Er hat Bens Briefe verschwinden lassen.«

Darcy war zwar einigermaßen gut im Gedankenlesen, doch diesen verworrenen Gedankengang hatte er natürlich nicht mitbekommen. »Wovon redest du?«

Fi erklärte es ihm. »Ben hat mir ziemlich sicher Briefe aus dem Gefängnis geschrieben, und Ludwig hat sie verschwinden lassen. Er hat Ben gehasst und hat es genossen, wenn er litt. Bestimmt hat er ihm erzählt, dass ich seine Briefe nicht will. Und mir hat er immer gesagt, dass Ben keine Nachricht für mich hat. Ich habe so sehr auf einen Brief von ihm gehofft. Doch Ludwig brachte nie einen mit. Jetzt ist ja wohl klar, warum. Ich muss mit Sabine reden. Vielleicht hat Ludwig die Briefe aufgehoben.«

»Gut möglich. Wenn er den Keil zwischen dir und Ben tiefer treiben wollte, ist ihm das auf diese Weise gelungen. Bisher hast du noch nicht viel von Ben erzählt. Wie war er eigentlich?«

Gute Frage. All das war so lange her, so weit weg. Die Taschenlampenwanderung fiel ihr wieder ein. Sie musste fünf oder sechs gewesen sein, jedenfalls war es in der Phase gewesen, in der sie von grusligen Geschichten nicht genug bekommen konnte. Von Drachen und Hexen, Monstern und Trollen, Zauberern und Feen. Von bösen Machenschaften, finsteren Intrigen, und am Ende siegte das Gute. All das fand sie faszinierend und schaurig schön und vor allem so schrecklich gruselig.

Ben las ihr meistens die Gutenachtgeschichten vor und dachte sich auch oft Geschichten für sie aus. Eines Abends machte er den Vorschlag, eine Nachtwanderung durch den dunklen Wald zu unternehmen. »Du traust dich doch?«

Plötzlich sah sie Bens Lachen wieder vor sich, als sie ihm entrüstet erklärte, nicht feig zu sein, obwohl ihr allein die Vorstellung, durch den dunklen Wald zu gehen, eine kribbelige Gänsehaut verursachte.

»Das will ich doch hoffen«, sagt er. »Schließlich bist du meine Tochter.« Leise schleichen sie in den Flur. Ben legt den Finger auf den Mund und zwinkert ihr zu. »Das ist unser Abenteuer, Fiona. Unser Geheimnis. Mama darf das nicht wissen. Sie macht sich sonst Sorgen und schimpft mit uns.«

Fi nickt eifrig und versucht ganz still zu sein, sogar beim Atmen. Lautlos schlüpfen sie in Schuhe und Jacken, ziehen Mützen und Handschuhe an. Ben nimmt die Taschenlampen aus der Schublade.

Es ist November. Der Raureif sitzt wie ein weißer Pelz in den Bäumen. Die Nacht ist gar nicht so stockfinster. Ben schaltet die Taschenlampen an und gibt ihr eine. Eine schwarzweiße Welt aus tanzendem Licht und tiefen Schatten tut sich vor ihnen auf. Es ist totenstill. Doch Fi weiß, dass hinter den Futterraufen für die Rehe und unter den Büschen Monster und Trolle lauern und in den Wipfeln der Bäume der große böse Vogel Gnur und seine Kumpane.

Da! Sie hört das Wispern der Trolle und dann ein Brausen. Vor Gnur haben sogar die Trolle Angst. Sie verstummen und fliehen in den Schutz ihrer unterirdischen

Höhlen, während der Vogel auf sie herabstürzt und seine Krallen in sie schlagen und sie verschleppen will. Doch ihr Papa zieht sein Schwert und schlägt ihn in die Flucht, und auch seine Kumpane drehen ab, als sie erkennen, mit wem sie es zu tun haben. Mit Ben, dem kühnen Recken, der seine kleine Prinzessin beschützt.

»Ihr kriegt sie nicht!«, brüllt er ihnen hinterher. »Nie und nimmer. Ich werde sie bis auf mein Blut verteidigen!« Und dann nimmt er sie lachend in die Arme. »Eine feige Bande, dieser Gnur und seine Gesellen. Hasenfüße.«

»Richtige Schlappschwänze«, sagt Fiona und spuckt aus, so wie der Hias im Kindergarten es immer macht.

»Woher hast du denn dieses Wort?« Papa lacht schallend.

Sie ist so stolz auf ihn. Er hat sich wacker für sie geschlagen. Und jetzt ist sie so müde, dass sie in ihr Bett will.

»Ben war ein toller Vater«, beantwortete sie Darcys Frage und erzählte ihm diese Geschichte. »Dass ich das Wort Schlappschwänze kannte, hat ihn echt amüsiert. Vielleicht war ich so eine Art Pippi Langstrumpf für ihn, und er war mein Seeräuberkönig. Wir hatten eine echt schöne Zeit, auch wenn sie so kurz war.« Ein wehmütiges Ziehen setzte sich in ihre Brust. Viel zu kurz.

Der Verkehr geriet ins Stocken. Fi reckte den Hals. Was war da vorne los? Shit! Das sah verdammt nach Polizeikontrolle aus. Mist! Mist! Mist! Was sollte sie tun? Es gab nur eine Möglichkeit. Sie schaltete die Warnblinkanlage an, lenkte den Wagen auf die Standspur und ließ ihn ausrollen.

»Was ist los?«, fragte Darcy irritiert.

Fi löste den Sicherheitsgurt. »Ich glaube, wir sollten mal flugs die Plätze tauschen.«

»Warum denn?«

Fi verzog den Mund. »Du erinnerst dich an deine Frage, ob ich einen Führerschein habe?«

»Ja? Und?« Überrascht sah er sie an – und verstand. Sie sah es in seinen Augen und an seinem Mund, der tatsächlich für einen Augenblick offen stand. »Das ist jetzt nicht wahr.«

»Ich habe dir doch gesagt, dass ich keinen habe. Zweimal sogar. Also jetzt mach hin, bevor sie uns entdecken.«

»Du bist wirklich unglaublich.«

»Ja. Das sehe ich auch so. Und ich nehme das mal als Kompliment.«

»Und du musst immer das letzte Wort haben.« Darcy nestelte an seinem Gurt.

»Muss ich nicht.« Wie kam er denn darauf? Musste sie nicht. Wirklich nicht.

Der Soundtrack zum Roman in chronologischer Reihenfolge der Auftritte:

Bad Moon Rising ist ein Song der Band Creedence Clearwater Revival. Erstveröffentlichung im Album *Green River* im August 1969. Songwriter: John C. Fogerty. (Quellen: Wikipedia, songtexte.com)

Another Night stammt von der Band Real McCoy und wurde im August 1993 erstmals veröffentlicht. Songwriter: Olaf Jeqlitza, Jürgen Wind, Bobby Orlando, Frank Hassas. (Quellen: Wikipedia, songtexte.com)

Love is A Losing Game ist ein Song von Amy Winehouse, veröffentlicht 2006 auf dem Album *Back to Black*. Songwriter: Amy Winehouse. (Quellen: Wikipedia, songtexte.com)

Girl from the North Country ist ein Song von Bob Dylan aus dem Jahr 1963. Er wurde auf dem Album *The freewheelin' Bob Dylan* erstmals veröffentlicht. Songwriter: Bob Dylan. (Quelle: Wikipedia)

Der Song *Taste It* stammt von Jake Bugg. Erstveröffentlichung 2012. Songwriter: Jake Kennedy, Iain Archer. (Quellen: Wikipedia, songtexte.com)

Zombie und *Ode to My Family* sind Songs der Band The Cranberries. Veröffentlichung im Oktober 1994 auf dem Album *No Need to Argue*.
Songwriter *Zombie*: Jill H. Scott, Kenneth Bartolomei, Dolores Mary O'Riordan, Rui da Silva.
Songwriter *Ode to My Family*: Dolores Mary O'Riordan, Noel Hogan. (Quellen: Wikipedia, songtexte.com).